L'Épé[illegible]rité

1

TERRY GOODKIND

La première règle du magicien :	
L'Épée de Vérité - 1	*J'ai lu* 4894/**6**
L'Épée de Vérité - 2	*J'ai lu* 4895/**6**

TERRY GOODKIND

La première règle du magicien

★

L'Épée de Vérité

1

TRADUIT DE L'AMÉRICAIN
PAR VALENA MAGITOUBYAC

ÉDITIONS J'AI LU

Collection créée et dirigée
par Jacques Sadoul

Titre original :

WIZARD'S FIRST RULE
A Tor Book. Published by Tom Doherty Associates, Inc., N.Y.

L'Épée de Vérité
1

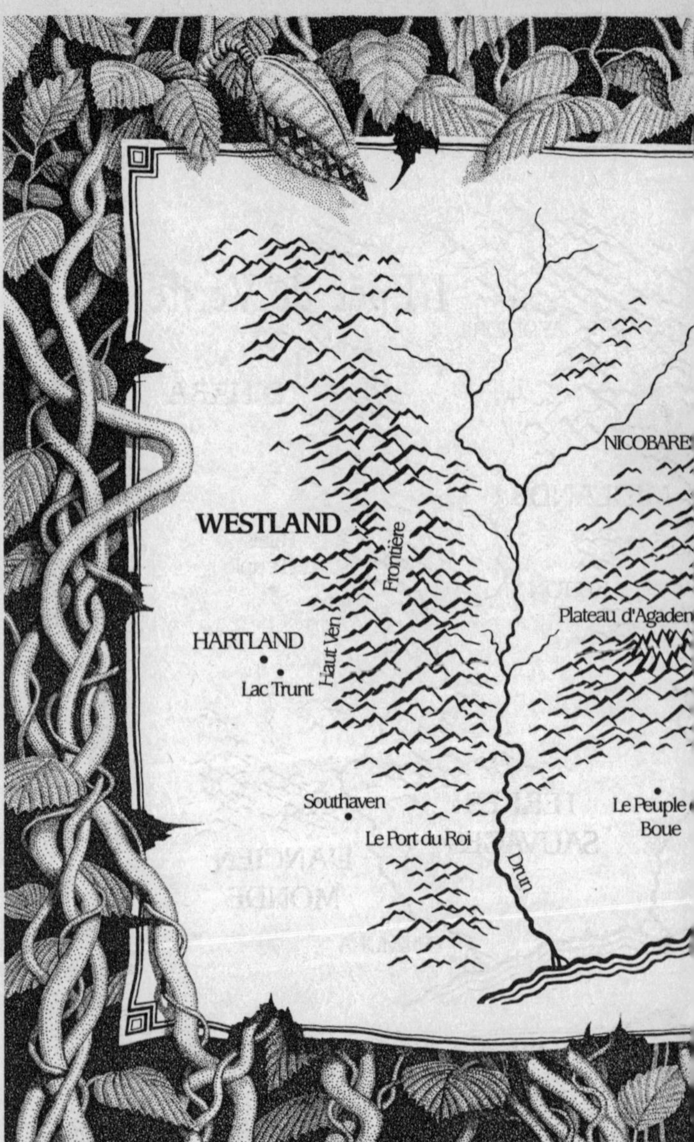
WESTLAND
HARTLAND
Lac Trunt
Haut Ven
Frontière
Southaven
Le Port du Roi
Drun
NICOBARES
Plateau d'Agaden
Le Peuple
Boue

AYDINDRIL
D'HARA
Frontière
MIDLANDS
KELTON
Palais
du Peuple
Plaines
d'Azrith
Tamarang
Kern
TERRES
SAUVAGES
Callisidrin
L'ANCIEN
MONDE
TANIMURA
TERRY GOODKIND

1

C'ÉTAIT UNE LIANE D'ASPECT BIZARRE. UN PANACHÉ DE feuilles brunâtres proliférait autour d'un tronc qui étranglait le fût lisse d'un sapin baumier. De la sève bavait le long de l'écorce blessée, et ses grosses branches desséchées ployaient, donnant l'impression que l'arbre tentait d'articuler un gémissement dans l'air matinal frais et humide. Des cosses saillaient çà et là sur toute la longueur de la liane, semblant presque toiser d'éventuels témoins.

C'était l'odeur qui avait d'abord attiré son attention, l'odeur d'une chose en décomposition qui même en vie avait dû être nauséabonde. Richard passa ses doigts dans sa chevelure épaisse tandis que son esprit transcendait son désespoir, s'illuminait à la vue de cette liane. Il scruta les alentours, mais n'en aperçut pas d'autre. Tout le reste paraissait normal. Les érables de la forêt du haut Ven se teintaient déjà de pourpre, exhibant fièrement leur feuillage dans la brise légère. Avec les nuits qui se rafraîchissaient, il ne faudrait plus longtemps avant que leurs cousins d'en bas, dans les Bois du Hartland, les imitent. Les chênes, derniers à céder à la saison, portaient encore stoïquement leurs manteaux vert foncé.

Ayant vécu une bonne partie de son existence dans les bois, Richard connaissait toutes les plantes, sinon par leur nom, du moins de vue. Quand Richard était enfant, Zedd l'emmenait cueillir des herbes spéciales. Il lui montrait lesquelles il convenait de chercher, où elles poussaient et pourquoi, et mettait des noms sur tout ce qu'ils voyaient. La plupart du temps ils se contentaient de discuter, le vieil homme le traitant toujours en égal, équilibrant questions et réponses. Zedd avait aiguisé la curiosité de Richard, sa soif de savoir.

Cette liane, il ne l'avait vue qu'une seule fois auparavant, mais pas dans les bois. Il en avait découvert un brin dans la maison de son père, dans la jarre d'argile bleue que Richard avait modelée lorsqu'il était enfant. Son père était marchand et voyageait beaucoup, en quête d'articles exotiques ou rares. Des gens fortunés s'adressaient souvent à lui, intéressés par ce qu'il pouvait dénicher. C'était le fait de chercher qu'il aimait, plus que de trouver : il ne répugnait jamais à se séparer de sa dernière trouvaille pour partir à la poursuite de la suivante.

Depuis son plus jeune âge, Richard avait goûté chaque instant passé avec Zedd durant les absences de son père. Le frère de Richard, Michaël, comptait quelques années de plus et, ne s'intéressant ni à la forêt ni aux leçons itinérantes de Zedd, préférait passer son temps avec des gens de bien. Quelque cinq ans plus tôt, Richard était parti vivre seul, mais il s'arrêtait souvent à la maison de son père, contrairement à Michaël qui n'avait que rarement le temps de lui rendre visite. Chaque fois que son père s'en allait, il laissait à Richard un message dans la jarre bleue afin de l'aviser des dernières nouvelles, de quelque ragot, ou de quelque scène dont il avait été témoin.

Quand, voilà trois semaines, Michaël était venu lui annoncer que son père avait été assassiné, Richard s'était rendu à la maison familiale, bien que son frère eût insisté sur l'inutilité de ce déplacement. Richard avait depuis longtemps dépassé l'âge d'obéir à son aîné. Désirant l'épargner, les personnes présentes ne l'autorisèrent pas à voir le corps. Toutefois, il remarqua les flaques de sang écœurantes, brunes et sèches, sur le plancher. Quand Richard s'approcha, tout le monde se tut. Puis on lui présenta des condoléances, ce qui ne fit qu'intensifier sa peine déchirante. Cependant il avait entendu les uns et les autres discuter, à voix basse, des histoires et des rumeurs folles à propos de choses sorties de la frontière.

De magie.

Richard fut choqué par la manière dont la petite maison de son père avait été dévastée, comme si une tempête s'y était déchaînée. Seuls quelques objets demeuraient intacts. La jarre bleue trônait toujours sur l'étagère, et dedans il découvrit le brin de liane. Qu'avait voulu lui dire son père en l'y déposant ?

Le chagrin le submergea et, bien qu'il eût encore son frère, il se sentit abandonné. Le fait d'être désormais adulte ne lui offrit aucun réconfort contre la mélancolie suscitée par cette impression d'être seul au monde, impression qu'il avait connue auparavant, lorsque sa mère était morte. Même si son père était souvent absent, parfois durant des semaines, Richard avait toujours su qu'il était quelque part, et qu'il reviendrait. Désormais, il ne reviendrait plus.

Michaël souhaitait qu'il n'interfère nullement avec l'enquête visant à retrouver le meurtrier. Il disait avoir mis les meilleurs traqueurs de l'armée sur l'affaire et ne voulait en aucun cas que Richard s'en mêle, pour son propre bien. Richard ne montra donc pas la liane à son frère et partit seul, chaque jour, à sa recherche. Durant trois semaines il arpenta tous les sentiers des Bois du Hartland, même ceux dont peu connaissaient l'existence, mais il ne la vit jamais.

Finalement, il se laissa guider par les voix qui murmuraient dans sa tête et marcha jusqu'à la forêt du haut Ven, près de la frontière. Ces murmures l'obsédaient, semblaient lui suggérer qu'il connaissait la raison du meurtre de son père. Ils le tourmentaient, se moquaient de lui. Richard se secoua en se disant que c'était son chagrin qui lui jouait des tours.

Il avait cru que lorsqu'il trouverait la liane, il détiendrait une bribe de réponse. A présent, il ne savait plus quoi penser. Les chuchotements avaient cessé de le tourmenter. Il avait conscience qu'il ne s'agissait que des cogitations de son esprit et cessa de leur attribuer une vie propre. L'enseignement de Zedd l'avait placé au-dessus de tels enfantillages.

Richard contemplait le grand sapin agonisant. Il repensa à la mort de son père. La liane y avait assisté. La liane tuait maintenant cet arbre ; ce ne pouvait être quelque chose de bon. Bien qu'il ne pût rien faire pour son père, ce n'était pas une raison pour laisser la liane présider à un autre trépas. L'agrippant fermement, il tira et, grâce à ses muscles puissants, arracha les vrilles tendineuses du tronc.

C'est alors que la liane le mordit.

L'une des cosses jaillit et frappa le dos de sa main gauche. Il fit un bond en arrière, étouffant un cri de douleur et de surprise. Examinant la petite blessure, il remarqua quelque chose qui ressemblait à une épine incrustée dans la chair entaillée. La question était réglée. La liane représentait un danger. Il chercha son couteau dans sa poche afin de retirer l'épine, mais ne le trouva pas. D'abord interloqué, il se rappela soudain qu'il était si déprimé ces derniers temps qu'il avait tendance à négliger les règles de prudence les plus élémentaires. Partir en forêt sans son couteau... Quelle folie ! Il essaya de retirer l'épine avec ses ongles. Son inquiétude s'accentua lorsque, comme douée de vie, elle s'enfonça plus profondément en se tortillant. Il racla la blessure avec l'ongle de son pouce, espérant ainsi l'accrocher. Mais plus il s'escrimait, plus elle s'enfonçait. Une brusque vague de nausée s'empara de lui tandis qu'il écorchait la blessure, l'élargissait, aussi s'arrêta-t-il. L'épine avait disparu dans le sang qui suintait.

D'un regard circulaire, Richard repéra les feuilles d'automne d'un petit arbre berceuse, chargé de sa moisson de baies pourpres. Sous l'arbuste, nichée au creux d'une racine, il découvrit ce qu'il cherchait : une pousse d'aume. Soulagé, il rompit soigneusement la tige tendre près de sa base et pressa délicatement la sève claire et gluante sur la morsure. Il sourit tout en remerciant mentalement le vieux Zedd de lui avoir appris les vertus cicatrisantes de certaines plantes. Ces douces feuilles duveteuses rappelaient invariablement Zedd à Richard. Le suc de l'aume anesthésia la douleur, mais ne lui révéla pas comment retirer l'épine. Il la sentait se tortiller de plus en plus profondément dans la chair.

Richard s'accroupit et creusa un trou dans la terre

avec son doigt, y plaça la bouture d'aume, puis disposa de la mousse autour de la tige de manière que la plante puisse se régénérer.

Brusquement, la forêt devint silencieuse. Richard leva les yeux, tressaillit alors qu'une ombre balayait l'humus, voltigeant parmi branches et feuillage. Un sifflement fulgurant transperça les airs. Des oiseaux fusèrent des arbres, piaillant des cris d'alarme comme ils s'éparpillaient dans toutes les directions. Richard scruta le ciel, sonda les espaces entre les ramures dans l'espoir d'entrevoir l'origine de cette ombre. Pendant une seconde, il aperçut quelque chose d'énorme. Enorme, et rouge. Le souvenir des rumeurs et des histoires qu'on racontait au sujet de choses sorties de la frontière resurgit dans son esprit, le glaçant jusqu'aux os.

Si la liane représentait un danger, cette chose dans le ciel ne valait sûrement guère mieux. Il se remémora le vieil adage : « Le danger engendre trois enfants. » Il ne désirait pas rencontrer le troisième !

Mettant ses craintes de côté, il s'enfuit en courant. Rien que des superstitions, se dit-il. Des contes de vieilles radoteuses. Il essaya de réfléchir à ce que pouvait bien être cette énormité, cette énormité rouge. C'était impossible ; rien d'aussi grand ne pouvait voler. Peut-être s'agissait-il d'un nuage, ou d'une illusion d'optique. Mais inutile de se leurrer : ce n'était pas un nuage.

Les yeux levés tandis qu'il filait, tentant d'en voir davantage, il se dirigea vers le sentier qui contournait la colline. Richard savait que le terrain descendait à pic de l'autre côté du chemin, et qu'il pourrait embrasser le ciel du regard sans être gêné. Il avait plu pendant la nuit et les branches humides lui giflaient le visage tandis qu'il traversait la forêt, sautant par-dessus les troncs abattus et les ruisseaux rocailleux. Les broussailles s'accrochaient à ses jambes. Des taches de lumière bigarrées attiraient inexorablement son regard vers le soleil mais lui refusaient le tableau auquel il aspirait. Sa respiration était saccadée, la sueur lui glaçait le visage, et il sentait son cœur battre à tout rompre. Enfin, il déboula hors des frondaisons, sur la piste.

Scrutant le ciel, il repéra la chose, trop lointaine pour qu'il puisse l'identifier, mais il crut discerner des ailes. Il grimaça à cause du bleu éclatant du ciel, se protégeant les yeux avec la main, tentant de s'assurer qu'il s'agissait bien d'ailes. Puis la chose disparut derrière une colline.

Essoufflé, Richard s'effondra sur un rocher de granit au bord du sentier, brisant distraitement les brindilles mortes d'un arbrisseau à côté de lui pendant qu'il contemplait le Lac Trunt en contrebas. Il devrait peut-être aller raconter à Michaël ce qui venait de se passer, lui parler de la liane et de la chose rouge dans le ciel. Il savait que Michaël s'esclafferait. Lui-même s'était moqué d'histoires semblables.

Non, Michaël serait simplement en colère contre lui pour s'être approché de la frontière et lui avoir désobéi. Mais maintenant qu'il était adulte, il pouvait se rire des sempiternelles consignes que son frère lui imposait.

Richard cassa une autre brindille et, de frustration, la lança contre une pierre plate. Il se résolut à ne pas s'apitoyer sur son sort. Après tout, Michaël imposait sa volonté à tout le monde, même à leur père.

Il écarta les jugements sévères que lui inspirait son aîné ; aujourd'hui était un grand jour pour Michaël. Aujourd'hui, il acceptait le poste de Premier Conseiller. Il allait tout diriger dorénavant : non seulement la ville de Hartland, mais toutes les villes et tous les villages du Westland, ainsi que les paysans. Responsable de tout et de tous. Michaël méritait le soutien de Richard, il en avait besoin ; Michaël aussi avait perdu son père.

Cet après-midi devait se tenir une grande fête chez Michaël. Des gens importants seraient là, venus des provinces les plus éloignées du Westland. Richard était censé y assister. Au moins, il y aurait plein de bonnes choses à manger. Il se rendit compte qu'il était affamé.

Tout en méditant, il parcourut des yeux la rive opposée du Lac Trunt, loin en contrebas. Depuis cette hauteur, l'eau claire révélait l'alternance des parcelles de fond rocailleux et d'algues vertes autour de gouffres profonds. Au bord de l'eau, le Sentier des Colporteurs se faufilait entre les arbres, à découvert en certains endroits, à couvert en d'autres. Richard s'était souvent aventuré sur cette portion du sentier. Au printemps, il était humide et détrempé aux abords du lac, mais en cette période tardive de l'année il devait être sec. Dans les régions situées plus loin au nord et au sud, dans les forêts du haut Ven, il longeait la frontière. A cause de cela, la plupart des voyageurs l'évitaient, préférant les sentes des Bois du Hartland. Richard était guide forestier et conduisait en toute sécurité les voyageurs à travers les forêts du Hartland. La plupart étaient des dignitaires en déplacement à qui il manquait davantage le prestige d'un guide local qu'un réel encadrement.

Son regard fut attiré par quelque chose qui bougeait sur la berge lointaine du lac. Quelque chose, ou quelqu'un. Peut-être s'agissait-il de son ami Chase. Qui d'autre qu'un garde-frontière flânerait par ici ?

Il sauta à bas du rocher, jeta les brindilles de côté et avança de quelques pas. La silhouette suivait le sentier au bord du lac. Ce n'était pas Chase ; c'était une femme. Quelle femme pouvait bien se promener aussi loin à l'intérieur de la forêt du Ven, en robe ? Richard la regarda progresser le long de la rive. Elle ne semblait pas pressée, mais elle ne traînait pas non plus. Elle paraissait plutôt se déplacer du pas mesuré d'un voyageur expérimenté. C'était logique ; nul ne vivait dans les parages du Lac Trunt.

Un autre mouvement attira son attention. Les yeux de Richard fouillèrent l'ombre. Derrière elle, il y avait d'autres silhouettes. Trois, non, quatre hommes, encapuchonnés dans des manteaux de forestiers, la suivaient, mais en restant à quelque distance en arrière. Ils se déplaçaient furtivement, se dissimulant derrière les arbres ou les rochers. Epier. Attendre. Avancer. Richard se redressa, les yeux grands ouverts, fasciné.

Ils la traquaient.

Il le comprit immédiatement : c'était le troisième enfant du danger.

2

Sur le coup, Richard demeura figé, ne sachant que faire. Il ne pouvait pas vérifier que les quatre hommes traquaient effectivement la femme, du moins pas avant qu'il ne soit trop tard. Pourquoi devrait-il s'en mêler, d'ailleurs ? De plus, il n'avait même pas pris son couteau. Que pouvait-il bien faire, lui, un homme seul et sans arme, contre quatre ? Il regarda la femme progresser le long du chemin, ignorante du danger qui la menaçait.

Comment pourrait-elle s'en sortir ?

Il s'accroupit, les muscles tendus, le cœur battant. Le soleil matinal lui chauffait le visage. Richard savait qu'un raccourci partait du Sentier des Colporteurs, quelque part devant elle. En toute hâte, il tenta de se souvenir de son emplacement exact. L'embranchement principal à la gauche de la femme se prolongeait autour du lac puis à flanc de colline à sa propre gauche, jusqu'à l'endroit d'où il observait la scène. Si elle restait sur le sentier principal, il pouvait attendre son arrivée et la prévenir. Et après ? De plus, cela prendrait trop de temps. Ils l'auraient rejointe avant. Une idée commença à germer. Il bondit sur ses pieds et dévala le sentier.

S'il pouvait la rattraper avant que les hommes ne la capturent, et avant le raccourci, il pourrait l'entraîner par le bon embranchement. Ce sentier-là menait hors de la frondaison et grimpait jusqu'aux saillies en terrain découvert, loin de la frontière, vers la ville de Hartland et les secours. S'ils se dépêchaient, il pourrait effacer leurs traces. Les hommes ne devineraient pas qu'ils avaient emprunté le sentier transversal. Ils la croiraient encore sur la route principale et seraient bernés assez longtemps pour qu'il puisse la conduire en lieu sûr.

Encore essoufflé par sa précédente course, Richard haletait, dévalant la colline aussi vite que possible. Le chemin serpentait au milieu des pins, aussi n'avait-il pas à s'inquiéter de savoir si les hommes le remarqueraient. En outre, un tapis moelleux d'aiguilles étouffait le bruit de ses pas.

Au bout d'un moment, il commença à chercher le sentier transversal. Il ignorait quelle distance il avait parcourue, la forêt n'offrant aucun point de repère. Le raccourci était étroit, il risquait de le dépasser sans le voir. Tout en courant, il réfléchissait à ce qu'il raconterait à la femme lorsqu'il la rejoindrait. Son esprit travaillait aussi vite que ses jambes. Elle pourrait le prendre pour l'un de ses poursuivants, ou avoir peur de lui, ou ne pas le croire. Il n'aurait pas beaucoup de temps pour la convaincre qu'il désirait l'aider.

Au sommet d'une petite élévation, il s'arrêta un instant, chercha l'embranchement des yeux. En vain. A présent, il suffoquait plus qu'il ne respirait. Il savait que s'il n'atteignait pas la fourche avant elle, ils seraient coincés, et leur seule échappatoire serait de semer les hommes, ou de combattre. Il était trop essoufflé pour l'une ou l'autre solution. Sa chemise était trempée de sueur et lui collait à la peau. La fraîcheur matinale s'était transformée en chaleur étouffante.

Juste avant un lacet sur la droite, il arriva enfin au raccourci, le dépassant presque. Il l'inspecta rapidement, en quête de traces qui indiqueraient que la femme était déjà passée. Il n'y en avait pas. Soulagé, il se laissa tomber à genoux et essaya de reprendre haleine. La première partie de son plan avait fonctionné. Il l'avait précédée. Il fallait maintenant la convaincre avant qu'il ne soit trop tard.

La main droite plaquée contre un point de côté douloureux, tentant toujours de récupérer son souffle, il fut soudain pris d'un doute. Et s'il s'agissait seulement d'une fille qui jouait avec ses frères ? Il aurait l'air ridicule. Tout le monde rigolerait bien... sauf lui.

Il jeta un coup d'œil à la morsure sur le dos de sa main. Elle était rouge et l'élançait terriblement. Il se remémora la chose dans le ciel. Puis il repensa à la manière dont la femme marchait, comme si elle avait un but, pas comme une enfant en train de jouer. C'était une femme, pas une fillette. Il se rappela aussi la peur bleue qu'il avait éprouvée quand il avait avisé les quatre hommes. Quatre hommes qui pistaient leur proie avec précaution : le troisième événement étrange à se produire ce matin. Le troisième enfant du danger. Non, ce n'était pas un jeu, il savait ce qu'il avait vu. Ce n'était pas un jeu. Ils la traquaient.

Richard se releva à moitié. Le torse voûté, les mains cramponnées à ses genoux, il prit quelques profondes inspirations avant de se redresser.

Ses yeux tombèrent sur la jeune femme alors qu'elle émergeait de la courbe devant lui. Il eut un instant le souffle coupé. Sa chevelure brune était gonflée, opulente et longue. Elle était grande, presque aussi grande que lui, et à peu près du même âge. La robe qu'elle portait ne ressemblait à rien qu'il eût jamais vu : blanche, avec une encolure carrée. Une petite bourse en cuir tanné pendait à sa ceinture. L'étoffe était soyeuse, presque chatoyante, et ne comportait aucun des ornements de dentelle ou des ruchés auxquels il était habitué, aucun imprimé ni aucune couleur pour le distraire de la façon dont elle caressait son galbe. Cette robe était élégante par sa simplicité. Elle s'arrêta, et les longs plis gracieux vinrent souligner la ligne fuselée de ses cuisses.

Richard s'approcha et s'arrêta à trois enjambées de manière à ne pas l'effrayer. Elle se tenait droite et immobile, les bras le long du corps. Ses yeux verts se rivèrent aux siens et le contact fut si intense que Richard crut défaillir. Il sentit qu'il l'avait connue de toute éternité, qu'elle avait toujours fait partie de lui, que ses problèmes étaient siens. Elle le tenait avec son regard aussi sûrement qu'une poigne d'acier, fouillait ses yeux comme elle l'eût fait de son âme, cherchant une réponse à quelque chose. Je suis ici pour vous aider, dit-il mentalement.

Alors il lut dans ses yeux quelque chose qui l'attira davantage encore. L'intelligence. Il la vit briller, flamboyer en elle. L'intelligence et l'honnêteté. La droiture. Et il se sentit en sécurité.

Mais soudain il se rappela la raison de sa présence. Le temps leur était compté.

— J'étais là-haut (il indiqua la colline où il s'était tenu) et je vous ai vue.

Elle regarda dans la direction qu'il désignait. Il regarda, lui aussi, et s'aperçut que son doigt était pointé vers un enchevêtrement de branchages. Ils ne pouvaient discerner la colline, parce que les arbres bloquaient la vue. Penaud, il laissa tomber son bras. Les yeux de la femme revinrent sur les siens, dans l'expectative.

Richard recommença, parlant à voix basse.

— J'étais là-haut sur une colline, au-dessus du lac. Je vous ai vue marcher sur le chemin près de la rive. Il y a des hommes qui vous suivent.

Elle ne trahit aucune émotion, mais soutint son regard.

— Combien ?

Il trouva sa question étrange, mais y répondit :

— Quatre.

Elle pâlit. Tournant la tête, elle inspecta les bois derrière elle, sonda brièvement les ombres, puis reporta son regard vers lui, ses yeux verts cherchant les siens.

— Consentez-vous à m'aider ?

Mis à part sa pâleur, ses traits exquis ne laissaient rien transparaître de ses sentiments.

Avant que son esprit ait pu formuler une pensée, il s'entendit dire :

— Oui.

Son visage s'adoucit.

— Que suggérez-vous ?

— Il y a un raccourci qui part d'ici. Si nous l'empruntons, et qu'ils restent sur le sentier, nous pouvons nous échapper.

— Et s'ils n'y restent pas ? S'ils nous suivent ?

— J'effacerai nos traces.

Il secouait la tête, essayait de la rassurer.

— Ils ne nous suivront pas. Ecoutez, il n'y a pas de temps à...

— S'ils nous suivent, l'interrompit-elle, que ferons-nous ?

Il étudia un moment son visage.

— Sont-ils très dangereux ?

Elle se raidit.

— Très.

La manière dont elle prononça ce mot le glaça.

— Eh bien, cette petite sente est étroite et abrupte. Ils ne pourront pas nous encercler.

— Vous êtes armé ?

Il secoua la tête, trop en colère contre lui-même d'avoir oublié son couteau pour dire « non » à voix haute.

— Alors il faut nous dépêcher.

Une fois la décision prise, ils ne discutèrent plus. Richard camoufla précipitamment leurs traces et lui fit signe de passer la première de manière à s'interposer entre elle et les hommes. Elle n'hésita pas. Les plis de sa robe ondoyèrent à sa suite tandis qu'elle se hâtait de suivre ses indications. La végétation luxuriante du Ven les enserrait étroitement, de sorte que le chemin devint un itinéraire clos, exigu, sombre et vert. Ils ne distinguaient rien alentour.

Après un moment, le terrain commença à grimper et à devenir plus rocailleux. Les arbres s'amenuisèrent, offrant un plus vaste panorama. Le sentier zigzagua le long de failles profondes et de ravins abrupts. Les pins et les épicéas cédèrent la place aux feuillus, notamment aux bouleaux. A travers les branches qui oscillaient dans le vent, de petites flaques de soleil dansaient sur l'humus. Les troncs blancs tachés de noir des bouleaux évoquaient des centaines d'yeux qui les regardaient passer. Hormis le cri rauque de quelques corbeaux, c'était un endroit très paisible et reposant.

Au pied d'un mur de granit qui bordait le chemin, il lui fit signe, un doigt sur les lèvres : ils devaient avancer avec précaution afin d'éviter que l'écho ne trahisse leur présence. Chaque fois qu'un corbeau croassait, il entendait son cri résonner à travers les collines. Richard connaissait cet endroit ; la configuration de la paroi rocheuse pouvait transporter un son sur des kilomètres. Il désigna les rochers ronds recouverts de mousse qui parsemaient le sol. Il voulait qu'ils montent sur ces rochers pour éviter de casser les brindilles dissimulées sous le tapis végétal. Il remua quelques feuilles pour les lui montrer et fit semblant de les briser, puis mit ses mains en coupe contre ses oreilles. Elle acquiesça d'un hochement de tête, releva sa robe d'une main et entreprit d'escalader les rochers. Il lui toucha le bras pour attirer à nouveau son attention et mima une glissade ainsi qu'une chute, afin de lui faire comprendre qu'elle devait être vigilante. Elle sourit et hocha encore la tête. Il ne s'attendait pas à ce sourire, qui lui réchauffa le cœur, atténuant ses craintes.

Peu à peu, la roche remplaçait la terre et la végétation se clairsemait. Quelques rares arbres poussaient dans les crevasses, noueux et tordus afin de ne fournir qu'un minimum de prise au vent qui pourrait les arracher de leur maigre ancrage.

Bientôt ils se retrouvèrent sur les saillies. Le chemin n'était pas toujours très marqué, et il y avait de nombreuses fausses pistes. Elle devait souvent se tourner vers lui, et il la guidait en pointant le doigt, ou d'un hochement de tête. Richard se demandait quel était son nom, mais son effroi des quatre hommes l'empêchait de parler. Bien que le sentier fût abrupt et difficile, elle le suivait sans peine. Il vit qu'elle portait de solides bottes en cuir souple : le genre de bottes que portaient les gens habitués à voyager.

Cela faisait bien une heure qu'ils étaient sortis du couvert des arbres et grimpaient toujours plus haut, vers le soleil. Les saillies les menaient à l'est avant que le sentier ne revienne plus tard vers l'ouest. Les hommes, s'ils les avaient suivis, seraient éblouis par le soleil en essayant de les localiser. Richard jetait de fréquents coups d'œil par-dessus son épaule. Lorsqu'il les avait discernés près du Lac Trunt, ils étaient bien dissimulés, mais le terrain était trop découvert pour qu'ils se camouflent. Ils se trouvaient probablement à des kilomètres de là, sur le Sentier des Colporteurs. Son plan avait fonctionné !

Ne décelant aucune trace de leurs poursuivants, Richard proposa une pause, d'autant plus que sa main lui élançait. Mais la jeune femme, au contraire, accéléra l'allure, comme si les hommes étaient sur leurs talons. Richard se souvint de son regard effrayé quand il lui avait demandé s'ils étaient dangereux et renonça à faire halte.

La matinée s'écoulait, la journée devenait torride pour cette saison. Le ciel était d'un bleu étincelant, uniquement émaillé de quelques fins nuages blancs à la dérive. L'un d'eux avait adopté la forme sinueuse d'un serpent, tête baissée et queue en l'air. En raison de son caractère si particulier, Richard se souvint d'avoir vu le même un peu plus tôt — ou était-ce la veille ? Il devrait se rappeler de le mentionner à Zedd la prochaine fois qu'il le verrait. Zedd lisait dans les nuages, et si Richard oubliait de lui signaler ses observations, il serait obligé de subir une interminable leçon sur leur signification. Zedd l'examinait probablement en ce moment même, se demandant avec anxiété si Richard y prêtait attention.

Le chemin les conduisit sur la face sud de la Crête Epointée, à l'endroit où il franchissait un escarpement d'où la montagne tirait son nom. A mi-hauteur, le sentier offrait une vue panoramique de la forêt du Ven du Sud et, à leur gauche, enveloppés de nuages et de brouillard, presque dissimulés derrière la falaise, s'élevaient les hauts pics déchiquetés qui marquaient la frontière. Là-bas tous les arbres étaient morts. La liane, comprit Richard.

Ils avancèrent rapidement sur la route de l'escarpement. Ils n'avaient aucune chance de se camoufler et n'importe qui pouvait facilement les repérer, mais de l'autre côté de la falaise, le chemin commencerait à descendre vers les Bois du Hartland, puis vers la ville. Même si les hommes se rendaient compte de leur erreur et les suivaient, Richard et la femme avaient une bonne longueur d'avance.

Comme il se rapprochait de l'extrémité opposée de la falaise, le chemin s'élargit jusqu'à permettre à deux personnes de marcher de front. La main droite plaquée contre la paroi rocheuse, Richard se retournait de temps à autre. Toujours rien à signaler.

Soudain, la jeune femme se figea : devant eux se tenaient deux de leurs poursuivants. Ils étaient immenses, bien plus grands que Richard, et si leurs manteaux à capuchon vert foncé masquaient leurs visages, ils ne pouvaient dissimuler leur imposante musculature. Comment ces hommes avaient-ils pu les dépasser ?

Richard et la femme firent volte-face. Depuis un surplomb rocheux, deux cordes se déroulèrent. Les deux autres hommes bondirent sur le chemin, atterrissant avec des bruits sourds, bloquant toute retraite. Ils étaient aussi grands que les deux premiers. Des boucles et des sangles de cuir sous leurs capes retenaient un arsenal qui luisait dans la lumière.

Richard se retourna vers les deux premiers. Ils retirèrent calmement leurs capuches. Ils avaient les cheveux blonds et drus, le cou épais. Leurs visages étaient rudes mais agréables.

— Tu peux passer, mon garçon. C'est la fille qui nous intéresse.

La voix de l'homme était grave, presque amicale. Néanmoins, la menace était aussi perçante qu'une pique. Il enleva ses gants de cuir et les rangea dans sa ceinture, sans prendre la peine de regarder Richard. Il ne considérait apparemment pas celui-ci comme un obstacle. C'était sûrement le chef, puisque les trois autres patientaient en silence pendant qu'il parlait.

Richard ne s'était jamais trouvé dans pareille situation. Il perdait rarement son sang-froid et parvenait à changer les grimaces en sourires grâce à ses manières aisées. Si les paroles n'aboutissaient à rien, il était assez preste et fort pour mettre un terme aux provocations avant que quelqu'un ne soit blessé et, si besoin était, il s'en allait, tout simplement. Il savait que ces hommes-là n'étaient pas du genre à discuter et qu'ils n'avaient manifestement pas peur de lui.

Richard lança un regard à la femme et vit qu'elle implorait son aide.

Il se pencha vers elle et parla à voix basse, mais ferme :

— Je ne vous abandonnerai pas.

Elle parut soulagée et posa délicatement la main sur son avant-bras.

— Restez entre eux et moi, ne les laissez pas m'attaquer tous en même temps, murmura-t-elle. Et surtout, ne me touchez pas quand ils arriveront.

Elle resserra sa prise sur son bras et ses yeux plongèrent dans les siens.

— Puissent les bons esprits nous assister, dit-elle.

Elle laissa ses bras tomber le long du corps, pivota vers les deux hommes derrière eux, le visage vide d'émotion.

— Passe ton chemin, mon garçon.

La voix du chef se fit plus dure. Ses féroces yeux bleus scintillèrent. Il contracta la mâchoire.

— Dernier avertissement.

Richard avait la gorge serrée mais il essaya de prendre un ton assuré :

— Nous allons partir tous les deux.

— Pas aujourd'hui, dit le chef avec autorité.

Il dégaina un poignard. L'homme à ses côtés sortit une épée du fourreau attaché dans son dos. Avec un sourire malsain, il la fit glisser sur son avant-bras musclé, souillant la lame de rouge. Dans son dos, Richard entendit le tintement du fer que l'on tirait. Il était paralysé de peur. Tout cela arrivait trop vite. Ils n'avaient aucune chance. Aucune.

Durant un bref moment personne ne bougea. Richard tressaillit lorsque les quatre hurlèrent les cris de guerre d'hommes prêts à combattre jusqu'à la mort. Ils chargèrent en un effroyable assaut. Celui qui était armé d'une épée la brandit bien haut et s'élança contre Richard, tandis que l'un des reîtres derrière lui agrippait la femme.

C'est alors, juste avant que l'homme ne l'atteigne, qu'un violent impact se produisit dans l'air, semblable à un coup de tonnerre muet. Un nuage de poussière s'envola autour d'eux.

Surpris, l'homme à l'épée trébucha en avant. Richard prit appui contre la paroi et, des deux pieds, le frappa en pleine poitrine. Le choc le projeta en l'air, hors du sentier. Les yeux du mercenaire s'écarquillèrent de stupeur tandis qu'il basculait en arrière sur les rochers, tenant toujours à deux mains l'épée au-dessus de sa tête.

C'est alors que Richard vit l'un des deux autres hommes dans son dos chuter dans l'abîme, lui aussi, la cage thoracique lacérée et sanguinolente. Avant que Richard ait pu réagir, le chef le dépassa au pas de charge. La secousse lui coupa le souffle et le propulsa brutalement contre la paroi, envoyant sa tête heurter le roc. Alors qu'il luttait contre l'évanouissement, sa seule pensée fut qu'il devait empêcher l'homme d'atteindre la femme.

Faisant appel à une force dont il ne soupçonnait pas l'existence, Richard attrapa le poignet du chef et l'obligea à se retourner. Le poignard décrivit un arc de cercle dans sa direction. La lame étincelait dans la lumière du soleil. Une lueur sauvage animait les yeux bleus de l'homme. Richard n'avait jamais eu aussi peur de toute sa vie.

A cet instant, il sut qu'il allait mourir.

Apparemment sorti de nulle part, le dernier homme, brandissant une courte épée maculée de sang, s'écrasa contre le chef, lui fichant sa lame dans le ventre. La collision fut si violente qu'elle les projeta tous deux par-dessus le bord de la falaise. Pendant toute cette terrible chute, le dernier homme poussa un mugissement de rage qui ne cessa que lorsqu'ils s'écrasèrent sur les rochers en contrebas.

Richard demeura abasourdi. Puis il se tourna vers la femme, terrifié à l'idée de la voir mutilée et sans vie. Non : elle était assise par terre, appuyée contre la paroi, épuisée mais indemne, le regard perdu dans le vague. Tout s'était déroulé si rapidement qu'il ne comprenait pas ce qui s'était passé. Il s'effondra à ses côtés sur la roche tiédie par le soleil. Il avait une migraine atroce due au choc de sa tête contre la paroi. Trop bouleversé pour parler, il la regarda simplement. Il ne pouvait croire qu'ils fussent vivants. Cela semblait impossible. C'était quoi, ce tonnerre muet ? Et la douleur qu'il avait ressentie quand ça s'était produit ? Il n'avait jamais rien éprouvé de tel. Le souvenir le fit frissonner. Quoi que ce fût, elle n'y était pas étrangère, et cela lui avait sauvé la vie. Un événement mystérieux s'était produit, et il n'était pas certain de vouloir en savoir davantage.

Elle reposa sa tête contre la paroi, la fit rouler de côté, vers lui.

— Je ne connais même pas votre nom. Je voulais vous le demander plus tôt, mais j'avais peur de parler.

Elle désigna vaguement le gouffre.

— Ils m'effrayaient tellement... Je ne voulais pas qu'ils nous trouvent.

Elle semblait au bord des larmes, et lui ne valait guère mieux.

— Je m'appelle Richard Cypher.

Elle sourit.

— Rares sont ceux qui auraient eu le courage de m'aider. Vous êtes quelqu'un d'exceptionnel, Richard Cypher.

Richard sentit son visage s'empourprer. Elle détourna le regard, repoussa une mèche que la brise légère avait plaquée sur son front et feignit de ne pas remarquer son émotion.

— Je...

Elle hésita. Puis, se tournant vers lui :

— Je m'appelle Kahlan. Mon nom de famille est Amnell.

Il la regarda dans les yeux pendant un moment.

— Vous aussi êtes exceptionnelle, Kahlan Amnell. Vous avez du cran.

Elle ne rougit pas, mais sourit de nouveau. C'était un sourire bizarre : lèvres closes, sibyllines. Ses yeux pétillaient, cependant, et il sentit qu'elle appréciait le compliment.

Richard se passa la main derrière le crâne, palpa la bosse douloureuse. Mais non, il ne saignait pas. Il reporta son attention sur Kahlan, se demandant à nouveau ce qui s'était produit, se demandant ce qu'elle avait fait, par quel miracle ils avaient survécu. Il y avait eu ce coup de tonnerre muet, qui avait fait basculer l'un des hommes au bas de la falaise. Ensuite... Tout s'était passé si vite !

— Eh bien, Kahlan, mon amie, pouvez-vous m'expliquer pourquoi nous sommes vivants et pourquoi ces quatre hommes ne le sont plus ?

Elle le considéra, surprise.

— Vous le pensez vraiment ?

— Penser quoi ?

Elle hésita.

— Amie.

Richard haussa les épaules.

— Bien sûr. Vous venez de dire que je vous ai aidée. C'est le genre de choses que font les amis, pas vrai ?

Il lui sourit.

Kahlan se détourna.

— Je ne sais pas.

Elle tripota la manche de sa robe, les yeux baissés.

— Je n'ai encore jamais eu d'ami. Excepté ma sœur, peut-être...

Il perçut la souffrance dans sa voix.

— Eh bien, dorénavant vous en avez un ! s'exclama-t-il. Après tout, nous avons vécu ensemble quelque chose d'assez terrifiant. Nous nous sommes mutuellement assistés, et nous sommes saufs.

Elle resta silencieuse. Richard parcourait des yeux cette forêt luxuriante où il se sentait comme chez lui. Quelle beauté ! Mais son regard fut attiré par des taches brunes, des arbres morts qui tranchaient sur cet océan de verdure. Jusqu'à ce matin, lorsqu'il avait découvert la liane et qu'elle l'avait mordu, il n'avait jamais envisagé qu'elle puisse s'étendre à travers bois, jusqu'à la frontière. Il s'aventurait rarement aussi loin.

La frontière était synonyme de mort. On racontait que la franchir ne signifiait pas seulement mourir mais également perdre son âme.

— Dites-moi, Kahlan, comment expliquez-vous notre victoire ?

Elle ne croisa pas son regard.

— Je pense que les bons esprits nous ont protégés.

Il n'en crut pas un mot. Mais s'il souhaitait connaître la vérité, il n'allait pas pour autant la forcer à parler. Son père lui avait appris à respecter le droit d'autrui à garder ses secrets. Elle lui raconterait tout quand bon lui semblerait, si elle le désirait.

En fait, lui aussi avait ses secrets, à commencer par le meurtre de son père et les événements de la journée.

— Kahlan, dit-il d'une voix qu'il tenta de rendre rassurante, être amis ne signifie pas que vous deviez tout me raconter. Notre amitié n'en sera pas brisée pour autant.

Elle se contenta de hocher la tête.

Richard se remit sur ses pieds. Sa tête lui faisait mal, sa main lui faisait mal, et il se rendait maintenant compte que sa poitrine lui faisait mal à l'endroit où l'homme l'avait frappé. Pour couronner le tout, il se souvint qu'il avait faim. Michaël ! Il avait oublié la fête donnée en l'honneur de son frère. Le soleil était déjà haut dans le ciel : jamais il n'arriverait à temps ! Mais il emmènerait Kahlan, parlerait des hommes à Michaël et lui obtiendrait une protection.

Il lui tendit la main pour l'aider à se relever. Elle la fixa, étonnée. Richard sourit.

— Jamais eu d'ami pour vous tendre la main avant ?

Elle détourna le regard.

— Non.

Richard se rendit compte qu'elle était mal à l'aise, aussi changea-t-il de sujet.

— Quand avez-vous mangé pour la dernière fois ?

— Il y a deux jours, dit-elle, impassible.

— Alors vous devez être encore plus affamée que moi. Je vais vous emmener chez mon frère.

Il regarda d'un air dubitatif par-dessus le bord de la falaise.

— Il faudra lui parler des corps. Il saura quoi faire.

Il se retourna vers elle.

— Kahlan, savez-vous qui étaient ces hommes ?

Ses yeux verts se durcirent.

— Ils forment un quad. Ce sont... euh... ce sont des assassins. On les engage pour tuer.

Elle se reprit.

— Ils tuent des gens.

Son visage était impassible.

— Je crois que moins de gens me connaîtront, plus je serai en sécurité.

Richard était stupéfait ; il n'avait jamais rien entendu de tel. Des pensées sombres, nébuleuses, recommencèrent à l'assaillir.

— Kahlan, d'où venait le quad ?

Elle étudia un moment son visage.

— Il doit m'avoir suivie hors du Midlands et à travers la frontière.

Richard sentit une sueur glacée lui couler le long de l'échine. Une colère depuis longtemps enfouie au plus profond de lui s'éveilla, grandit, faisant resurgir d'obscur secrets.

Elle devait mentir. Personne ne pouvait franchir la frontière.

Personne.

Nul ne pouvait pénétrer au Midlands ou en sortir : la frontière l'encerclait depuis la nuit des temps. Le Midlands était et devait demeurer inviolé.

Car c'était le pays de la magie.

3

La maison de Michaël était une imposante bâtisse de pierre blanche, située à quelque distance de la route. Les toits d'ardoise, d'angles et d'inclinaisons divers qui s'assemblaient en motifs compliqués, étaient surmontés d'une arête en vitrail qui laissait pénétrer la lumière dans le hall central. L'allée qui menait à la maison était bordée de chênes centenaires et serpentait au milieu d'une pelouse impeccablement entretenue avant d'arriver aux jardins à la française. Les massifs étaient en pleine floraison. Etant donné la période tardive, Richard devina que les fleurs devaient avoir été cultivées sous serre juste pour l'occasion.

Des gens bien habillés arpentaient pelouses et jardins, et Richard ne se sentit soudainement plus à sa place. Il savait qu'il devait avoir piètre allure, dans son costume de garde forestier couvert de boue, mais il n'avait pas eu le temps de repasser chez lui pour se changer. De plus, il était d'humeur maussade et ne se souciait pas réellement de son apparence. Il avait des choses plus importantes à l'esprit.

Kahlan, en revanche, n'avait pas l'air déplacée. Sa robe, inhabituelle mais superbe, était restée impeccable malgré la tuerie qui avait eu lieu sur la Crête Epointée.

Voyant à quel point il était contrarié d'apprendre qu'elle avait franchi la frontière depuis le Midlands, elle n'avait plus abordé le sujet. Richard avait besoin de temps afin d'y réfléchir, et n'avait pas insisté. Au lieu de cela, elle lui avait posé des questions sur sa vie dans le Westland. Il lui avait parlé de sa maison dans la forêt, lui avait dit qu'il aimait vivre loin de la ville, et qu'il était guide pour les voyageurs qui traversaient les Bois du Hartland.

— Il y a une cheminée, chez vous ? avait-elle demandé.

— Oui, bien sûr.

— Et vous l'utilisez ?

— J'y fais cuire la soupe, lui avait-il répondu. Pourquoi ?

Elle s'était contentée de hausser les épaules tandis qu'elle détournait les yeux sur le paysage.

— Les veillées au coin du feu me manquent, c'est tout.

Si perturbateurs qu'aient été les incidents de la journée, il appréciait d'avoir quelqu'un avec qui discuter, même si elle gardait bien ses secrets.

— Votre invitation, monsieur ? appela quelqu'un près de l'entrée.

Invitation ? Richard se retourna pour voir qui s'était adressé à lui et se trouva face à un sourire malicieux. C'était son ami Chase. Il serra chaleureusement la main du garde-frontière.

Chase était grand, rasé de près, avec des cheveux brun clair bien fournis, légèrement grisonnants sur les tempes, et des yeux d'un brun intense. Quand il parlait, il ne regardait pas son interlocuteur, ce qui donnait aux gens l'impression — fausse — qu'il ne leur prêtait pas attention. Malgré sa taille, Chase était, Richard le savait, terriblement rapide. Chase arborait une paire de poignards d'un côté de sa ceinture, et une masse d'armes à six pointes de l'autre. La poignée d'une épée courte dépassait de son épaule droite, et une arbalète équipée d'un chargement complet de carreaux à pointes d'acier pendait à une lanière de cuir à sa gauche.

Richard leva un sourcil.

— On dirait que tu as l'intention de revendiquer ta part du festin.

Le sourire s'effaça du visage de Chase.

— J'suis pas ici en tant qu'invité.

Son regard se fixa sur Kahlan.

Richard sentit son embarras. Il prit le bras de Kahlan et la tira en avant. Elle vint tranquillement, sans crainte.

— Chase, je te présente mon amie Kahlan. Kahlan, voici Dell Brandstone. Tout le monde l'appelle Chase. C'est un vieil ami. Nous pouvons compter sur lui.

Il se retourna vers Chase.

— Tu peux également lui faire confiance.

Elle toisa ce grand homme et lui sourit.

Chase hocha la tête : la question était réglée, la parole de Richard étant la seule garantie dont il avait besoin. Ses yeux inspectèrent la foule, s'attardèrent sur diverses personnes, mesurèrent l'intérêt qu'elles portaient à leur trio. Puis il entraîna ses deux compagnons à l'ombre des murs.

— Ton frère a réquisitionné tous les gardes-frontière.

Il s'arrêta, jeta un nouveau coup d'œil alentour.

— Pour qu'ils lui servent de gardes du corps.

— Quoi ! Ça n'a aucun sens !

Richard était incrédule.

— Il contrôle la milice et l'armée. En quoi quelques gardes pourraient-ils lui être utiles ?

Chase posa sa main gauche sur l'un de ses poignards.

— Je me le demande.

Son visage ne trahissait aucune émotion.

— Peut-être nous veut-il dans le coin juste pour impressionner. Les gens ont peur des gardes. Tu vis dans les bois depuis que ton père est mort — non que je prétende que je ne ferais pas la même chose si j'étais toi. Ce que je veux dire, c'est que tu n'étais pas ici. Des choses étranges se sont produites, Richard. Des gens vont et viennent dans la nuit. Michaël les appelle des « citoyens scrupuleux ». Il a fait allusion à des complots contre le gouvernement. Il a disposé des gardes dans tout le domaine.

Richard regarda autour de lui, mais n'en aperçut aucun. Il savait que cela ne voulait rien dire. Si un garde-frontière désirait ne pas être vu, il pouvait très bien vous marcher sur les pieds sans que vous parveniez à le repérer.

Chase tambourina des doigts sur le manche du poignard tandis qu'il observait Richard scruter les environs.

— Mes gars sont là, fais-moi confiance.

— Comment sais-tu que Michaël a tort ? Après tout, on a assassiné le nouveau Premier Conseiller.

Chase prit un air dégoûté.

— Je connais la moindre petite ordure du Westland. Il n'y a pas de complot. Il s'amuse peut-être à se faire peur, mais je crois que je fais partie du décor. Michaël a dit que je devais « rester visible ».

Ses traits se durcirent.

— Et en ce qui concerne le meurtre de ton père, eh bien, George Cypher et moi nous fréquentions depuis longtemps, longtemps avant ta naissance, avant la frontière. C'était un homme bien. J'étais fier de l'appeler mon ami.

La colère embrasa son regard.

— J'ai insisté auprès de quelques personnes.

Il changea de position, jeta encore un œil alentour avant de diriger de nouveau son expression féroce vers Richard.

— Insisté lourdement. Assez lourdement pour qu'elles crachent le nom de leur propre mère. Personne ne savait rien et, crois-moi, s'ils avaient su quelque chose, ils auraient été contents d'abréger notre conversation. C'est la première fois que je traque quelqu'un sans être capable de renifler la moindre piste.

Il croisa les bras, et son sourire revint comme il détaillait Richard de haut en bas.

— En parlant d'ordure, où es-tu allé traîner ? On dirait l'un de mes clients.

Richard lança un regard à Kahlan, puis revint à Chase.

— Nous étions dans le haut Ven.

Richard baissa la voix.

— Nous avons été attaqués par quatre hommes.

Chase leva un sourcil.

— Je les connais ?

Richard secoua la tête.

Chase se renfrogna.

— Et où sont partis ces quatre compères après vous avoir sauté dessus ?

— Tu connais le sentier qui traverse la Crête Epointée ?

— Bien sûr.

— Ils gisent sur les rochers en contrebas. Il va falloir que nous discutions.

Chase décroisa les bras et les fixa tous les deux.

— J'irai voir. Comment vous êtes-vous débrouillés ?

Richard échangea un rapide coup d'œil avec Kahlan et reporta son regard sur le garde-frontière.

— Je crois que les bons esprits nous ont protégés.

Chase leur décocha une œillade soupçonneuse.

— Vraiment ? Eh bien, il vaudrait mieux ne pas en parler à Michaël pour l'instant. Je ne pense pas qu'il croie aux bons esprits.

Il étudia leurs visages.

— Si vous le jugez utile, je peux vous héberger. Vous serez en sécurité chez moi.

Richard réfléchit à tous les enfants de Chase et songea qu'il ne souhaitait pas les mettre en danger, mais il ne voulait pas non plus discuter de la question, aussi se contenta-t-il d'acquiescer.

— Nous ferions mieux d'entrer. Michaël va sûrement remarquer mon absence.

— Encore une chose, fit Chase. Zedd veut te voir. Il se fait du mauvais sang à propos de quelque chose. Il dit que c'est très important.

— Je crois qu'il faut que je le voie, moi aussi.

— Richard, dit Chase d'un air qui aurait ébranlé n'importe qui d'autre, dis-moi ce que tu trafiquais dans le haut Ven.

Richard ne se déroba pas.

— La même chose que toi. Je cherchais une piste.

Le visage sévère de Chase s'adoucit.

— T'en as trouvé une ?

Richard hocha la tête et leva sa main gauche rougie, endolorie.

— Oui, et elle mord.

Richard et Kahlan se tournèrent et se mêlèrent à la foule qui s'engouffrait dans la maison, foulait le sol de marbre blanc, jusqu'à l'élégant hall de réception. Les murs et les colonnes de marbre luisaient d'un sinistre éclat froid. Richard avait toujours préféré la chaleur du bois, mais Michaël soutenait que n'importe qui pouvait se procurer du bois, alors que si l'on désirait du marbre, il fallait engager ceux qui vivaient dans des cabanes de bois pour faire le travail à votre place. Richard se remémora un temps avant que leur mère ne meure, quand lui et Michaël jouaient dans la terre, bâtissaient des maisons et des forts avec des bâtons.

Michaël l'avait aidé alors. Il désirait tant qu'il l'aide maintenant.

Des gens que Richard reconnut le saluèrent, il les gratifia d'un sourire neutre ou d'une rapide poignée de main. Comme Kahlan venait de l'étranger, Richard était surpris de voir à quel point elle semblait à l'aise parmi tous ces notables. Il avait déjà présumé qu'elle aussi devait être quelqu'un d'important. Les bandes d'assassins ne pourchassent pas les personnes ordinaires.

Richard avait du mal à sourire à tout le monde. Si les rumeurs au sujet de choses issues de la frontière s'avéraient exactes, alors tout le Westland était en danger. Les paysans des régions périphériques du Hartland étaient déjà terrifiés à la perspective de devoir sortir la nuit et lui avaient raconté des histoires de cadavres à moitié dévorés. Il leur avait expliqué qu'ils n'étaient morts que de cause naturelle et que des animaux sauvages avaient déniché les corps. Cela arrivait tout le temps. Ils affirmaient qu'il s'agissait de bêtes venues du ciel. Il avait pris cela pour d'absurdes superstitions.

Jusqu'à maintenant.

Même au milieu de la foule, Richard était accablé de solitude. Kahlan était la seule qui parvenait à le réconforter, mais en même temps elle l'effrayait. La rencontre sur la falaise l'avait terrifié. Il voulait l'emmener loin d'ici.

Zedd saurait quoi faire. Il vivait dans le Midlands autrefois, avant la frontière, bien qu'il n'en parlât jamais. Et puis il y avait ce sentiment troublant que tout ceci avait un rapport avec la mort de son père, et que la mort de son père avait un rapport avec ses propres secrets, les secrets que son père n'avait confiés qu'à lui seul.

Kahlan posa la main sur son bras.

— Richard, je suis désolée. Je ne savais pas... à propos de votre père. Je suis désolée.

Avec toutes les émotions de la journée, il l'avait presque oublié, jusqu'à ce que Chase en reparle. Presque. Il haussa légèrement les épaules.

— Merci.

Une femme vêtue d'une robe de soie bleue avec une fraise, des manchettes et un ruché de poitrine en dentelle blanche se dirigeait vers eux. Il baissa les yeux tandis qu'elle passait de manière à ne pas devoir lui retourner son sourire.

— C'est arrivé il y a trois semaines.

Il raconta brièvement à Kahlan ce qui s'était produit. Elle écouta avec compassion.

— Je suis navrée, Richard. Vous préféreriez peut-être rester seul.

Il se força à sourire.

— Non, ça va. J'ai eu ma dose de solitude. Ça fait du bien d'avoir une amie à qui parler.

Elle lui adressa un doux sourire, puis ils reprirent leur marche à travers la foule. Richard se demanda où était Michaël. C'était bizarre qu'il ne se soit pas encore montré.

Lui-même avait perdu l'appétit, mais il savait que Kahlan n'avait pas mangé depuis deux jours. Avec toute cette nourriture alléchante dans les parages, il estima qu'elle possédait une remarquable maîtrise d'elle-même. Les arômes enchanteurs commençaient d'ailleurs à le tenter.

Il se pencha vers elle.

— Vous avez faim ?

— Une faim de loup !

Il la guida jusqu'à une longue table chargée de victuailles empilées en gradins. Il y avait d'énormes plats fumants de saucisses et de viandes, des pommes de terre bouillies, divers poissons séchés, du poisson grillé, du poulet, de la dinde, des monceaux de légumes crus coupés en rondelles, de grosses soupières de soupe au chou et à la saucisse, de soupe à l'oignon et de soupe aux épices, des plateaux de pains, de fromages, de fruits, de tourtes et de gâteaux, ainsi que des barriques de vin et de bière. Les serviteurs allaient et venaient constamment afin de maintenir les plats remplis.

Kahlan les examina.

— Certaines des servantes ont les cheveux longs. Est-ce autorisé ?

Richard regarda autour de lui, un peu perplexe.

— Oui. Tout le monde peut se coiffer comme il l'entend. Regardez.

Il tint son bras contre sa poitrine et pointa discrètement du doigt tout en se penchant vers elle.

— Ces femmes là-bas sont des conseillers, certaines ont les cheveux courts, d'autres les portent longs. Comme elles le désirent.

Il la lorgna du coin de l'œil.

— Est-ce qu'on vous oblige à vous couper les cheveux ?

Elle leva un sourcil.

— Non. Personne ne m'a jamais demandé de me couper les cheveux. C'est simplement que là d'où je viens, la longueur de la chevelure féminine revêt une certaine signification sociale.

— Cela signifie-t-il que vous êtes quelqu'un de haut rang ?

Il tempéra l'ironie de la question d'un sourire espiègle.

— Etant donné que vous avez de si longs et de si beaux cheveux, je veux dire.

Elle lui rendit son sourire, mais le sien était dépourvu de joie.

— Certains le pensent. Je devais m'attendre qu'après les événements de ce matin cette pensée vous traverse l'esprit. Nous ne pouvons être que ce que nous sommes, rien de plus, rien de moins.

— Pardon. Si je vous pose des questions qu'un ami ne devrait pas poser, envoyez-moi au diable.

Il revint au banquet et dénicha l'un de ses plats préférés, des côtelettes avec de la sauce épicée, en disposa quelques-unes dans une assiette blanche et la lui tendit.

— Essayez d'abord ceci. C'est un régal.

Kahlan tint l'assiette à bout de bras, la considérant avec suspicion.

— C'est la chair de quelle créature ?

— C'est du porc, dit-il, quelque peu surpris. Vous savez, du cochon. Goûtez, c'est ce qu'il y a de meilleur ici, je vous le promets.

Elle se détendit, rapprocha l'assiette et grignota une côtelette. Il en mangea lui-même une demi-douzaine, en savourant chaque bouchée.

Il mit quelques saucisses dans leurs assiettes.

— Tenez, goûtez ça aussi.

Ses soupçons se réveillèrent.

— De quoi sont-elles faites ?

— Avec du porc, du bœuf, des épices. Je ne sais pas lesquelles. Pourquoi ? Il y a des choses que vous ne pouvez pas manger ?

— Certaines choses, dit-elle évasivement avant d'avaler une saucisse. Puis-je avoir de la soupe aux épices, s'il vous plaît ?

Il lui en servit une louchée dans un délicat bol blanc cerclé d'or qu'il échangea contre son assiette. Elle prit le bol à deux mains et en but une gorgée.

Un sourire illumina son visage.

— C'est bon, comme celle que je prépare. Je ne crois pas que nos deux pays soient aussi différents que vous le craigniez.

Tandis qu'elle avalait le reste de sa soupe, Richard, que ces paroles avaient réconforté, attrapa une épaisse tranche de pain, y étala des blancs de poulet et, lorsqu'elle eut fini sa soupe, la troqua contre son bol. Elle prit le pain avec le poulet et se dirigea vers un coin de la pièce tout en mangeant. Il posa le bol de soupe et la suivit, serrant une main de temps en temps. La plupart des invités guignaient sa mise d'un air réprobateur. Quand Kahlan atteignit un coin tranquille près d'une colonne, elle se tourna pour lui faire face.

— Vous voulez bien me prendre un morceau de fromage ?

— Naturellement. Lequel ?

Elle parcourut le buffet des yeux.

— Peu importe.

Richard se fraya de nouveau un passage à travers la foule jusqu'à la table et attrapa deux morceaux de fromage, en grignotant un pendant le trajet de retour vers Kahlan. Elle prit celui qu'il lui tendit mais, au lieu de le manger, elle fit glisser le bras le long de son corps et le laissa tomber par terre, comme si elle avait oublié qu'elle le tenait.

— Ce n'est pas le bon ?

Sa voix était distante.

— Je hais le fromage.

Elle ne le regardait plus et fixait un point de l'autre côté de la salle.

Richard fronça les sourcils.

— Alors pourquoi en avoir demandé ?

Il y avait de l'irritation dans sa voix.

— Continuez à me regarder, dit-elle, ses yeux se rivant de nouveau aux siens. Il y a deux hommes derrière vous, de l'autre côté de la pièce. Ils nous observaient. Je voulais savoir si c'était moi ou vous qu'ils épiaient. Quand je vous ai envoyé chercher de la nourriture, ils vous ont regardé faire l'aller-retour. Ils ne m'ont pas prêté attention. C'est vous qu'ils observaient.

Richard posa les mains sur ses épaules et la retourna pour voir par lui-même.

— Ce ne sont que deux des aides de Michaël. Ils me connaissent. Ils se demandent probablement où j'étais passé et pourquoi je suis si peu présentable.

Il la regarda dans les yeux et parla à voix basse de façon que personne ne puisse entendre.

— Tout va bien, Kahlan, détendez-vous. Les hommes de ce matin sont morts. Vous êtes en sécurité, maintenant.

Elle secoua la tête.

— D'autres les suivront. Je ne devrais pas rester avec vous. Je ne veux pas mettre votre vie davantage en danger. Vous êtes mon ami.

— Il est impossible qu'un autre quad vous traque maintenant que vous êtes ici, dans le Hartland. C'est impossible.

Il connaissait suffisamment les techniques de traque pour être certain de ce qu'il avançait.

Kahlan attira son visage près d'elle. Ses yeux verts brillaient d'un éclat rageur. Elle murmura :

— Lorsque j'ai quitté mon pays, cinq magiciens ont jeté des sorts sur mes traces afin que personne ne sache où j'allais, ou me suive, puis ils se sont suicidés de manière qu'on ne puisse pas les obliger à parler !

Sa mâchoire se serrait de colère, elle semblait au bord des larmes. Elle se mit à trembler.

Des magiciens ! Richard se raidit.

— Je suis désolé.

Sa voix était à peine audible par-dessus le vacarme.

— Richard, je suis morte de peur ! Si vous n'aviez pas été là aujourd'hui, vous ne pouvez pas imaginer ce qui me serait arrivé. La mort aurait été un sort enviable. Vous ne connaissez pas ces hommes.

A présent elle était secouée de frissons, elle ne parvenait plus à se maîtriser. Richard l'entraîna derrière la colonne, d'où ils ne pouvaient être vus.

— Je suis navré, Kahlan. Je ne sais pas ce que tout cela signifie. Vous connaissez au moins une partie de l'histoire, mais moi je suis dans le noir. J'ai peur, moi aussi. Aujourd'hui sur la falaise... Je n'ai jamais été aussi terrifié. Et je n'ai pas réellement accompli quoi que ce soit qui aurait pu nous sauver.

Le fait de la sentir si vulnérable lui procurait le courage nécessaire pour la rassurer.

— Ce que vous avez accompli, dit-elle, luttant pour articuler chaque mot, a suffi pour faire la différence. C'était assez pour nous sauver. Peu importe ce que vous en pensez, c'était suffisant. Si vous ne m'aviez pas aidée... Je ne veux pas que ma présence vous mette en danger.

Il serra davantage sa main.

— Ce n'est pas le cas. J'ai un ami, Zedd. Il pourra sûrement nous apprendre ce que nous pouvons faire pour votre sécurité. Il est un peu étrange, mais c'est l'homme le plus intelligent que je connaisse. S'il y a quelqu'un qui sache quoi faire, ce sera Zedd. Si l'on peut vous traquer n'importe où, vous ne pouvez vous réfugier nulle part ; ils vous retrouveront. Laissez-moi vous accompagner chez Zedd. Dès que Michaël aura prononcé son discours, nous irons chez moi. Vous pourrez vous asseoir devant le feu, et demain matin je vous emmènerai chez Zedd.

Il sourit et désigna du menton une fenêtre à côté d'eux.

— Regardez par là.

Elle fit volte-face et aperçut Chase par une haute fenêtre arrondie. Le garde-frontière lui adressa un clin d'œil ainsi qu'un sourire réconfortant avant de reprendre la surveillance du secteur.

— Pour Chase, un quad ne serait qu'une partie de plaisir. Pendant qu'il s'en occuperait, il vous raconterait une histoire de trucs vraiment dangereux. Il monte la garde pour vous depuis que nous lui avons parlé des hommes.

Elle esquissa un sourire, qui s'effaça aussitôt.

— Il y a plus. Je pensais être en sécurité en venant au Westland. J'aurais dû l'être, Richard. Je n'ai franchi la frontière qu'avec l'aide de la magie.

Elle tremblait toujours mais commençait à reprendre la maîtrise d'elle-même, grâce à la force qu'il lui communiquait.

— Je ne sais pas comment ces hommes l'ont traversée. Ils n'auraient pas dû réussir. Ils n'auraient même pas dû savoir que j'avais quitté le Midlands. D'une manière ou d'une autre, les règles ont changé.

— Nous nous occuperons de cela demain. Pour l'instant, vous êtes en sécurité. De plus, il faudra plusieurs jours à un autre quad pour venir jusqu'ici, n'est-ce pas ? Cela nous donne le temps de nous organiser.

— Merci, Richard Cypher. Mon ami. Mais sachez que si je vous mets en danger, je partirai avant que vous n'ayez à en souffrir.

Elle sécha ses larmes.

— J'ai encore faim. Pourrais-je avoir autre chose ?

Richard sourit.

— Bien sûr, qu'aimeriez-vous ?

— Encore quelques-uns de vos mets préférés ?

Ils revinrent au buffet et mangèrent en attendant Michaël. Richard se sentait mieux. D'une façon ou d'une autre, il trouverait la solution à ses problèmes et il découvrirait ce qui n'allait pas à la frontière. Il avait beau craindre ces réponses, il n'en désirait pas moins les connaître.

Des murmures agitèrent la foule tandis que les têtes se tournaient vers le fond de la salle. C'était Michaël. Richard prit Kahlan par la main et la guida vers un endroit d'où ils pourraient mieux le voir.

Tandis que Michaël grimpait sur une estrade, Richard comprit pourquoi il avait tant tardé à faire son entrée. Il avait attendu que le soleil illumine ce point précis, de manière à se tenir dans la lumière et resplendir dans toute sa gloire.

Il était plus petit que Richard, plus trapu, mais moins athlétique. Le soleil éclairait sa crinière de cheveux indisciplinés. Sa lèvre supérieure s'ornait d'une fière moustache. Il portait un pantalon blanc bouffant, et sa tunique, également blanche, était serrée à la taille par une ceinture en or. Debout dans la lumière, Michaël rayonnait littéralement, projetant le même éclat froid et sinistre que le marbre lorsqu'il était frappé par le soleil. Il offrait un contraste saisissant avec l'arrière-plan plongé dans la pénombre.

Richard leva la main afin d'attirer son attention. Michaël le vit et lui sourit, le fixant un instant droit dans les yeux avant de reporter son regard sur la foule.

— Mesdames et messieurs, aujourd'hui j'ai accepté le poste de Premier Conseiller du Westland.

Un rugissement s'éleva dans la salle. Michaël écouta sans bouger, puis leva brusquement les bras en l'air pour réclamer le silence. Il attendit que les derniers toussotements s'apaisent.

— Les conseillers de tout le Westland m'ont choisi pour nous guider en ces temps de défi parce que je possède le courage et la prévoyance nécessaires pour nous faire entrer dans une ère nouvelle. Nous avons trop longtemps vécu en regardant vers le passé et non vers l'avenir ! Nous avons trop longtemps chassé les vieux fantômes et ignoré les nouvelles orientations ! Nous avons trop longtemps écouté ceux qui cherchent à nous entraîner dans la guerre et méprisé ceux qui voudraient nous mener sur le chemin de la paix !

La foule se déchaîna. Richard était sidéré. De quoi Michaël parlait-il ? Quelle guerre ? Il n'y avait personne contre qui se battre !

Michaël leva de nouveau les mains et, sans attendre le calme cette fois-ci, poursuivit.

— Je ne resterai pas inactif pendant que le Westland est mis en péril par ces traîtres !

Son visage s'empourpra de fureur. La foule rugit de nouveau, boxant l'air du poing. Tous scandaient le nom de Michaël. Richard et Kahlan se dévisagèrent.

— Des citoyens scrupuleux se sont portés volontaires pour identifier ces lâches, ces traîtres. A ce moment précis, tandis que nous joignons nos cœurs vers un but commun, les gardes-frontière nous protègent alors que l'armée ramasse ces conspirateurs qui complotent contre le gouvernement. Ils ne sont pas les criminels ordinaires que l'on pourrait penser, mais des hommes respectables au pouvoir !

Des murmures balayèrent l'assemblée. Richard était stupéfait. Etait-ce possible ? Une conspiration ? Son frère n'était pas arrivé là sans savoir ce qui se tramait. Des hommes au pouvoir. Voilà qui expliquait pourquoi Chase n'était pas au courant.

Michaël se tenait dans le rayon de soleil, attendant que les murmures s'apaisent. Lorsqu'il réattaqua, sa voix était profonde et chaleureuse.

— Mais ceci est de l'histoire ancienne. Nous suivons désormais notre nouvelle trajectoire. L'une des raisons pour lesquelles j'ai été élu Premier Conseiller est que je suis un Hartlander, j'ai vécu toute mon existence à l'ombre de la frontière, une ombre qui a obscurci notre vie à tous. Mais c'est du passé. L'aube d'un jour nouveau chasse toujours au loin les ombres de la nuit et nous montre que nos peurs ne sont que le fantôme de nos propres esprits.

« Nous devons espérer en un jour où la frontière n'existera plus, car rien n'est éternel, n'est-ce pas ? Et lorsque ce jour arrivera, nous devrons être prêts à tendre une main amicale et non une épée, comme certains le souhaiteraient. Cela ne mènerait qu'à une guerre et à des morts inutiles.

« Devrions-nous gaspiller nos ressources à nous préparer à combattre un peuple dont nous sommes depuis longtemps séparés, un peuple dont nombre d'entre nous sont issus ? Devrions-nous être prêts à faire violence à nos frères et à nos sœurs simplement parce que nous ne les connaissons pas ? Quel gâchis ! Nos ressources devraient être utilisées pour éliminer la vraie souffrance autour de nous. Quand le temps viendra, peut-être pas de notre vivant, mais il viendra, nous devrons être prêts à accueillir nos frères et nos sœurs si longtemps isolés. Nous ne devons pas seulement réunir les deux pays, mais les trois ! Car un jour, de même que la frontière entre le Westland et le Midlands s'évanouira, de même s'évanouira également la seconde frontière entre le Midlands et le D'Hara, et les trois contrées n'en formeront qu'une ! Nous pouvons espérer en un jour où nous pourrons partager la joie de cette réunion, si nous en avons le cœur ! Et cette joie rayonnera à partir d'ici, aujourd'hui, au Hartland !

« C'est pourquoi j'ai pris des mesures pour arrêter ceux qui voudraient nous plonger dans la guerre contre nos frères et nos sœurs simplement parce qu'un jour les frontières disparaîtront. Cela ne signifie pas que nous n'ayons pas besoin d'armée, car nous ne pouvons deviner quelles réelles menaces nous guettent sur notre chemin vers la paix, mais nous savons qu'il n'est nul besoin de les inventer !

Michaël balaya la foule de sa main.

— Nous qui sommes réunis dans cette pièce représentons l'avenir. Il est de votre responsabilité, en tant que conseillers du Westland, de porter la bonne parole à travers le pays ! Rapportez notre message de paix au bon peuple. Il lira la sincérité dans vos cœurs. Je vous supplie de m'aider. Je veux que nos enfants et nos petits-enfants soient les bénéficiaires de ce que nous décrétons aujourd'hui. Je veux que nous mettions le cap sur une paix qui assurera notre avenir, afin que, le temps venu, les générations futures en récoltent les fruits et nous en remercient.

Michaël se tint la tête courbée et les poings serrés contre la poitrine. Le soleil rougeoyait autour de lui. Les auditeurs étaient si émus qu'ils demeuraient absolument cois. Richard vit des hommes essuyer une larme, et des femmes qui sanglotaient. Tous les yeux étaient fixés sur Michaël, qui se tenait aussi immobile qu'une statue.

Richard était ébahi. Il n'avait jamais entendu son frère parler avec une telle conviction et une telle éloquence. Tout semblait si logique. Après tout, il était ici en compagnie d'une femme qui venait de l'autre côté de la frontière, du Midlands, et elle était déjà son amie.

Mais il y avait ces quatre autres qui avaient tenté de le tuer. Non, pas exactement, songea-t-il ; c'est elle qu'ils voulaient tuer ; lui n'était que sur leur chemin. Ils lui avaient proposé de le laisser partir, et il avait décidé de son propre chef de rester et de se battre. Il avait toujours craint ceux de l'autre côté de la frontière, mais il était désormais l'ami de l'une d'entre eux, ainsi que Michaël l'avait annoncé.

Il commençait à voir son frère sous un jour nouveau. Les gens avaient été émus par les paroles de Michaël d'une manière dont Richard n'avait jamais été témoin. Michaël plaidait pour la paix et pour l'amitié avec d'autres peuples. Pourtant, il y avait dans tout ça quelque chose qui ne cadrait pas.

Pourquoi se sentait-il si mal à l'aise ?

— Et maintenant, l'autre partie, enchaîna Michaël, les vraies souffrances autour de nous. Pendant que nous nous sommes inquiétés de ces frontières qui n'ont nui à aucun d'entre nous, nombre de nos familles, de nos amis et voisins ont souffert, et sont morts. Des morts tragiques et inutiles, dans des accidents dus au feu. Oui, vous avez bien entendu. Le feu.

Il y eut des murmures de confusion. Michaël commençait à perdre le lien qui l'unissait à la foule. Il semblait s'y attendre ; il fixa un visage après l'autre, laissant l'embarras s'installer, puis leva brusquement la main d'un geste théâtral, le doigt pointé.

Sur Richard.

— Voilà ! cria-t-il.

Tout le monde se retourna. Des centaines d'yeux contemplaient Richard.

— Voilà mon frère bien-aimé !

Richard aurait voulu disparaître dans un trou de souris.

— Mon frère bien-aimé qui partage avec moi (il se martela la poitrine du poing) la tragédie de la perte de notre mère à cause du feu ! Le feu nous a pris notre mère quand nous étions jeunes, et nous a laissés grandir seuls, sans son amour et ses soins attentifs, sans ses conseils. Ce n'est pas quelque ennemi imaginaire venu d'au-delà de la frontière qui l'a prise, mais un ennemi de feu ! Elle ne pouvait être à nos côtés lorsque nous étions affligés, lorsque nous pleurions la nuit. Et la chose qui me blesse le plus est que cela n'aurait pas dû se produire.

Deux larmes, scintillantes dans la lumière, coulèrent le long des joues de Michaël.

— Je suis désolé, mes amis, veuillez m'excuser.

Il essuya les larmes avec un mouchoir qu'il avait sous la main.

— C'est juste que, ce matin, j'ai entendu parler d'un autre feu qui a pris une jeune mère et son époux, et laissé leur fille orpheline. Cela a ravivé ma propre douleur et je n'ai pas pu me taire plus longtemps.

Tout le monde le soutenait maintenant fermement. Les larmes coulaient à flots. Une femme passa le bras autour des épaules de Richard et lui assura qu'elle était de tout cœur avec lui.

— Je me demande combien d'entre vous ont partagé la douleur que mon frère et moi vivons chaque jour. S'il vous plaît, que ceux d'entre vous qui ont un être cher, ou un ami, qui a été blessé, voire tué, par le feu, lèvent la main.

De nombreuses mains s'élevèrent dans la foule.

— Voilà, mes amis, reprit Michaël d'une voix rauque, écartant les bras, voilà la souffrance parmi nous. Il est inutile de chercher plus loin que cette pièce.

Richard, la gorge serrée, croyait revivre ce cauchemar. Un homme qui avait imaginé que son père l'avait roulé avait perdu son sang-froid et avait fait tomber une lampe de la table. Richard et son frère dormaient dans la chambre du fond. Tandis que l'homme traînait son père dehors, en le battant, sa mère avait évacué Richard et son frère de la maison en flammes, puis était revenue à l'intérieur afin de sauver quelque chose — ils ne surent jamais quoi — et fut brûlée vive. Ses hurlements avaient ramené l'homme à la raison, et lui et son père avaient tenté de la secourir, en vain. Submergé de culpabilité et de dégoût pour ce qu'il avait fait, l'homme était parti en courant et en criant qu'il était désolé.

Cela, son père le lui avait raconté des milliers de fois. Michaël l'avait occulté, Richard l'avait pris à cœur. Cela avait instillé en lui la crainte de sa propre colère, et chaque fois qu'elle menaçait d'exploser, il l'étouffait dans l'œuf.

Michaël avait tort. Ce n'était pas le feu qui avait tué leur mère, mais la colère.

Les bras pendant mollement le long de son corps, la tête courbée, Michaël reprit la parole.

— Que pouvons-nous faire contre le danger du feu qui pèse sur nos familles ?

Il secoua tristement la tête.

— Je ne sais pas, mes amis. Toutefois, je suis en train de constituer une commission sur ce problème, et je conjure tout citoyen scrupuleux d'offrir ses suggestions. Ma porte vous sera toujours ouverte. Ensemble nous pourrons faire quelque chose. Ensemble nous ferons quelque chose.

« Et maintenant, mes amis, veuillez m'excuser, et permettez-moi d'aller réconforter mon frère, car je crains que le fait d'avoir ramené à la surface notre tragédie personnelle n'ait été une surprise pour lui, et je dois implorer son pardon.

Il sauta à bas de l'estrade, la foule s'écarta pour lui laisser le passage. Quelques mains se tendirent afin de le toucher. Il les ignora.

Richard, immobile, toisa son frère qui s'approchait de lui. La foule s'éloigna. Seule Kahlan demeura à ses côtés, ses doigts lui effleurant le bras. Les gens retournèrent au banquet et commencèrent à discuter fiévreusement entre eux, à propos d'eux-mêmes. Richard garda la tête haute et étouffa sa colère.

Souriant, Michaël le gratifia d'une petite tape sur l'épaule.

— Superbe discours ! se congratula-t-il lui-même. Qu'en penses-tu ?

Richard baissa les yeux vers les motifs du sol de marbre.

— Pourquoi y as-tu mêlé sa mort ? Avais-tu vraiment besoin de raconter ça à tout le monde ? Pourquoi l'as-tu utilisée ?

Michaël passa un bras autour des épaules de Richard.

— Je sais que ça fait mal, et j'en suis peiné, mais c'est pour une grande cause. Tu as vu les larmes dans leurs yeux ? Les choses que j'ai entreprises vont nous amener une vie meilleure et aider le Westland à prendre de l'importance. Je crois à ce que j'ai dit ; nous devons envisager le défi de l'avenir avec exaltation, non avec peur.

— Et que voulais-tu dire à propos des frontières ?

— Les temps changent, Richard. Je me dois de les devancer.

Le sourire s'était évanoui.

— C'est tout ce que je voulais dire. Les frontières n'existeront pas éternellement. Je ne crois pas qu'elles étaient destinées à demeurer en place jusqu'à la fin des temps. Il faut nous préparer à y faire face.

Richard changea de sujet.

— Qu'as-tu découvert sur le meurtre de père ? Les traqueurs ont-ils déniché quelque chose ?

Michaël retira son bras.

— Grandis un peu, Richard. George était un vieil imbécile. Il ramassait sans arrêt des trucs qui ne lui appartenaient pas. Pour une fois, il s'est probablement fait piéger, il est tombé sur un type avec un sale caractère... et un grand couteau.

— Ce n'est pas vrai ! Et tu le sais !

Richard détestait la manie qu'avait Michaël d'appeler leur père « George ».

— Il n'a jamais rien volé de sa vie !

— Même si la personne à qui tu as volé quelque chose est morte depuis longtemps, ça ne veut pas dire que tu as des droits sur cette chose. De toute évidence, quelqu'un a voulu la récupérer.

— Comment le sais-tu ? Qu'as-tu découvert ?

— Rien ! C'est logique, tout simplement. La maison a été dévastée ! Quelqu'un cherchait quelque chose, n'a rien trouvé, George ne voulait pas en révéler la cachette, alors on l'a tué. C'est tout ce qu'il y a à comprendre. Les traqueurs ont dit qu'il n'y avait pas de traces. Nous ne saurons certainement jamais qui a fait ça. Et tu ferais mieux de t'habituer à vivre avec cette idée.

Richard expira profondément. C'était clair : quelqu'un cherchait quelque chose. Il ne se mettrait pas en colère contre Michaël : il avait essayé de découvrir le coupable. Richard se demanda pourquoi il n'y avait aucun indice.

— Je suis navré. Tu as peut-être raison, Michaël.

Une autre pensée le frappa.

— Alors, ça n'avait rien à voir avec cette conspiration ? Ce n'étaient pas ces hommes qui essayaient de t'avoir ?

Michaël secoua la main.

— Non. Ça n'avait rien à voir avec ça. On s'est occupés de ce problème. Ne t'inquiète pas pour moi, je suis en sécurité, tout va bien. Mais dis-moi, frérot, comment se fait-il que tu sois si peu présentable ? Ne pouvais-tu pas faire un petit effort ? Tu es au courant de cette fête depuis des semaines.

Avant qu'il puisse répondre, Kahlan parla. Richard avait oublié qu'elle était toujours à ses côtés.

— Veuillez excuser votre frère, ce n'est pas sa faute. Il m'a guidée jusqu'au Hartland et je l'ai retardé. J'espère que vous ne lui en voudrez pas à cause de moi.

Les yeux de Michaël la détaillèrent de la tête aux pieds avant de revenir à son visage.

— Et vous êtes... ?

— Je m'appelle Kahlan Amnell.

Michaël sourit et s'inclina légèrement.

— Ainsi, vous n'êtes pas la cavalière de mon frère, comme je le croyais. Et d'où venez-vous ?

— C'est un endroit perdu, loin d'ici. Je suis sûre que ça ne vous dirait rien.

Michaël ne contesta pas la réponse et se tourna vers son frère.

— Tu restes pour la nuit ?

— Non. Je dois aller voir Zedd. Il me cherche.

Le sourire de Michaël s'estompa.

— Tu devrais te trouver de meilleurs amis. Tu perds ton temps avec ce vieil entêté.

Il se tourna de nouveau vers Kahlan.

— Vous, ma chère, serez mon invitée ce soir ?

— J'ai d'autres engagements, déclara-t-elle.

Michaël mit les mains en coupe sur ses fesses et l'attira brutalement contre lui. Sa jambe s'insinua entre ses cuisses.

— Annulez-les.

Son sourire était aussi froid qu'une nuit d'hiver.

— Enlevez vos mains.

Richard n'en croyait pas ses yeux.

— Michaël ! Arrête ça !

Ils l'ignorèrent tous deux et poursuivirent leur affrontement, leurs visages proches l'un de l'autre, leurs regards rivés l'un à l'autre. Richard se tenait près d'eux, impuissant. Il sentait qu'ils désiraient qu'il demeure en dehors de ça. Son corps se tendit, ses muscles se durcirent.

— Vous me plaisez, susurra Michaël. Je crois que je pourrais tomber amoureux de vous.

— Vous ne savez rien de moi.

Sa voix était égale et contenue.

— Maintenant, veuillez enlever vos mains.

Comme il ignorait sa remarque, elle le gifla à toute volée. Puis, sans un regard en arrière, elle se précipita hors de la maison.

Richard adressa un regard furibond à son frère et la suivit.

4

RICHARD COURUT LE LONG DU CHEMIN POUR LA RATTRAPER. LA robe et les longs cheveux de Kahlan flottaient derrière elle alors qu'elle s'avançait dans la lumière déclinante du soleil. Sous un arbre, elle s'arrêta et attendit.

Dès qu'il lui toucha l'épaule, elle se retourna, le visage impassible.

— Kahlan, je suis désolé...

Elle l'interrompit.

— Ne vous excusez pas. Ce que votre frère a fait, ce n'était pas contre moi.

— Que voulez-vous dire ?

— Votre frère est jaloux de vous.

Son visage s'adoucit.

— Il n'est pas stupide, Richard. Il savait que nous étions ensemble.

Richard la prit par le bras et ils se remirent en chemin, pour s'éloigner de la maison de Michaël. Il était furieux contre son frère, et en même temps il avait honte de cette colère. Il avait l'impression de trahir son père.

— Ce n'est pas une excuse. Il est Premier Conseiller ; il possède aujourd'hui tout ce que l'on pourrait désirer. Je suis désolé de ne pas l'avoir arrêté.

— Non, je ne voulais pas que vous le fassiez. C'était mon problème. Ce qu'il veut, c'est ce que vous avez, vous. Si vous l'aviez arrêté, notre lien aurait représenté une compétition. Mais puisque vous n'êtes pas intervenu, il ne s'intéresse plus à moi. En outre, ce qu'il a fait à propos de votre mère était pire. Auriez-vous aimé que je m'interpose ?

Richard regarda la route et réprima sa colère.

— Non, ça ne vous concernait pas.

Au fur et à mesure qu'ils avançaient, les maisons devenaient plus petites mais demeuraient propres et bien entretenues. Certains habitants étaient dehors et profitaient du beau temps pour faire des réparations avant l'hiver. L'air était pur et vif, et Richard en déduisit que la nuit serait fraîche ; une nuit idéale pour un léger feu de bouleau parfumé. Les potagers clôturés de blanc cédèrent la place à des jardins, ceux de petits cottages situés loin de la route. Tout en marchant, Richard arracha une feuille de chêne à une branche basse.

— Vous semblez bien connaître les gens. Vous êtes très perspicace. Je veux dire, quand il s'agit d'expliquer leurs motivations.

Elle haussa les épaules.

— Peut-être bien.

Il détacha de petits morceaux de la feuille.

— Est-ce pour cela qu'ils vous traquent ?

Elle balaya les environs du regard et, en croisant ses yeux, répondit :

— Ils me traquent parce qu'ils ont peur de la vérité. Pas vous, et c'est l'une des raisons pour lesquelles je vous fais confiance.

Il sourit du compliment. Il appréciait sa réponse, même s'il n'était pas sûr de sa signification.

— Vous n'allez pas me le faire payer, n'est-ce pas ?

Un sourire apparut sur son visage.

— Devinez !

Elle réfléchit un moment et poursuivit d'un air sérieux :

— Navrée, Richard, mais pour le moment vous devez vous contenter de me croire. Tout ce que je vous dis augmente le danger pour nous deux. Toujours amis quand même ?

— Toujours amis.

Il jeta la tige de la feuille au loin.

— Mais un jour, vous me raconterez le fin mot de l'histoire ?

— Oui, si je peux, je vous promets de le faire.

— Ah bon, dit-il gaiement. Car après tout, je suis un « chercheur de vérité ».

A ces mots, Kahlan s'arrêta, le prit par la manche et le fit pivoter afin qu'ils soient face à face.

— Pourquoi avez-vous dit cela ?

— Quoi ? Vous voulez dire « chercheur de vérité » ? C'est ainsi que m'appelle Zedd depuis que je suis tout petit. J'insiste toujours pour connaître la vraie nature des choses.

Kahlan était nerveuse. Il plissa les yeux.

— Qu'est-ce qu'il y a ?

Mais elle reprit sa marche.

— Peu importe.

Apparemment, il semblait avoir abordé une question délicate. Son besoin de comprendre s'intensifia. Ils la traquaient parce qu'ils avaient peur de la vérité ; elle avait réagi au mot de « chercheur de vérité ». Peut-être parce qu'elle avait également peur pour lui.

— Pouvez-vous au moins me dire qui ils sont ? Ceux qui vous traquent ?

Elle continua à fixer la route. Il se demandait si elle allait lui répondre.

— Ce sont les disciples d'un homme très malfaisant qui s'appelle Darken Rahl. Ne m'en demandez pas davantage pour l'instant ; je ne veux pas penser à lui.

Darken Rahl. Ainsi, il connaissait son nom, désormais.

Le soleil descendait derrière les collines boisées du Hartland, et l'atmosphère se rafraîchit. Ils ne parlèrent pas. De toute façon, il ne tenait pas à parler avec sa main blessée et ses vertiges intermittents. Il ne rêvait que d'un bain chaud. Il lui laisserait le lit et dormirait dans sa chaise préférée, celle qui grinçait. Bonne idée... la journée avait été rude.

Il l'emmena par le petit sentier qui grimpait jusqu'à chez lui. Elle marchait tout en se dépêtrant des toiles d'araignées tendues sur le chemin étroit.

Richard avait hâte d'arriver. En plus de son couteau et des autres affaires, il y avait quelque chose qu'il devait récupérer, une chose très importante provenant de son père.

Son père l'avait désigné comme protecteur d'un livre secret, puis lui avait donné un objet qu'il devrait toujours conserver, afin de prouver que le livre n'avait pas été dérobé dans un but malhonnête, mais pour en préserver le contenu. C'était un croc de bête de forme triangulaire, large comme trois doigts. Richard l'avait fixé à une lanière de cuir de façon à pouvoir le porter autour du cou, mais comme son couteau et son sac à dos, il l'avait oublié. Il était impatient de le porter à nouveau ; sans cela, il ne pouvait prouver que son père n'était pas un voleur.

Plus haut, après quelques roches nues, les épicéas remplacèrent les bouleaux. Un matelas brun d'aiguilles recouvrait le sol de la forêt. Alors qu'ils progressaient, un sentiment désagréable l'envahit. Il attrapa doucement la manche de Kahlan et la tira en arrière.

— Laissez-moi passer en premier, dit-il.

Elle le regarda et obéit sans poser de questions. Durant la demi-heure qui suivit, il ralentit le pas, étudiant le sol et inspectant les branchages. Il s'arrêta sous la dernière crête et obligea Kahlan à s'accroupir près d'un carré de fougères.

— Qu'est-ce qui ne va pas ? demanda-t-elle.

Il fit la moue.

— Peut-être rien, dit-il en chuchotant, mais quelqu'un a déjà emprunté ce sentier cet après-midi.

Il ramassa une pomme de pin écrasée et l'examina avant de la jeter au loin.

— Comment le savez-vous ?

— Les toiles d'araignée.

Il regarda vers le haut de la colline.

— Il n'y a plus de toiles d'araignée en travers du sentier. Quelqu'un a emprunté ce passage et les a déchirées. Et les araignées n'ont pas encore eu le temps d'en tisser d'autres.

— Quelqu'un d'autre habite-t-il par ici ?

— Non. Ce pourrait être un simple voyageur. Mais ce chemin est peu fréquenté.

Kahlan fronça les sourcils.

— Oui, quand je marchais devant, il y avait bien des toiles d'araignée partout. Je devais les enlever de mon visage tous les dix pas environ.

— C'est bien ça, murmura-t-il. Personne n'avait suivi le sentier aujourd'hui, mais depuis la zone découverte, il n'y en a plus.

— Comment cela se peut-il ?

Il secoua la tête.

— Je ne sais pas. Soit quelqu'un est sorti des bois par la clairière et a ensuite emprunté le sentier, un trajet plutôt difficile pour un voyageur (ou bien, et il la regarda dans les yeux) ils sont tombés du ciel ! Ma maison est au sommet de la colline. Faisons attention.

Richard la guida prudemment le long de la pente, tous deux gardant un œil sur les bois. Il aurait aimé prendre ses jambes à son cou et l'emmener loin d'ici, mais c'était impossible. Il ne pouvait s'enfuir sans le talisman de son père.

Tout en haut, ils s'aplatirent derrière un grand pin et inspectèrent la maison. Les fenêtres avaient été brisées et la porte était béante. Ses affaires étaient toutes éparpillées.

Richard se releva.

— Elle a été saccagée ! Comme celle de mon père...

Kahlan l'attrapa par sa chemise et le força à s'accroupir.

— Richard ! chuchota-t-elle, fâchée. Votre père est peut-être rentré chez lui comme vous vous apprêtiez à le faire, et ils l'attendaient.

Elle avait raison, bien sûr. Il passa la main dans ses cheveux et réfléchit. Il regarda à nouveau la maison. L'arrière s'ouvrait directement sur la forêt et la porte donnait sur la clairière. Puisque c'était l'unique issue, toute personne à l'intérieur attendrait qu'il se précipite par là.

— D'accord, lui répondit-il tout bas, mais il y a quelque chose à l'intérieur que je dois absolument récupérer. Nous pouvons nous faufiler par-derrière, je vais le prendre, puis nous décamperons.

Richard aurait préféré y aller seul, mais il ne voulait pas abandonner Kahlan sur le sentier. Ils avancèrent donc à travers l'enchevêtrement de broussailles, contournèrent l'habitation à distance respectueuse. Lorsqu'il atteignit l'endroit propice, il lui fit signe d'attendre, ce qui ne lui plut guère. Mais dans l'hypothèse où il y aurait quelqu'un à l'intérieur, il ne fallait pas qu'on s'en prenne aussi à elle.

Richard partit précautionneusement, laissant Kahlan sous un épicéa. Il prit un chemin sinueux pour demeurer sur les zones d'aiguilles souples plutôt que de feuilles mortes. Quand il aperçut enfin la fenêtre de la chambre du fond, il s'immobilisa, aux aguets. Tout était silencieux. Prudemment, le cœur battant, il s'avança, accroupi. Quelque chose bougea par terre. C'était un serpent qu'il laissa partir.

Il posa la main sur le châssis de la fenêtre et releva la tête pour regarder à l'intérieur. La vitre était en grande partie brisée, et il constata que sa chambre était sens dessus dessous : literie éventrée, beaux livres déchirés et pages dispersées. Dans le coin opposé, la porte qui menait à la salle de séjour était entrouverte, mais pas suffisamment pour qu'il voie au-delà. Sans cale pour la bloquer, elle restait toujours ouverte comme ça.

Doucement, il passa la tête par la vitre et regarda. Sous la fenêtre, accrochés au montant du lit, pendaient son sac ainsi que la lanière de cuir munie du croc, à l'endroit exact où il les avait laissés. Il commença à passer le bras par la fenêtre.

Un craquement lui parvint de l'autre pièce, un craquement qu'il connaissait bien. Il frissonna. C'était le craquement de sa chaise. Il ne l'avait jamais réparée car c'était cela qui faisait la personnalité de sa chaise. Sans bruit, il s'accroupit à nouveau. Pas de doute, quelqu'un était assis dans l'autre pièce, sur sa chaise, et l'attendait.

Quelque chose attira son attention. Un écureuil était perché sur une souche pourrie, à sa droite. S'il te plaît, pensa-t-il avec désespoir, s'il te plaît, ne te mets pas à me dire de quitter ton territoire ! L'écureuil l'observa un long moment, puis sauta de la souche sur un arbre, fonça vers la cime et disparut.

Richard reprit son souffle et se redressa afin de regarder à nouveau par la fenêtre. La porte était toujours dans la même position. Il tendit promptement le bras à l'intérieur et décrocha le sac et la lanière de cuir munie du croc, tout en épiant le moindre son au-delà de la porte. Son couteau était sur une table de l'autre côté du lit. Il n'avait aucune chance de le récupérer. Il fit passer le sac par la fenêtre, faisant attention à ne pas l'accrocher à l'un des éclats de verre restants.

Son butin en main, Richard se hâta discrètement en sens inverse et dut résister à une forte envie de prendre ses jambes à son cou. Il lorgna par-dessus son épaule afin de s'assurer que personne ne le suivait. Il enfila la lanière de cuir et fourra le croc sous sa chemise. Il n'avait montré ce croc à personne ; il était destiné au seul possesseur du livre secret.

Kahlan l'attendait. Lorsqu'elle l'aperçut, elle se leva d'un bond. Il mit un doigt sur ses lèvres. Il jeta le sac sur son épaule gauche, puis la poussa doucement en avant. Il ne voulait pas emprunter le même itinéraire ; ils partirent à travers bois jusqu'au lieu où le sentier reprenait. Les toiles d'araignée en travers du chemin chatoyaient dans les derniers rayons du soleil et ils soufflèrent de soulagement. Cette route était plus longue et beaucoup plus ardue, mais elle conduisait là où il le souhaitait, chez Zedd.

La maison du vieil homme était trop éloignée pour qu'ils l'atteignent avant la nuit et la sente serait trop traîtresse dans l'obscurité, mais il voulait avancer le plus possible, laissant la maison et ceux, quels qu'ils soient, loin derrière. Tant qu'il ferait jour, ils avanceraient.

Il se demanda si la personne qui l'attendait chez lui pouvait être la même que celle qui avait assassiné son père. Sa maison aussi avait été dévastée. Il aurait souhaité pouvoir l'affronter, ou du moins l'identifier, mais un je ne sais quoi lui avait vivement conseillé de déguerpir au plus vite.

Soudain, il se reprit. Il se laissait emporter par son imagination. Quelque chose en lui l'avait prévenu du danger et lui avait conseillé de filer. Aujourd'hui il avait échappé à la mort. C'était déjà fou de croire une fois en la chance ; deux, c'était arrogant. Il valait mieux ne pas s'attarder.

Cependant, il regretta de ne pas avoir pu identifier l'intrus. Et si c'était bel et bien le meurtrier de son père ? Il voulait savoir qui l'avait tué. Il brûlait de le savoir.

Même s'il n'avait pas été autorisé à contempler le corps de son père, il avait exprimé la volonté de connaître les circonstances de sa mort. Chase avait répondu, avec ménagement, certes, mais il avait répondu. Il avait eu le ventre tailladé et ses entrailles avaient été répandues sur le sol. Comment quelqu'un pouvait-il accomplir une chose pareille ? Et pourquoi ? Il était pris de vertiges en y repensant.

— Alors ?

La voix de Kahlan l'arracha à ses pensées.

— Quoi ? Alors quoi ?

— Alors, avez-vous trouvé ce que vous êtes allé chercher ?

— Oui.

— Et qu'est-ce que c'était ?

— Eh bien, c'était mon sac à dos. Je devais prendre mon sac à dos.

Elle se retourna vers lui, les mains sur les hanches et la mine sévère.

— Richard Cypher, vous espérez me faire croire que vous avez risqué votre vie pour votre sac à dos ?

— Kahlan, vous allez bientôt me payer ça !

Il ne put réprimer un sourire.

Elle pencha la tête et continua à le regarder de travers, mais sa remarque l'avait calmée.

— Ça va, mon ami, fit-elle doucement, ça va.

Apparemment, Kahlan était une personne qui avait l'habitude d'obtenir des réponses à ses questions.

Le jour déclinait et les couleurs commençaient à se fondre dans la grisaille. Richard envisagea divers endroits où passer la nuit. Il connaissait certains pins, sur le chemin, qu'il avait utilisés à plusieurs occasions. Il y en avait un à l'orée d'une clairière, juste au bord de la route. Il distinguait le grand arbre qui se détachait sur les roses du ciel et dominait tous ses autres congénères. Il y emmena Kahlan.

Le croc pendu à son cou le gênait. Ses secrets le harcelaient. Il en arriva à souhaiter que son père ne l'ait jamais désigné pour être le gardien du livre secret. Une pensée l'avait effleuré quand il était passé chez lui, il l'avait négligée. Les livres dans sa maison semblaient avoir été déchiquetés de rage. Peut-être parce que aucun n'était le bon. Et si c'était le livre secret qu'ils cherchaient ? Mais c'était absurde ; personne hormis son propriétaire n'était au courant de son existence.

Et son père, et lui-même... et cette chose dont provenait le croc. Cette idée était trop tirée par les cheveux, aussi décida-t-il de l'ignorer. Du moins essaya-t-il.

La peur de ce qui était arrivé sur la Crête Epointée et de ce qui l'avait attendu chez lui semblait avoir miné ses forces. Ses pieds devenaient trop lourds. Juste avant de pénétrer dans la clairière, il s'arrêta pour écraser une mouche qui lui piquait le cou.

Kahlan attrapa son poignet au vol.

Son autre main le bâillonna.

Il se raidit.

Elle le regarda dans les yeux puis relâcha son poignet, plaçant une main derrière sa tête pendant qu'elle maintenait l'autre sur sa bouche. D'après son expression, il comprit qu'elle était terrifiée à l'idée qu'il émette un son. Elle l'attira vers le sol et il se laissa faire.

Fixant toujours ses yeux, elle approcha son visage du sien, si près qu'il put sentir la chaleur de son haleine.

— Ecoutez-moi.

Elle murmurait à peine et il devait se concentrer afin de l'entendre.

— Faites exactement ce que je dis.

Il n'osait même plus cligner des yeux.

— Ne bougez pas. Quoi qu'il advienne, ne bougez pas. Ou nous sommes morts.

Elle attendit. Il hocha légèrement la tête.

— Laissez les mouches vous piquer. Ou nous sommes morts.

D'un mouvement des yeux, elle désigna l'autre côté de la clairière. Il tourna lentement la tête. Il n'y avait rien. Elle maintint sa paume contre sa bouche. Il perçut quelques grognements, comme ceux d'un sanglier sauvage.

C'est alors qu'il vit la créature.

Il tressaillit involontairement. Kahlan appuya sa paume encore plus fort contre sa bouche.

De l'autre côté de la clairière, dans la lumière pâle du soir, des yeux verts étincelants regardaient dans sa direction. La bête se tenait debout et faisait à peu près une tête de plus que Richard et probablement trois fois son poids. Des mouches lui piquèrent le cou, mais il n'y prêta guère attention.

Kahlan, elle, n'avait pas regardé la bête ; comme si elle savait ce qui les guettait. Elle avait continué à observer Richard, craignant qu'il ne réagisse d'une façon qui pourrait les trahir. Il hocha la tête afin de la rassurer. Alors seulement elle enleva la main de sa bouche et la posa sur son poignet, le maintenant au sol. Elle demeurait immobile sur la mousse moelleuse, laissant les mouches la piquer. Des petits filets de sang coulaient le long de sa nuque. Lui sentait chacune des brûlures mordantes qui lui lardaient le cou. Des grognements leur parvinrent et ils tournèrent tous deux légèrement la tête pour voir.

A une vitesse ahurissante, la bête fonça jusqu'au centre de la clairière, d'une démarche en crabe. Ses yeux verts fouillaient les taillis, sa longue queue cinglait lentement l'air. La bête dressa ses oreilles courtes et rondes, aux aguets. De la fourrure enveloppait son corps imposant, sauf au niveau du torse et du ventre, où une peau rosâtre, lisse et moirée, recouvrait des muscles noueux. Des mouches bourdonnaient autour d'une substance qui enduisait la peau tendue. Rejetant la tête en arrière, la bête ouvrit la gueule, sifflant dans l'air froid nocturne. Richard vit l'haleine chaude se transformer en vapeur entre des crocs aussi gros que des doigts.

Pour ne pas hurler de terreur, il se concentra sur la douleur des piqûres de mouches. Ils ne pouvaient pas s'échapper ; la créature était trop proche et trop rapide.

Un cri venu du sol éclata juste devant eux, faisant sursauter Richard. Instantanément, la bête s'élança. Richard fut paralysé lorsqu'il la vit bondir.

Un lapin, les oreilles couvertes de mouches, jaillit juste devant eux, cria, puis fut happé et tranché en deux en un clin d'œil. La moitié supérieure du corps retomba d'un seul coup. La bête se tenait juste au-dessus d'eux et déchiquetait les entrailles, lapait le sang, en enduisant son torse et son ventre roses. Les mouches, même celles qui piquaient le cou de Richard et de Kahlan, retournèrent festoyer sur la créature. Le reste du lapin fut attrapé par chaque patte de derrière, déchiré en deux et dévoré.

Lorsqu'elle eut fini, la bête inclina de nouveau la tête de côté, à l'affût. Ils étaient tous deux juste en dessous d'elle et retenaient leur respiration. Richard avait envie de hurler.

De larges ailes se déployèrent dans le dos de la créature. A contre-jour, Richard aperçut les veines battre à travers les fines membranes. Elle parcourut une dernière fois les environs du regard et trottina en crabe à travers la clairière. Elle se redressa, sautilla deux fois, puis s'envola, disparaissant dans la direction de la frontière. Les mouches étaient parties avec elle.

Ils s'effondrèrent tous deux sur le dos, haletants, épuisés par l'intensité de leur frayeur. Richard songea aux paysans qui lui avaient parlé de créatures descendues du ciel qui dévoraient les gens. Il ne les avait pas crus. A présent, il savait qu'ils disaient vrai.

Quelque chose dans son sac lui rentrait dans le dos ; il roula de côté et s'appuya sur son coude. Il était trempé de sueur, qui maintenant le glaçait dans l'atmosphère fraîche du soir. Kahlan était toujours sur le dos, les yeux fermés, et respirait rapidement. Quelques mèches de cheveux lui collaient au visage. Elle aussi était couverte de sueur, et son cou saignait, là où les mouches l'avaient piquée. Il avait de la peine pour elle, et souhaita qu'elle n'ait plus à affronter les monstres qu'elle semblait ne connaître que trop bien.

— Kahlan, qu'était cette créature ?

Elle s'assit et prit une profonde inspiration. Elle leva la main et passa une mèche de cheveux derrière une oreille ; le reste tombait en cascade sur ses épaules.

— C'était un graz à longue queue.

Tendant la main, elle saisit une mouche par les ailes. Elle avait dû se prendre dans les plis de sa chemise et être écrasée lorsqu'il s'était effondré sur le dos.

— C'est une mouche à sang. Les graz les utilisent pour la chasse. Ils s'enduisent de sang pour les attirer. Les mouches lèvent le gibier ; le graz l'attrape. Nous avons eu beaucoup de chance.

Elle tint l'insecte devant son nez pour appuyer ses dires.

— Les graz à longue queue sont stupides. Avec un graz à queue courte, nous serions déjà morts. Les graz à queue courte sont plus grands et bien plus intelligents.

Elle s'assura qu'il lui accordait toute son attention.

— Ils comptent leurs mouches.

Il était effrayé, épuisé et endolori. Il voulait mettre un terme à son cauchemar. Avec un gémissement, il s'affala à nouveau sur le dos.

— Kahlan, vous savez que je suis votre ami. Après que ces hommes nous ont attaqués, et que vous avez refusé de m'en apprendre plus sur ce qui se passait, je ne vous ai pas forcée.

Ses yeux étaient clos.

— Maintenant, quelqu'un me recherche, moi aussi.

Pour ce que j'en sais, ce pourrait être la même personne que celle qui a assassiné mon père. Vous n'êtes plus la seule concernée ; je ne peux plus rentrer chez moi non plus. Je crois avoir le droit de connaître au moins une partie de l'histoire. Je suis votre ami, pas votre ennemi.

« Une fois, quand j'étais petit, j'ai attrapé une fièvre qui a failli me tuer. Zedd a trouvé une racine qui m'a sauvé. Jusqu'à aujourd'hui, c'était l'unique fois où j'avais approché la mort d'aussi près. Aujourd'hui je l'ai frôlée à trois reprises. Qu'ai-je...

Elle mit un doigt sur ses lèvres pour le faire taire.

— Vous avez raison. Je vais répondre à vos questions. Sauf à celles qui me concernent directement. Pour l'instant, cela m'est impossible.

Il s'assit et la regarda. Elle commençait à trembler de froid. Il détacha les lanières de son sac, sortit une couverture et l'y enveloppa.

— Vous m'aviez promis un feu, dit-elle en frissonnant. Est-ce une promesse que vous comptez tenir ?

Il ne put s'empêcher de rire.

— Bien sûr. Il y a un pin rebelle de l'autre côté de la clairière. Ou si vous préférez, il y en a d'autres un peu plus loin sur le sentier.

Elle leva les yeux d'un air ennuyé.

— Très bien, sourit-il, nous trouverons un autre pin rebelle le long du sentier.

— Qu'est-ce qu'un pin rebelle ? s'enquit-elle.

5

RICHARD ÉCARTA LES BRANCHES DE L'ARBRE.

— Voilà un pin rebelle, dit-il. L'ami des voyageurs.

Il faisait noir à l'intérieur. Kahlan maintint les branches de côté de manière que le clair de lune lui permette d'allumer un feu avec des silex. Il avait déjà fait halte ici en allant chez Zedd et avait confectionné un petit foyer de pierres. Il y avait du bois sec, et au fond un tas d'herbe sèche qu'il avait utilisé comme matelas. Comme il n'avait pas son couteau, il se félicita d'avoir prévu cette réserve de petit bois. Le feu fut vite allumé et remplit l'intérieur de l'arbre d'une lumière dansante.

Richard ne pouvait pas se tenir complètement debout sous les branches, là où elles commençaient à émerger du tronc. Elles étaient nues près du tronc et aménageaient ainsi un espace creux. Les branches basses s'inclinaient jusqu'au sol. L'arbre était ininflammable, du moins tant que l'on faisait attention. La fumée produite par le petit feu montait en volutes au centre, près du tronc. La masse des aiguilles était si dense que même sous une pluie battante l'intérieur demeurait sec. Richard s'était souvent abrité de la pluie sous des pins rebelles. Il prenait toujours plaisir à séjourner sous ces abris petits mais confortables quand il parcourait le Hartland.

Il était maintenant particulièrement reconnaissant pour la cachette que le pin rebelle lui procurait. Avant leur rencontre avec le graz à longue queue, il avait beaucoup de respect pour les plantes et les animaux de la forêt, et il n'avait jamais eu peur dans les bois.

Kahlan s'assit en tailleur devant le feu. Elle frissonnait toujours et gardait la couverture sur sa tête à la manière d'une capuche, fermement pressée sous son menton.

— Je n'avais jamais entendu parler de pins rebelles auparavant. Je n'ai pas l'habitude de m'arrêter dans les bois lorsque je voyage, mais cela semble un endroit merveilleux pour passer la nuit.

Elle semblait encore plus fatiguée que lui.

— Depuis quand n'avez-vous pas dormi ?

— Deux jours, je crois. Tout devient flou.

Richard fut étonné qu'elle puisse encore garder les yeux ouverts. Lorsqu'ils avaient fui le quad, il avait tout juste pu suivre son rythme. Il savait que c'était la peur qui la stimulait.

— Et pourquoi aussi longtemps ?

— Il est très imprudent de dormir à la frontière.

Kahlan fixa le foyer, envoûtée par sa douce chaleur. La lumière dessinait des ombres sur son visage. Elle lâcha la couverture pour se chauffer les mains devant les flammes.

Richard frémit à la pensée de la frontière, et de ce qu'on y trouvait.

— Vous avez faim ?

Elle hocha la tête.

Richard fouilla dans son sac, attrapa un pot et alla le remplir à un petit ruisseau qu'ils avaient dépassé un peu plus tôt. Il faisait froid. Une fois encore, il se maudit d'être parti sans son manteau de garde forestier. Le souvenir de ce qui s'était passé chez lui le glaça.

Chaque insecte qui voletait lui faisait peur, et à plusieurs reprises il se figea à mi-course, pour souffler de soulagement en se rendant compte qu'il ne s'agissait que d'un grillon arboricole, ou d'une phalène, et non d'une mouche à sang. Les étoiles scintillaient, des nuages voguaient çà et là dans le ciel. Tous sauf un, immobile.

Glacé jusqu'à la moelle, Richard rentra et plaça le pot d'eau sur le feu, en équilibre sur trois pierres. Il alla d'abord s'asseoir de l'autre côté du foyer, en face de Kahlan, puis changea d'avis et s'installa tout près d'elle. Lorsqu'elle l'entendit claquer des dents, elle passa la moitié de la couverture autour de ses épaules. Le contact de la couverture et de son corps était agréable ; il attendit tranquillement que la chaleur le pénètre.

— Je n'avais jamais rien vu qui ressemble à un graz. Le Midlands doit être un endroit épouvantable.

— Le Midlands recèle de nombreux dangers.

Elle eut un sourire mélancolique.

— Il recèle également des choses fantastiques et magiques. C'est un endroit splendide, merveilleux. Mais les graz ne viennent pas du Midlands. Ils sont originaires du D'Hara.

Il écarquilla les yeux de surprise.

— Le D'Hara ! De l'autre côté de la seconde frontière ?

Le D'Hara. Jusqu'au discours de son frère, aujourd'hui, il n'avait jamais entendu prononcer ce nom en dehors des murmures prudents des anciens. Ou bien dans des malédictions. Kahlan observait toujours le feu.

— Richard...

Elle hésita, comme si elle avait peur de lui raconter le reste.

— Il n'y a plus de seconde frontière. La frontière entre le Midlands et le D'Hara est abolie. Depuis le printemps.

Il eut l'impression que le ténébreux D'Hara venait de franchir un effrayant pas de géant dans sa direction. Il s'efforça de comprendre.

— Mon frère est peut-être meilleur prophète qu'il ne le pense.

— Peut-être, dit-elle évasivement.

— Même s'il paraît difficile de gagner sa vie en prédisant des événements qui ont déjà eu lieu.

Kahlan sourit tout en tortillant négligemment une mèche de cheveux.

— Quand je vous ai vu pour la première fois, j'ai deviné que vous étiez loin d'être bête.

La lueur du feu étincelait dans ses yeux verts.

— Merci de ne pas m'avoir détrompée.

— La position de Michaël lui permet d'en savoir plus que les autres. Peut-être essaie-t-il de préparer les gens à cette perspective, pour qu'ils ne paniquent pas lorsqu'ils découvriront la vérité.

Michaël disait souvent que l'information était la clef du pouvoir, et qu'il ne fallait pas la gaspiller à la légère. Après être devenu conseiller, il avait encouragé les gens à lui rapporter en priorité leurs renseignements. Il accordait même son attention aux dires d'un fermier, et si ses dires s'avéraient authentiques, l'homme pouvait espérer une récompense.

L'eau commençait à bouillir. Richard se pencha et attira le sac à lui, puis réarrangea la couverture. En farfouillant, il trouva la bourse de légumes secs et en jeta une poignée dans le pot. De sa poche, il tira une serviette qui contenait quatre saucisses, qu'il coupa et jeta dans le pot de soupe.

Kahlan eut l'air surprise.

— D'où viennent-elles ? Les avez-vous dérobées à la fête de votre frère ?

Son ton était désapprobateur.

— Un bon forestier, dit-il en se léchant les doigts et en levant les yeux vers elle, doit toujours se montrer prévoyant.

— Il va avoir une piètre opinion de vos manières !

— Tout comme moi des siennes.

Il ne se disputerait pas avec elle sur ce point.

— Kahlan, je ne vais pas justifier son comportement. Depuis que notre mère est morte, il s'est montré difficile. Mais je sais qu'il se soucie des autres. Il le faut, si l'on veut être un bon conseiller. La pression doit être énorme. Je n'accepterais jamais une telle responsabilité. Mais c'est tout ce qu'il a toujours désiré : devenir quelqu'un d'important. Et maintenant qu'il est Premier Conseiller, il a ce qu'il a toujours souhaité. Il devrait être satisfait, mais il semble encore moins tolérant. Il est toujours occupé et aboie des ordres à tout va. Il est continuellement de mauvaise humeur ces derniers temps. Peut-être qu'après avoir obtenu ce qu'il désirait, il s'est aperçu que ce n'était pas ce qu'il espérait. J'aimerais qu'il soit comme autrefois.

Elle sourit.

— Au moins, vous avez eu le bon sens d'attraper les meilleures saucisses.

Ils rirent de concert.

— Kahlan, je ne comprends pas, au sujet de la frontière. Je ne sais même pas ce qu'est la frontière, sinon qu'elle est censée séparer les pays afin de maintenir la paix. Et bien sûr, tout le monde sait que quiconque la franchit n'en revient pas vivant. Chase et les autres gardes-frontière patrouillent afin de s'assurer que les gens en restent à l'écart pour leur propre bien.

— On n'apprend pas aux jeunes gens l'histoire des trois contrées ?

— Non. J'ai moi-même toujours trouvé cela curieux,

parce que je voulais en savoir plus, mais personne ne me racontait grand-chose. Les gens disent que je suis bizarre parce que je pose des questions. Les anciens semblent soupçonneux quand je me renseigne et me répondent que ça remonte à trop longtemps pour qu'ils s'en souviennent, ou me donnent quelque autre excuse du même acabit.

« Mon père et Zedd me racontaient qu'ils vivaient autrefois dans le Midlands, avant la frontière. Avant qu'elle ne soit instaurée, ils arrivèrent au Westland. Ils se sont rencontrés avant ma naissance. Ils disaient qu'avant la frontière c'était effrayant, et qu'il y avait beaucoup de batailles. Ils racontaient qu'il n'y avait rien à savoir, que c'était seulement une époque épouvantable. Zedd paraissait le plus affecté par tous ces événements.

Kahlan cassa un morceau de bois sec et le jeta dans le feu ; il flamba jusqu'à devenir une braise ardente.

— Eh bien, c'est une longue histoire. Si vous le souhaitez, je peux vous en raconter une partie.

Lorsqu'elle se tourna vers lui, il acquiesça d'un hochement de tête.

— Jadis, bien avant la naissance de nos parents, le D'Hara n'était qu'une confédération de royaumes, de même que le Midlands. Le plus cruel des dirigeants du D'Hara fut Panis Rahl. Il était cupide. Depuis le premier jour de son règne, il commença à envahir un royaume après l'autre, avant même que l'encre des traités de paix ne soit sèche. A la fin, il tenait tout sous son emprise, mais au lieu d'être satisfaite, son ambition n'en fut que davantage aiguisée, et il tourna son attention vers les terres qui constituent maintenant le Midlands. Le Midlands est une confédération peu structurée de provinces libres ; libres, du moins, d'être dirigées comme elles l'entendent, et aussi longtemps qu'elles cohabitent pacifiquement.

« Le temps que Rahl conquière le D'Hara, le peuple du Midlands s'était rendu compte de ses intentions. Il savait que signer un traité de paix avec lui équivalait à signer une invitation à l'invasion. Il choisit de demeurer libre et s'allia, à travers le conseil du Midlands, pour une défense commune. De nombreuses provinces libres n'étaient pas en accord avec leurs voisines, mais elles savaient que si elles ne combattaient pas ensemble, elles mourraient séparément, l'une après l'autre.

« Panis Rahl jeta la puissance du D'Hara sur elles. La guerre fit rage durant de nombreuses années.

Kahlan cassa un autre morceau de branche et en nourrit le feu.

— Alors que ses légions étaient finalement ralenties puis arrêtées, Rahl fit appel à la magie. Il y en a au D'Hara aussi, pas seulement dans le Midlands. En ce temps-là, il y avait de la magie partout. Il n'y avait pas de séparation entre les terres, pas de frontières. Quoi qu'il en soit, Panis Rahl se montra cruel en utilisant la magie contre le peuple libre. Il fut terriblement brutal.

— Quelle sorte de magie ? Qu'a-t-il fait ?

— Quelques fourberies, des maladies, des fièvres, mais le pire, c'étaient les ombres.

Richard fronça les sourcils.

— Les ombres ? Quelles ombres ?

— Des ombres dans l'air. Les ombres n'avaient pas d'existence matérielle, ni de forme précise, elles n'étaient même pas vivantes au sens où nous l'entendons, mais magiques.

Elle tendit la main, la promena doucement en l'air devant eux.

— Elles arrivaient en flottant au-dessus d'un champ ou à travers bois. Les armes n'avaient aucun effet sur elles. Les épées et les flèches les transperçaient comme si elles n'étaient rien de plus que de la fumée. On ne pouvait pas se cacher ; les ombres voyaient tout. Elles glissaient tout droit vers une personne et la touchaient. A leur contact, le corps cloquait, gonflait et finalement éclatait. Nulle personne touchée par une ombre n'a jamais survécu. Des bataillons entiers furent décimés.

Elle remit la main sous la couverture.

— Lorsque Panis Rahl commença à utiliser la magie de cette manière, un éminent et honorable magicien se joignit à la cause du Midlands.

— Quel était son nom ?

— Cela fait partie de l'histoire. Soyez patient.

Richard ajouta quelques épices à la soupe.

— Des milliers de gens étaient déjà morts, et la magie en tua de nombreux autres. Ce fut très dur, après toutes ces années de lutte, de voir la magie utilisée par Rahl emporter tant de monde. Mais grâce à l'aide du grand magicien qui tint Panis Rahl en échec, les légions furent repoussées jusqu'au D'Hara.

Richard rajouta une branche de bouleau dans le feu.

— Comment ce magicien parvint-il à arrêter les ombres ?

— Il fit apparaître des trompes de chasse. Lorsque les ombres arrivèrent, nos soldats soufflèrent dedans et les ombres s'évaporèrent comme de la fumée dans le vent. Le cours de la bataille tourna en notre faveur.

« Les guerres avaient été dévastatrices, et envahir le D'Hara dans le but de détruire Rahl s'avérerait trop coûteux. Cependant il fallait faire quelque chose pour l'empêcher de revenir, car on se doutait bien qu'il reviendrait, et beaucoup étaient plus effrayés par la magie que par les hordes du D'Hara. Ils ne tenaient nullement à la subir de nouveau. Ils voulaient un endroit dépourvu de magie. Le Westland fut créé pour eux. C'est ainsi qu'il y eut désormais trois contrées. Les frontières furent créées par magie... mais elles ne sont pas magiques.

Elle détourna le regard.

— Alors que sont-elles ?

Elle prit la cuillère et goûta la soupe, pas encore cuite, puis se tourna vers lui, comme pour lui demander s'il voulait vraiment savoir. Richard attendit.

Kahlan fixa le feu.

— Les frontières font partie des enfers : le domaine des morts. Elles sont apparues dans notre monde par magie, afin de séparer les trois contrées. Elles sont comme un rideau tiré, une faille chez les vivants.

— Vous voulez dire que passer la frontière est, en quelque sorte, comme tomber par une faille dans un autre monde ? Dans les enfers ?

Elle secoua la tête.

— Non. Notre monde est toujours là. Et les enfers sont à cet endroit en même temps. Il ne faut que deux jours pour franchir la zone occupée par la frontière, les enfers. Mais pendant que l'on marche sur la frontière, on foule le sol des enfers. C'est un désert. Toute vie qui y pénètre prend contact avec la mort. C'est pourquoi personne ne peut franchir la frontière. Si l'on y entre, on s'engage dans la terre des morts. Personne ne revient de la mort.

— Alors comment avez-vous fait ?

— Grâce à la magie. La frontière a été instaurée par magie, aussi les magiciens ont-ils calculé qu'ils pourraient me permettre de la franchir en toute sécurité avec leur aide et leur protection. Il leur a été terriblement difficile de jeter les sorts. Ils se mêlaient de choses qu'ils ne pouvaient totalement appréhender, des choses dangereuses, et ce n'étaient pas eux qui avaient fait apparaître la frontière en ce monde, aussi n'étaient-ils pas sûrs que cela allait marcher. Aucun d'entre nous ne savait à quoi s'attendre.

Sa voix était faible, distante.

— Même si j'ai traversé, je crains de ne jamais parvenir à la quitter complètement.

Richard était à la fois fasciné et horrifié à l'idée qu'elle ait dû affronter cela, qu'elle ait traversé une partie des enfers, même avec l'aide de la magie. C'était inimaginable. Ses yeux cherchèrent les siens, des yeux effarés qui avaient contemplé des choses que personne d'autre n'avait vues.

— Racontez-moi ce que vous avez vu, murmura-t-il.

Son teint devint blême. Une branche de bouleau crépita, ce qui la fit sursauter. Sa lèvre inférieure commença à trembler, ses yeux se remplirent de larmes où se reflétaient les flammes dansantes, mais elle ne voyait plus le feu.

— D'abord, dit-elle d'une voix lointaine, c'était comme évoluer au milieu de linceuls de feu glacé.

Sa poitrine commença à se soulever.

— Puis à l'intérieur, c'est comme au-delà des ténèbres.

Ses yeux étaient grands ouverts, humides. Elle poussa un petit gémissement.

— Il y a... quelqu'un... avec moi.

Elle se tourna vers lui, éperdue, elle ne semblait plus savoir où elle se trouvait. Il fut pris de panique en lisant la douleur dans ses yeux — douleur provoquée par ses questions. Elle mit sa main devant sa bouche et laissa couler ses larmes. Puis elle ferma les yeux et poussa un cri lugubre, profond. Un spasme secoua les bras de Richard.

— Ma... mère, sanglota-t-elle. Je ne l'ai pas vue depuis tant d'années... et... ma chère sœur... Dennee... Je suis si seule... et j'ai si peur...

C'était comme s'il était en train de la perdre au profit des fantômes qu'elle avait vus aux enfers, comme s'ils l'attiraient pour la noyer. Effrayé, Richard mit les mains sur ses épaules et la força à lui faire face.

— Kahlan, regardez-moi ! Regardez-moi !

— Dennee...

Elle haletait.

— Kahlan !

— Je suis si seule... et j'ai si peur... répéta-t-elle.

— Kahlan ! Je suis ici avec vous ! Regardez-moi !

Elle sanglotait toujours. Elle ouvrit les yeux mais ne le regarda pas.

— Vous n'êtes pas seule, je suis là, avec vous ! Je ne vous abandonnerai pas !

Il la secoua, essaya de l'obliger à écouter. Sa peau était blême, d'une froideur mortelle. Elle cherchait sa respiration.

— Regardez. Je suis là. Vous n'êtes pas seule !

Désespéré, il la secoua de nouveau, mais ça ne servait plus à rien. Il était en train de la perdre.

Luttant pour maîtriser sa panique, Richard fit la seule chose à laquelle il pensa. Lorsqu'il avait été confronté à la peur dans le passé, il avait appris à la contrôler. Peut-être parviendrait-il à lui insuffler un peu de sa force. Il ferma les yeux, enferma sa peur, occulta la panique et chercha le calme qui était en lui. Il laissa son esprit se concentrer sur la force qu'il recelait. Dans le silence de son esprit, il occulta ses peurs et sa confusion, et focalisa ses pensées sur la force de cette paix. Il ne laisserait pas les enfers l'emporter.

Il prononça son nom d'une voix tranquille.

— Kahlan, laissez-moi vous aider. Vous n'êtes pas seule. Je suis là, avec vous. Laissez-moi vous aider. Prenez ma force.

Il agrippa ses épaules. Il la sentait trembler, elle pleurait par sanglots étouffés. Il s'imaginait en train de lui envoyer sa force, par l'intermédiaire de ses mains, par son contact avec elle. Il imagina ce contact se prolongeant jusqu'à son esprit, lui fournissant toute sa force et la ramenant à lui, loin de la noirceur. Il serait l'étincelle de lumière et de vie qui la ramènerait dans ce monde.

— Kahlan, je suis là. Je ne vous abandonnerai pas. Vous n'êtes pas seule. Je suis votre ami. Ayez confiance en moi.

Il pressa délicatement ses épaules.

— Revenez vers moi. S'il vous plaît.

Il se représenta mentalement la chaude lumière blanche, avec espoir. S'il vous plaît, chers esprits, pria-t-il, faites qu'elle la voie ! Faites qu'elle l'aide. Faites qu'elle utilise ma force.

— Richard ?

Elle appela son nom comme si elle le cherchait. Il pressa de nouveau ses épaules.

— Je suis là. Je ne vous abandonnerai pas. Revenez vers moi.

Elle reprit son souffle. Ses yeux le fixèrent. Le soulagement envahit ses traits lorsqu'elle le reconnut, et ses sanglots se calmèrent. Elle s'effondra contre lui et l'étreignit comme elle se serait accrochée à un rocher au milieu d'un fleuve. Il la serra contre elle et la laissa sangloter sur son épaule pendant qu'il lui disait que tout allait bien. Il avait eu si peur de l'avoir perdue aux enfers qu'il ne voulait pas la lâcher, lui non plus.

Il tendit le bras, attrapa la couverture et la replaça

sur les épaules de Kahlan, l'en enveloppant du mieux qu'il le put. La chaleur inonda de nouveau son corps, signe qu'elle était maintenant sauvée, mais il était troublé par la vitesse à laquelle les enfers l'avaient attirée. Elle n'y était pas restée longtemps, et quant à savoir exactement comment il l'en avait sortie, il l'ignorait, mais il savait qu'il l'avait fait juste à temps.

Le feu avait un doux éclat rougeâtre à l'intérieur du pin rebelle, et dans le silence il apparut de nouveau comme un havre tranquille. Pure illusion, Richard en avait conscience. Il lui caressa les cheveux et la berça doucement pendant un long moment. Quelque chose dans la manière dont elle s'accrochait à lui lui fit comprendre que personne ne l'avait enlacée ni réconfortée depuis très longtemps.

Il ne connaissait rien à la magie, mais qui pourrait envoyer Kahlan à la frontière, aux enfers, sans raison valable ? Il se demanda ce qui pouvait revêtir autant d'importance.

Se dégageant de son étreinte, elle se redressa, embarrassée.

— Je suis désolée. Je n'aurais pas dû vous toucher ainsi. J'étais...

— Ce n'est rien, Kahlan. Le premier devoir d'un ami est de fournir une épaule secourable.

Elle acquiesça mais ne leva pas la tête. Richard sentit ses yeux sur lui alors qu'il retirait la soupe du feu. Il mit un autre morceau de bois dans les flammes, ce qui envoya tourbillonner des étincelles.

— Comment faites-vous cela ? s'enquit-elle d'une voix douce.

— Faire quoi ?

— Comment faites-vous pour poser des questions qui remplissent mon esprit d'images et me forcent à répondre, même si je n'en avais pas l'intention ?

Il haussa les épaules, un peu gêné.

— Zedd me demande souvent la même chose. Je suppose que je suis né comme ça. Parfois je pense que c'est une malédiction.

Il la regarda.

— Je regrette, Kahlan, de vous avoir demandé ce que vous avez vu là-bas. C'était un acte irréfléchi. Quelquefois ma curiosité dépasse mon bon sens. Je suis désolé de vous avoir fait mal. Cette histoire d'être attirée vers les enfers, cependant, ça n'aurait pas dû se produire, n'est-ce pas ?

— Non, en effet. C'était presque comme si quelqu'un attendait pour m'attirer. Je crains que si vous n'aviez pas été là, je m'y serais perdue. Dans les ténèbres, j'ai aperçu une lumière. Vous avez fait quelque chose qui m'a permis de revenir.

Richard ramassa la cuillère tout en réfléchissant.

— Peut-être n'étiez-vous tout simplement pas seule.

Kahlan haussa faiblement les épaules.

— Peut-être.

— Je n'ai qu'une cuillère. Nous pouvons la partager.

Il prit une cuillerée de soupe et souffla dessus avant de la goûter.

— Ce n'est pas ce que j'ai fait de meilleur, mais ça vaut mieux qu'un clou dans l'œil.

Il obtint l'effet désiré : elle sourit. Il lui donna la cuillère.

— Pour vous aider à garder de l'avance sur le prochain quad, j'ai besoin de réponses. Et je ne crois pas que nous ayons beaucoup de temps.

Elle acquiesça.

— Je comprends. C'est d'accord.

Il la laissa manger un peu de soupe avant de poursuivre.

— Que s'est-il passé après que les frontières ont été érigées ? Et le grand magicien ?

Avant de lui tendre la cuillère, elle prit un morceau de saucisse.

— Une dernière chose s'est produite avant qu'elles ne soient formées. Pendant que le grand magicien tenait la magie en échec, Panis Rahl prit sa revanche. Il envoya un quad depuis le D'Hara... Ses hommes tuèrent la femme du magicien et sa fille.

Richard la dévisagea.

— Que fit le magicien ?

— Il put contenir la magie de Rahl et l'emprisonna au D'Hara jusqu'à ce que la frontière soit mise en chantier. A ce moment-là, il lança une boule de feu magique au travers, la laissant effleurer la mort, afin de lui insuffler la puissance des deux mondes. Alors les frontières apparurent.

Richard n'avait jamais entendu parler de feu magique, mais il ne jugea pas nécessaire de demander d'explication.

— Et que devint Panis Rahl ?

— Eh bien, personne ne peut l'affirmer, mais je ne crois pas que quiconque aurait accepté d'échanger son sort contre le sien.

Richard lui redonna la cuillère, et elle mangea encore un peu pendant qu'il tentait d'imaginer le juste courroux d'un magicien. Après quelques bouchées, elle lui rendit la cuillère et enchaîna.

— D'abord, tout fut parfait, mais ensuite le conseil du Midlands commença à prendre des mesures que le magicien estimait corrompues. Il découvrit que les conseillers avaient trahi les accords établis sur la façon dont la puissance magique devait être contrôlée. Il leur dit que l'avidité de leurs actions entraînerait des horreurs pires que celles qui sont engendrées par les guerres. Mais ils pensaient savoir mieux que lui comment diriger la magie. Un poste très important devint l'objet d'une stratégie politique alors que seul un magicien aurait dû l'occuper. Furieux, il leur dit que seul un magicien pouvait trouver et nommer la personne habilitée à occuper ce poste. Lui-même avait formé des élèves, mais leur avidité les conduisit à se ranger du côté du conseil. Il était très en colère. Il déclara que sa femme et sa fille étaient mortes pour rien. Pour les punir, le grand magicien avoua qu'il leur infligerait la pire des punitions : les laisser subir les conséquences de leurs actes.

Richard sourit. Zedd aurait pu dire quelque chose de similaire.

— Il dit que s'ils savaient si bien comment les affaires devaient être menées, ils n'avaient pas besoin de lui. Il refusa de les aider plus longtemps et disparut. Mais en partant, il lança une toile magique...

— Qu'est-ce que c'est ?

— C'est un sort. En partant, il en lança une sur tout le monde, ils en oublièrent son nom, jusqu'à son apparence. C'est pourquoi personne ne le connaît.

Kahlan jeta une branche dans le feu, plongée dans ses pensées. Richard mangea en silence, attendant qu'elle continue son récit. Après quelques minutes, elle reprit :

— Au début de l'hiver dernier, le mouvement commença.

Il éloigna la cuillerée de soupe de sa bouche et la regarda.

— Quel mouvement ?

— Le mouvement Darken Rahl. Il semblait surgir de nulle part. Tout d'un coup, des multitudes de gens dans les cités scandèrent son nom, l'appelant Père Rahl, le plus grand homme de paix qui ait jamais existé. Le plus étrange, c'est qu'il est le fils de Panis Rahl, du D'Hara, de l'autre côté de la frontière, aussi comment a-t-on pu apprendre quoi que ce soit à son sujet ?

Elle s'arrêta, lui laissant le temps de méditer.

— Quoi qu'il en soit, les graz se sont alors mis à franchir la frontière. Ils massacrèrent beaucoup de gens avant que tout le monde apprenne à ne pas sortir la nuit.

— Mais comment ont-ils franchi la frontière ?

— Elle s'évanouissait, seulement personne ne le savait. Elle a d'abord diminué en hauteur, ce qui a permis aux graz de la survoler. Au printemps elle s'est complètement évanouie. C'est alors que l'Armée Pacifique du Peuple, l'armée de Darken Rahl, a marché sur les grandes cités. Au lieu de le combattre, des foules de Midlanders leur jetaient des fleurs. Ceux qui ne jetaient pas de fleurs étaient tout simplement pendus.

Richard la dévisagea, les yeux écarquillés.

— C'est l'armée qui les tuait ?

Son regard se durcit.

— Non. Les jeteurs de fleurs. Ils prétendaient qu'ils

représentaient une menace pour la paix. L'Armée Pacifique du Peuple n'a pas eu à lever le petit doigt. On peut dire que Darken Rahl était pacifique, puisque son armée ne tuait pas les dissidents. A la fin, l'armée s'est interposée et a mis un terme au carnage. Les dissidents furent envoyés dans les écoles d'illumination afin qu'on leur inculque la grandeur de Père Rahl, ainsi que son message de paix.

— Et ont-ils appris dans ces écoles d'illumination à quel point Darken Rahl était grand ?

— Personne n'est aussi fanatique qu'un converti. La plupart ne font que s'asseoir en rond toute la journée, à psalmodier son nom.

— Donc le Midlands n'a pas riposté ?

— Darken Rahl se rendit devant le conseil pour proposer une alliance. Les conseillers qui acceptèrent furent considérés comme des champions de l'harmonie. Ceux qui refusèrent furent tenus pour traîtres, et exécutés publiquement par Darken Rahl lui-même.

— Comment...

Elle leva la main et ferma les yeux.

— Darken Rahl possède un poignard courbe qu'il porte à la ceinture. Il prend un malin plaisir à l'utiliser. S'il vous plaît, Richard, ne me demandez pas ce qu'il fit à ces hommes ! Le seul fait d'y penser me donne la nausée.

— Et comment les magiciens ont-ils réagi à tout ceci ?

— Oh. Eh bien, ils ont commencé à ouvrir les yeux. Puis Rahl proscrivit toute magie et déclara que quiconque l'utilisait était un ennemi. Vous devez comprendre que, dans le Midlands, la magie fait partie de l'essence même de quantité de gens, de quantité de créatures. Cela reviendrait à dire que vous êtes un criminel si vous êtes doté de deux bras et de deux jambes, et que vous deviez les couper. Puis il interdit le feu.

Richard leva les yeux.

— Le feu ? Pourquoi ?

— Darken Rahl ne commente jamais ses ordres. Mais les magiciens se servent du feu. Pourtant, il ne les craint pas. Il est plus puissant que son père, plus que n'importe quel magicien. Ses disciples avancent toutes sortes de motifs, dont le principal est que le feu fut utilisé contre le père de Darken Rahl lui-même, aussi est-il devenu un signe d'irrespect envers la maison de Rahl.

— C'est pour cela que vous souhaitiez vous asseoir devant une cheminée ?

Elle acquiesça.

— Faire du feu au mauvais endroit dans le Midlands, sans l'accord de Darken Rahl ou de ses disciples, est une promesse de mort.

Elle creusa la poussière avec une brindille.

— Peut-être également dans le Westland. Votre frère aussi a l'air de vouloir interdire le feu. Peut-être...

Il l'interrompit.

— Notre mère est morte brûlée dans un incendie. C'est la raison pour laquelle Michaël est affecté par le feu, et la seule. Il n'a jamais suggéré son éventuelle interdiction. Il désirait juste faire quelque chose de manière que d'autres ne souffrent pas comme elle a souffert. Il n'y a rien de mal à cela.

Elle fronça les sourcils.

— Votre souffrance ne semblait pas l'inquiéter.

Richard se calma en inspirant profondément.

— Je sais que les apparences pouvaient le laisser croire, mais vous ne le comprenez pas. C'est juste sa manière d'agir. Je sais qu'il n'a pas l'intention de me faire du mal.

Il croisa les bras sur ses genoux.

— Après la mort de notre mère, Michaël passait la plupart du temps avec ses amis. Il se prenait d'amitié pour tous ceux qu'il jugeait importants. Certains d'entre eux étaient pompeux et arrogants. Mon père n'appréciait guère quelques-uns de ses amis ; et ne le lui cachait pas. C'était un sujet de discorde.

« Une fois mon père est rentré à la maison avec un vase orné de petites silhouettes sculptées autour du col, qui paraissaient danser sur le bord. Il en était fier. C'était un vase antique, et il pensait pouvoir en tirer une pièce d'or. Michaël annonça qu'il parviendrait à en tirer davantage. Ils se disputèrent, et mon père laissa finalement le vase à Michaël pour qu'il le vende. Michaël revint et jeta quatre pièces d'or sur la table. Mon père les considéra un long moment. Puis il dit, d'une voix très calme, que le vase ne valait pas quatre pièces d'or ; il voulut savoir ce que Michaël avait raconté aux gens. Michaël dit qu'il leur avait simplement raconté ce qu'ils désiraient entendre. Mon père tendit le bras pour ramasser les quatre pièces mais Michaël les recouvrit de la main. Il en prit trois et dit qu'une seule était pour mon père, parce qu'il en avait escompté une seule. Puis il dit : "C'est la valeur de mes amis, George."

« C'était la première fois que Michaël l'appelait "George". Mon père ne l'a jamais de nouveau autorisé à vendre quelque chose pour lui.

« Mais savez-vous ce que Michaël a fait de l'argent ? Lorsque mon père est reparti en voyage, il a réglé la plupart des dettes de la famille. Il n'a rien acheté pour lui-même.

« Parfois Michaël se montre frustré dans sa manière d'agir, comme aujourd'hui quand il a parlé de notre mère devant tout le monde et m'a montré du doigt, mais je sais... je sais qu'il prend à cœur les intérêts de chacun. Il souhaite que personne ne souffre à cause du feu, c'est tout. Il souhaite que personne ne subisse ce qu'il a subi.

Kahlan continua à dessiner des motifs dans la poussière encore un moment puis jeta la brindille dans le feu.

— Je suis désolée, Richard. Je ne devrais pas me montrer aussi soupçonneuse. Je sais que vous souffrez d'avoir perdu votre mère. Je suis sûre que vous avez raison.

Finalement, elle leva les yeux.

— Vous me pardonnez ?

Richard sourit.

— Bien sûr. Je suppose que si j'avais enduré les mêmes épreuves que vous, j'envisagerais tout de suite le pire, moi aussi. Je suis désolé de vous avoir agressée. Si vous pardonnez mon mauvais caractère, je vous laisse manger.

Elle acquiesça et sourit.

Il désirait entendre la fin de son récit, mais il attendit et l'observa un moment avant de demander :

— Les forces du D'Hara ont donc conquis la totalité du Midlands ?

— Le Midlands est vaste ; l'Armée Pacifique du Peuple n'occupe que quelques-unes des grandes cités. En de nombreux secteurs, les gens ignorent tout de l'alliance. Rahl ne s'en soucie guère. Il considère cela comme un problème insignifiant. Son attention se porte vers autre chose. Les magiciens ont découvert que son but réel était la magie au sujet de laquelle le grand magicien avait prévenu le conseil, cette magie qu'ils avaient manipulée sans précaution, par cupidité. Avec celle qu'il recherche, Darken Rahl deviendra maître de tout, sans avoir à combattre.

« Cinq des magiciens se sont rendu compte qu'ils avaient eu tort, que le grand magicien avait raison, en fin de compte. Ils cherchèrent à réparer leurs fautes : il fallait sauver le Midlands et le Westland de tout ce qui pourrait arriver si Darken Rahl obtenait la magie qu'il recherche. Aussi partirent-ils en quête du grand magicien, traqué aussi par Rahl.

— Vous avez dit cinq magiciens. Combien en existe-t-il ?

— Ils étaient sept : le grand magicien et ses six élèves. Le plus ancien a disparu ; un autre a vendu ses services à une reine, ce qui est une chose parfaitement déshonorante pour un magicien.

Elle s'arrêta, médita un instant.

— Et ainsi que je vous l'ai appris plus tôt, les cinq autres ne sont plus de ce monde. Avant de mourir, ils firent fouiller tout le Midlands, mais on ne retrouva pas le grand magicien. Il n'est pas dans le Midlands.

— Ils crurent donc qu'il était dans le Westland ?

Kahlan reposa la cuillère dans le bol vide.

— Oui. C'est ça.

— Et ils ont pensé que ce grand magicien pourrait arrêter Darken Rahl, même si eux en étaient incapables ?

Quelque chose clochait dans cette histoire, et Richard n'était pas sûr de vouloir connaître la suite.

— Non, dit-elle après une pause, car lui n'a pas non plus le pouvoir d'affronter Darken Rahl. Ce qu'ils voulaient, c'était qu'il désigne l'occupant de ce poste important.

D'après le soin avec lequel elle choisissait ses mots, il comprit qu'elle tournait autour de secrets inviolables, aussi, au lieu d'insister, il demanda :

— Pourquoi ne se sont-ils pas eux-mêmes déplacés afin de l'adjurer de le faire ?

— Parce qu'ils craignaient un refus, ils n'avaient pas le pouvoir de l'y forcer.

— Cinq hommes ne possédaient pas la puissance d'un seul ?

Elle secoua la tête et sourit tristement.

— Ils étaient des élèves, des aspirants. Ils n'étaient pas nés avec le don. Le grand magicien avait un père qui était lui-même magicien et une mère magicienne. C'est dans le sang, pas seulement dans la tête. Ils n'auraient jamais pu l'égaler. Ils ne pouvaient pas l'obliger à faire ce qu'ils voulaient.

Elle se tut.

— Et...

Il attendit et, par son silence, lui fit comprendre sa question, et aussi qu'il attendait la réponse.

Enfin, elle dit dans un doux murmure :

— C'est pour cela qu'ils m'ont envoyée. Parce que moi j'ai ce don.

Le feu crépitait et chuintait. Il sentait la tension monter, et il sut que cette réponse était la limite au-delà de laquelle elle ne désirait pas s'aventurer. Aussi demeura-t-il silencieux. Sans la regarder, il posa la main sur son avant-bras, et elle mit sa main sur la sienne.

— Comment reconnaîtrez-vous ce magicien ?

— Je sais seulement que je dois le trouver, et vite, ou nous sommes tous perdus.

Richard réfléchit en silence.

— Zedd nous aidera, dit-il. Il lit dans les nuages. C'est son métier de retrouver les personnes disparues.

Kahlan lui jeta un coup d'œil inquiet.

— On dirait de la magie. Elle n'est pas censée exister au Westland...

— Il affirme que ce n'est pas de la magie, que n'importe qui peut apprendre. C'est ce qu'il essaie de m'enseigner sans arrêt. Il se moque de moi chaque fois que je prédis qu'il va pleuvoir. Il écarquille les yeux et s'écrie : « Magie ! Tu dois maîtriser la magie, mon garçon, pour lire dans les nuages et connaître l'avenir. »

Kahlan se mit à rire. C'était agréable à entendre. Il ne souhaitait pas insister davantage, même si la trame de son récit comportait de nombreuses lacunes. Il y avait beaucoup de choses qu'elle ne lui racontait pas. Au moins en savait-il plus qu'avant. L'important était de trouver le magicien puis de s'enfuir ; un autre quad viendrait pour elle. Il faudrait marcher vers l'ouest pendant que le magicien faisait son travail.

Elle ouvrit la bourse de sa ceinture et en sortit quelque chose. Elle dénoua une ficelle et déplia un tissu huilé qui contenait une substance ocre. Elle trempa les doigts dedans et se tourna vers lui.

— C'est pour aider à guérir les piqûres de mouches. Tournez la tête.

L'onguent apaisa la brûlure. Il reconnut le parfum de quelques plantes et herbes. Zedd lui avait appris à préparer un onguent similaire, mais avec de l'aume. Quand elle en eut fini avec lui, elle s'en passa sur elle. Il tendit sa main rouge endolorie.

— Mettez-en là-dessus aussi.

— Richard ! Qu'avez-vous fait ?

— Une épine, ce matin.

Elle tamponna doucement l'onguent sur la plaie.

— Je n'ai jamais vu une épine faire ça.

— C'était une grosse épine. Mais je vais aller mieux d'ici à demain.

L'onguent ne soulagea pas la douleur autant qu'il l'aurait souhaité, mais il ne le lui dit pas, pour ne pas l'inquiéter. Sa main n'était rien en regard des choses dont elle devait se soucier. Il la regarda renouer la ficelle autour du petit sachet et le replacer dans la bourse de sa ceinture.

— Richard, avez-vous peur de la magie ?

Il réfléchit avant de répondre.

— Elle m'a toujours fasciné ; ça avait l'air excitant. Mais maintenant, je sais qu'il existe une magie qu'il faut craindre. Néanmoins, je suppose que c'est comme pour les gens : on en évite certains et on a la chance d'en connaître d'autres.

Kahlan sourit, apparemment satisfaite de sa réponse.

— Richard, avant de pouvoir dormir, il y a quelque chose dont je dois m'occuper. Il s'agit d'une créature magique. Si vous pensez que vous n'en aurez pas peur, je vous laisserai la contempler. C'est une chance rare. Peu l'ont vue, et peu la verront. Vous devez me promettre que vous partirez faire un tour quand je vous le demanderai, et de ne plus me poser de questions quand vous reviendrez. Je suis fatiguée et je dois me reposer.

Cet honneur fit sourire Richard.

— Je vous le promets.

Ouvrant une fois de plus la bourse de sa ceinture, Kahlan en retira une petite fiole ronde munie d'un bouchon. Des lignes bleues et argentées formaient une spirale sur sa partie ventrue. Elle contenait comme de la lumière.

Ses yeux verts cherchèrent les siens.

— Cette créature est un feu follet. Son nom est Shar. Les feux follets ne peuvent être vus de jour, seulement la nuit. Shar fait partie de la magie qui m'a aidée à franchir la frontière ; elle était mon guide. Sans elle, je me serais égarée.

Les yeux de Kahlan s'emplirent de larmes, mais sa voix resta ferme et tranquille.

— Ce soir, elle va mourir. Elle ne peut plus vivre loin

de sa demeure et de ses congénères, et elle n'a pas la force de retraverser la frontière. Shar a donné sa vie pour m'aider, parce que si Darken Rahl réussit, toute son espèce, entre autres, périra.

Kahlan enleva le bouchon, plaça la petite bouteille dans le plat de sa paume et la tint entre eux.

Un minuscule éclat de lumière s'éleva au-dessus de la fiole, flottant dans l'atmosphère fraîche et sombre du pin, projetant des reflets argentés tout autour. La lumière s'adoucit quand Shar fit halte dans les airs entre eux, vacillante. Richard était stupéfait. Il la regardait bouche bée, pétrifié.

— Bonsoir, Richard Cypher, fit-elle d'une voix minuscule.

— Bonsoir à vous, Shar.

— Merci d'avoir assisté Kahlan aujourd'hui. En agissant ainsi, vous aidez également mon espèce. Si jamais vous aviez besoin de l'aide des feux follets, prononcez mon nom et ils vous assisteront, car aucun ennemi ne pourra le découvrir.

— Merci, Shar, mais le Midlands est le dernier endroit que je souhaite visiter. J'aiderai Kahlan à trouver le magicien, mais nous devrons alors partir vers l'ouest et nous éloigner prudemment de ceux qui voudraient nous tuer.

Le feu follet tournoya en l'air pendant un moment. Son éclat argenté était rassurant.

— Si c'est ce que vous désirez, alors vous devez agir ainsi, dit Shar.

Richard fut soulagé. Le minuscule point de lumière tourbillonna de nouveau en l'air devant eux.

Shar s'immobilisa.

— Mais sachez ceci : Darken Rahl vous traque tous les deux. Il ne se reposera pas. Il ne s'arrêtera pas. Si vous courez, il vous débusquera. Il n'y a aucun doute là-dessus. Vous ne pouvez vous défendre contre lui. Il vous tuera tous les deux. Bientôt.

La bouche de Richard était si sèche qu'il pouvait à peine déglutir. Si le graz avait agi rapidement, songeat-il, tout aurait été terminé.

— Shar, n'avons-nous aucun moyen de nous échapper ?

La lumière tournoya encore, lançant des éclairs sur son visage ainsi que sur les branches du pin.

Shar s'immobilisa à nouveau.

— Si vous lui tournez le dos, vos yeux ne l'apercevront pas. Il vous attrapera. Il aime ça.

Richard la fixa.

— Mais... que pouvons-nous faire ?

Le minuscule point de lumière tourbillonna encore une fois et se rapprocha de lui avant de se figer.

— Meilleure question, Richard Cypher. La réponse que vous cherchez est en vous. Vous devez la chercher ou il vous tuera tous les deux. Bientôt.

— Quand ?

Sa voix était dure. La lumière s'éloigna quelque peu en pirouettant. Il ne laisserait pas passer cette occasion sans obtenir au moins un espoir.

Le feu follet s'immobilisa.

— Le premier jour de l'hiver, Richard Cypher. Lorsque le soleil apparaîtra dans le ciel. Si Darken Rahl ne vous tue pas avant, et s'il n'est pas arrêté, alors le premier jour de l'hiver, lorsque le soleil entrera dans le ciel, mon espèce s'éteindra. Vous mourrez tous les deux. Il aimera cela.

Richard tenta de déterminer quel était le meilleur moyen d'interroger un point de lumière tournoyant.

— Shar, Kahlan essaie de sauver ceux de votre espèce. J'essaie de l'aider. Vous donnez votre vie pour l'aider. Si nous échouons, tout le monde meurt, vous venez de le dire. S'il vous plaît, y a-t-il quelque chose que vous pouvez me conseiller pour arrêter Darken Rahl ?

La lumière tournoya et contourna l'intérieur du pin, éclairant les zones d'ombre. Elle se figea à nouveau devant lui.

— Je vous ai déjà donné la réponse. Elle est en vous. Cherchez-la ou mourez. Navrée, Richard Cypher. J'aimerais vous aider mais je ne connais pas la réponse. Je sais seulement qu'elle est en vous. Désolée. Désolée.

Richard hocha la tête et se passa la main dans les cheveux. Il ne savait pas qui était le plus frustré, de Shar ou de lui-même. Il avisa Kahlan ; assise calmement, elle observait le feu follet. Shar tournoya et attendit.

— Très bien, pouvez-vous me dire pourquoi il veut me tuer ? Est-ce parce que j'aide Kahlan, ou y a-t-il une autre raison ?

Shar s'approcha.

— D'autres raisons ? Des secrets ?

— Alors ?

Richard bondit. Le feu follet s'éleva avec lui.

— Je ne sais pas pourquoi. Désolée. Juste qu'il le fera.

— Quel est le nom du magicien ?

— Bonne question, Richard Cypher. Navrée. Je l'ignore.

Richard se rassit et mit son visage dans ses mains. Shar voleta autour de sa tête. D'une certaine façon, il sut qu'elle tentait de le réconforter, et qu'elle était proche de sa fin. Elle agonisait, et c'est elle qui essayait de le réconforter !

— Shar, dit-il, merci d'avoir aidé Kahlan. Ma vie, si elle doit être courte, a déjà obtenu un sursis quand elle m'a empêché d'accomplir quelque chose de stupide aujourd'hui. Elle est également meilleure maintenant que je connais Kahlan. Merci d'avoir guidé mon amie à travers la frontière.

Le feu follet flotta jusqu'à lui et effleura son front. Il avait l'impression de percevoir sa voix aussi dans sa tête.

— Je suis désolée, Richard Cypher. Je ne connais pas les réponses qui pourraient vous sauver. Dans le cas contraire, veuillez croire que je vous les communiquerais avec joie. Mais je vois la bonté qui est en vous. Je crois en vous. Je suis absolument persuadée que vous avez en vous ce qu'il faut pour réussir. Des temps viendront où vous douterez de vous-même. N'abandonnez pas. Souvenez-vous alors que je crois en vous, que je sais que vous pouvez accomplir votre devoir. Vous êtes quelqu'un d'exceptionnel, Richard Cypher. Croyez en vous. Et protégez Kahlan.

Il avait fermé les yeux et pleurait ; une boule dans sa gorge l'empêchait de respirer.

— Il n'y a pas de graz dans les parages. Veuillez me laisser seule avec Kahlan, maintenant. Mon heure approche.

Richard acquiesça.

— Au revoir, Shar. Ç'aura été un grand honneur de faire votre connaissance.

Il partit sans les regarder.

Après son départ, Shar flotta jusqu'à Kahlan et s'adressa à elle selon le rite :

— Mère Confesseur, mon heure arrivera bientôt. Pourquoi ne pas lui avoir dit ce que vous êtes ?

Kahlan avait courbé le dos et mis les mains sur ses genoux.

— Shar, je ne peux pas, pas encore.

— Confesseur Kahlan, ce n'est pas juste. Richard Cypher est votre ami.

Des larmes commencèrent à couler le long de son visage.

— Ne voyez-vous pas ? C'est pour ça que je ne peux pas le lui révéler. Si je le lui dis, il ne sera plus mon ami, ne se souciera plus de moi. Vous ne pouvez pas savoir ce que c'est que d'être Confesseur, d'être crainte de tous. Il me regarde dans les yeux, Shar. Peu ont osé le faire. Personne ne pourrait jamais me regarder comme il le fait. Ses yeux me sécurisent. Il fait sourire mon cœur.

— D'autres pourraient l'avertir avant vous, Confesseur Kahlan. Et ce serait pire.

Elle leva des yeux humides vers le feu follet.

— Je le lui dirai avant que cela ne se produise.

— Vous jouez à un jeu dangereux, Confesseur Kahlan, l'avertit Shar. Il pourrait tomber amoureux de vous et alors vos révélations le blesseraient irrémédiablement.

— Je ne permettrai pas que cela arrive.

— Vous allez le choisir ?

— Non !

Shar recula dans un tourbillon au hurlement de Kahlan, puis revint lentement.

— Confesseur Kahlan, vous êtes la dernière à pratiquer votre art. Darken Rahl a massacré tous les autres. Même votre sœur, Dennee. Vous êtes Mère Confesseur. Vous devez choisir un amant.

— Je ne pourrais pas faire cela à quelqu'un que j'aime. Aucun Confesseur ne le pourrait, sanglota-t-elle.

— Navrée, Mère Confesseur. C'est à vous de choisir.

Kahlan replia ses jambes, passa ses bras autour et appuya la tête contre ses genoux. Des sanglots la secouèrent. Shar vola doucement autour de sa tête, semant des traits de lumière argentée, la consolant. Elle continua à tourner jusqu'à ce que les pleurs de Kahlan diminuent et cessent enfin. Alors, Shar revint devant elle.

— Dur d'être Mère Confesseur. Désolée.

— Dur, admit Kahlan.

— Un lourd fardeau sur vos épaules.

— Très lourd.

Le feu follet atterrit sur l'épaule de la jeune femme. Puis il s'envola et lévita jusqu'à un point devant elle.

— J'aimerais rester plus longtemps avec vous. Merveilleux moments. J'aimerais rester avec Richard Cypher. Il pose de bonnes questions. Mais je ne peux pas tenir plus longtemps. Désolée. Je meurs.

— Vous avez ma parole, Shar, pour arrêter Darken Rahl je donnerais jusqu'à ma vie. Pour la survie de votre espèce et de toutes les autres.

— Je crois en vous, Confesseur Kahlan. Aidez Richard.

Shar s'approcha.

— S'il vous plaît ! Avant que je ne meure, voulez-vous me toucher ?

Kahlan s'éloigna du feu follet jusqu'à ce que son dos touche le tronc de l'arbre.

— Non... s'il vous plaît... non, implora-t-elle en secouant la tête. Ne me demandez pas de faire cela.

Ses yeux se remplirent à nouveau de larmes. Elle porta des doigts tremblants à ses lèvres, tenta de se maîtriser.

Shar avança.

— S'il vous plaît, Mère Confesseur. Je me sens si douloureusement seule loin des autres. Je ne partagerai plus jamais leur compagnie. J'ai si mal. Je m'en vais maintenant. Je vous en supplie. Utilisez votre pouvoir. Touchez-moi et laissez-moi goûter cette douce agonie. Laissez-moi mourir avec le goût de l'amour. J'ai payé de ma vie pour vous aider. Je ne vous ai rien demandé d'autre. Je vous en prie !

La lumière de Shar faiblissait. Kahlan, en pleurs, mit sa paume gauche contre sa bouche puis elle tendit la main droite, jusqu'à ce que ses doigts tremblants touchent le feu follet.

Le tonnerre éclata tout autour, sans aucun son. Le violent impact dans l'air secoua le pin, entraînant une pluie d'aiguilles mortes, dont quelques-unes s'enflammèrent lorsqu'elles touchèrent le feu. La couleur argentée de Shar se mua en une lueur rosâtre, qui grandit en intensité.

Sa voix était faible.

— Merci, Kahlan. Au revoir, mon amour.

L'étincelle de lumière et de vie s'estompa et disparut.

Après l'étrange coup de tonnerre, Richard patienta un moment avant de revenir vers Kahlan. Elle était toujours assise, le menton sur les genoux. Elle fixait le feu.

— Shar ? s'enquit-il.

— Elle est partie, répondit-elle d'une voix éteinte.

La prenant par le bras, il l'amena au matelas d'herbe séchée. Elle le suivit docilement. Il la coucha et la recouvrit de la couverture et d'un peu d'herbe sèche afin de l'aider à conserver sa chaleur pendant la nuit, puis s'y enfouit lui-même, tout près d'elle. Kahlan se retourna et mit son dos contre lui, à la manière d'un enfant qui se pelotonnerait contre sa mère en percevant l'imminence d'un danger. Il sentait aussi quelque chose de bizarre. Quelque chose de mortel.

Elle s'était endormie. Il aurait dû avoir froid, mais ce n'était pas le cas. Sa main l'élançait. Il avait chaud. Il resta allongé là, songeant à cet étrange tonnerre silencieux. Il se demanda ce qu'elle ferait pour obliger le grand magicien à faire ce qu'elle voulait. Cette pensée lui fit peur. Mais avant qu'il ne puisse s'inquiéter davantage, il sombra à son tour dans un profond sommeil.

6

LE LENDEMAIN MATIN, RICHARD COMPRIT QUE LA MORSURE DE la liane lui donnait la fièvre. Il n'avait pas d'appétit. Il avait parfois insupportablement chaud, il transpirait puis se mettait à frissonner. Il ne pouvait rien faire, mis à part quérir l'aide de Zedd, et puisqu'ils y étaient presque, il décida de ne rien dire à Kahlan. Des rêves avaient troublé son sommeil, il ne savait si c'était à cause de la fièvre ou des choses qu'il avait apprises.

Le ciel était légèrement couvert, et sa froide lumière grisâtre annonçait la venue de l'hiver. Les arbres touffus qui bordaient le sentier repoussaient la brise et ses frimas, en faisant un sanctuaire de tranquillité saturé des fragrances des sapins baumiers.

Après avoir traversé un petit ruisseau près d'un barrage de castors, ils tombèrent sur une clairière parsemée de fleurs jaunes et bleu pâle. Kahlan s'arrêta pour en cueillir quelques-unes. Ayant déniché un morceau de bois mort en forme d'écope, elle commença à arranger les fleurs dans le creux de l'écorce. Richard songea qu'elle devait avoir faim. Il trouva un pommier et remplit son sac de beaux fruits bien mûrs. C'était toujours une bonne idée d'apporter de la nourriture quand on rendait visite à Zedd.

Richard termina sa cueillette avant Kahlan et patienta, adossé à un tronc. Lorsqu'elle fut satisfaite de son arrangement, elle retroussa sa robe, s'agenouilla et mit le bois sur l'eau. Elle observa un moment le petit radeau de fleurs dériver sur l'onde calme. Quand elle se tourna et aperçut Richard, elle se releva et le rejoignit.

— Une offrande aux esprits de nos deux mères, expliqua-t-elle. Afin de demander leur protection et leur aide dans la recherche du magicien.

Kahlan le dévisagea, et l'anxiété envahit ses traits.

— Richard, qu'est-ce qui ne va pas ?

Il lui tendit une pomme.

— Rien. Tenez, mangez ceci.

Elle eut un mouvement de recul. La colère embrasait ses yeux verts.

— Pourquoi avez-vous fait ça ? demanda-t-elle.

Richard fut étonné de la violence de sa réaction.

— Vous n'aimez pas les pommes ? Je suis navré, je vous trouverai autre chose à manger.

La fureur dans les yeux de Kahlan se changea en doute.

— Comment les avez-vous appelées ?

— Des pommes. Vous ne savez pas ce que sont des pommes ? Elles sont bonnes à manger, je vous le promets. De quoi pensiez-vous qu'il s'agissait ?

— Vous mangez ces... pommes ?

Richard resta impassible.

— Oui. Tout le temps.

L'embarras remplaça la colère. Elle écarquillait les yeux.

— Richard, je suis vraiment désolée. Je ne savais pas que l'on pouvait consommer ces choses. Au Midlands, tous les fruits rouges contiennent un poison mortel. Je croyais que vous vouliez m'empoisonner.

Richard rit. Kahlan l'imita, tout en protestant que ce n'était pas drôle. Il mordit dans la pomme afin de la rassurer, puis lui en offrit une autre. Cette fois elle la prit, mais l'examina avec attention avant de la goûter.

— Hmm, ces fruits sont succulents.

Soudain elle fronça les sourcils et posa la main sur le front de Richard.

— Je savais que quelque chose n'allait pas. Vous êtes brûlant de fièvre.

— Je sais, mais nous ne pouvons rien y faire jusqu'à ce que nous soyons chez Zedd. Nous y sommes presque.

Et, en effet, la maison de Zedd leur apparut bientôt, au détour du sentier. Une planche sur le toit couvert de gazon servait de rampe à son vieux chat, qui était bien plus doué pour monter que pour descendre. Des rideaux de dentelle blanche et des bacs à fleurs égayaient les fenêtres. Les murs de rondins étaient devenus gris terne avec l'âge, mais une porte bleu clair accueillait les visiteurs. La construction n'était pas grande, mais le porche courait sur toute sa façade.

La chaise de « raison » de Zedd était vide. C'était dans ce siège que Zedd s'asseyait et réfléchissait jusqu'à ce qu'il arrive à comprendre la raison de ce qui avait titillé sa curiosité. Une fois, il était resté assis trois jours de suite, à tenter de découvrir pourquoi les gens passaient leur temps à discuter du nombre d'étoiles dans le firmament. Lui-même ne s'en souciait guère. Il trouvait cette question dérisoire, et il se demandait seulement pourquoi les gens gaspillaient autant de temps à débattre du sujet. Finalement, il s'était levé et avait déclaré que c'était parce que n'importe qui pouvait exprimer ses profondes convictions sans peur d'être désavoué, étant donné qu'il était impossible de connaître la réponse. De tels idiots n'avaient tout simplement pas à se soucier des contradictions lorsqu'ils proclamaient leur compétence. Ayant réglé la question, Zedd était alors rentré chez lui et avait mangé consciencieusement durant trois bonnes heures.

Richard l'appela mais ne reçut aucune réponse. Il sourit à Kahlan.

— Je parie que je sais où il est. Derrière, sur son rocher aux nuages, en train d'étudier la dernière fournée de cumulus.

— Le rocher aux nuages ? demanda Kahlan.

— C'est son endroit de prédilection pour scruter le ciel. Ne me demandez pas pourquoi. Depuis que je le connais, chaque fois qu'il aperçoit un nuage intéressant, il court là-bas pour l'observer, debout sur ce rocher.

Ils traversèrent tous deux les hautes graminées sauvages qui cernaient la maison et grimpèrent au sommet d'une petite colline dénudée, où se trouvait le fameux rocher. Zedd se tenait sur la pierre plate, son dos voûté face à eux, ses bras grêles déployés et ses cheveux blancs ondulés flottant sous sa tête inclinée en arrière.

Il était complètement nu.

Richard leva les yeux au ciel, Kahlan détourna les siens. Sa peau parcheminée sous laquelle saillaient les os lui donnait l'air aussi fragile qu'une brindille sèche. Richard savait qu'il était tout sauf fragile, cependant.

Un doigt décharné se leva, pointé vers le ciel.

— Je savais que tu venais, Richard.

Sa voix était aussi fluette que le reste de sa personne.

La robe de bure qui constituait son seul vêtement gisait en tas derrière lui. Richard se baissa et la ramassa pendant que Kahlan, souriante, se détournait pudiquement.

— Zedd, nous avons de la compagnie. Rhabille-toi.

Zedd ne bougea pas.

— Sais-tu comment j'ai deviné que tu venais ?

— Je dirais que cela a quelque chose à voir avec un nuage qui m'a suivi ces quelques derniers jours. Tiens, laisse-moi t'aider à enfiler ça.

Zedd se retourna, les bras battant l'air d'excitation.

— Quelques jours ! Tudieu ! Richard, ce nuage te suit depuis trois semaines ! Depuis que ton père a été tué ! Je ne t'ai pas vu depuis la mort de George. Où étais-tu ? Je t'ai cherché partout. Il m'est plus facile de trouver un insecte perdu dans une grange que toi quand tu décides de disparaître.

— J'ai été occupé. Lève les mains, que je puisse t'aider à mettre ça.

Richard passa la robe par-dessus les bras tendus de Zedd et l'aida à tirer les plis jusqu'au bas du corps squelettique.

— Occupé ! Trop occupé pour lever les yeux de temps en temps ? Tudieu, Richard, sais-tu d'où vient ce nuage ?

Les yeux de Zedd étaient écarquillés d'inquiétude tandis que son front se plissait.

— Ne jure pas, dit Richard. Et je dirais que le nuage vient du D'Hara.

Le bras de Zedd remonta dans les airs.

— Du D'Hara ! Oui ! Très bien, mon garçon ! Dis-moi, qu'est-ce qui t'a mis sur la voie ? Etait-ce sa texture ? Sa densité ?

Zedd s'excitait de plus en plus alors qu'il se déhanchait dans sa robe, mécontent de la façon dont elle s'entortillait.

— Ni l'une ni l'autre. C'est une hypothèse que j'ai échafaudée à partir d'informations indépendantes. Zedd, comme je le disais plus tôt, nous avons de la compagnie.

— Oui, oui, je t'ai entendu la première fois.

Il écarta le sujet d'un geste.

— Informations indépendantes, tu dis.

Il frotta son index et son pouce le long de sa mâchoire glabre. Ses yeux noisette s'illuminèrent.

— C'est très bien aussi. Très bien, vraiment ! Est-ce que ces informations t'ont également dit que c'était une sale affaire ? Euh, oui, bien sûr, dit-il, en réponse à sa propre question. Pourquoi transpires-tu ?

Il posa ses doigts maigres sur le front de Richard.

— Tu as de la fièvre, déclara-t-il. M'as-tu apporté quelque chose à manger ?

Richard avait déjà une pomme dans la main ; il savait que Zedd aurait faim. Zedd avait toujours faim. Le vieil homme croqua dans la pomme avec avidité.

— Zedd, écoute-moi, s'il te plaît. J'ai des ennuis, et j'ai besoin de ton aide.

Zedd posa une main décharnée sur la tête de Richard et, du pouce, lui souleva la paupière. Se penchant en avant, il approcha son visage aux traits anguleux de celui de Richard et scruta l'intérieur de son œil, puis répéta la procédure avec l'autre œil.

— Je t'écoute toujours, Richard.

Il saisit le poignet de Richard et tâta son pouls.

— Et je suis d'accord, tu as des ennuis. Dans trois heures, peut-être quatre, pas plus, tu vas perdre conscience.

Richard fut décontenancé ; Kahlan avait également l'air préoccupée. Zedd s'y connaissait en fièvres et son diagnostic était toujours juste. Depuis son réveil, les jambes de Richard se dérobaient sous lui, il était parcouru de frissons, et il savait que son état empirait.

— Peux-tu faire quelque chose pour m'aider ?

— Probablement, mais ça dépend de la cause de tout cela. Maintenant, arrête de te montrer grossier et présente-moi ta petite amie.

— Zedd, voici mon *amie*, Kahlan Amnell...

— Oh, c'est vrai, pour une fille, elle est plutôt grande ! gloussa Zedd.

Il sourit de sa plaisanterie tandis qu'il se dirigeait d'un pas traînant vers Kahlan, courbait théâtralement la taille, soulevait juste un peu sa main, la baisait délicatement, avant de déclamer :

— Zeddicus Zu'l Zorander, votre humble serviteur, ma très chère demoiselle.

Il se redressa afin de la toiser. Quand leurs regards se croisèrent, son sourire s'estompa et ses yeux s'écarquillèrent. Ses traits aigus se durcirent. Il lâcha sa main comme s'il venait de s'apercevoir qu'il tenait un serpent venimeux. Il se tourna vers Richard.

— Que fais-tu avec cette créature ?

Kahlan était calme et impassible. Richard était atterré.

— Zedd...

— T'a-t-elle touché ?

— Eh bien, je...

Richard tentait de se souvenir des fois où elle l'avait touché, lorsque Zedd l'interrompit de nouveau.

— Non, bien sûr. Je peux voir qu'elle ne l'a pas fait. Richard, sais-tu ce qu'elle est ?

Il pivota vers elle.

— C'est une...

Kahlan adressa à Zedd un regard si menaçant qu'il en resta figé sur place.

Richard parla d'une voix basse mais ferme :

— Je sais exactement ce qu'elle est : elle est mon amie. Une amie, qui, hier, m'a empêché de me faire tuer comme mon père, et m'a de nouveau empêché d'être tué par une bête appelée graz.

L'expression de Kahlan se détendit. Le vieil homme la fixa encore un peu avant de se tourner vers Richard.

— Zedd, Kahlan est mon amie. Nous avons tous deux des ennuis et avons besoin l'un de l'autre.

Zedd se tint coi, scrutant les yeux de Richard.

— Des ennuis, en effet.

— Zedd, nous avons besoin de ton aide. Je t'en prie.

Kahlan vint se tenir près de lui.

— Nous ne disposons pas de beaucoup de temps.

Zedd ne semblait pas enclin à se mêler de tout cela, mais Richard continua néanmoins, les yeux rivés à ceux de Zedd.

— Hier, après que je l'ai trouvée, elle a été attaquée par un quad. Un autre arrivera bientôt.

Dans les yeux du magicien, la haine se mua en compassion. Il regarda Kahlan comme s'il la voyait pour la première fois. Ils se firent face pendant un long moment, puis le vieillard s'avança et plaça ses bras grêles autour d'elle en un geste de protection. Elle l'étreignit avec reconnaissance, enfouit son visage contre son épaule pour dissimuler ses larmes.

— Tout va bien, ma petite, vous êtes en sécurité ici, dit-il doucement. Descendons à la maison et vous pourrez alors me raconter vos ennuis, puis nous nous occuperons de la fièvre de Richard.

Kahlan se sépara de lui.

— Zeddicus Zu'l Zorander. Je n'ai jamais entendu un nom pareil.

Il sourit fièrement, ses lèvres minces creusant de profonds sillons dans ses joues.

— J'en suis certain, ma petite, j'en suis certain. Au fait, savez-vous cuisiner ?

Il passa le bras autour de ses épaules, la serrant contre lui en entamant la descente de la colline.

— J'ai faim et je n'ai pas eu de repas digne de ce nom depuis des années.

Il jeta un regard en arrière.

— Viens, Richard, pendant que tu le peux encore.

— Si vous guérissez la fièvre de Richard, je vous mijoterai une pleine marmite de soupe aux épices, proposa-t-elle.

— De la soupe aux épices ! se pâma Zedd. Voilà des années que je n'en ai pas mangé de correcte ! Celle de Richard est exécrable.

Richard traînait derrière, la tension et la fièvre l'avaient privé de ses dernières forces. La façon désinvolte dont Zedd traitait sa fièvre l'inquiétait, car il savait que son vieil ami agissait ainsi pour le rassurer. Mais il sentait battre son pouls dans sa main endolorie et était conscient de la gravité de son mal.

Puisque Zedd venait du Midlands, Richard avait pensé obtenir sa compassion à la mention du quad. Et il avait vu juste. Il leva le bras et toucha le croc pour se donner du courage.

Il était toutefois très perturbé par ce qu'il savait désormais.

Près d'un coin derrière la maison se trouvait une table sur laquelle Zedd aimait prendre ses repas les jours de beau temps. Ainsi, il pouvait garder un œil sur les nuages pendant qu'il mangeait. Il les fit asseoir sur un banc tandis qu'il allait à l'intérieur pour rapporter des carottes, des baies, du fromage et du jus de pomme. Il les posa sur la table au bois rendu lisse par des années d'utilisation, puis s'assit lui-même sur le banc qui leur faisait face. Il offrit à Richard un gobelet d'un liquide brun et épais qui sentait l'amande et lui recommanda de boire lentement.

— Raconte-moi vos ennuis, dit-il enfin.

Richard raconta comment il avait été mordu par une liane et parla à Zedd de la chose qu'il avait vue dans le ciel, de sa rencontre avec Kahlan au Lac Trunt, de la poursuite des quatre hommes. Il relata toute l'histoire agrémentée de tous les détails dont il put se souvenir. Il savait que Zedd aimait entendre les détails, même les plus infimes. De temps à autre, Richard s'arrêtait pour boire une gorgée au gobelet. Kahlan mangea quelques carottes et une poignée de baies, et but du jus de pomme, mais elle repoussa le plateau de fromage. Elle hochait la tête ou offrait son aide lorsqu'il hésitait sur un point particulier. La seule chose qu'il passa sous silence fut le récit que Kahlan lui avait exposé sur l'histoire des trois contrées et l'invasion du Midlands par Darken Rahl. Il préféra qu'elle le raconte avec ses propres mots. A la fin, Zedd lui demanda de revenir au début, il voulait savoir ce que Richard était allé faire dans le haut Ven.

— Quand je me suis rendu chez mon père après le meurtre, j'ai regardé dans la jarre à messages. C'était presque le seul objet intact. A l'intérieur se trouvait un morceau de liane. Ces trois dernières semaines, j'ai cherché la liane, afin de comprendre ce que signifiait l'ultime message de mon père. Et lorsque je l'ai trouvée, eh bien, c'est cette chose qui m'a mordu.

Il était content d'avoir terminé ; sa bouche était pâteuse.

Zedd mordit un bout de carotte tout en réfléchissant.

— A quoi ressemblait la liane ?

— C'était... Attends, elle est toujours dans ma poche.

Il sortit le brin et le posa sur la table.

— Tudieu ! murmura Zedd. C'est une liane serpent !

Richard sentit un frisson glacé lui parcourir l'échine. Il avait lu ce nom dans le livre secret.

— Eh bien, la bonne nouvelle est que je connais maintenant la racine à utiliser afin de soigner la fièvre. La mauvaise est que je dois la dénicher.

Zedd demanda à Kahlan de lui relater son histoire, mais en résumé, car il avait des choses à faire et peu de temps. Richard songea à ce qu'elle lui avait raconté dans le pin rebelle la nuit précédente, et se demanda comment elle pourrait raccourcir son récit.

— Darken Rahl, fils de Panis Rahl, a mis les trois coffrets d'Orden en jeu, déclara simplement Kahlan. Je suis venue chercher le grand magicien.

Richard était abasourdi.

Dans le livre secret, le Livre des Ombres Comptées, que son père lui avait fait apprendre par cœur avant qu'ils ne le détruisent, il y avait une ligne qui lui revint à l'esprit : *Et lorsque les trois coffrets d'Orden seront mis en jeu, la liane serpent poussera.* Les pires cauchemars de Richard — les pires cauchemars de quiconque — venaient de se réaliser.

7

LA DOULEUR ET LES VERTIGES CAUSÉS PAR LA FIÈVRE FIRENT que Richard s'effondra sur la table, à demi inconscient. Il gémit pendant que tourbillonnaient dans son esprit les implications de ce que Kahlan avait révélé à Zedd ; de la prophétie secrète du Livre des Ombres Comptées qui se réalisait.

Puis Zedd fut à ses côtés, le souleva, dit à Kahlan de l'aider à le porter dans la maison. Ils le couchèrent sur un lit et le couvrirent. Il savait qu'ils parlaient, mais ne pouvait saisir la signification des mots.

Les ténèbres envahirent son esprit, puis il y eut de la lumière. Il semblait s'élever en flottant, mais retombait invariablement en spirale. Il se demandait qui il était et ce qui lui arrivait. Du temps s'écoula tandis que la pièce tournoyait et s'inclinait. Il s'agrippa au lit afin de ne pas passer par-dessus bord. Parfois il avait des éclairs de lucidité et se souvenait de l'endroit où il était. Puis il sombrait de nouveau.

Il reprit enfin conscience et se rendit compte qu'il avait perdu la notion du temps. Faisait-il nuit ? Peut-être les rideaux étaient-ils tirés. Quelqu'un, s'aperçut-il, mettait un linge froid et humide sur son front. Sa mère ramena doucement ses cheveux en arrière. Son contact était réconfortant, rassurant. Il pouvait presque distinguer son visage. Elle était si bonne, elle prenait toujours si bien soin de lui.

Jusqu'à ce qu'elle meure. Il voulut pleurer. Elle était morte. Cependant, elle lissait ses cheveux. C'était impossible ; ce devait être quelqu'un d'autre. Mais qui ? Puis il se souvint. C'était Kahlan. Il prononça son nom.

Kahlan lui lissait les cheveux.

— Je suis là.

Tout lui revint, afflua tel un torrent : le meurtre de son père, la liane qui le mordait, Kahlan, les quatre hommes sur la falaise, le discours de son frère ; quelqu'un qui l'attendait chez lui, le graz, le feu follet nocturne qui l'exhortait à chercher la réponse ou à mourir ; ce que Kahlan avait dit, que les trois coffrets d'Orden étaient en jeu ; et son secret, le Livre des Ombres Comptées...

Il se rappelait maintenant le jour où son père l'avait emmené jusqu'à l'endroit secret dans les bois et lui avait raconté comment il avait sauvé le Livre des Ombres Comptées des griffes de la bête qui le gardait en attendant le retour de son maître. Comment il l'avait rapporté au Westland afin de le protéger de ces mains avides, ces mains dont le gardien ignorait la menace. Son père l'avait prévenu qu'il y aurait du danger tant que le livre existerait, mais qu'il ne pouvait détruire le savoir qu'il contenait ; il n'en avait pas le droit. Il était la propriété du gardien du livre, et il devait être conservé en sécurité jusqu'à son retour. Le seul moyen d'accomplir cela était d'apprendre le livre par cœur, puis de le brûler. C'était la seule façon de préserver le savoir, sans qu'il puisse être volé, ce qui serait sûrement le cas autrement.

Son père avait choisi Richard, plutôt que Michaël. Pour quelle raison ? Lui seul le savait. Personne ne pouvait connaître le livre, pas même Michaël ; uniquement le gardien, nul autre. Il concéda que Richard pourrait ne jamais trouver le gardien, et que dans ce cas il devrait confier le livre à son enfant, et cet enfant au sien, et ainsi de suite, aussi longtemps que cela serait nécessaire. Son père ne pouvait lui dire où se trouvait le gardien du livre, puisqu'il l'ignorait. Richard demanda comment il le reconnaîtrait, mais son père lui dit seulement qu'il devrait découvrir la réponse par lui-même, et ne rien révéler à quiconque, jamais, sauf au gardien. Son père lui avait interdit d'en parler à son propre frère ou à son meilleur ami, Zedd.

Richard le jura sur sa vie.

Son père n'avait jamais consulté le livre, seul Richard l'avait fait. Jour après jour, semaine après semaine, avec des pauses seulement lorsqu'il voyageait, son père l'avait conduit à l'endroit secret dans les profondeurs de la forêt, où il s'asseyait et observait Richard qui lisait et relisait le livre. Michaël, toujours avec ses amis, ne prêtait aucune attention à leurs excursions dans les bois.

Richard écrivait ce qu'il mémorisait et vérifiait ensuite dans le livre. Chaque fois, son père brûlait les papiers et le faisait recommencer. Son père s'excusait tous les jours pour le fardeau qu'il plaçait sur ses jeunes épaules. Il demandait le pardon de son fils à la fin de chaque journée passée dans la forêt.

Richard ne fut jamais contrarié de devoir apprendre l'ouvrage ; il considérait comme un honneur d'avoir la confiance de son père. Il écrivit le livre du début à la fin une centaine de fois sans erreur avant d'être persuadé qu'il ne pourrait jamais plus en oublier un mot. Il savait que le moindre mot manquant impliquerait un désastre.

Lorsqu'il affirma à son père qu'il connaissait le livre par cœur, ils le replacèrent dans sa cachette entre les rochers et l'y laissèrent pendant trois ans. Après cette période, quand Richard eut quinze ans, ils y retournèrent un jour d'automne et son père annonça que si Richard parvenait à écrire le livre en entier, sans une seule erreur, ils pourraient enfin le brûler. Richard écrivit sans hésitation du début à la fin. C'était parfait.

Ensemble, ils allumèrent un feu, y entassèrent du

bois jusqu'à ce que la chaleur les fasse reculer. Son père lui tendit le volume et lui demanda, s'il était sûr de lui, de le jeter dans les flammes. Richard tint le Livre des Ombres Comptées dans ses bras repliés, faisant glisser ses doigts sur la couverture en cuir. C'était la confiance de son père qu'il tenait entre ses bras, la confiance et l'avenir du monde, et il ressentit tout le poids de ce fardeau. Il offrit le livre au feu. A cet instant précis, il devint adulte.

Les flammes virevoltèrent autour de l'ouvrage, l'enlacèrent, le caressèrent, le consumèrent. Les couleurs et les formes montèrent en vrille, et un rugissement s'éleva. D'étranges rayons lumineux jaillirent vers le ciel. Le vent fit claquer leurs vêtements tandis que le feu aspirait feuilles et brindilles, qui vinrent alimenter les flammes. Des fantômes apparurent, qui déployèrent les bras comme s'ils étaient nourris par le brasier, et leurs voix chevauchaient le vent. Richard et son père furent comme pétrifiés, incapables de bouger, incapables même de se détourner de ce spectacle. La chaleur extrême se changea en un froid polaire qui leur donna des frissons dans le dos, leur coupa le souffle. Puis le feu se transforma en une lumière blanche et brûlante qui consumait tout dans sa brillance, comme s'ils se tenaient sous le soleil. Tout aussi soudainement, elle s'évanouit. A sa place, le silence. Le feu s'était éteint. De minces volutes de fumée s'élevaient lentement du bois noirci dans l'air automnal. Le livre avait disparu.

Richard sut ce qu'il avait vu ; il avait contemplé la magie.

Richard sentit une main posée sur son épaule et ouvrit les yeux. C'était Kahlan. A la lueur du feu qui crépitait dans la cheminée, il pouvait la voir assise sur une chaise qu'elle avait approchée de son lit. Le vieux chat noir de Zedd était pelotonné sur ses genoux.

— Où est Zedd ? s'enquit-il, les yeux pleins de sommeil.

— Il est parti chercher la racine qui doit vous guérir.

Sa voix était douce et apaisante.

— Il fait nuit depuis des heures maintenant, mais il a recommandé de ne pas s'inquiéter si son absence durait longtemps. Il a dit que vous n'arrêteriez pas de vous éveiller et de vous rendormir mais que vous seriez en sécurité jusqu'à ce qu'il revienne. Il a certifié que la boisson qu'il vous a donnée vous protégerait jusqu'à son retour.

Richard se rendit compte, pour la première fois, qu'elle était la plus belle femme qu'il eût jamais contemplée. Ses cheveux tombaient en cascade autour de son visage et sur ses épaules ; il brûlait d'envie de les toucher, mais il n'osa pas. Il se contentait du contact de sa main sur son épaule, de savoir qu'elle était là, à ses côtés.

— Comment vous sentez-vous ?

Sa voix était si douce, si agréable, qu'il ne pouvait imaginer pourquoi Zedd avait eu peur d'elle.

— Je préférerais affronter un autre quad qu'une autre liane serpent.

Elle le gratifia de ce sourire spécial qui lui donnait l'impression de communier avec elle. Puis elle lui rafraîchit le front avec un linge humide. Il leva le bras et attrapa son poignet. Elle s'arrêta et le regarda dans les yeux.

— Kahlan, Zedd est mon ami depuis de nombreuses années. Il est comme un second père pour moi. Promettez-moi que vous ne lui ferez pas de mal. Je ne le supporterais pas.

Elle le rassura :

— Je l'aime aussi. Beaucoup. C'est un homme bien, comme vous l'avez dit. Je ne désire nullement lui faire du mal. Seulement obtenir son aide dans la quête du magicien.

Il resserra sa prise sur son poignet.

— Promettez-le-moi.

— Richard, tout se passera bien. Il nous aidera.

Il se souvint de l'expression dans ses yeux lorsqu'elle avait cru qu'il essayait de l'empoisonner avec une pomme.

— Promettez-le-moi.

— J'ai déjà fait des promesses, à d'autres, dont certains ont sacrifié leur vie. Je suis responsable d'autres vies. Beaucoup d'autres.

— Promettez-le-moi.

Elle posa son autre main sur le côté de sa tête.

— Je suis navrée, Richard, je ne peux pas.

Il lâcha son poignet, se tourna et ferma les yeux tandis qu'elle enlevait sa main de son visage. Il songea au livre, à tout ce qu'il signifiait, et se rendit compte qu'il formulait une requête égoïste. La tromperait-il afin de sauver Zedd, seulement pour qu'il meure avec eux ? Vouerait-il tous les autres à la mort ou à l'esclavage juste pour voir son ami vivre quelques mois de plus ? Pouvait-il la condamner à mort, elle aussi, pour rien ? Il eut honte de sa propre stupidité. Il n'avait aucun droit de la forcer à faire une telle promesse. Elle aurait eu tort de l'accepter. Il était content qu'elle ne lui ait pas menti. Mais il savait que ce n'était pas parce que Zedd avait voulu connaître leurs ennuis que cela signifiait qu'il pourrait les assister contre quelque chose venu d'au-delà de la frontière.

— Kahlan, cette fièvre me rend idiot. Veuillez me pardonner. Je n'ai jamais rencontré personne qui ait votre courage. Je sais que vous essayez de tous nous sauver. Zedd nous aidera ; j'y veillerai. Promettez-moi seulement que vous attendrez que j'aille mieux. Donnez-moi une chance de le convaincre.

Elle pressa sa main sur son épaule.

— C'est une promesse que je peux faire. Je sais que vous vous inquiétez pour votre ami ; vous me décevriez si ce n'était pas le cas. Cela ne vous rend pas idiot. Reposez-vous, maintenant.

Il tenta de ne pas fermer les yeux, puisque quand il le faisait, tout se mettait à tournoyer de manière incontrôlable. Mais le fait de discuter avait miné ses forces, et bientôt l'obscurité l'attira de nouveau à elle. Ses pensées furent encore aspirées dans le néant. Il revenait parfois à mi-chemin et errait à travers des rêves agités ; parfois, il errait dans des endroits, vides même d'illusions.

Le chat s'éveilla, ses oreilles se dressèrent. Richard dormait toujours. Des sons que seul le félin pouvait percevoir le firent sauter des genoux de Kahlan, trotter jusqu'à la porte et s'asseoir sur son arrière-train. Puisqu'il ne hérissait pas sa fourrure, Kahlan resta près de Richard. Une voix grêle provint de dehors.

— Chat ? Chat ? Où es-tu passé ? Tu ne peux donc pas rester dehors ?

La porte s'ouvrit dans un grincement.

— Ah, te voilà !

L'animal franchit le seuil.

— Fais comme chez toi ! s'exclama Zedd. Comment va Richard ? demanda-t-il à Kahlan.

Lorsqu'il pénétra dans la pièce, Kahlan lui répondit depuis la chaise.

— Il s'est réveillé plusieurs fois, mais il dort maintenant. Avez-vous trouvé la racine ?

— Je ne serais pas là autrement. A-t-il dit quelque chose quand il était éveillé ?

Kahlan sourit au vieil homme.

— Juste qu'il s'inquiétait pour vous.

Il fit volte-face et retourna dans la pièce de devant, grommelant :

— Pas sans bonne raison.

Assis à la table, il pela les racines, les découpa en fines lamelles qu'il mit dans un pot avec un peu d'eau et suspendit le pot à la crémaillère au-dessus de l'âtre. Il jeta les épluchures puis deux bouts de bois dans le feu avant d'aller au buffet et d'y prendre un certain nombre de jarres de tailles différentes. Sans hésitation, il en choisit une, puis une autre, et versa des poudres de diverses couleurs dans un mortier de pierre noire. A l'aide d'un pilon, il les broya jusqu'à obtenir la teinte de la boue sèche. Après avoir humecté le bout de son index, il le trempa dans le mortier afin de recueillir un échantillon. Il porta son doigt à sa langue pour goûter et leva un sourcil tandis qu'il se léchait les lèvres et méditait. Enfin, il sourit et hocha la tête avec satisfaction. Il versa la poudre dans le pot, la mélangea avec une cuillère suspendue à un crochet sur le côté du foyer. Il remua lentement pendant qu'il regardait bouillonner la décoction. Durant près de deux heures il remua et observa. Quand enfin il jugea que son travail était fini, il posa le pot sur la table pour qu'il refroidisse.

Zedd alla chercher un bol et un linge, puis appela Kahlan afin qu'elle vienne l'aider. Elle accourut et il lui expliqua comment tenir le linge au-dessus du bol pendant qu'il faisait passer la mixture à travers.

Il fit tournoyer son doigt en l'air.

— Maintenant, tordez le linge encore et encore pour en extraire le liquide. Quand tout sera sorti, jetez le linge et son contenu dans le feu.

Elle le regarda, perplexe.

— La partie qui reste dedans est du poison. Richard devrait se réveiller d'un moment à l'autre ; alors nous lui donnerons le liquide dans le bol. Continuez à tordre. Je vais l'examiner.

Zedd entra dans la chambre, se pencha sur Richard inconscient. Il plaça le majeur sur le front du jeune homme qui ouvrit aussitôt les yeux.

— Ma petite, appela Zedd en direction de l'autre pièce, nous avons de la chance. Il vient juste de se réveiller. Apportez le bol.

Richard cligna des yeux.

— Zedd ? Tu vas bien ? Est-ce que tout va bien ?

— Oui, oui, tout va bien.

Kahlan entra en portant soigneusement le bol, s'efforçant de ne pas en renverser le contenu. Zedd aida Richard à se redresser afin qu'il puisse boire. Lorsqu'il eut terminé, Zedd l'aida à se rallonger.

— Cela te fera dormir et fera baisser la fièvre. La prochaine fois que tu te réveilleras, tu iras bien, tu as ma parole, alors ne t'inquiète plus et dors.

— Merci, Zedd...

Richard était endormi avant qu'il puisse en dire davantage. Zedd partit et revint avec une assiette métallique et insista pour que Kahlan prenne la chaise.

— L'épine ne résistera pas à la racine, expliqua-t-il. Elle va devoir quitter le corps.

Il posa l'assiette sous la main de Richard et s'assit sur le bord du lit en attendant. Ils écoutèrent tous deux la profonde respiration de Richard et le crépitement du feu dans l'autre pièce ; autrement, la maison était silencieuse. Ce fut Zedd qui brisa le silence en premier.

— Il est dangereux pour un Confesseur de voyager seule, ma petite. Où se trouve votre magicien ?

Elle leva vers lui des yeux fatigués.

— Il a vendu ses services à une reine.

Zedd eut une moue désapprobatrice.

— Il a abandonné ses responsabilités envers les Confesseurs ? Quel est son nom ?

— Giller.

— Giller.

Il répéta le nom, l'air songeur, puis se pencha légèrement vers elle :

— Alors pourquoi n'avez-vous pas été accompagnée par un autre ?

Elle le regarda durement.

— Parce qu'ils ont tous péri, de leurs propres mains. Avant de mourir, ils se sont tous réunis et ont lancé une toile afin de me faire franchir sans dommage la frontière, sous la direction d'un feu follet nocturne.

Zedd se leva. De la tristesse et de l'anxiété s'imprimèrent sur son visage tandis qu'il se frottait le menton.

— Vous connaissiez les magiciens ? s'enquit-elle.

— Oui, oui. J'ai longtemps vécu dans le Midlands.

— Et le grand magicien ? Vous le connaissez aussi ?

Zedd sourit, réarrangea sa robe et se rassit.

— Vous êtes obstinée, ma petite. Oui, je connaissais le vieux magicien, autrefois. Mais même si vous parveniez à le trouver, je ne crois pas qu'il accepterait de se mêler de cette affaire. Il ne serait pas très enclin à aider le Midlands.

Kahlan se courba en avant, prit sa main dans les siennes. Sa voix était douce mais intense.

— Zedd, il y a beaucoup de gens qui désapprouvent le Haut Conseil du Midlands et son avidité. Ils regrettent qu'il en soit ainsi, mais ce sont des gens du commun qui n'ont pas leur mot à dire. Ils ne souhaitent que vivre en paix. Darken Rahl a pris la nourriture qui était entreposée pour l'hiver prochain et l'a distribuée à l'armée. Ils la gaspillent, la laissent pourrir, ou la revendent au peuple à qui ils l'ont volée. La famine règne déjà ; cet hiver, ce sera la mort. Le feu a été proscrit. Les gens ont froid.

« Rahl dit que tout est la faute du grand magicien, parce qu'il ne se présente pas afin d'être jugé en tant qu'ennemi du peuple. Selon lui, le magicien est à l'origine de tout, c'est lui qu'il faut blâmer. Il n'a aucune preuve, mais les gens le croient de toute façon. Beaucoup croient tout ce que dit Rahl, même si ce qu'ils voient de leurs propres yeux devrait suffire à les convaincre du contraire.

« Les magiciens étaient constamment menacés, et un édit leur interdisait d'user de magie. Ils savaient que tôt ou tard on les utiliserait contre le peuple. Il se peut qu'ils aient commis des erreurs dans le passé, et déçu leur professeur, mais la chose la plus importante qu'ils aient apprise était qu'ils se devaient de protéger le peuple et en aucun cas le faire souffrir. Leur plus bel acte d'amour pour le peuple fut de sacrifier leur vie afin d'arrêter Darken Rahl. Je crois que leur professeur aurait été fier.

« Mais il ne s'agit pas uniquement du Midlands. La frontière entre le D'Hara et le Midlands n'existe plus, celle entre le Midlands et le Westland est en train de faiblir, et aura bientôt disparu elle aussi. Le peuple du Westland va être attaqué par la chose qu'ils craignent le plus : la magie. Une magie bien plus terrible et effrayante qu'ils ne l'imaginent.

Zedd n'afficha aucune émotion, n'éleva aucune objection. Il se contenta d'écouter.

— Tout ce que j'ai dit, le grand magicien pourrait le contester, mais le fait que Darken Rahl ait mis les trois coffrets d'Orden en jeu est quelque chose de totalement différent. S'il réussit, alors au premier jour de l'hiver il sera trop tard pour tout le monde. Cela inclut le magicien. Rahl le traque déjà, c'est une vengeance personnelle qu'il recherche. Beaucoup sont morts parce qu'ils ne pouvaient révéler son nom. Lorsque Rahl ouvrira le bon coffret, cependant, il possédera un pouvoir absolu sur tout être vivant, et alors le magicien lui appartiendra. Il peut se dissimuler au Westland tant qu'il le veut, mais au premier jour de l'hiver, la partie de cache-cache sera finie. Darken Rahl l'emportera.

Il y avait de l'amertume dans sa voix.

— Zedd, Darken Rahl a utilisé des quads pour tuer tous les autres Confesseurs. J'ai retrouvé ma sœur après qu'ils en eurent terminé avec elle. Elle est morte dans mes bras. Il ne reste que moi. Les magiciens savaient que leur professeur ne voulait pas les assister, aussi m'envoyèrent-ils comme leur dernier espoir. S'il est trop stupide pour voir qu'en m'aidant il s'aide lui-même, alors je devrai utiliser mon pouvoir contre lui, afin de l'obliger à coopérer.

Zedd leva un sourcil.

— Et que pourrait bien faire un seul vieux magicien desséché contre la puissance de ce Darken Rahl ?

— Il doit désigner un Chercheur.

— Quoi ?

Zedd bondit sur ses pieds.

— Ma petite, vous ne savez pas de quoi vous parlez.

Confuse, Kahlan se pencha un peu en arrière.

— Que voulez-vous dire ?

— Les Chercheurs se désignent eux-mêmes. Le magicien ne fait que reconnaître ce qui s'est produit et rendre ainsi la chose officielle.

— Je ne comprends pas. Je croyais que le magicien choisissait la personne, la bonne personne.

— Eh bien, en un sens, c'est vrai mais à l'envers. Un véritable Chercheur, qui peut faire la différence, doit prouver qu'il est un Chercheur. Le magicien ne pointe pas quelqu'un du doigt pour déclarer : « Voici l'Epée de Vérité, tu seras le Chercheur. » Il n'a pas vraiment le choix. Ce n'est pas une profession à laquelle on peut former quelqu'un. Il suffit de naître Chercheur et de le prouver par ses actions. Un Chercheur ne doit pas forcément être plus intelligent que les autres, mais ce doit être la bonne personne ; il doit posséder les qualités requises. Un véritable Chercheur est quelqu'un d'exceptionnel.

« Le Chercheur est un point d'équilibre des pouvoirs. Le conseil a fait de cette charge un os à jeter à l'un des chiens qui quémandent à ses pieds. C'était un poste envié à cause du pouvoir qu'il conférait. Mais le conseil n'a rien compris : ce n'était pas la fonction qui donnait du pouvoir à son titulaire, mais l'inverse.

Il se rapprocha d'elle.

— Kahlan, vous êtes née après que le conseil se fut attribué ce pouvoir. Il est donc possible que vous ayez vu un Chercheur quand vous étiez jeune, mais à cette époque ils n'étaient que de prétendus Chercheurs ; vous n'en avez jamais vu d'authentiques.

Sa voix devint grave et pleine de passion.

— J'ai vu un véritable Chercheur faire trembler un roi dans ses bottes en ne lui posant qu'une question. Lorsqu'un vrai Chercheur tire l'Epée de Vérité, une juste colère peut se révéler.

Kahlan sourit de son excitation.

— Elle peut faire trembler de joie le vertueux et frissonner de peur le malfaisant. Mais les gens ne croient que rarement la vérité quand ils la voient et encore moins quand ils ne le veulent pas, et tout cela rend dangereuse la position d'un Chercheur. Il constitue un obstacle pour ceux qui voudraient subvertir le pouvoir. Il attire la foudre de tous côtés. La plupart du temps il est seul, et pas longtemps.

— Je connais bien ce sentiment, dit-elle en ébauchant un sourire.

Zedd se pencha vers elle.

— Contre Darken Rahl, je doute que même un vrai Chercheur dure longtemps. Et après ?

— Zedd, nous devons essayer. C'est notre seule et dernière chance.

Il se redressa, s'écarta d'elle.

— Aucune personne choisie par le magicien ne doit connaître le Midlands. Elle n'aurait aucune chance là-bas. Ce serait la condamner à une mort expéditive.

— Ceci est l'autre raison pour laquelle j'ai été

envoyée. Afin de servir de guide au Chercheur, de le soutenir et, si nécessaire, de sacrifier ma vie pour le protéger. Les Confesseurs passent leur vie à voyager. Je suis allée presque partout dans le Midlands. On enseigne les langues étrangères aux Confesseurs depuis leur naissance. C'est indispensable parce qu'ils ne savent jamais où ils vont être appelés. Je parle toutes les langues dominantes, et la plupart des langues secondaires. Quant à attirer les foudres... c'est notre lot. Si nous étions faciles à tuer, Rahl n'aurait pas besoin d'envoyer des quads pour accomplir sa besogne. Et nombre d'entre nous sont morts dans l'exercice de leurs fonctions. Je peux aider à protéger le Chercheur ; si besoin est, au péril de ma propre vie.

— Ce que vous suggérez mettrait en péril la vie de bien des gens, ma petite.

Elle leva un sourcil.

— Je suis traquée désormais. Si vous avez une meilleure solution, je vous écoute.

Avant que Zedd ne puisse répondre, Richard gémit. Le vieil homme le regarda et se leva.

— Il est temps.

Il souleva le bras de Richard par le poignet, tint la main blessée au-dessus de l'assiette métallique. Du sang coula dans l'assiette. L'épine tomba avec un petit floc humide. Kahlan tendit la main vers elle.

Zedd lui attrapa le poignet.

— Ne faites pas ça ! Maintenant qu'elle a été expulsée de son hôte, elle va être impatiente d'en dénicher un nouveau. Regardez.

Elle recula sa main tandis qu'il posait un doigt osseux sur l'assiette, à plusieurs centimètres de l'épine. Elle se tortilla vers le doigt, laissant une fine trace de sang. Il enleva son doigt et lui tendit l'assiette.

— Tenez-la par-dessous et portez-la jusqu'à l'âtre. Mettez-la dans le feu, à l'envers.

Alors qu'elle s'exécutait, Zedd nettoya la blessure et appliqua un baume. Lorsque Kahlan revint, il tint la main de Richard tandis qu'elle la pansait. Zedd regarda ses mains pendant qu'elle œuvrait.

— Pourquoi ne pas lui avoir avoué que vous êtes un Confesseur ?

— A cause de votre réaction lorsque vous m'avez reconnue en tant que telle.

Elle s'arrêta, et sa voix se fit plus douce :

— D'une certaine manière, nous sommes devenus amis, ce qui est une expérience nouvelle pour moi. J'ai enduré des réactions comme la vôtre toute ma vie. Quand je partirai avec le Chercheur, je le lui avouerai. Jusque-là, j'aimerais beaucoup garder son amitié. Est-ce trop demander, que l'on m'autorise le simple plaisir humain d'avoir un ami ? L'amitié cessera bien assez tôt, lorsque je le lui dirai.

Quand elle eut fini, Zedd plaça un doigt sous son menton, leva son visage et lui sourit :

— Lorsque je vous ai vue pour la première fois, j'ai réagi stupidement. Je ne m'attendais pas à me retrouver face à un Confesseur. J'ai quitté le Midlands pour me libérer de la magie. Vous étiez une intrusion dans ma solitude. Je suis désolé de vous avoir si mal accueillie. J'espère m'être réconcilié avec vous. J'ai du respect pour les Confesseurs, peut-être davantage que vous ne le pensez. Vous êtes une femme bien, et vous êtes la bienvenue dans ma maison.

Kahlan soutint son regard durant un long moment.

— Merci, Zeddicus Zu'l Zorander.

— Sachez ceci, cependant, Mère Confesseur.

La voix de Zedd était à peine plus qu'un chuchotement, mais lourd de menaces.

— Ce garçon est mon ami depuis très longtemps. Si vous le touchez avec votre pouvoir, ou si vous le choisissez, vous en répondrez devant moi. Et vous n'aimeriez pas cela. Vous comprenez ?

— Oui.

— Bien.

Il retira son doigt de sous son menton et se tourna vers Richard. Mais Kahlan n'avait pas l'intention de se laisser intimider. Elle l'agrippa par le bras et l'obligea à lui faire face.

— Zedd, je ne lui ferai pas cela. Non pas à cause de

ce que vous venez de dire, mais parce que j'ai de l'affection pour lui.

Ils se défièrent durant un long moment, se jaugeant mutuellement. Puis le sourire malicieux de Zedd revint, plus désarmant que jamais.

— S'il m'était possible de choisir, ma petite, croyez bien que je n'hésiterais pas.

Elle se détendit, satisfaite d'avoir exposé son point de vue et d'avoir été comprise.

— Il reste encore une chose que vous n'avez pas mentionnée. Vous n'avez pas demandé mon aide dans la recherche du magicien.

— Non, et pour l'instant je m'en abstiendrai. Richard a peur de ce que je ferais si vous me répondiez par la négative. J'ai promis que je ne vous le demanderais pas avant qu'il ait eu une chance de vous poser d'abord la question. Je lui ai donné ma parole.

— Intéressant.

Zedd posa sa main sur son épaule d'un air de conspirateur et changea de sujet :

— Vous savez, ma petite, que vous pourriez faire un bon Chercheur ?

— Moi ? Une femme peut être Chercheur ?

— Bien sûr. Quelques-uns des meilleurs Chercheurs furent des femmes.

— J'ai déjà un travail impossible. Je n'en ai pas besoin d'un deuxième !

Zedd gloussa, ses yeux pétillèrent.

— Peut-être avez-vous raison. Bon, il est très tard. Prenez mon lit dans la chambre d'à côté et accordez-vous un repos bien mérité. Je vais veiller sur Richard.

Elle secoua la tête et se rassit.

— Non. Je ne veux pas le laisser pour l'instant.

Zedd haussa les épaules.

— Comme vous voudrez.

Levant délicatement la main, il appliqua un majeur sur chacune de ses tempes et les massa en petits cercles. Elle gémit doucement tandis que ses yeux se fermaient.

— Dormez, ma petite, susurra-t-il. Dormez.

Elle croisa les bras sur le bord du lit, y reposa sa tête et sombra dans un profond sommeil. Après l'avoir enveloppée dans une couverture, Zedd sortit. Debout sur le seuil, immobile, il sonda la nuit du regard.

— Chat ! Viens ici, j'ai besoin de toi.

Le chat entra en courant et se frotta contre ses jambes, cinglant l'air de sa queue. Zedd se baissa et le gratta derrière les oreilles.

— Rentre et va dormir sur les genoux de la jeune femme. Tu lui tiendras chaud.

Le chat trottina à pas feutrés jusqu'à la chambre pendant que le vieil homme sortait dans l'air froid de la nuit.

Le vent fouettait la robe de Zedd tandis qu'il progressait sur l'étroit sentier au milieu des hautes herbes. Les nuages étaient fins, illuminés par la lune. Mais le vieux magicien connaissait le chemin par cœur et n'avait nul besoin de cette lueur blafarde.

— Rien n'est jamais facile, grommela-t-il tout en marchant.

Près d'un bosquet, il s'immobilisa, aux aguets. Il scruta les ombres, observa les branches qui se courbaient et oscillaient dans la brise, huma l'air. Il avait cru percevoir un mouvement insolite.

Une mouche le piqua au cou. Il l'écrasa rageusement, ramassa l'intruse dans son col et lui lança un regard furibond.

— Une mouche de sang. Tudieu ! C'est bien ce que je pensais.

D'un buisson près de lui, quelque chose se précipita dans sa direction à une vitesse affolante. Il entrevit des ailes, de la fourrure et des crocs. Les mains sur les hanches, Zedd attendit. Au dernier moment, il leva la main, ce qui eut pour effet d'obliger le graz à queue courte à s'arrêter en titubant. C'était un spécimen adulte, deux fois plus grand et plus féroce qu'un graz à longue queue. La bête gronda et plissa les yeux, ses muscles se bandèrent comme il luttait contre la force qui l'empêchait de tendre les bras et d'attraper le vieil homme. Il était furieux de ne pas l'avoir déjà massacré.

Zedd leva le bras en l'air et d'un doigt crochu lui fit signe de se pencher en avant. Le graz, haletant de rage, se courba vers lui. Zedd enfonça le doigt durement sous son menton.

— Quel est ton nom ? siffla-t-il.

La bête grogna et émit un son bizarre.

— Je m'en souviendrai. Dis-moi, souhaites-tu vivre ou mourir ?

Le graz lutta pour reculer, en vain.

— Bien. Alors tu vas faire exactement ce que je dis. Quelque part entre ici et le D'Hara, un quad se dirige par ici. Traque-le et massacre-le. Quand ce sera fait, retourne au D'Hara, d'où tu es venu. Accomplis ces choses et je te laisserai vivre, mais je me souviendrai de ton nom, et si tu ne réussis pas à tuer le quad, ou si jamais tu reviens après avoir accompli ta tâche, je te tuerai et te donnerai en pâture à tes mouches. Acceptes-tu mes conditions ?

Le graz grogna son accord.

— Bien. Alors file, et en vitesse !

La bête battit frénétiquement des ailes, couchant l'herbe comme elle avançait en trébuchant. Enfin, elle s'envola. Zedd l'observa dessiner des cercles, à la recherche du quad. Comme la chasse se déplaçait régulièrement vers l'est, les cercles semblèrent se rapetisser jusqu'à ce que le vieil homme ne puisse plus apercevoir la bête. Seulement alors poursuivit-il son ascension de la colline.

Debout à côté de son rocher aux nuages, Zedd pointa un doigt osseux vers lui et commença à le faire tourner en cercle comme s'il touillait un ragoût. Le rocher massif crissa contre la terre alors qu'il tentait de suivre le mouvement tournoyant du doigt de Zedd. Le roc vibrait, essayait de faire pivoter sa propre masse. Avec force craquements et éclatements, il se fractura, tissant un réseau de fêlures sur la surface. Son énorme volume tremblant luttait contre la force qu'on exerçait sur lui. La structure granuleuse de la pierre se lissa peu à peu.

Incapable de maintenir son état plus longtemps, la texture du rocher commença à se liquéfier suffisamment pour permettre à sa masse d'accompagner le mouvement tourbillonnant du doigt au-dessus d'elle. Zedd augmenta graduellement la vitesse de rotation jusqu'à ce que de la lumière jaillisse de la roche liquide.

La lumière gagna en intensité avec la vitesse de la main de Zedd. Tandis que couleurs et étincelles pirouettaient, des ombres et des formes apparurent et disparurent, formèrent un brouillard scintillant qui menaçait d'embraser l'air. Un faible grondement s'éleva, tel le son du vent s'engouffrant par une fissure. Les senteurs d'automne cédèrent la place à la clarté hivernale, puis à la terre fraîchement labourée du printemps, aux fleurs d'été, et de nouveau à l'hiver. Une radiance pure et immaculée chassa au loin couleurs et étincelles.

Le rocher se solidifia brusquement et Zedd grimpa dessus. La clarté décrut, pour se muer en une faible lueur qui tourbillonnait comme de la fumée. Devant Zedd se tenaient deux apparitions, deux simples ombres. Là où des angles auraient dû se trouver, leurs formes s'adoucissaient comme un vague souvenir. Pourtant, elles étaient reconnaissables, et leur vision emplit d'allégresse le cœur de Zedd.

La voix de sa mère semblait caverneuse et distante.

— Qu'est-ce qui te trouble, mon fils ? Pourquoi nous avoir appelés après tant d'années ?

Zedd tendit les bras vers elle, mais ne put la toucher.

— Je suis troublé par ce que me dit la Mère Confesseur.

— Elle dit la vérité.

Il ferma les yeux, laissa retomber ses bras.

— C'est vrai, alors, tous mes étudiants, sauf Giller, sont morts.

— Tu es le seul à pouvoir encore protéger la Mère Confesseur.

Elle dériva près de lui.

— Tu dois désigner le Chercheur.

— Le Haut Conseil a semé ces graines, protesta-t-il, fronçant les sourcils. Tu veux maintenant que je les aide ? Ils ont ignoré mes avis. Que leur propre avidité soit l'instrument de leur mort. Ou de leur survie...

Le père de Zedd flotta vers lui.

— Mon fils, pourquoi étais-tu en colère contre tes étudiants ?

— Parce qu'ils ont fait passer leurs intérêts avant leur devoir envers le peuple.

— Je vois. Et en quoi est-ce différent de ce que tu fais maintenant ?

L'écho de sa voix persista dans les airs.

Les poings de Zedd se serrèrent.

— J'ai offert mon aide, mais ils l'ont rejetée.

— Et même si les choses n'avaient pas été ainsi, même si tous étaient aveugles, stupides ou cupides ? Les laisserais-tu t'imposer leur volonté si facilement ? Les laisserais-tu t'empêcher d'aider ceux qui le méritent ? Ton abandon du peuple peut avoir un motif qui te paraît juste, contrairement aux actions de tes étudiants, mais le résultat est identique. A la fin, ils ont compris leur erreur et ont fait ce qu'il fallait, ce que tu leur avais appris. Apprends de tes étudiants, mon fils.

— Zeddicus, dit sa mère, laisserais-tu aussi mourir Richard, ainsi que tous les autres innocents ? Désigne le Chercheur.

— Il est trop jeune.

Elle sourit.

— Il n'aura pas la chance de vieillir davantage.

— Il n'a pas passé mon test final.

— Darken Rahl traque Richard. Le nuage qui le talonne a été envoyé par Rahl afin de le pister. C'est lui aussi qui a placé la liane serpent dans la jarre, dans l'espoir que Richard partirait à sa recherche, et qu'elle le morde. La liane serpent n'était pas censée tuer ; Rahl désirait l'endormir avec la fièvre jusqu'à ce qu'il puisse venir pour lui.

Sa silhouette dériva plus près, sa voix devint plus tendre.

— Tu sais dans ton cœur que tu n'as pas cessé de l'observer, espérant qu'il prouverait son identité.

— Dans quel but ?

Zedd ferma les yeux, son menton s'affaissa sur sa poitrine.

— Darken Rahl possède les trois coffrets d'Orden.

— Non, dit son père, il n'en a que deux. Il cherche encore le troisième.

Zedd rouvrit subitement les yeux, redressa la tête.

— Quoi ! Il ne les possède pas tous ?

— Non, dit sa mère, mais ce sera bientôt le cas.

— Et le livre ? Il doit certainement avoir le Livre des Ombres Comptées ?

— Non. Il le cherche.

Zedd posa un doigt sur son menton, méditant.

— Alors il y a une chance, murmura-t-il. Quelle espèce d'idiot mettrait les coffrets d'Orden en jeu avant de posséder les trois, ainsi que le livre ?

Les traits de sa mère se durcirent pour former un masque de glace.

— Quelqu'un de très dangereux. Il parcourt les enfers.

Zedd se raidit, et sa respiration se bloqua dans sa gorge. Les yeux de sa mère semblèrent le transpercer.

— C'est comme cela qu'il fut capable de franchir la frontière et de récupérer le premier coffret : en parcourant les enfers. C'est comme cela qu'il a pu commencer à démanteler la frontière : de l'intérieur des enfers. Il y possède quelque emprise, davantage lorsqu'il s'y rend personnellement. Si tu te résous à offrir ton aide, sois prévenu : ne traverse pas la frontière et n'y envoie pas le Chercheur. Rahl t'y attend. Si vous y pénétrez, il vous aura. La Mère Confesseur l'a franchie uniquement parce qu'il ne s'y attendait pas. Il ne refera pas la même erreur.

— Mais alors, comment suis-je supposé atteindre le Midlands ? Je ne peux rien faire si je ne peux pas me rendre au Midlands.

— Nous sommes désolés, mais nous l'ignorons. Nous pensons qu'un moyen doit exister, mais il nous est inconnu. C'est pourquoi tu dois désigner le Chercheur. S'il est la bonne personne, il trouvera une solution.

Leurs silhouettes commencèrent à miroiter, à s'estomper.

— Attendez ! Je dois connaître les réponses à mes questions ! S'il vous plaît, ne m'abandonnez pas !

— Nous sommes désolés, nous n'avons pas le choix, nous sommes rappelés derrière le voile.

— Pourquoi Rahl en a-t-il après Richard ? Aidez-moi, s'il vous plaît !

La voix de son père était faible et distante.

— Nous l'ignorons. Tu dois chercher les réponses par toi-même. Nous t'avons bien entraîné. Tu as plus de talents que nous n'en avons jamais eu. Utilise ce qu'on t'a appris et ce que tu ressens. Nous t'aimons, mon fils. Jusqu'à ce que le problème soit réglé, d'une manière ou d'une autre, nous ne pourrons plus venir te voir. Avec Orden en jeu, le fait de revenir pourrait déchirer le voile.

Sa mère lui envoya un baiser, puis ils disparurent.

Zeddicus Zu'l Zorander, l'éminent et honorable magicien, se tint seul sur le rocher magique que son père lui avait donné et sonda la nuit du regard, méditant sur des pensées de magicien.

— Rien n'est jamais facile, murmura-t-il.

8

RICHARD SE RÉVEILLA EN SURSAUT. LA LUMIÈRE SATURAIT LA pièce, et le merveilleux arôme piquant de la soupe aux épices emplissait ses poumons. Il était dans sa chambre, dans la maison de Zedd. Il leva les yeux vers les nœuds familiers dans les murs en bois. La porte de la pièce de devant était fermée. Une chaise attendait près du lit, vide. Il s'assit, repoussa les couvertures et s'aperçut qu'il portait toujours ses vêtements sales. Il tâtonna sous sa chemise et soupira de soulagement lorsqu'il découvrit que le croc était toujours là, en sécurité. Un court bâton maintenait la fenêtre ouverte de quelques centimètres, laissant filtrer l'air frais ainsi que le rire de Kahlan. Zedd devait lui raconter des histoires, songea-t-il.

Richard avisa sa main gauche. Elle était pansée mais ne le faisait plus souffrir quand il repliait les doigts. Sa tête non plus ne lui faisait plus mal. En fait, il se sentait merveilleusement bien. Affamé, mais merveilleusement bien. Il rectifia cela en admettant qu'il était sale, dans des vêtements crasseux, et affamé, mais merveilleusement bien.

Un tub plein d'eau, avec du savon et des serviettes propres, trônait au centre de la petite chambre. Une tenue de forestier propre était soigneusement pliée sur la chaise. L'eau du bain paraissait délicieusement engageante. Il y trempa la main et découvrit qu'elle était chaude. Cela ne le surprit guère : Zedd avait le don de prévoir les événements, il avait deviné que son ami se réveillerait à cet instant précis.

Richard se déshabilla et se glissa dans l'eau accueillante. Le savon sentait presque aussi bon que la soupe. Il aurait aimé s'éterniser dans le tub mais avait hâte d'être dehors avec les deux autres. Il dénoua le pansement, et fut étonné de constater à quel point sa blessure avait guéri pendant la nuit.

Lorsqu'il sortit, Kahlan et Zedd étaient installés à la table et l'attendaient. La robe de Kahlan était lavée de fraîche date, remarqua-t-il, et elle avait l'air d'avoir pris un bain, elle aussi. Ses cheveux chatoyaient sous le soleil. A côté d'elle, un grand bol de soupe attendait Richard, avec du fromage et du pain frais.

— Désolé d'avoir dormi si tard, dit-il en prenant place sur le banc.

Ils s'esclaffèrent tous deux. Richard les toisa avec méfiance.

Kahlan retrouva son aplomb :

— Ça fait deux jours que vous dormez, Richard.

— Oui, ajouta Zedd. Comment te sens-tu ? Comment va ta main ?

— Je vais bien. Merci, Zedd, de m'avoir aidé. Merci à vous deux.

Il ouvrit et replia ses doigts afin de leur montrer ses progrès.

— Ma main va beaucoup mieux, sauf qu'elle me démange.

— Ma mère disait que si ça démange, ça veut dire que ça va mieux, répliqua Kahlan.

Richard lui sourit.

— La mienne aussi.

Il prit une pomme de terre et un champignon avec sa cuillère et goûta la soupe.

— Elle est aussi bonne que la mienne, annonça-t-il avec conviction.

Kahlan s'assit à califourchon sur le banc pour lui faire face, un coude posé sur la table, et lui sourit :

— Zedd n'est pas de cet avis.

Richard lança un regard réprobateur à Zedd, qui leva les yeux au ciel.

— Vraiment ? Je m'en souviendrai la prochaine fois qu'il me suppliera de lui en préparer.

— Franchement, dit-elle à voix basse, mais pas assez doucement pour que Zedd n'entende pas, d'après ce que j'ai vu, je crois qu'il mangerait des cailloux si quelqu'un lui en servait.

Richard pouffa.

— Je vois que vous en êtes venue à bien le connaître.

— En vérité, Richard, dit le vieil homme, pointant vers les jeunes gens un doigt osseux, bien décidé à ne pas les laisser triompher de lui, je suis sûr que si elle cuisinait des cailloux ils seraient succulents. Tu ferais bien de prendre des leçons avec elle.

Richard rompit le pain et en trempa un morceau dans la soupe. Il savait que la plaisanterie servait à libérer la tension qu'il ressentait, un moyen de passer le temps pendant qu'ils attendaient tous deux qu'il finisse. Kahlan avait donné à Richard sa parole qu'elle attendrait qu'il requière l'aide de Zedd ; il était manifeste qu'elle avait tenu sa promesse. Et Zedd avait pour habitude de jouer les ignorants et les innocents, et d'attendre qu'on l'interroge en premier de manière à mieux juger de ce qu'on savait déjà. Aujourd'hui, Richard ne pouvait permettre ce petit jeu. Aujourd'hui, les choses étaient différentes.

— Il y a un point sur lequel je ne fais pas confiance à Kahlan, toutefois.

Le ton de Zedd était sombre, menaçant.

Richard cessa de mâcher. Il avala et patienta, n'osant regarder aucun des deux. Kahlan se figea.

— Elle n'aime pas le fromage ! Je ne crois pas que je pourrai jamais faire confiance à quelqu'un qui n'apprécie pas le fromage. Ce n'est pas naturel.

Richard se détendit. Son vieil ami semblait avoir un truc pour le prendre au dépourvu, et il y prenait un malin plaisir. Richard lança un regard furtif à Zedd et le vit assis là, un sourire innocent aux lèvres. Richard ne put s'empêcher de sourire aussi. Pendant qu'il savourait le bol de soupe, Zedd prit un morceau de fromage pour appuyer sa cause. Kahlan grignota un morceau de pain pour appuyer la sienne. Le pain était délicieux. Kahlan fut ravie qu'il le fasse remarquer.

Comme ils étaient tous rassasiés, Richard décida qu'il était temps de changer de sujet et de revenir aux choses sérieuses.

— Le quad suivant ? Y a-t-il eu quelque signe ?

— Non. J'étais inquiète, mais Zedd a exécuté une lecture dans les nuages pour moi et en a déduit qu'il a dû avoir des ennuis, puisqu'il n'a pu le trouver nulle part.

Il jeta un coup d'œil de biais à Zedd.

— C'est vrai ?

— Aussi vrai que des crapauds grillés.

Zedd utilisait cette expression depuis que Richard était jeune, afin de le gagner à sa cause avec humour et de lui faire savoir qu'il pourrait toujours être sûr que le vieil homme lui dirait la vérité. Richard se demanda sur quels ennuis un quad pouvait tomber.

Pour le meilleur ou pour le pire, il avait réussi à changer l'ambiance à table. Il sentit que Kahlan s'impatientait, et Zedd aussi. Kahlan se retourna vers la table et attendit, les mains posées sur les genoux.

Richard craignit que, s'il s'y prenait mal, elle n'ait une réaction imprévisible, et il ne pourrait rien empêcher.

Richard repoussa son bol et croisa le regard de Zedd. Il n'y avait plus aucune trace d'humour dans ses yeux. Il se contentait d'attendre, impassible. C'était le tour de Richard, maintenant, et une fois qu'il aurait commencé, il n'y aurait plus moyen de faire marche arrière.

— Zedd, mon ami, nous avons besoin de ton assistance contre Darken Rahl.

— Je sais. Vous voulez que je vous aide à trouver le grand magicien.

— Non, ce ne sera pas nécessaire. Je l'ai déjà trouvé.

Richard sentit le regard interrogateur de Kahlan se poser sur lui, mais il continua à fixer les yeux sur Zedd.

— *Tu* es le grand magicien.

Kahlan voulut se lever du banc. Sans quitter Zedd des yeux, Richard tendit la main sous la table et empoigna son avant-bras, la forçant à se rasseoir. Cependant, Zedd n'afficha aucune émotion. Sa voix s'éleva, égale et douce.

— Et qu'est-ce qui te fait penser cela, Richard ?

Richard prit une profonde inspiration puis expira lentement. Il posa les mains sur la table, les doigts croisés. Enfin, il se décida :

— Lorsque Kahlan m'a raconté l'histoire des trois contrées, elle a déclaré que le conseil avait pris des mesures qui rendaient inutile le meurtre de la femme et de la fille du magicien par un quad, et que pour les punir il leur avait fait la pire chose possible : il les avait laissés souffrir des conséquences de leurs propres actions.

« Il m'a semblé que c'était exactement ce que tu aurais fait, mais je ne pouvais pas m'en assurer alors ; je devais trouver un moyen de vérifier. Quand tu as rencontré Kahlan, et que tu t'es mis en colère parce qu'elle venait du Midlands, je t'ai dit qu'elle avait été attaquée par un quad. J'ai observé tes yeux. Ils m'ont dit que j'avais raison. Seul quelqu'un qui avait souffert d'un deuil comme le tien aurait pu avoir cette expression dans les yeux. De plus, tu as changé d'attitude envers elle après que je te l'ai dit. Du tout au tout. Seul quelqu'un qui avait personnellement connu une telle terreur éprouverait ce genre d'empathie. Mais je ne croyais pas mon instinct. J'ai attendu.

Il leva les yeux vers Zedd et soutint son regard pendant qu'il parlait.

— Ta plus grosse erreur fut de dire à Kahlan qu'elle était en sécurité ici. Tu ne mentirais pas, surtout sur un sujet comme celui-là. Et tu sais ce qu'est un quad. Comment un vieil homme pourrait-il garantir la sécurité de cet endroit contre un quad, sans magie ? Il ne le pourrait pas, mais certain vieux magicien le pourrait, lui. Le quad suivant ne peut être trouvé nulle part, tu l'as dit toi-même ; il a eu des ennuis. Je pense que ses ennuis ont été provoqués par un magicien. Tu as tenu parole. Comme toujours.

La voix de Richard se fit plus affable.

— J'ai toujours su, à travers mille petits riens, que tu étais davantage que ce que tu affirmais être, que tu étais une personne exceptionnelle. J'ai toujours été honoré de t'avoir comme ami. Et je sais qu'en tant qu'ami tu ferais n'importe quoi pour m'aider si ma vie était en danger, tout comme je ferais l'impossible pour toi. Je suis prêt à te confier ma vie, et elle est désormais entre tes mains.

Richard détestait l'idée de refermer le piège de cette façon, mais leurs vies étaient en péril. On ne jouait plus.

Zedd se pencha en avant.

— Je n'ai jamais été aussi fier de toi, Richard.

Ses yeux confirmèrent qu'il le pensait.

— Tu as tout deviné.

Il se leva et contourna la table. Richard se leva à son tour, et ils s'étreignirent.

— Mais je n'ai jamais été aussi triste pour toi. Assieds-toi. Je reviens tout de suite. J'ai quelque chose pour toi. Restez tous les deux assis et patientez un instant.

Zedd débarrassa la table ; puis, portant les assiettes

au creux du bras, il se dirigea à grandes enjambées vers la maison. Kahlan semblait soucieuse. Richard avait pensé qu'elle serait heureuse d'avoir trouvé le magicien, mais elle semblait maintenant plus effrayée qu'autre chose.

Quand Zedd réapparut, il portait quelque chose de long. Kahlan se mit debout. Richard se rendit compte que les poings de Zedd enserraient le fourreau d'une épée. Kahlan s'interposa entre lui et la table avant qu'il ne l'atteigne, agrippa sa robe à pleines mains.

— Ne faites pas ça, Zedd.

Sa voix était désespérée.

— Je n'ai pas le choix.

— Zedd, s'il vous plaît, non, choisissez quelqu'un d'autre, pas Richard...

Zedd l'interrompit.

— Kahlan ! Je vous avais avertie. Je vous l'avais dit ; il se désigne lui-même. Si je choisis quelqu'un d'autre, nous mourrons tous. Si vous avez une meilleure solution... je vous écoute !

Il l'écarta, vint du côté de la table opposé à Richard et posa l'épée devant lui. Richard sursauta. Il regarda tour à tour l'épée et Zedd comme celui-ci se penchait par-dessus la table.

— Ceci t'appartient, dit le magicien.

Kahlan leur tourna le dos.

Le fourreau en argent reluisait, avec des ornements en or qui le rehaussaient de courbes et d'ondulations. Du fil d'argent finement torsadé recouvrait la poignée et, entrelacé le long de l'argent tressé, le mot *Vérité* était inscrit en fil d'or. Ceci, songea Richard, était l'épée d'un roi. C'était l'arme la plus belle qu'il eût jamais admirée.

Lentement, Richard se mit debout. Zedd ramassa le fourreau par la pointe et tendit la garde de l'épée vers Richard.

— Dégaine-la.

Comme en transe, Richard referma les doigts sur la poignée et libéra l'épée, dont la lame émit un son métallique qui résonna dans les airs. Richard n'avait jamais entendu une épée faire un bruit pareil. Sa main se serra sur la poignée, et dans sa paume et sur ses doigts, il sentit les aspérités du fil d'or qui traçait le mot *Vérité* de chaque côté de la poignée s'enfoncer dans sa chair. Inexplicablement, elle semblait avoir été faite pour lui. Il avait l'impression qu'une partie de lui était dorénavant complète.

En son for intérieur, il sentit la colère se réveiller, chercher une direction. Il fut soudainement conscient du croc contre sa poitrine.

Tandis que sa rage s'intensifiait, il sentit que l'épée lui insufflait une force nouvelle : la jumelle de sa propre colère. C'était comme si un reflet dans un miroir prenait vie. C'était un spectre terrifiant. Sa colère se nourrit de l'épée, et en retour, le courroux de l'épée se nourrit de sa colère. Ensemble, les orages jumeaux tourbillonnèrent à travers lui. Il eut le sentiment de n'être qu'un spectateur impuissant, qui se laissait entraîner. C'était une sensation à la fois effrayante et séduisante. Richard lutta afin de contrôler la rage. Il était au bord de la panique. Au bord de l'abandon.

Zeddicus Zu'l Zorander rejeta la tête en arrière et, tendant les bras vers le ciel, il s'écria :

— Honnête avertissement aux vivants et aux morts ! Le Chercheur est nommé !

Le tonnerre gronda, secoua le sol puis s'éloigna vers la frontière.

Kahlan tomba à genoux devant Richard, tête baissée, les mains derrière le dos.

— Je voue ma vie à la défense du Chercheur.

Zedd s'agenouilla à côté d'elle, la tête baissée.

— Je voue ma vie à la défense du Chercheur.

La main crispée sur la poignée de l'Epée de Vérité, le cœur battant, Richard murmura :

— Zedd, au nom de tout ce qui est bon, qu'est-ce qu'un Chercheur ?

9

Zedd se mit péniblement debout, réarrangea sa robe autour de son corps squelettique et tendit la main à Kahlan, qui fixait le sol. Elle prit cette main tendue et se releva à son tour. Son visage était empreint d'une expression de détresse. Zedd la considéra pendant un moment, et elle fit signe qu'elle allait bien.

Zedd se tourna vers Richard.

— Qu'est-ce qu'un Chercheur ? Une sage première question pour tes nouvelles fonctions, mais à laquelle on ne répond pas en un mot.

Richard baissa les yeux vers l'épée reluisante dans sa main, pas du tout sûr d'avoir envie de s'en servir. Il la glissa dans son fourreau, heureux de se libérer des sentiments qu'elle provoquait en lui, et la tint à deux mains devant lui.

— Zedd, je ne l'avais jamais vue avant. Où la gardais-tu ?

Zedd sourit fièrement.

— Dans le placard, dans la maison.

Richard le toisa avec scepticisme.

— Il n'y a rien d'autre dans le placard que de la vaisselle, des casseroles et tes poudres.

— Pas ce placard, dit-il en baissant le ton comme pour contrecarrer quiconque pourrait écouter, dans mon placard de magicien !

Richard se redressa avec un froncement de sourcils.

— Je n'ai jamais vu d'autre placard.

— Tudieu, Richard ! Tu n'es pas censé le voir ! C'est un placard de magicien, il est invisible !

Richard se sentit un peu stupide.

— Et depuis combien de temps la possèdes-tu ?

Zedd balaya l'air de sa main fine comme pour écarter la question.

— Oh, je ne sais pas, probablement une douzaine d'années ou dans ces eaux-là.

— Et comment se fait-il que tu l'aies ?

Le ton de Zedd se durcit.

— La désignation du Chercheur est une tâche qui revient au magicien. Le Haut Conseil a à tort pris la responsabilité de nommer cette personne. Il ne se souciait pas le moins du monde de trouver le bon individu. Il donnait le poste à quiconque lui convenait à ce moment-là. Ou au plus offrant. L'épée appartient au Chercheur aussi longtemps qu'il vit, ou tant qu'il choisit d'être Chercheur. Entre-temps, pendant que l'on est en quête d'un nouveau Chercheur, l'Epée de Vérité appartient aux magiciens. Ou, plus précisément, elle m'appartient, puisqu'il est de ma responsabilité de nommer les Chercheurs. Le dernier mortel à l'avoir possédée s'est laissé...

Ses yeux se levèrent, comme pour sonder le ciel à la recherche du mot correct.

— ... entraîner par une sorcière. Aussi, tandis qu'il était distrait, je me suis rendu au Midlands et j'ai récupéré ce qui m'appartenait. Désormais elle est à toi.

Richard se sentit attiré vers quelque chose qu'il n'avait pas choisi. Il regarda Kahlan. Elle semblait s'être débarrassée de ses angoisses et était de nouveau impénétrable.

— C'est pour ça que vous êtes venue ? C'est cela que vous vouliez qu'accomplisse le magicien ?

— Richard, je voulais que le magicien désigne un Chercheur. Je ne savais pas que ce serait vous.

Il les regarda tour à tour. Il commençait à se sentir piégé.

— Vous pensez tous les deux que je peux nous sauver. Que je vais me débrouiller pour arrêter Darken Rahl. Un magicien ne peut pas le faire, mais je dois essayer ?

La terreur s'empara de lui, lui noua la gorge.

Zedd s'avança et posa une main rassurante sur son épaule.

— Richard, lève les yeux au ciel. Dis-moi ce que tu vois.

Richard regarda et aperçut le nuage serpentin. Il n'eut pas besoin de répondre à la question. Zedd lui enfonça son doigt osseux dans la poitrine.

— Viens. Assieds-toi, et je vais te raconter ce que tu as besoin de savoir. Alors tu décideras, par toi-même, ce qu'il te faut faire. Viens.

Il passa son autre bras autour des épaules de Kahlan et les guida tous deux jusqu'au banc de la table. Il se rendit à sa place en face d'eux et s'assit. Richard posa l'épée entre eux sur la table afin d'indiquer que le problème n'était pas encore réglé.

Zedd retroussa ses manches.

— Il existe une magie, commença-t-il, une magie ancienne et dangereuse au pouvoir immense. C'est une magie née de la terre, de la vie elle-même. Elle est contenue dans trois récipients appelés les trois coffrets d'Orden. La magie sommeille jusqu'à ce que les coffrets soient mis en jeu, comme on dit. Ce n'est pas chose facile. Cela requiert une personne qui possède un savoir acquis au cours de longues études et qui peut recourir à une force intérieure considérable. Une fois qu'un individu possède au moins un des coffrets, la magie d'Orden peut être mise en jeu. Il bénéficie d'un an à partir de ce moment pour ouvrir un coffret, mais il doit détenir les trois avant qu'un seul ne s'ouvre. Ils fonctionnent ensemble ; on ne peut pas se contenter d'en prendre un seul et de l'ouvrir. Si la personne qui les met en jeu ne réussit pas à les acquérir tous les trois et à en ouvrir un dans le temps imparti, elle paie la magie de sa vie. On ne peut faire marche arrière. Darken Rahl doit ouvrir l'un des coffrets, ou mourir. Au premier jour de l'hiver, son année aura expiré.

Le visage de Zedd était tendu et déterminé. Il se pencha un peu en avant.

— Chaque coffret contient un pouvoir différent, qui est libéré lors de l'ouverture. Si Rahl ouvre le bon coffret, il obtiendra la magie d'Orden, la magie de la vie elle-même, le pouvoir sur toutes choses vivantes et mortes. Il jouira d'une puissance et d'une autorité absolues. Il deviendra un maître qui dominera tous les peuples. Tous ceux qu'il n'aime pas, il sera capable de les tuer d'une pensée, de la manière de son choix, où que se trouvent ces personnes, quelle que soit la distance.

— Ça m'a l'air d'une magie terriblement maléfique, protesta Richard.

Zedd se redressa, retira ses mains de la table. Il secoua la tête.

— Non, pas vraiment. La magie d'Orden est le pouvoir de la vie. Comme tous les pouvoirs, il se contente d'exister. C'est son utilisateur qui détermine quelle sera son application. La magie d'Orden peut aussi facilement être utilisée afin d'aider les récoltes à pousser, à soigner les malades, à mettre fin à un conflit. Tout est dans les intentions de l'utilisateur. En soi, le pouvoir n'est ni maléfique ni bon. Il appartient à l'esprit de l'homme de le mettre en œuvre. Je crois que nous savons tous quel usage Darken Rahl en ferait.

Zedd marqua une pause, afin de permettre à Richard de méditer sur la signification de ce qu'il venait d'énoncer. Son mince visage se figea dans une expression résolue tandis qu'il patientait. Kahlan était grave, elle aussi. Visiblement, elle tenait à ce qu'il comprenne parfaitement la nature alarmante de ce qu'avait dit Zedd.

Richard, bien sûr, n'avait pas besoin d'y réfléchir, puisqu'il avait lu tout cela dans le Livre des Ombres Comptées. D'après le livre, il savait que Zedd ne faisait qu'effleurer l'ampleur du cataclysme qui balaierait le pays si Darken Rahl ouvrait le bon coffret. Il savait également ce qui se produirait si l'un des autres coffrets était ouvert, mais il ne pouvait révéler ses connaissances et devait poser la question, de toute façon.

— Et s'il ouvre l'un des autres coffrets ?

Zedd se rapprocha prestement de la table. Il s'était attendu à cette question.

— Qu'il ouvre le mauvais coffret, et la magie le réclamera, il mourra.

Zedd claqua des doigts.

— Aussi simple que cela. Nous serons tous en sécurité ; la menace aura disparu.

Il se pencha en avant, les sourcils froncés, et gratifia Richard d'un regard dur.

— Qu'il ouvre l'autre mauvais coffret, et chaque insecte, chaque brin d'herbe, chaque arbre, chaque homme, femme, chaque enfant, chaque être vivant sera anéanti par le feu. Ce serait la fin de toute vie. La magie d'Orden est jumelle de la magie de la vie elle-même, et la mort fait partie de tout ce qui vit, aussi la magie d'Orden est-elle liée à la mort, tout comme la vie.

Zedd se redressa, paraissant accablé par la description des différentes catastrophes. Bien que Richard sût déjà tout cela, sa gorge se serra quand il entendit la prédiction prononcée à haute voix. D'une certaine manière, les choses lui semblaient plus réelles quand on mettait des mots dessus. Lorsqu'il avait appris le livre, tout était si abstrait, si hypothétique, qu'il n'avait jamais envisagé que cela puisse arriver. Son seul souci avait été de préserver le savoir afin qu'il soit rendu à son gardien. Il regretta de ne pas pouvoir dire à Zedd ce qu'il savait, mais le serment fait à son père l'empêchait de révéler quoi que ce soit. Il l'obligeait également à continuer de feindre en posant une autre question dont il connaissait déjà la réponse.

— Comment Rahl saura-t-il quel coffret ouvrir ?

Zedd réarrangea les manches de sa robe et baissa les yeux, regardant ses mains tandis qu'il parlait.

— Celui qui met les coffrets en jeu obtient certaines informations sur le moyen de découvrir l'identité de chaque coffret.

C'était logique. Nul ne connaissait le livre à part son gardien et, apparemment, la personne qui mettait les coffrets en jeu. Le livre n'y faisait pas référence, mais cela semblait cohérent. Un choc soudain l'ébranla : Darken Rahl devait être à sa poursuite à cause du livre.

— Cependant, reprit Zedd, Rahl a accompli quelque chose qui sort de l'ordinaire. Il a mis les coffrets en jeu avant de posséder les trois.

— Il doit être stupide, ou très sûr de lui.

— Sûr de lui, dit le magicien. Quand j'ai quitté le Midlands, c'était principalement pour deux raisons. La première était que le Haut Conseil s'était attribué la désignation du Chercheur. La seconde était qu'il avait manipulé les coffrets d'Orden sans précaution. Les gens en étaient venus à croire que la puissance des coffrets n'était qu'une légende. Ils me prenaient pour un vieux fou parce que je leur racontais que ce n'était pas une légende mais la vérité. Ils ont refusé de tenir compte de mes avertissements.

Il martela la table de son poing, faisant sursauter Kahlan.

— Ils se sont moqués de moi !

Son visage, rouge de colère, offrait un contraste encore plus saisissant avec la masse de ses cheveux blancs.

— Je désirais que les coffrets soient gardés loin les uns des autres et, à l'aide de la magie, dissimulés et mis sous clef afin qu'on ne les retrouve jamais. Le conseil, au lieu de cela, voulait les offrir à des gens importants, tels des trophées à exhiber. Il les a utilisés en tant que monnaie d'échange, contre des faveurs ou des promesses. Tout cela exposa les coffrets à des mains cupides. Je ne sais pas ce qu'il est advenu d'eux durant les années qui se sont écoulées entre-temps. Rahl en possède au moins un, mais pas les trois. Du moins pas encore.

Les yeux de Zedd étincelèrent de ferveur.

— Tu vois, Richard ? Nous n'avons pas à affronter Darken Rahl, il nous suffit de trouver au moins l'un des coffrets avant lui.

— Et l'empêcher de nous le prendre, ce qui peut se révéler autrement plus compliqué que de le dénicher, remarqua Richard.

Il eut subitement une idée.

— Zedd, tu crois que l'un des coffrets pourrait se trouver ici, au Westland ?

— Peu vraisemblable.

— Pourquoi pas ?

Zedd hésita.

— Richard, je ne t'ai jamais dit que j'étais magicien, mais tu ne me l'avais jamais demandé, aussi ne t'ai-je jamais réellement menti. Je t'ai dit un mensonge, toutefois. Je t'ai raconté que j'étais arrivé ici avant que la frontière ne soit érigée. Or c'est faux. Tu vois, afin de créer un Westland libre de toute magie, il ne devait y en avoir aucune avant que la frontière ne soit bâtie. La magie pouvait venir ici après l'instauration de la frontière, mais pas s'y trouver avant. Puisque j'ai de la magie, ma présence l'aurait empêchée de se produire, aussi devais-je demeurer au Midlands jusqu'à son achèvement, et seulement alors m'était-il possible de la franchir.

— Tout le monde a ses petits secrets. Je ne te reproche pas les tiens. Mais où veux-tu en venir ?

— Ce que je veux dire, c'est que nous savons que les coffrets ne pouvaient se trouver ici avant que la frontière ne soit érigée, sinon leur magie aurait empêché sa construction. Donc s'ils étaient tous dans le Midlands avant la frontière et puisque je n'en ai apporté aucun avec moi, ils doivent toujours y être.

Richard y réfléchit un instant, sentit s'évanouir toute lueur d'espoir. Il revint à des préoccupations plus immédiates.

— Tu ne m'as toujours pas dit ce qu'était un Chercheur. Ni le rôle que j'ai à jouer.

Zedd croisa les mains.

— Un Chercheur est une personne qui n'a pas à répondre de ses actes ; il est la loi. Il lui appartient de manier l'Epée de Vérité comme il l'entend, et dans les limites de sa propre force, il peut obliger quiconque à répondre de n'importe quelle action.

Zedd leva la main pour anticiper les questions et les objections de Richard.

— Je comprends que ceci est vague. Le problème pour l'expliquer réside dans le fait que c'est comme pour tout pouvoir. Ainsi que je te l'ai dit, c'est la façon dont l'individu utilise le pouvoir qui lui confère ses propriétés. C'est la raison pour laquelle il est si important de trouver la bonne personne, une personne qui utilisera le pouvoir avec sagesse. Tu vois, Richard, un Chercheur fait exactement ce qu'implique son nom : il cherche. Il cherche les réponses à certaines questions.

Des questions qu'il se pose lui-même. Si c'est la bonne personne, il cherchera les réponses qui aideront les autres, pas seulement lui-même. L'objectif primordial d'un Chercheur est d'être libre d'entreprendre la quête de son choix, d'aller où il veut, de demander ce qu'il veut, d'apprendre ce qu'il veut, de trouver les réponses à ce qu'il veut savoir et, si besoin est, de faire tout ce qu'exigent les réponses.

Richard se raidit, sa voix s'éleva.

— Es-tu en train de me dire qu'un Chercheur est un assassin ?

— Je ne te mentirai pas, Richard ; il est arrivé que les choses tournent de cette manière.

Le visage de Richard était pourpre.

— Je ne serai jamais un assassin !

Zedd haussa les épaules.

— Comme je l'ai dit, un Chercheur est ce qu'il souhaite être. Idéalement, un Chercheur est le représentant de la justice. Je ne peux pas t'en dire beaucoup plus, parce que je n'en ai jamais été un. Je ne sais pas ce qui se passe dans leur tête ; cependant, je connais le type de personne adéquat.

Zedd remonta de nouveau ses manches tandis qu'il observait Richard.

— Mais je ne choisis pas un Chercheur, Richard. Un véritable Chercheur se choisit lui-même. Je me contente de le nommer. Tu es un Chercheur depuis des années sans le savoir. Je t'ai observé, et c'est ce que tu fais. Tu cherches tout le temps la vérité. Que croyais-tu faire dans le haut Ven ? Tu cherchais la réponse à la liane, au meurtre de ton père. Tu aurais pu laisser ça à d'autres, plus qualifiés, et d'après la façon dont les choses ont évolué, tu aurais probablement dû le faire, mais cela aurait été contre ta nature, la nature d'un Chercheur. Ils n'abandonnent pas leurs responsabilités à d'autres, parce que la connaissance leur importe réellement. Quand Kahlan t'a dit qu'elle cherchait un magicien perdu depuis une époque précédant sa naissance, il a fallu que tu saches de qui il s'agissait, et tu l'as trouvé.

— Mais c'est uniquement parce que...

Zedd l'interrompit.

— Ça n'a pas d'importance. C'est hors de propos. Seule une chose compte : que tu l'aies fait. Je t'ai sauvé grâce à la racine que j'ai trouvée. Est-il important que je l'aie trouvée facilement ? Non. Je l'ai trouvée, tu vas bien, et c'est tout ce qui compte. C'est la même chose avec le Chercheur. La manière dont il obtient une réponse n'a pas d'importance, pourvu qu'il l'obtienne. Comme je le disais, il n'y a aucune règle. En ce moment il y a des réponses que tu dois trouver. Je ne sais pas comment tu vas t'y prendre, et je m'en moque, pourvu que tu les trouves. Si tu dis : « Oh, c'est simple », alors tant mieux, car nous n'avons pas beaucoup de temps.

Richard était sur ses gardes.

— Quelles réponses ?

Zedd sourit, et ses yeux pétillèrent.

— J'ai un plan, mais tu dois d'abord découvrir un moyen de nous amener de l'autre côté de la frontière.

— Quoi !

Richard fit courir ses doigts dans sa chevelure, exaspéré, grommelant son incrédulité à voix basse. Il reporta son regard vers Zedd.

— Tu es un magicien, tu es mêlé à l'instauration de la frontière. Tu viens de dire que tu l'as franchie afin de récupérer l'épée. Kahlan a traversé la frontière, envoyée par des magiciens. Je ne sais rien sur la frontière ! Si vous vous attendez que j'avance une réponse, eh bien, la voici : Zedd, tu es un magicien, expédie-nous à travers la frontière !

Zedd secoua la tête.

— Non. J'ai dit de l'autre côté, pas à travers. Je sais comment la traverser, mais nous ne pouvons pas le faire. Rahl nous attend au détour. Si nous essayons de la traverser, il nous tuera, ou pire. Nous devons la franchir sans la traverser. Il y a une grande différence.

— Zedd, je suis navré, mais c'est impossible. Je ne sais vraiment pas comment nous emmener de l'autre côté. Je ne vois pas comment ce serait possible. La frontière fait partie des enfers. Si leur accès nous est interdit, alors nous sommes coincés ici. Le but fondamental de la frontière est justement d'empêcher quiconque d'effectuer ce que tu me demandes de réaliser.

Richard se sentait impuissant. Ils se reposaient sur lui, et il n'avait pas la moindre solution.

La voix de Zedd se fit douce :

— Richard, tu es trop prompt à te critiquer. Que dis-tu lorsque je te demande comment tu dois résoudre des problèmes complexes ?

Richard savait de quoi parlait Zedd, mais rechignait à répondre, car il sentait que cela ne faisait que l'enfoncer davantage. Zedd leva un sourcil, il attendait. Richard baissa les yeux vers la table, gratta le bois avec l'ongle de son pouce.

— Pense à la solution, pas au problème.

— Et en ce moment tu penses à l'envers. Tu te concentres seulement sur la raison pour laquelle le problème est insoluble. Tu ne réfléchis pas à la solution.

Richard savait que Zedd avait raison, mais il y avait autre chose.

— Zedd, je ne crois pas être qualifié pour être Chercheur. Je ne sais rien sur le Midlands.

— Il est parfois plus facile de prendre une décision si l'on n'est pas encombré par la connaissance de l'histoire, déclara laconiquement le magicien.

Richard soupira.

— Je ne connais pas les lieux. Je vais m'y perdre.

Kahlan posa la main sur son avant-bras.

— Non, vous ne vous perdrez pas. Je connais le Midlands mieux que quiconque. Je connais les endroits sûrs et ceux qui ne le sont pas. Je serai votre guide. Vous ne serez pas perdu. Je vous promets au moins ça.

Richard détourna le regard de ses yeux verts. Il souffrait à l'idée qu'il pourrait la décevoir, mais sa foi, ainsi que celle de Zedd ne lui semblaient pas justifiées. Il ne connaissait rien au Midlands, ni à la magie, ni à la manière de trouver les coffrets, ni à la façon d'arrêter Darken Rahl. Il ne savait rien faire de tout cela ! Et son premier tour de passe-passe consistait à devoir les emmener de l'autre côté de la frontière !

— Richard, je sais que tu juges que je t'impose cette responsabilité contre tout bon sens, mais ce n'est pas moi qui te désigne. Tu as prouvé que tu étais un Chercheur. Je me suis contenté de constater les faits. Je suis magicien depuis longtemps. Tu ne sais pas ce que cela implique, mais tu dois me croire lorsque je t'affirme être qualifié pour reconnaître la bonne personne.

Zedd tendit le bras en travers de la table, par-dessus l'épée, et posa la main sur celle de Richard.

— Darken Rahl te traque. Personnellement. Avec la clairvoyance qu'il a obtenue grâce à la magie d'Orden, lui aussi sait que tu es la bonne personne. C'est pourquoi il te recherche, afin d'éliminer la menace.

Richard cligna des yeux, surpris. Peut-être que Zedd avait raison. Ou peut-être pas. Zedd ne savait rien au sujet du livre. Il crut que son esprit allait exploser, avec toutes ces choses qui se bousculaient dans sa tête. Il se leva brusquement et commença à faire les cent pas, méditant. Zedd croisa les bras. Kahlan posa un coude sur la table. Tous deux le regardèrent aller et venir.

Le feu follet avait dit de chercher la réponse ou de mourir. Il n'avait pas dit qu'il était nécessaire de devenir ce Chercheur. Il pouvait trouver les réponses à sa propre manière, comme il l'avait toujours fait. Il n'avait pas eu besoin de l'épée pour comprendre qui était le magicien.

Mais pourquoi était-il mal de prendre l'épée ? En quoi le fait de s'en servir pouvait-il être mauvais ? Ne serait-il pas stupide de rejeter un tel appui ? Apparemment, l'épée pouvait être employée selon les désirs de son utilisateur, aussi pourquoi ne pas l'utiliser de la façon qu'il voulait ? Il n'avait pas à devenir un assassin, ou quoi que ce soit d'autre. Il pouvait l'utiliser pour les aider, tout simplement.

Mais Richard savait pourquoi il ne la voulait pas. Il n'aimait pas ce qu'il avait éprouvé quand il l'avait dégainée. Ça lui avait fait du bien, et ça l'ennuyait. Elle avait excité sa colère d'une manière qui l'effrayait. Le plus déconcertant, c'était qu'il avait trouvé cela normal. Or la colère était mauvaise. C'était ce que son père lui avait appris. La colère avait tué sa mère. Il gardait sa colère derrière une porte cadenassée qu'il ne souhaitait pas ouvrir. Non, il ferait cela à sa façon, sans l'épée. Il n'en avait pas besoin, n'avait pas besoin des tracas qu'elle lui causait.

Richard se tourna vers Zedd, qui était toujours assis les bras croisés, à l'observer. La lumière du soleil semblait creuser les rides du vieil homme. Les lignes et les angles aigus de son visage familier paraissaient d'une certaine manière différents. Il avait l'air sévère, résolu — davantage semblable à un magicien. Leurs regards se rencontrèrent et se rivèrent l'un à l'autre. Richard était décidé. Il dirait non à son ami. Il les aiderait, et les assisterait. Sa vie également en dépendait. Mais il ne serait pas leur Chercheur. Avant qu'il puisse refuser, Zedd parla.

— Kahlan, racontez à Richard comment Darken Rahl questionne les gens.

Sa voix était tranquille, calme.

— Zedd, je vous en prie, murmura Kahlan.

— Racontez-lui.

Cette fois-ci, la voix du magicien était plus dure, plus énergique.

— Racontez-lui ce qu'il fait avec le poignard courbe qu'il garde à la ceinture.

Richard détourna les yeux de Zedd et fixa le visage blême de la jeune fille. Elle tendit la main, puis lui fit signe de s'approcher d'elle. Il resta un moment immobile, circonspect, puis s'avança et lui prit la main. Elle l'attira vers elle. Il s'assit à califourchon sur le banc, face à elle, attendant et redoutant ce qu'elle allait lui révéler.

Kahlan baissa les yeux sur sa main droite qu'elle tenait dans les siennes et qu'elle caressait des pouces. Ses doigts étaient doux, agréables et chauds contre sa paume.

— Darken Rahl pratique une ancienne forme de magie appelée anthropomancie dit-elle d'une voix calme. Il devine les réponses à ses questions par l'inspection des entrailles d'humains vivants.

Richard sentit la colère s'embraser.

— Elle est d'un usage limité ; il peut tout au plus obtenir un oui ou un non à une unique question, et parfois, un nom. Néanmoins, il continue à pratiquer cette atroce magie. Je suis désolée, Richard. Veuillez me pardonner de vous avoir raconté cela.

Des souvenirs de son père, sa gentillesse, son rire, son amour, son amitié, le temps qu'ils avaient passé ensemble avec le livre secret, et mille autres brefs instantanés assaillirent Richard, déferlèrent en une vague d'angoisse. Les scènes et les sons convergèrent en ombres indistinctes et en échos dans son esprit puis se dissipèrent. A leur place, les éclaboussures de sang sur le parquet, les visages blêmes des gens présents et les choses que Chase lui avait racontées lui revinrent comme autant de flashes qui lui lacéraient le cœur. Il n'essaya pas de les arrêter, mais les tira au contraire en avant, il les désirait ardemment. Il s'immergea dans tous ces détails, en ressentit la torture. La douleur explosa depuis un gouffre situé au plus profond de son être. Invoquée sans but, elle vint en hurlant. Mentalement, il ajouta la silhouette enténébrée de Darken Rahl, ses mains laissant goutter du sang pourpre, debout sur le cadavre de son père, brandissant la lame rouge, luisante. Il maintint la vision devant lui, la tordit, l'examina, l'absorba. L'image était complète, maintenant. Il avait ses réponses. Il savait comment cela s'était déroulé. Comment son père était mort. Jusqu'à maintenant, c'était tout ce qu'il avait jamais cherché — des réponses. De toute sa vie, il n'avait jamais dépassé cette simple quête.

En un instant tout bascula.

La porte qui retenait sa colère, et le mur de raison dont il s'était entouré se consumèrent en un éclair de désir ardent. Toute une vie de pensée rationnelle s'évapora devant sa rage fulgurante.

Richard tendit la main vers l'Epée de Vérité, referma les doigts autour du fourreau, l'étreignit de plus en plus fort jusqu'à ce que ses jointures soient blanches. Les muscles de sa mâchoire se crispèrent. Il ne voyait plus rien de ce qui l'entourait. L'ardeur de la colère déferla de l'épée, pas de son propre gré, mais invoquée par le Chercheur.

La poitrine de Richard se gonfla sous la blessure cinglante. Il savait désormais ce qui était arrivé à son père, et avec ce savoir venait également la conclusion. Des pensées qu'il ne s'était jamais permises devinrent ses seuls désirs. La prudence et la lucidité s'évanouirent devant un déluge de furie vengeresse.

A cet instant, sa seule volonté, son seul désir, son seul besoin, fut de tuer Darken Rahl. Rien d'autre n'avait d'importance.

Avec son autre main, il saisit la poignée de son épée pour la dégainer. La main de Zedd se plaqua sur la sienne. Le Chercheur ouvrit brusquement les yeux, furieux de cette ingérence.

— Richard, calme-toi !

Le Chercheur, les muscles bandés, lança un regard noir à son interlocuteur. Une partie de lui, enfouie au plus profond de son esprit, ne cessait de le mettre en garde, essayait de reprendre le contrôle. Il ignora l'avertissement. Il se pencha vers le magicien, les dents serrées.

— J'accepte le poste de Chercheur.

— Richard, répéta Zedd calmement, tout va bien. Détends-toi. Assieds-toi.

Richard ne se rappelait pas s'être levé. Il se rassit près de Kahlan, retirant les mains de l'épée. Il se sentait libéré, sans peur et sans honte. Il leva les yeux vers le visage calme et paisible de Zedd. Le vieil homme, sa crinière de cheveux blancs encadrant son visage anguleux, l'étudia, sourire aux lèvres.

— Félicitations, dit le magicien. Tu as passé mon dernier test afin de devenir Chercheur.

— Que veux-tu dire ? s'étonna Richard. Tu m'as déjà nommé Chercheur.

Zedd secoua lentement la tête.

— Je te l'ai déjà dit. N'écoutais-tu pas ? Un Chercheur se désigne lui-même. Avant de devenir Chercheur, tu devais passer un test déterminant. Tu devais me montrer que tu pouvais te contrôler. Durant de nombreuses années, Richard, tu as gardé ta colère en toi. Je devais savoir si tu pouvais la libérer, y faire appel. Je t'ai vu en colère, mais tu étais incapable de l'admettre. Un Chercheur qui ne pourrait pas se permettre d'utiliser sa colère serait désespérément faible. C'est la force de la rage qui donne l'énergie inconsciente de vaincre. Sans la colère, tu aurais repoussé l'épée, et je t'aurais laissé faire, parce que tu n'aurais pas possédé les qualités requises. Mais tu as prouvé que tu n'étais plus prisonnier de tes peurs. Sois prudent, toutefois. S'il est important de savoir utiliser ta rage, tu dois aussi être capable de la retenir. Tu as toujours possédé cette faculté. Ne te laisse pas aller maintenant. Parfois, laisser sortir sa colère est une erreur encore plus grave que de la contenir.

Richard acquiesça solennellement. Il songea à l'impression qu'il avait éprouvée lorsqu'il avait porté l'épée alors qu'il était en furie, l'impression de puissance, la sensation libératrice de s'abandonner à ce désir primaire, à l'intérieur de lui et de l'épée.

— L'épée recelait de la magie, dit-il avec réserve. Je l'ai sentie.

— En effet. Néanmoins, Richard, la magie n'est qu'un outil, comme n'importe quel autre. Quand tu utilises une pierre à aiguiser pour affûter une lame, tu ne fais qu'améliorer l'efficacité du couteau. C'est la même chose avec la magie. C'est juste un affûtage de tes intentions.

Les yeux de Zedd étaient clairs et pénétrants.

— Certaines personnes ont plus peur de mourir par la magie, que, disons, par une lame, comme si d'une certaine manière on était moins mort si l'on était tué par des moyens physiques que par des moyens invisibles. Mais écoute-moi bien : la mort est la mort. La peur de la magie, cependant, peut s'avérer une arme puissante. Garde ça en tête.

Richard acquiesça. Le soleil de fin d'après-midi

chauffait son visage et du coin de l'œil il apercevait le nuage. Rahl devait le regarder aussi. Richard se souvint de l'homme du quad, sur la Crête Epointée, de la manière dont il avait fait courir le fil de son épée le long de son bras, faisant couler le sang avant d'attaquer. Il se souvint du regard de cet homme. Il ne l'avait pas compris à ce moment-là ; il le comprenait maintenant. Richard avait soif de se battre.

Les feuilles des arbres proches s'agitèrent dans le léger vent d'automne, scintillantes de leurs premières touches d'or et de rouge. L'hiver arrivait ; le premier jour de l'hiver serait bientôt là. Il songea à la façon dont il les emmènerait au-delà de la frontière. Ils devaient récupérer l'un des coffrets d'Orden, et lorsqu'ils l'auraient trouvé, ils trouveraient Rahl.

— Zedd, on ne joue plus. Je suis Chercheur maintenant, plus de tests. Vrai ?

— Aussi vrai que des crapauds grillés.

— Alors nous perdons un temps précieux. Je suis sûr que Rahl ne gaspille pas le sien.

Il se tourna vers Kahlan :

— Je vous contrains par votre serment à être mon guide lorsque nous atteindrons le Midlands.

Elle sourit de son impatience et hocha la tête. Richard s'adressa alors à Zedd :

— Montre-moi comment fonctionne la magie, magicien.

10

Zedd eut un sourire espiègle. Il tendit le baudrier à Richard. Le cuir finement travaillé était vieux et souple, la boucle d'or et d'argent s'assortissait au fourreau. Il était mal ajusté, son dernier utilisateur était sans doute plus petit que Richard. Zedd l'aida à le régler tandis que Richard l'attachait en travers de son épaule droite et y adaptait l'Epée de Vérité.

Zedd les conduisit au bord de l'herbage jusqu'à l'endroit où poussaient deux petits érables alpestres, l'un aussi gros que le poignet de Richard, l'autre aussi fin que celui de Kahlan.

Il se tourna vers Richard.

— Tire l'épée.

Le tintement métallique résonna dans l'atmosphère de cette fin d'après-midi. Zedd se pencha en avant.

— Maintenant, je vais te montrer la chose la plus importante concernant l'épée, mais j'ai besoin que tu renonces brièvement à ton poste de Chercheur, et que tu me permettes de nommer Kahlan à ta place.

Celle-ci lança un regard suspicieux à Zedd.

— Je ne veux pas être Chercheur.

— Seulement pour les besoins de la démonstration, ma petite.

Il fit signe à Richard de lui donner l'épée. Elle hésita avant de la prendre à deux mains. Elle était très lourde, et elle abaissa la pointe jusqu'à la faire reposer sur la terre herbeuse. Zedd décrivit un grand moulinet de la main au-dessus de son front.

— Kahlan Amnell, je vous nomme Chercheur. Lorsque j'ai quitté le Midlands avec cette épée, Darken Rahl a utilisé sa magie afin de placer le plus large de ces deux arbres ici, pour me marquer, pour être capable de venir à moi au moment de son choix. De manière à pouvoir me tuer. Le même Darken Rahl qui a fait tuer Dennee.

L'expression de Kahlan s'assombrit.

— Ce même Darken Rahl qui vous traque, pour vous tuer comme il a tué votre sœur.

La haine embrasa les yeux de la jeune femme. L'Epée de Vérité s'éleva du sol. Zedd se campa derrière elle.

— Cet arbre est le sien. Vous devez l'arrêter.

La lame transperça l'air automnal avec une vitesse et une puissance auxquelles Richard put à peine croire. L'arc de la trajectoire taillada le plus grand des arbres avec un craquement assourdissant, comme si un millier de brindilles se brisaient en même temps. Des éclats volèrent en tous sens. L'arbre sembla flotter en l'air durant un instant, puis bascula près du tronc déchiqueté avant de s'abattre avec fracas. Richard savait qu'il lui aurait fallu frapper au moins dix fois avec une bonne hache pour couper l'érable.

Zedd reprit l'épée des mains de Kahlan alors que celle-ci tombait à genoux, se couvrait le visage de ses mains avec un gémissement. Richard s'accroupit à ses côtés et la consola.

— Kahlan, qu'est-ce qui ne va pas ?

— Je vais très bien.

Elle posa la main sur son épaule et il l'aida à se relever. Son visage était blême tandis qu'elle se forçait à sourire.

— Mais je démissionne de mon poste de Chercheur.

Richard se tourna vers le magicien.

— Zedd, qu'est-ce que c'est que ces absurdités ? Darken Rahl n'a pas mis cet arbre ici. Je t'ai vu arroser et soigner ces deux arbres. Si tu me mettais un couteau sous la gorge, je dirais que tu les as plantés là en mémoire de ta femme et de ta fille.

— Très bien, Richard. Voici ton épée. Tu es de nouveau Chercheur. Maintenant, mon garçon, abats le petit arbre, ensuite je vous expliquerai.

Ennuyé, Richard prit l'épée à deux mains, sentant la colère déferler en lui. Il assena un redoutable coup à l'arbre qui restait. La pointe de l'épée siffla comme elle fendait l'air. Juste avant que la lame ne frappe l'arbre, elle s'arrêta, comme si l'air autour de lui était devenu trop dense pour lui permettre de passer.

Richard recula de surprise. Il regarda l'épée, puis essaya encore. Même résultat. L'arbre était intact. Il lança un regard furieux à Zedd, qui se tenait les bras croisés, un petit sourire satisfait aux lèvres.

Richard remit l'épée dans son fourreau.

— Très bien, que se passe-t-il ?

Zedd leva les sourcils, l'air innocent.

— As-tu vu comme il a été facile à Kahlan de trancher le plus gros des arbres ?

Richard se renfrogna.

— Ç'aurait très bien pu être du fer. La lame l'aurait

traversé tout aussi aisément. Mais tu es plus fort qu'elle, et tu n'as même pas pu égratigner le petit arbre.

— Oui, Zedd, j'ai remarqué.

— Et pourquoi crois-tu qu'il en soit ainsi ?

Richard se calma. C'était la façon qu'avait souvent Zedd d'enseigner ses leçons, en lui faisant découvrir lui-même la réponse.

— Je dirais que ça a quelque chose à voir avec les intentions. Elle croyait que l'arbre était maléfique. Pas moi.

— Très bien, mon garçon !

Kahlan croisa les doigts.

— Zedd, je ne comprends pas. J'ai détruit l'arbre, mais il n'était pas maléfique. Il était innocent.

— Ceci, ma petite, est l'objet de la démonstration. La réalité est hors de propos. C'est la perception qui prime. Si vous estimez qu'il s'agit d'un ennemi, vous pouvez le détruire, que cela soit vrai ou non. La magie ne fait qu'interpréter vos perceptions. Elle ne vous permettra pas de blesser quelqu'un que vous croyez innocent, mais elle détruira ceux que vous percevez comme des ennemis, dans certaines limites. C'est seulement ce que vous croyez, et non la vérité de vos pensées, qui représente le facteur déterminant.

Richard était quelque peu dépassé.

— Cela ne laisse aucune place à l'erreur. Mais si l'on n'est pas sûr ?

Zedd haussa un sourcil.

— Tu ferais mieux d'être sûr, mon garçon, ou tu risques de te retrouver confronté à pas mal de problèmes. La magie pourrait lire des choses dans ton esprit, des choses dont tu n'es même pas conscient. C'est à double tranchant. Tu pourrais tuer un ami, ou ne pas réussir à tuer un ennemi.

Richard tambourina des doigts sur la garde de l'épée, réfléchissant. Il observa le soleil couchant qui lançait des éclairs dorés à travers les arbres, à l'ouest. Au-dessus d'eux, le nuage serpentin avait adopté une teinte rougeâtre sur l'un de ses flancs, qui s'assombrissait en pourpre plus foncé sur l'autre. Cela n'avait pas vraiment d'importance, jugea-t-il. Il savait après qui il en avait, et il n'avait aucun doute quant à sa qualité d'ennemi. Pas le moindre.

— Encore une chose. Et d'importance, dit Zedd. Quand tu utilises l'épée contre un ennemi, il y a un prix à payer. N'est-ce pas, ma petite ?

Kahlan acquiesça et baissa les yeux.

— Plus l'ennemi est puissant, plus le prix est élevé. Je suis navré qu'il ait été nécessaire de vous faire subir cela, Kahlan, mais c'est la leçon la plus importante que doive apprendre Richard.

Elle lui adressa un petit sourire, pour lui signifier qu'elle avait compris. Il se retourna vers Richard.

— Nous savons tous deux que, parfois, tuer est notre seul choix. Tu n'as pas besoin qu'on te dise que chaque fois que l'on tue, cependant, il s'agit d'un acte terrible. On vit toute sa vie avec ça, on ne peut pas revenir en arrière. Un tel acte te hante jusqu'à la fin de tes jours.

Richard hocha la tête. Il songeait à l'homme qu'il avait tué sur la Crête Epointée. Il ne regrettait pas ce qu'il avait fait ; il n'avait pas eu le choix, mais il revoyait encore le visage de cet homme alors qu'il basculait dans le vide.

Le regard de Zedd s'intensifia.

— C'est différent lorsque l'on tue avec l'Epée de Vérité, à cause de la magie. La magie fait ce qu'on lui ordonne. Il n'existe rien de tel que la bonté pure ou le mal pur, et surtout pas chez les humains. Chez les meilleurs d'entre nous sont présentes des pensées ou des actions mauvaises, et chez les pires d'entre nous, au moins quelque vertu. L'adversaire n'est pas quelqu'un qui accomplit des faits répugnants pour le plaisir. Il a toujours une raison qui, pour lui, justifie tout. Mon chat mange des souris. Cela le rend-il mauvais ? Je ne le pense pas, et le chat ne le pense pas, mais je parierais que les souris ont une opinion différente. Chaque meurtrier pense que sa victime devait être tuée.

« Je sais que tu ne veux pas croire cela, Richard, mais tu dois écouter. Tout comme toi, Darken Rahl accomplit les actes qu'il accomplit parce qu'il les tient pour justes. Sur ce point, vous vous ressemblez davantage que tu ne le penses. Tu veux te venger de lui pour le meurtre de ton père, et il veut se venger de moi pour le meurtre du sien. Tu le juges maléfique, mais à ses yeux, c'est toi qui es maléfique. Tout est une question de perception. Le vainqueur considère toujours qu'il était dans son droit. Le perdant se croira toujours traité injustement. C'est la même chose avec la magie d'Orden : le pouvoir se contente d'exister ; une utilisation l'emporte sur l'autre.

— Nous ressembler ? As-tu perdu l'esprit ? Comment peux-tu penser que nous nous ressemblons d'une quelconque façon ! Il a soif de pouvoir ! Il courrait le risque de détruire le monde pour l'obtenir ! Je ne veux pas le pouvoir, je voulais juste qu'on me laisse tranquille ! Il a tué mon père ! Il lui a arraché les entrailles ! Il essaie de tous nous détruire ! Comment peux-tu nous trouver identiques ? Tu as l'air de dire qu'il n'est même pas dangereux !

— As-tu prêté attention à ce que je viens de t'apprendre ? J'ai dit que vous vous ressembliez parce que vous croyez tous les deux avoir raison. Et ça le rend plus dangereux que tu ne peux l'imaginer, parce que sur tous les autres points vous différez totalement. Darken Rahl savoure le fait de saigner les gens à mort. Il se régale de leur douleur. Ton sens de la raison a des limites ; le sien n'en a aucune. Le sien est déformé par le désir dévorant de torturer, de soumettre tous ceux qui ne se précipitent pas devant lui le dos courbé. Sa conscience était claire lorsque, de ses mains nues, il a recueilli calmement les entrailles de ton père qui respirait encore. Il en a éprouvé du plaisir. C'est en ce sens qu'il diffère totalement de toi. C'est ce qui le rend si dangereux.

Il pointa Kahlan du doigt.

— N'as-tu pas vu ce qu'elle était capable d'effectuer avec l'épée ? Comment elle a accompli ce dont tu étais incapable ?

— La perception, dit Richard, sur un ton beaucoup

plus calme. Elle a pu le faire parce qu'elle pensait que c'était juste.

Zedd leva un doigt.

— Aha ! La perception est ce qui rend la menace encore plus dangereuse.

Le doigt du magicien descendit et martela la poitrine de Richard en même temps que chaque mot.

— Exactement... comme... l'épée.

Richard expira profondément. Il avait l'impression de se tenir au milieu de sables mouvants, mais il avait trop longtemps vécu avec Zedd pour écarter les choses qu'il disait simplement parce qu'elles étaient difficiles à assimiler.

— Tu insinues que ce n'est pas seulement ce qu'il fait qui le rend dangereux, mais également ce qu'il estime juste de faire ?

Zedd haussa les épaules.

— Laisse-moi m'exprimer autrement. De qui aurais-tu le plus peur : d'un homme de cent kilos qui veut te voler un morceau de pain, et qui sait qu'il agit mal, ou d'une femme de cinquante kilos qui croit, à tort, mais qui croit de tout son cœur, que tu as volé son bébé ?

— Je fuirais la femme. Elle n'abandonnerait pas. Elle n'entendrait pas raison. Elle serait capable de tout.

— Darken Rahl est ainsi. Parce qu'il pense être dans son droit, il est d'autant plus dangereux.

— Mais je suis dans mon droit ! protesta Richard.

L'expression de Zedd s'adoucit.

— Les souris pensent qu'elles sont dans leur droit, elles aussi, mais mon chat les mange du même appétit. J'essaie de t'apprendre quelque chose, Richard. Je ne veux pas que tu te laisses prendre dans ses griffes.

— Je n'aime pas ça, soupira Richard, mais je comprends. Comme je t'ai entendu le dire, rien n'est jamais facile. Bien que tout ceci soit intéressant, ça ne va pas m'empêcher de faire ce que je dois, ce que je crois juste. Alors dis-moi, quel est donc ce prix à payer pour utiliser l'Epée de Vérité ?

Zedd pointa l'index vers la poitrine de Richard.

— Le prix, c'est la douleur de voir en soi son propre

côté maléfique, ses propres défauts, toutes les choses dont on a honte. Et on voit la bonté dans celui que l'on a tué, on se sent coupable d'avoir agi ainsi.

Zedd secoua tristement la tête.

— Je te prie de me croire, Richard, la douleur ne vient pas seulement de soi mais de la magie, une magie très puissante, une douleur très puissante. Ne la sous-estime pas. Elle est réelle, et elle punit le corps, aussi bien que l'âme. Tu l'as vue chez Kahlan, et c'était pour avoir tué un arbre. S'il s'était agi d'un homme, elle aurait été pire. C'est pourquoi la colère est si importante. La rage est la seule armure dont tu disposes contre la douleur, elle procure une certaine protection. Plus fort est l'ennemi, plus forte est la douleur. Mais plus forte est la rage, plus fort est le bouclier. Il aide à moins s'attacher à la vérité de ce que l'on a fait. C'est pourquoi j'ai dit ces choses terribles à Kahlan, ces choses qui lui ont fait mal, et l'ont remplie de rage. C'était pour la protéger quand elle utiliserait l'épée. Tu vois pourquoi je ne t'aurais pas autorisé à prendre l'épée, si tu n'avais pas été capable d'utiliser ta rage ? Tu serais nu devant la magie ; elle te déchiquetterait.

Richard fut épouvanté par tout ceci, par le regard de Kahlan après qu'elle se fut servie de l'épée, mais rien ne pouvait le dissuader. Il braqua les yeux vers les montagnes qui se découpaient, rose pâle, dans la lumière du soleil couchant. Derrière elles, venues de l'est, les ténèbres approchaient. Il devait trouver un chemin pour franchir la frontière, dans ces ténèbres. L'épée l'aiderait, cela seul comptait. L'enjeu était de taille, il paierait le prix.

Son vieil ami posa les mains sur ses épaules et le regarda dans les yeux.

— Maintenant, je dois t'annoncer quelque chose que tu ne vas pas aimer.

Ses doigts se resserrèrent, presque douloureusement.

— Tu ne pourras pas utiliser l'Epée de Vérité contre Darken Rahl.

— Quoi ?

Zedd le secoua.

— Il est trop puissant. La magie d'Orden le protège durant l'année de sa quête. Si tu tentes d'utiliser l'épée, tu mourras avant qu'elle ne l'atteigne.

— C'est fou ! D'abord tu veux que je sois Chercheur et que je prenne l'épée, maintenant tu dis que je ne peux pas m'en servir !

Richard était furieux. Il se sentait trahi.

— C'est uniquement contre Rahl qu'elle ne marchera pas ! Richard, je n'ai pas inventé la magie, je sais seulement comment elle fonctionne. Darken Rahl le sait aussi. Il peut te pousser à utiliser l'épée contre lui. Il sait que ça te tuerait. Si tu t'abandonnes à la rage et te sers de l'épée contre lui, il gagnera. Tu mourras et il aura les coffrets.

Kahlan fronça les sourcils.

— Zedd, je suis d'accord avec Richard. Ça devient impossible. S'il ne peut pas utiliser son arme cruciale, alors...

Zedd l'interrompit.

— Non ! Ceci (il tapota le crâne de Richard), ceci est l'arme la plus importante d'un Chercheur.

Il pointa son doigt sur le cœur de Richard.

— Et ceci.

Tous trois demeurèrent silencieux pendant un moment.

— C'est le Chercheur qui est l'arme, dit Zedd avec emphase. L'épée n'est qu'un outil. Tu peux trouver un autre moyen. Tu le dois.

Richard songea qu'il aurait dû être en colère, frustré, accablé, mais ce n'était pas le cas. Il se sentait étrangement calme et déterminé.

— Je suis désolé, mon garçon. J'aimerais pouvoir modifier la magie, mais je...

Richard posa la main sur l'épaule de Zedd.

— Tout va bien, mon ami. Tu as raison. Nous devons arrêter Rahl. C'est tout ce qui compte. Je dois connaître la vérité afin de l'emporter, et tu m'as donné la vérité. Désormais, c'est à moi de l'utiliser. Si nous nous emparons de l'un des coffrets, la justice triomphera de Rahl. J'ai toujours refusé d'être un assassin, et je n'ai pas changé d'avis. L'épée sera d'un secours inestimable, j'en suis sûr, mais ainsi que tu l'as dit, ce n'est qu'un outil, et c'est dans cette optique que je m'en servirai. La magie de l'épée n'est pas une fin en soi. Je ne peux me permettre de commettre cette erreur, ou je ne serais qu'un simulacre de Chercheur.

La nuit tombait. Zedd tapota affectueusement Richard sur l'épaule.

— Tu as tout compris, mon garçon. Absolument tout.

Il se fendit d'un large sourire.

— J'ai bien choisi le Chercheur. Je suis fier de moi.

Richard et Kahlan rirent. Puis le sourire de Kahlan s'estompa.

— Zedd, j'ai abattu l'arbre que vous aviez planté en mémoire de votre femme. Je suis sincèrement peinée de l'avoir fait.

— C'est inutile, ma petite, sa mémoire nous a aidés. Elle nous a aidés à montrer la vérité au Chercheur, il n'aurait pas pu y avoir d'hommage plus approprié.

Richard ne les entendit pas. Déjà, il regardait à l'est, en direction du massif montagneux, tentait d'envisager des solutions. De l'autre côté de la frontière, qu'il fallait franchir sans la traverser. Comment ? Et si c'était impossible ? Et s'il n'y avait aucun moyen d'aller de l'autre côté ? Seraient-ils coincés ici pendant que Darken Rahl cherchait les coffrets ? Etaient-ils condamnés à mourir ? Il souhaita qu'il y ait plus de temps et moins de limitations.

Si seulement il savait quoi faire, alors il pourrait découvrir un moyen. Quelque chose au fond de son esprit le harcelait, soutenait que l'expédition était réalisable. Il y avait un moyen, il devait y en avoir un.

Tout autour d'eux, la nuit foisonnait de bruits. Les grenouilles coassaient dans les mares et les rivières, les oiseaux nocturnes chantaient dans les arbres, les insectes crissaient dans l'herbe. Depuis les collines lointaines leur parvint le hurlement des loups, mélancolique et plaintif. Ils devaient d'une manière ou d'une autre passer de l'autre côté de ces montagnes, de l'autre côté de l'inconnu.

Les montagnes étaient comme la frontière, songea-t-il. On ne pouvait les traverser, mais on pouvait passer de l'autre côté. Il suffisait de trouver un défilé. Un défilé. Etait-ce possible ?

Alors l'idée le frappa comme un éclair.

Le livre.

Richard pivota sur ses talons, excité. A sa grande surprise, Zedd et Kahlan l'observaient calmement, comme s'ils attendaient une déclaration.

— Zedd, as-tu jamais aidé quelqu'un d'autre que toi-même à traverser la frontière ?

— Comme qui ?

— N'importe qui ! Oui ou non ?

— Non. Personne.

— Quelqu'un d'autre qu'un magicien peut-il envoyer une personne à travers la frontière ?

Zedd secoua la tête.

— Nul autre qu'un magicien. Et Darken Rahl, bien sûr.

Richard fronça les sourcils.

— Nos vies en dépendent, Zedd. Jure-le. Tu n'as jamais envoyé quelqu'un à travers la frontière ?

— Aussi vrai qu'un bourbier bouillant plein de crapauds grillés. Pourquoi ? A quoi penses-tu ? As-tu trouvé un moyen ?

Trop absorbé par le fil de ses pensées pour répondre, Richard ignora la question et se retourna vers les montagnes. C'était vrai ; il existait un défilé dans la frontière ! Son père l'avait découvert, et emprunté ! C'était la seule façon dont le Livre des Ombres Comptées avait pu arriver au Westland. Il n'avait pas pu l'emporter avec lui quand il était venu s'établir ici, avant la frontière, et il ne pouvait l'avoir trouvé au Westland ; le livre était magique. La frontière n'aurait pas fonctionné si la magie avait été là à ce moment. La magie ne pouvait être amenée au Westland que si la frontière existait déjà.

Son père avait trouvé un défilé, était allé au

Midlands et en avait rapporté le livre. Richard était à la fois choqué et excité. Son père l'avait fait ! Il était passé de l'autre côté. Richard exultait. Il savait maintenant qu'il existait un chemin. Il devait encore trouver ce défilé, mais ça n'avait pas d'importance pour l'instant.

Richard se retourna vers ses deux compagnons.

— Allons dîner.

— J'ai mis un ragoût sur le feu, juste avant que tu ne te réveilles, et il y a du pain frais, proposa Kahlan.

— Tudieu ! s'exclama Zedd. Il était temps que quelqu'un se souvienne du dîner !

Richard arbora un petit sourire.

— Après nous déciderons de ce qu'il nous faut emporter, et nous préparerons les bagages. Nous aurons besoin d'une bonne nuit de sommeil. Nous partirons à l'aube.

Il se tourna et se dirigea vers la maison. La faible lueur du feu qui leur parvenait par les fenêtres offrait chaleur et lumière.

Zedd leva le bras.

— Vers où mettons-nous le cap, mon garçon ?

— Le Midlands ! s'écria Richard par-dessus son épaule.

Zedd en était à son second bol de ragoût quand il se décida enfin à parler.

— Alors, qu'as-tu préparé ? Y a-t-il vraiment un moyen de passer de l'autre côté de la frontière ?

— Il y en a un.

— Tu es sûr ? Mais comment ? Comment pouvons-nous la franchir sans la traverser ?

Richard sourit tandis qu'il remuait son ragoût.

— On n'a pas besoin de se mouiller pour franchir une rivière.

La lumière de la lampe dansa sur leurs visages tandis que Kahlan et Zedd fronçaient les sourcils, perplexes. Kahlan se tourna et lança un petit morceau de viande au chat, lequel était assis sur son derrière, dans l'attente d'une éventuelle aumône. Zedd engloutit une autre tranche de pain avant de poser la question suivante.

— Et comment sais-tu qu'il y a un chemin ?

— Il y en a un. C'est tout ce qui compte.

Zedd prit un air innocent.

— Richard, nous sommes tes amis. Il n'y a pas de secrets entre nous. Tu peux nous le dire.

Richard s'esclaffa.

— J'ai connu des étrangers qui étaient plus confiants que vous !

Zedd et Kahlan échangèrent un regard, mais aucun n'osa répéter la question.

Ils continuèrent de discuter en mangeant, de ce qu'ils pouvaient emporter, de la meilleure manière de se préparer en si peu de temps, de ce que devraient être leurs priorités... Ils dressèrent des listes, chacun proposant des objets à emporter. Il y avait beaucoup à faire, en très peu de temps. Richard demanda à Kahlan si elle avait souvent parcouru le Midlands. Elle répondit que oui. Elle avait fait ça toute sa vie.

— Et vous portez cette robe lorsque vous voyagez ?

— En effet.

Elle hésita.

— Les gens me reconnaissent grâce à elle. Je ne reste pas dans les bois. Où que j'aille, on me fournit toujours le vivre et le couvert, et tout ce dont je pourrais avoir besoin.

Richard se demanda pourquoi. Il n'insista pas, mais il savait que la robe était plus qu'un simple vêtement acheté dans une échoppe.

— Eh bien, étant donné que nous sommes tous trois traqués, je ne pense pas que nous ayons besoin que les gens vous reconnaissent. Je crois que nous devrions demeurer éloignés de la population, rester dans les bois. Il nous faut des vêtements de voyage, mais il n'y a rien ici qui vous ira. J'ai un manteau à capuche. Il vous tiendra chaud en attendant de trouver mieux.

— Bien, dit-elle, souriante. J'en ai assez d'avoir froid, et, je vous l'avoue, une robe n'est pas très pratique, dans les bois.

Kahlan termina avant les hommes et posa son bol à demi plein par terre pour le chat. Celui-ci paraissait posséder le même appétit que son maître ; il se précipita sur ce festin inattendu.

Ils débattirent de chaque objet à emporter et étudièrent comment se passer des autres. Ils ignoraient pour combien de temps ils partaient, et le Midlands était encore plus vaste que le Westland. Richard aurait souhaité qu'ils passent par chez lui, puisqu'il s'en allait souvent pour de longues randonnées et possédait les victuailles appropriées, mais le risque était trop grand. Il ne savait pas encore à quel endroit ils allaient passer de l'autre côté de la frontière, mais il ne s'inquiétait pas. Il avait encore jusqu'au matin pour y réfléchir.

Soudain, le chat leva la tête. Il courut vers la porte et s'arrêta, fit le dos rond et se hérissa. Tous se turent. Un feu se reflétait sur la fenêtre de devant, mais il ne venait pas de l'âtre. Il venait de dehors.

— Je sens de la poix brûlée, dit Kahlan.

En un instant ils furent tous trois debout. Richard attrapa l'épée au dos de sa chaise. Il alla regarder à la fenêtre, mais Zedd ne perdit pas de temps et se rua vers la porte, Kahlan à sa suite. Richard n'aperçut que quelques torches avant de sortir précipitamment sur leurs talons.

Déployée dans l'herbe haute devant la maison, se trouvait une foule forte d'une cinquantaine d'hommes, dont quelques-uns portaient des torches, mais dont la plupart étaient équipés d'armes rudimentaires, de haches, de fourches, de faux. Ils étaient vêtus de leurs habits de travail. Richard reconnut nombre de visages, de pères de famille et d'honnêtes travailleurs. Cette nuit, cependant, ils n'avaient pas l'air d'humeur placide. Zedd se tenait au centre du porche, les mains sur ses hanches maigrelettes, et leur souriait, la lumière de leurs torches lançant des reflets rougeâtres sur ses cheveux blancs.

— Qu'y a-t-il, mes garçons ? s'enquit Zedd.

Ils marmottèrent entre eux, et plusieurs hommes sur le devant avancèrent d'un pas ou deux. Richard connaissait celui qui, appelé John, parla au nom de ses camarades.

— Il y a des problèmes dans le coin. Des problèmes dus à la magie ! Et tu es à la source de tout cela, vieil homme ! Tu es une sorcière !

— Une sorcière ? demanda Zedd, perplexe. Une sorcière ?

— Oui, une sorcière !

Les yeux sombres de John se tournèrent vers Richard et Kahlan.

— Ça ne vous concerne pas, vous deux. C'est le vieillard qui nous intéresse. Partez maintenant ou vous partagerez son sort.

Richard ne pouvait pas croire que ces hommes qu'il connaissait puissent parler ainsi.

Kahlan s'avança et se plaça devant Zedd, les pans de sa robe tournoyant autour de ses jambes lorsqu'elle s'arrêta. Elle se tint les poings sur les hanches.

— Partez, maintenant, prévint-elle d'un air menaçant, avant que vous n'en veniez à regretter ce que vous avez choisi de faire.

Les hommes se regardèrent, goguenards, certains faisant des commentaires grossiers, d'autres carrément hilares. Kahlan ne lâcha pas pied et les toisa. Les rires s'évanouirent.

— Bien, dit John avec un ricanement, une deuxième sorcière dont nous allons prendre soin.

Ses compagnons applaudirent et braillèrent, armes brandies. John sourit d'un air de défi.

Richard passa lentement devant Kahlan, tout en interposant une main derrière lui, afin de la forcer, ainsi que Zedd, à reculer. Il conserva un ton calme et amical.

— John, comment va Sara ? Ça fait un bail que je ne vous ai pas vus.

John ne répondit pas. Richard passa les autres visages en revue.

— Je connais nombre d'entre vous, je sais que vous êtes braves. Ce n'est pas quelque chose que vous voulez faire.

Il reporta son regard sur John.

— Rassemble tes troupes et rentrez chez vous, dans vos familles. Je t'en prie, John.

John pointa une hache sur Zedd.

— Ce vieil homme est une sorcière ! Nous allons en finir avec lui.

Il désigna Kahlan.

— Et avec elle ! A moins de vouloir subir le même sort, Richard, va-t'en !

La foule hurla son accord. Les torches grésillaient et craquaient en se consumant, et l'air embaumait la poix brûlée et la sueur. Quand ils comprirent que Richard ne partirait pas, les hommes commencèrent à avancer.

L'épée fut dégainée en un clin d'œil. Les hommes reculèrent d'un pas comme le tintement métallique résonnait dans la nuit. John était rouge de colère. Le tintement se dissipa, et seul demeura le crépitement des torches enflammées.

John chargea, brandissant sa hache vers Richard. L'épée fendit l'air, l'arme de John vola en éclats avec un craquement. Seuls cinq centimètres en charpie du manche dépassaient encore de son poing. La pièce de bois sectionnée s'en alla tourbillonner dans les ténèbres, atterrissant quelque part avec un son mat.

John se figea, un pied sur une marche, la pointe de l'Epée de Vérité appliquée sous son menton. La lame luisait dans la lumière des torches. Richard, les muscles raidis, se pencha lentement en avant et, de la pointe de l'épée, inclina le visage de John pour qu'il soit face au sien. D'une voix contenue, mais si froide qu'elle coupa le souffle de John, il dit :

— Un autre pas, John, et je te tranche la tête.

John ne bougea pas, ne respira pas.

— En arrière, siffla Richard.

L'homme fit ce qu'on lui avait ordonné, mais une fois de retour au milieu de ses compagnons, recouvra son assurance.

— Tu ne peux pas nous arrêter, Richard, nous sommes là pour sauver nos familles.

— De quoi ? hurla Richard.

Il pointa l'épée sur l'un des autres hommes.

— Frank ! Quand ta femme était malade, n'est-ce pas Zedd qui lui a apporté une potion qui l'a guérie ?

Il pointa l'épée sur un autre.

— Et toi, Bill, n'es-tu pas venu te renseigner auprès de Zedd au sujet des pluies, de leur arrivée, afin que vous puissiez moissonner vos récoltes ?

Il ramena brusquement la pointe de l'épée vers son agresseur.

— Et toi, John, quand ta petite fille était perdue dans les bois, n'est-ce pas Zedd qui a lu dans les nuages toute la nuit puis qui l'a retrouvée et l'a ramenée saine et sauve à toi et à Sara ?

John et quelques autres baissèrent les yeux. Richard rengaina son épée.

— Zedd a aidé la plupart des hommes qui sont ici. Il vous a aidés à soigner vos fièvres, à retrouver vos proches qui étaient perdus, et a généreusement partagé avec vous tout ce qu'il possédait.

Du fond, quelqu'un s'écria :

— Seule une sorcière pourrait accomplir toutes ces choses !

— Il n'a rien fait pour nuire à quiconque !

Richard arpenta le porche, défiant les hommes du regard.

— Il ne vous a jamais fait de mal ! Il a même secouru la plupart d'entre vous ! Pourquoi voudriez-vous faire du mal à un ami ?

Il y eut quelques grommellements confus, avant qu'ils ne reviennent à la charge.

— La plupart des choses qu'il a accomplies tiennent de la magie ! cria John. De la magie de sorcière ! Aucune de nos familles n'est en sécurité s'il reste dans les parages !

Avant que Richard puisse répondre, Zedd le tirait en arrière par le bras. Il pivota vers le visage souriant du vieil homme. Zedd ne semblait pas le moins du monde ennuyé. Au contraire, il semblait s'amuser.

— Très impressionnants, chuchota-t-il, tous les deux, très impressionnants. Si vous vouliez bien, cependant, me laisser m'en charger à partir de maintenant ?

Il leva un sourcil, puis se tourna en direction des hommes.

— Messieurs, bonsoir. Comme je suis heureux de vous voir tous !

Quelques-uns le saluèrent en retour. D'autres ôtèrent machinalement leurs chapeaux.

— Si vous vouliez bien avoir l'amabilité, avant d'en finir avec moi, de me laisser discuter un moment avec mes deux amis ici présents ?

Il y eut des hochements de tête tout autour. Zedd entraîna Kahlan et Richard vers la maison, loin de la foule, et se courba vers eux.

— Une leçon de pouvoir, mes amis.

Il posa un doigt sur le nez de Kahlan.

— Trop petit.

Ensuite il posa le doigt sur le nez de Richard.

— Trop gros.

Il posa le doigt sur son propre nez et, avec un pétillement malicieux dans les yeux, dit :

— Juste comme il faut.

Il prit le menton de Kahlan en coupe dans sa main.

— Si je vous laissais faire ça, ma petite, il y aurait des tombes à creuser cette nuit. Dont les trois nôtres. Néanmoins, merci de vous être souciée de moi.

Il posa la main sur l'épaule de Richard.

— Si je te laissais faire ça, il y aurait beaucoup de tombes à creuser, et il ne resterait que nous trois pour le faire. Je suis trop vieux pour creuser autant de trous dans le sol, et nous devons nous préoccuper de choses plus importantes. Mais tu t'es montré très noble également ; tu t'es comporté honorablement.

« Maintenant, je veux que vous me laissiez m'occuper de la situation. Le problème ne tient pas à ce que vous racontez à ces hommes. Le problème est qu'ils n'écoutent pas. Vous devez capter leur attention. Observez et apprenez ce que vous pourrez. Ecoutez mes paroles, mais elles n'auront aucun effet sur vous.

Sur ces mots, il s'éloigna d'eux d'un pas traînant, souriant et faisant signe aux hommes.

— Messieurs. Oh, John, comment va ta petite fille ?

— Elle va bien, maugréa-t-il, mais l'une de mes vaches a donné naissance à un veau bicéphale.

— Vraiment ? Et comment crois-tu que cela est arrivé ?

— Parce que tu es une sorcière !

— Et voilà, tu l'as encore dit !

Désemparé, Zedd secoua la tête.

— Je ne comprends pas. Messieurs, voulez-vous vous débarrasser de moi parce que vous pensez que j'ai des pouvoirs magiques, ou est-il seulement dans votre intention de me dégrader en me traitant de femme ?

Un murmure s'éleva de la foule.

— Nous ne savons pas de quoi tu parles, dit quelqu'un.

— Eh bien, c'est simple. Les filles sont des sorcières. Les garçons sont appelés sorciers. Vous voyez où je veux en venir ? Si vous me traitez de sorcière, c'est comme si vous me qualifiiez de fille. Si vous pensez que je suis un sorcier, alors c'est une insulte complètement différente. Alors, laquelle est-ce ? Fille ou sorcier ?

Il y eut une discussion confuse, puis John prit la parole, en colère :

— Nous disons que tu es un sorcier, et nous avons l'intention d'avoir ta peau pour cela !

— Ça, par exemple ! dit Zedd, tapotant pensivement sa lèvre inférieure du bout du doigt. Eh bien, je n'avais pas idée que vous étiez si braves. Vraiment très braves.

— Comment ça ? s'enquit John.

Zedd haussa les épaules.

— Eh bien, à votre avis, de quoi est capable un sorcier ?

Il y eut davantage de palabres entre eux. Ils commencèrent à crier leurs suggestions. Il pouvait faire naître des veaux bicéphales, faire venir la pluie, retrouver les gens perdus, faire venir au monde des enfants mort-nés, rendre faibles des hommes forts et obliger leurs femmes à les quitter. D'une certaine manière, cela ne semblait pas suffisant, aussi d'autres idées furent-elles criées. Faire brûler l'eau, rendre les gens infirmes, transformer un homme en crapaud, tuer d'un regard, invoquer des démons...

Zedd patienta jusqu'à ce qu'ils aient terminé, puis tendit les bras vers eux.

— Nous y voilà. Comme je l'ai dit, vous êtes les plus braves gaillards que j'aie jamais vus ! Pensez donc, armés seulement de fourches et de haches, vous venez livrer bataille à un sorcier qui possède ce genre de pouvoirs. Quelle bravoure !

La foule se calma et Zedd enchaîna, sur un ton traînant, monotone, évoquant les choses dont était capable un sorcier. Il décrivit avec force détails un grand choix de méfaits, depuis le frivole jusqu'au terrifiant. Les hommes écoutaient, paralysés. Il en rajouta encore et encore durant une bonne demi-heure. Richard et Kahlan commençaient à s'ennuyer. Les hommes, en revanche, semblaient fascinés. On eût dit des statues, qu'animaient seules les flammes dansantes de leurs torches.

L'atmosphère s'était modifiée. Plus de colère. Désormais, c'était la peur qui régnait. La voix de Zedd changea également ; plus du tout gentille et aimable, voire neutre, elle était dure et menaçante.

— Ainsi, messieurs, que pensez-vous que nous devrions faire maintenant ?

— Nous pensons que tu devrais nous laisser rentrer chez nous, indemnes.

Zedd agita un long doigt en l'air devant eux.

— Non, je ne crois pas. Vous voyez, vous êtes venus ici afin de me tuer. Ma vie est mon bien le plus précieux, et vous aviez l'intention de me la prendre. Je ne peux vous laisser partir impunis.

Frémissements et peur balayèrent la foule. Zedd avança jusqu'au bord du porche. Les hommes reculèrent d'un pas.

— A titre de châtiment pour avoir voulu prendre ma vie, je vous prends, non votre vie, mais ce que vous avez de plus précieux, de plus cher, de plus inestimable !

Avec un moulinet, il passa théâtralement la main au-dessus de leurs têtes. Ils en eurent le souffle coupé.

— Voilà, c'est fait, déclara-t-il.

Richard et Kahlan, qui s'étaient adossés à la maison, se redressèrent.

Pendant un moment, personne ne bougea ; puis un homme au milieu de la cohue plongea la main dans sa poche et la fouilla.

— Mon or... Il a disparu !

Zedd roula des yeux.

— Non, non, non. J'ai dit le plus précieux, le plus cher. Ce dont vous vous enorgueillissez par-dessus tout.

Tout le monde demeura immobile un moment, confus. Puis quelques sourcils se levèrent de détresse. Un autre homme plongea la main dans sa poche et la sonda, les yeux écarquillés d'effroi. Il gémit et s'évanouit. Ceux qui étaient près de lui s'écartèrent. Bientôt d'autres mirent les mains dans leurs poches, les fouillant soigneusement. Il y eut davantage de gémissements et de plaintes, et bientôt tous les hommes, paniqués, posèrent la main sur leurs parties intimes.

Zedd sourit de satisfaction. Un tohu-bohu monstre se fit dans la cohue. Les hommes sautaient en tous sens, pleuraient, courant en petits cercles, demandant de l'aide, tombant à terre et pleurnichant.

— Maintenant, hors d'ici, messieurs ! Partez ! hurla Zedd.

Il se tourna vers Richard et Kahlan ; un sourire espiègle sur ses lèvres retroussait son nez. Il leur adressa un clin d'œil.

— Je t'en prie, Zedd ! s'écrièrent quelques hommes. Je t'en supplie, ne nous abandonne pas ainsi ! Aide-nous, s'il te plaît !

Les supplications fusaient de partout. Zedd attendit quelque temps puis se tourna vers eux.

— Qu'y a-t-il ? Trouvez-vous que j'ai été trop dur ? s'enquit-il avec hypocrisie.

On lui répondit vite que c'était le cas.

— Et pourquoi pensez-vous cela ? Avez-vous appris quelque chose ?

— Oui ! hurla John. Nous nous rendons compte maintenant que Richard avait raison. Tu as été notre ami. Tu n'as jamais rien fait pour nuire à aucun d'entre nous.

Tout le monde cria son accord.

— Tu n'as fait que nous aider, et nous avons agi stupidement. Nous souhaitons implorer ton pardon. Nous savons, comme Richard l'a dit, que nous avions tort, que le fait d'utiliser la magie ne te rend pas mauvais. Je t'en prie, Zedd, ne cesse pas d'être notre ami maintenant. Ne nous abandonne pas, s'il te plaît !

Du bout de l'index, Zedd tapota sa lèvre inférieure.

— Bien.

Il leva les yeux, réfléchit.

— Je crois que je pourrais remettre les choses à leur place.

Les hommes s'approchèrent.

— Mais uniquement si vous acceptez mes conditions. Je les trouve plutôt honnêtes.

Ils étaient prêts à tout.

— Très bien. A partir de maintenant, si vous consentez à raconter à quiconque élève la voix que la magie ne rend pas une personne mauvaise, que seules ses actions comptent, et si vous rentrez dans vos familles pour leur raconter que vous avez failli commettre une terrible erreur ce soir, et pourquoi vous aviez tort, alors vous serez tous de nouveau entiers. C'est équitable, non ?

Tout le monde acquiesça.

— Plus qu'équitable, dit John. Merci, Zedd.

Les hommes firent volte-face et filèrent sans demander leur reste. Mais Zedd était là, vigilant.

— Oh, messieurs, encore une chose.

Ils se figèrent.

— Veuillez ramasser vos outils sur le sol. Je suis un vieil homme. Je pourrais facilement trébucher et me blesser.

Ils gardèrent prudemment un œil sur lui comme ils tendaient les mains et saisissaient vivement leurs armes, puis se tournèrent et parcoururent un bout de chemin avant de détaler.

Zedd, les mains sur les hanches, savourait son triomphe.

— Idiots, grommela-t-il à voix basse.

Il faisait noir. La seule lumière provenait de la fenêtre de la façade, et Richard pouvait à peine distinguer le visage de Zedd, mais il voyait suffisamment bien pour s'apercevoir qu'il ne souriait pas.

— Mes amis, dit le vieil homme, c'était un ragoût touillé par une main cachée.

— Zedd, demanda timidement Kahlan, avez-vous réellement fait disparaître... euh, vous savez, leur virilité ?

Zedd gloussa.

— Ce serait vraiment de la magie ! Au-delà de mes compétences, j'en ai peur. Non, ma petite, je les ai seulement amenés à croire que je l'avais fait. Ils s'en sont convaincus eux-mêmes.

Richard se tourna vers le magicien.

— Ce n'était donc qu'une ruse ? Je pensais que tu avais utilisé de la vraie magie.

Il semblait désappointé.

Zedd haussa les épaules.

— Parfois, si un tour est exécuté correctement, il peut s'avérer plus efficace que de la magie. En fait, j'irais jusqu'à dire qu'un bon tour est de la vraie magie.

— Néanmoins, ce n'était qu'une ruse.

Le magicien leva un doigt.

— Les résultats, Richard. C'est ce qui compte. Avec ta méthode, ces hommes auraient tous perdu leurs têtes.

Richard sourit.

— Zedd, je crois que certains auraient préféré cela à ce que tu leur as fait.

Zedd pouffa.

— Alors, que voulais-tu que nous regardions et

apprenions ? Qu'un tour peut être aussi efficace que de la magie ?

— Oui, mais également quelque chose de plus important. Comme je l'ai dit, c'était un ragoût touillé par une main cachée, la main de Darken Rahl. Mais ce soir, il a commis une erreur : en utilisant une force insuffisante pour finir un travail, on donne à l'ennemi une seconde chance. C'est la leçon que je veux que vous appreniez. Que vous appreniez bien ; vous pourriez ne pas avoir de seconde chance quand votre heure viendra.

Richard se renfrogna.

— Alors je me demande pourquoi il l'a fait !

Zedd haussa les épaules.

— Je ne sais pas. Peut-être parce qu'il n'a pas encore assez de pouvoir dans cette contrée, mais c'était aussi une erreur d'essayer, parce que cela n'a servi qu'à nous alerter.

Ils se dirigèrent vers la porte. Il y avait beaucoup de travail à accomplir avant qu'ils puissent dormir. Richard commença à passer la liste en revue dans sa tête mais fut distrait par un sentiment bizarre.

Brusquement, la prise de conscience déferla en lui comme de l'eau glacée. Richard suffoqua. Il fit volte-face, les yeux écarquillés, et attrapa Zedd par un pan de sa robe.

— Il faut partir d'ici ! Tout de suite !

— Quoi ?

— Zedd ! Darken Rahl n'est pas stupide ! Il veut que nous nous sentions en sécurité, en confiance ! Il savait que nous étions suffisamment malins pour battre ces hommes, d'une manière ou d'une autre. En fait, il voulait que nous le fassions, pour que nous puissions ensuite nous asseoir tranquillement et nous féliciter pendant qu'il viendrait nous anéantir. Il ne te craint pas — tu as dit qu'il était plus fort qu'un magicien —, il ne craint pas l'épée et il ne craint pas Kahlan. Il chemine vers ici en ce moment même ! Son plan est de nous attraper tous en même temps, maintenant, cette nuit même ! Il n'a pas commis d'erreur, c'était son plan. Tu l'as dit toi-même, parfois la ruse est plus efficace que la magie. C'est ce qu'il fait ; c'était une ruse pour nous distraire !

Kahlan blêmit.

— Zedd, Richard a raison. C'est la manière de penser de Rahl, sa signature. Il aime l'inattendu. Nous devons partir, et tout de suite.

— Tudieu ! Je ne suis qu'un vieil imbécile ! Vous avez raison. Nous devons partir maintenant, mais je ne peux pas m'en aller sans mon rocher.

Il contourna la maison.

— Zedd, nous n'avons pas le temps !

Le vieil homme escaladait déjà la colline à toute vitesse, robe et cheveux au vent, dans les ténèbres. Kahlan suivit Richard dans la maison. Ils avaient été endormis par la paresse. Comment avait-il pu être assez stupide pour sous-estimer Rahl ? Ramassant vivement son sac au coin de l'âtre, il courut à sa chambre, vérifia sous sa chemise que le croc était toujours là, puis revint avec son manteau de forestier. Il en recouvrit les épaules de Kahlan et jeta un rapide coup d'œil afin de voir s'il restait quelque chose à emporter. Mais il n'y avait plus de temps pour réfléchir, rien qui vaille leur vie, aussi la prit-il par le bras et se dirigea-t-il vers la porte. Dehors, Zedd était déjà de retour, haletant.

— Et le rocher ? s'enquit Richard.

Il était impossible que Zedd le soulève, sans parler de le transporter.

— Dans ma poche, fit le magicien avec un sourire.

Richard n'avait pas le temps de se poser de questions. Le chat arriva subitement, apparemment conscient de l'urgence, et se frotta contre leurs jambes. Zedd le ramassa.

— On ne peut pas te laisser là, Chat. Des ennuis approchent.

Zedd souleva le rabat du sac de Richard et fourra le chat à l'intérieur.

Richard était troublé. Il scruta les ténèbres, à la recherche de quelque chose de déplacé, de quelque chose de caché. Il ne vit rien, mais sentit des yeux qui les observaient.

Kahlan perçut son inquiétude.

— Qu'y a-t-il ? demanda-t-elle.

Mais non, ce devait être son imagination.

— Rien. Allons-y.

Richard les conduisit à travers une zone peu boisée qu'il connaissait assez pour y marcher les yeux fermés. Ils progressaient en silence, à l'exception de Zedd qui marmonnait, mécontent de lui-même. Au bout d'un moment, Kahlan le rassura : ils avaient tous été trompés, ils se sentaient coupables, mais ils s'étaient échappés, et c'était tout ce qui comptait.

Le sentier était aisé, presque une route, et le trio marchait de front, Richard au milieu, Zedd à sa gauche, Kahlan à sa droite. Le chat pointa sa tête hors du sac à dos de Richard et observa les environs. C'était un moyen de transport qu'il appréciait depuis qu'il était chaton. Le clair de lune suffisait à illuminer leur trajet. Richard avisa quelques pins rebelles qui se dressaient contre le ciel, mais il savait qu'il n'était pas question de s'arrêter. Ils devaient s'éloigner d'ici. La nuit était froide mais leur allure rapide les réchauffait.

Une demi-heure plus tard, Zedd leur fit faire halte. Il sortit de sa poche une poignée de poudre qu'il jeta derrière eux sur le chemin. Des étincelles argentées jaillirent de sa main et suivirent à l'envers leur sentier jusque dans les ténèbres, puis disparurent dans un virage.

Richard se remit en route.

— Qu'est-ce que c'était ?

— Juste un peu de poussière magique. Elle couvrira nos traces, ainsi Rahl ne saura pas où nous sommes allés.

— Il a toujours le nuage pour nous suivre.

— Oui, mais il ne lui indiquera qu'un secteur général. Si tu bouges sans cesse, ça ne lui servira à rien. Ce n'est que lorsque tu t'arrêtes, comme tu l'as fait chez moi, qu'il peut te traquer.

Ils continuèrent vers le sud, le sentier les menant à

travers des pins odoriférants vers des terres vallonnées. Au sommet d'une colline, ils firent tous brusquement demi-tour en entendant un rugissement derrière eux. Au-delà de la sombre étendue de la forêt, au loin, ils virent une immense colonne de feu s'élancer vers les cieux, des jaunes et des rouges se fondre dans l'obscurité céleste.

— C'est ma maison. Darken Rahl est là.

Zedd sourit.

— Il semble en colère.

Kahlan effleura son épaule.

— Je suis désolée, Zedd.

— Mais non, ma petite. Ce n'est qu'une vieille maison. Ç'aurait pu être nous.

Comme ils se remettaient en route, Kahlan se tourna vers Richard.

— Savez-vous où nous allons ?

Richard se rendit soudain compte qu'il le savait.

— Oui.

Il sourit pour lui-même, heureux de dire la vérité.

Tous trois s'enfoncèrent dans l'ombre du sentier. Audessus d'eux, deux énormes bêtes ailées planaient, à l'affût d'une proie. Soudain, les ailes repliées pour gagner de la vitesse, elles fondirent sur eux.

11

Ce fut le chat qui le sauva. Il miaula et bondit d'effroi par-dessus la tête de Richard, le forçant à se baisser subitement, pas assez pour que le graz le manque mais suffisamment pour dévier l'impact. Cependant, les griffes lacérèrent douloureusement son dos et l'envoyèrent s'étaler face contre terre, expulsant l'air de ses poumons. Avant qu'il puisse reprendre son souffle, le graz sauta sur son dos, son poids l'empêchant de respirer ou d'atteindre l'épée. Avant de tomber, il avait vu Zedd projeté dans les arbres par un autre graz, qui se dirigeait maintenant vers lui à travers les broussailles.

Richard rassembla ses forces en prévision des griffes du monstre. Avant que le graz ne puisse l'éventrer, Kahlan lui lança des pierres depuis le bord du chemin. Elles rebondirent sans dommage sur le crâne de la bête, qui fut momentanément distraite. Le graz rugit, gueule béante, et le tint cloué telle une souris sous la patte d'un chat. Richard, dont les poumons réclamaient de l'air, lutta vigoureusement pour se soulever. Il arracha des poignées de fourrure, tenta d'ôter le grand bras de son dos. De par sa taille, il savait qu'il devait s'agir d'un graz à queue courte, bien plus imposant que le graz à longue queue qu'ils avaient vu auparavant. L'épée était sous lui, s'enfonçant douloureusement dans son abdomen. Il ne pouvait l'atteindre. Il crut que les veines de son cou allaient éclater.

Richard se sentit défaillir mais les mugissements du graz s'amenuisaient. Kahlan s'approcha trop, et le graz tendit le bras avec une rapidité effrayante. Il l'attrapa par les cheveux, ce qui l'obligea à se déplacer, donnant ainsi l'occasion à Richard de reprendre sa respiration, mais il ne s'écarta pas assez pour lui permettre de bouger. Kahlan cria.

Venu de nulle part, le chat, crocs et griffes dehors, sauta au visage du graz. Le petit animal feula, labourant furieusement les yeux du graz. Un de ses bras étant occupé par Kahlan, il leva l'autre afin de frapper le félin.

Alors, Richard roula de côté et bondit sur ses pieds, dégainant son épée. Kahlan cria de nouveau. Richard frappa avec rage, sectionnant le bras qui la tenait. Elle trébucha en arrière, libre. Mugissant, le graz lui assena du revers de la main un coup meurtrier avant qu'il ne parvienne à relever l'épée. Le choc l'envoya valdinguer dans les airs et il atterrit sur le dos.

Richard s'effondra. L'épée avait disparu, éjectée quelque part dans les buissons. Le graz se tenait au milieu du sentier, gémissant de douleur et de rage alors que du sang jaillissait de son moignon. Ses yeux verts phosphorescents fouillèrent frénétiquement les alentours à la recherche de l'objet de sa haine et se fixèrent sur Richard.

Loin sur la droite, dans les arbres, il y eut un éclair aveuglant, qui illumina tout d'une intense lumière blanche. Le bruit violent d'une explosion martela douloureusement les oreilles de Richard tandis que la déflagration le renversait contre un arbre et jetait le graz à terre. Des flammes tourbillonnèrent, léchant les branches. Des éclats géants et d'autres débris passèrent en trombe, de la fumée ruisselant à leur traîne.

Richard chercha frénétiquement l'épée tandis que le graz se relevait avec un hurlement. Richard parcourut le sol à tâtons, désespéré, et partiellement aveuglé par l'éclair de l'explosion. Il y voyait assez, toutefois, pour aviser le graz qui approchait. Il sentit la colère s'embraser dans l'épée, se tendre vers lui, en réponse à son maître. Il l'appela, l'invoqua, la désira. Elle était là, de l'autre côté du sentier. Il le sut aussi sûrement que s'il la voyait. Il savait exactement où elle gisait, comme s'il la touchait. Il franchit tant bien que mal le sentier.

A mi-chemin, le graz le heurta si violemment qu'il alla bouler à plusieurs mètres. Il ne savait plus où était le sentier, le sang cognait à ses tempes. Mais il savait où était l'Epée de Vérité.

Il plongea vers elle.

Durant un instant, ses doigts l'effleurèrent et il crut voir Zedd. Alors le graz l'attrapa par le bras droit, l'enveloppa dans ses ailes repoussantes et l'étreignit étroitement. Il sentit une douleur fulgurante dans son flanc gauche. Puis deux yeux verts plongèrent dans les siens et la gueule géante claqua, lui montrant son destin. L'énorme mufle se fendit pour l'accueillir, lui souffla son haleine fétide au visage. Des crocs humides scintillaient dans le clair de lune.

De toutes ses forces, Richard donna un coup de botte dans le moignon de bras du graz. Celui-ci rejeta la tête en arrière, hurlant de douleur, et le lâcha.

Zedd émergea de la lisière à une douzaine de mètres derrière le graz. Richard, à genoux, agrippa l'épée.

Zedd lança les mains en avant, les doigts tendus. Du feu, du feu magique, en jaillit et traversa l'air avec un sifflement. Le feu gonfla et déferla, illuminant tout ce qu'il dépassait, devenant une boule bleu et jaune de flammes liquides qui gémissait et se dilatait comme elle approchait, telle une créature vivante. Elle frappa le dos du graz avec un bruit sourd, profilant la bête gigantesque sur la lumière. En l'espace d'une respiration, les flammes bleu et jaune balayèrent le graz, l'enveloppèrent, se fracassèrent en lui. Les mouches de sang s'éteignirent dans les étincelles. Le feu grésilla et claqua partout sur la bête, la consumant. Le graz s'évanouit dans la chaleur bleue et disparut. Le feu tourbillonna un moment puis disparut à son tour. Une odeur de fourrure brûlée, ainsi qu'une fumée nébuleuse flottèrent dans les airs. La nuit fut brusquement silencieuse.

Richard s'effondra, épuisé et endolori. Les entailles de son dos avaient accumulé de la poussière ainsi que du gravier, et la douleur dans son côté gauche le transperçait à chaque inspiration. Il ne souhaitait plus qu'une chose : rester couché là, immobile. Il avait toujours l'épée à la main. Il laissa son pouvoir déferler en lui, le soutenir. Il permit à sa colère d'effacer la douleur.

Le chat lécha le visage de Richard avec sa langue rugueuse et frotta le sommet de sa tête contre sa joue.

— Merci, Chat, bredouilla-t-il.

Zedd et Kahlan apparurent au-dessus de lui. Ils se baissèrent tous deux pour lui saisir les bras et l'aider à se relever.

— Non ! Vous allez me blesser si vous faites ça. Laissez-moi me relever tout seul.

— Qu'est-ce qui ne va pas ? s'enquit Zedd.

— Le graz m'a donné un coup de pied dans les côtes. Ça fait mal.

— Laisse-moi jeter un œil.

Le vieil homme se courba et palpa délicatement le torse de Richard. Celui-ci grimaça de douleur.

— Eh bien, je ne vois pas d'os en saillie. Ce ne doit pas être bien grave.

Richard essaya de ne pas rire, car il savait que cela le ferait souffrir. Il avait raison.

— Zedd, ce n'était pas un tour. Cette fois-ci, c'était de la magie.

— Oui, confirma le magicien. Mais Darken Rahl peut l'avoir également vue, s'il regardait. Nous devons partir d'ici. Reste couché, laisse-moi voir si je peux faire quelque chose.

Kahlan s'agenouilla de l'autre côté et mit sa main en coupe autour de la sienne, celle qui tenait l'épée, qui tenait la magie. Alors il sentit un afflux de puissance qui le fit sursauter et lui coupa pratiquement le souffle. D'une certaine façon, il sentait que la magie l'avertissait, tentait de le protéger.

Kahlan lui sourit. Elle n'avait rien senti.

Zedd plaça une paume sur les côtes de Richard et un doigt sous son menton tout en parlant d'une voix douce et rassurante. Il lui dit que trois de ses côtes étaient fêlées et qu'il les entourait de magie afin de les renforcer jusqu'à ce qu'elles guérissent. Il continua à parler dans son style si spécial, expliquant à Richard que la douleur diminuerait peu à peu, pour enfin disparaître totalement. Il parla encore et encore, mais ses paroles semblaient ne pas avoir d'importance. Lorsque Zedd eut enfin terminé, Richard eut l'impression de se réveiller après une nuit de sommeil.

Il s'assit. La douleur s'était grandement apaisée. Il remercia le vieil homme et se mit debout. Il écarta l'épée et souleva le chat, le remerciant de nouveau. Il le tendit à Kahlan afin qu'elle le porte pendant qu'il cherchait son sac, qu'il découvrit au bord du sentier, à l'endroit où il avait été jeté durant le combat. Les entailles sur son dos étaient douloureuses, mais il s'en soucierait quand ils seraient arrivés à destination. Pendant que les deux autres ne regardaient pas, il retira le croc de son cou et le glissa dans sa poche.

Richard leur demanda s'ils étaient blessés. Zedd parut offensé par la question. Il insista sur le fait qu'il n'était pas aussi fragile qu'il en avait l'air. Kahlan répondit qu'elle allait bien, grâce à lui. Richard lui avoua qu'il espérait ne jamais participer à un concours de lancer de pierres contre elle. Elle lui adressa un large sourire tandis qu'elle installait le chat dans son sac à dos. Il la regarda ramasser le manteau et le passer sur ses épaules, s'interrogeant sur la façon dont avait réagi la magie de l'épée quand elle avait touché sa main.

— Nous ferions mieux de partir, leur rappela Zedd.

Après un bon kilomètre, plusieurs chemins plus petits croisèrent le leur. Richard les conduisit sur celui qu'il voulait. Le magicien sema encore de sa poudre magique afin de dissimuler leurs traces. Leur route était maintenant plus étroite, aussi marchèrent-ils en file indienne, Richard en tête, Kahlan au milieu et Zedd à l'arrière. Ils gardaient tous trois un œil prudent sur le ciel et Richard avait toujours la main posée sur la garde de son épée.

Sous le clair de lune, l'ombre des branches courbées par le vent se dessinait sur la lourde porte en chêne. Kahlan et Zedd ne voulaient pas escalader la barrière garnie de pointes, aussi Richard les avait-il laissés de l'autre côté. Il tendait le bras pour frapper quand un gros poing l'attrapa par les cheveux et qu'un couteau fut appliqué contre sa gorge. Il s'immobilisa.

— Chase ? murmura-t-il avec espoir.

La main relâcha ses cheveux.

— Richard ! Qu'est-ce que tu fiches à rôder dans les parages au milieu de la nuit ! Tu es bien trop avisé pour t'introduire chez moi comme un voleur !

— Je ne voulais pas réveiller toute la maisonnée.

— Mais tu es couvert de sang !

— Chase, va déverrouiller ta grille. Kahlan et Zedd attendent là-bas. Nous avons besoin de toi.

Chase, jurant car il marchait pieds nus sur des brindilles et des glands, déverrouilla la grille et les fit tous entrer chez lui.

Emma Brandstone, l'épouse de Chase, était une

femme gentille et aimable, qui arborait en toute circonstance un sourire radieux. Son caractère était à l'opposé de celui de Chase. Emma eût été mortifiée si elle pensait avoir intimidé quiconque, alors qu'une journée de Chase n'eût pas été complète s'il ne l'avait pas fait. Emma ressemblait à Chase sur un point, toutefois. Rien ne semblait jamais la surprendre ni la troubler. A cette heure tardive, imperturbable dans sa longue robe de chambre blanche, ses cheveux striés de gris attachés en arrière, elle préparait du thé alors que le reste du groupe était installé à table. Elle souriait, comme s'il était normal de recevoir des invités maculés de sang au milieu de la nuit. Mais il était vrai qu'avec Chase c'était parfois le cas.

Richard suspendit son sac au dossier de sa chaise, en sortit le chat et le tendit à Kahlan. Elle le posa sur ses genoux, où il commença immédiatement à ronronner tandis qu'elle lui caressait le dos. Zedd était assis face à Richard. Chase enfila une chemise et alluma plusieurs lampes qui pendaient à de lourdes poutres en chêne. Chase avait abattu les arbres, taillé les poutres et les avait montées lui-même. Les noms de ses enfants étaient gravés le long de l'une d'elles. Derrière son siège à table se trouvait un foyer fait de pierres qu'il avait accumulées année après année au cours de ses voyages. Chacune possédait une forme, une texture et une couleur uniques. Chase racontait à quiconque voulait l'entendre d'où elles provenaient, et quels dangers il avait dû affronter afin de les récupérer. Un compotier de bois plein de pommes trônait au centre de la massive table en pin.

Emma l'enleva et le remplaça par une théière et un pot de miel, puis fit passer des gobelets. Elle dit à Richard d'ôter sa chemise et de tourner sa chaise afin qu'elle puisse nettoyer ses blessures, une tâche qui lui était familière. A l'aide d'une brosse et d'eau chaude savonneuse, elle lui frotta le dos comme si elle récurait une bouilloire sale.

Richard se mordit la lèvre inférieure, retenant par moments sa respiration, et plissa les yeux de douleur comme elle s'activait. Elle s'excusa de lui faire mal, mais déclara qu'elle devait enlever toute la saleté ou cela pourrait s'infecter. Lorsqu'elle eut fini de nettoyer les entailles, elle lui sécha le dos en le tapotant avec une serviette et appliqua un baume frais pendant que Chase allait lui chercher une chemise propre. Richard fut content d'enfiler la chemise, car elle lui fournit au moins un symbole de protection contre davantage de soins.

Emma sourit aux trois invités.

— Quelqu'un aimerait-il manger quelque chose ?

Zedd leva la main.

— Eh bien, je ne serais pas contre...

Richard et Kahlan lui lancèrent tous deux un regard cinglant. Il se carra dans sa chaise.

— Non. Rien pour nous. Merci.

Emma se campa derrière Chase, lui peignant affectueusement la chevelure avec les doigts. Il ne parvenait pas à masquer son supplice, incapable de tolérer ces manifestations publiques de tendresse. Il se pencha finalement en avant, trouvant l'excuse de se verser du thé afin d'y mettre un terme.

Avec un froncement de sourcils, Chase poussa le pot de miel de l'autre côté de la table.

— Richard, depuis que je te connais, tu te débrouilles pour esquiver les problèmes. Mais dernièrement, tu sembles perdre pied.

Avant que Richard puisse répondre, Lee, l'une de leurs filles, apparut dans l'encadrement de la porte, frottant ses yeux endormis avec les poings. Chase la regarda de travers. Elle fit la moue.

Chase soupira.

— Tu n'es qu'une affreuse gamine !

Sa moue se transforma en sourire épanoui. Lee courut jusqu'à lui, jeta les bras autour de son genou et l'étreignit fermement. Il la décoiffa.

— Retourne au lit, petite.

— Attends, dit Zedd. Lee, viens ici.

Elle contourna la table.

— Mon vieux chat s'est plaint qu'il n'avait pas de

camarade avec qui jouer. Connaîtrais-tu quelque enfant à qui il pourrait rendre visite ?

Les yeux de la fillette s'écarquillèrent.

— Zedd, il pourrait rester ici ! Il s'amuserait bien avec nous !

— Vraiment ? Eh bien alors, il va rester séjourner ici.

— Très bien, Lee, dit Emma, va te recoucher, maintenant.

Richard leva les yeux.

— Emma, pourrais-tu m'accorder une faveur ? Possèdes-tu quelques vêtements de voyage que Kahlan puisse emprunter ?

Emma considéra Kahlan.

— Eh bien, ses épaules sont trop larges pour mes vêtements, et ses jambes trop longues, mais les plus âgées de mes filles ont des trucs qui lui iront à merveille.

Elle adressa un sourire chaleureux à Kahlan.

— Venez, ma chérie, voyons ce que nous pouvons dénicher.

Kahlan tendit Chat à Lee.

— J'espère que Chat ne te causera pas d'ennuis. Il insiste pour dormir sur le lit avec toi.

— Oh, non, dit Lee avec empressement, ce sera parfait.

Elles quittèrent la pièce, et Emma ferma la porte.

Chase sirotait son thé.

— Alors ?

— Alors, tu es au courant de la conspiration dont parlait mon frère ? C'est pire qu'il ne le pense.

— Ah bon ? répondit évasivement Chase.

Richard tira l'Epée de Vérité hors de son fourreau et la plaça sur la table, entre eux. La lame rutilante brillait. Chase se pencha en avant et posa les coudes sur la table, soulevant l'épée du bout des doigts. Il la fit rouler dans ses paumes, l'inspecta minutieusement, fit courir les doigts sur le mot *Vérité* imprimé sur la poignée et le long du déforgeoir de chaque côté de la lame, éprouva le tranchant du fil. Il ne trahit rien de plus qu'une curiosité modérée.

— Il n'est pas inhabituel pour une épée de porter un nom, mais généralement il est gravé sur la lame. Je n'ai jamais vu de nom sur une poignée.

Chase attendait que quelqu'un d'autre en vienne au fait.

— Chase, tu as vu cette épée auparavant, le réprimanda Richard. Tu sais ce qu'elle représente.

— En effet. Mais je ne l'avais jamais vue d'aussi près.

Ses yeux se levèrent, sombres et intenses.

— La question est de savoir, Richard, ce qu'elle fait en ta possession.

Richard lui rendit un regard d'intensité égale.

— Elle m'a été remise par un éminent et noble magicien.

Le front de Chase se plissa en un froncement plein de gravité. Il se tourna vers Zedd.

— Quel rôle joues-tu là-dedans, Zedd ?

Zedd se pencha en avant, un petit sourire sur ses lèvres fines.

— Je suis celui qui la lui a remise.

Chase se carra dans sa chaise.

— Que les esprits soient loués ! murmura-t-il. Un vrai Chercheur. Enfin !

— Nous n'avons pas beaucoup de temps, dit Richard. Je dois apprendre certaines choses à propos de la frontière.

Chase poussa un profond soupir, se leva et se dirigea vers l'âtre. Il appuya un bras contre le chambranle, fixant les flammes. Les deux autres patientèrent tandis que le grand homme grattait le chambranle comme s'il espérait y découvrir les mots qu'il cherchait.

— Richard, sais-tu quel est mon travail ?

Richard haussa les épaules.

— Eloigner les gens de la frontière, pour leur propre bien.

Chase secoua la tête.

— Sais-tu comment se débarrasser des loups ?

— En allant les chasser, je suppose.

Le garde-frontière secoua de nouveau la tête.

— On pourrait en attraper quelques-uns, mais davantage naîtraient, et à la fin, il en resterait tout autant. Si l'on veut réellement avoir moins de loups, il faut chasser leur nourriture. On piège des lapins. C'est plus facile. S'il y a moins de nourriture, moins de louveteaux naîtront. A la fin, le nombre de loups diminuera. C'est mon travail. Je chasse des lapins.

Richard sentit une vague de terreur monter en lui.

— La plupart des gens ne comprennent pas la frontière, ni ce que nous y accomplissons. Ils croient que nous nous contentons de faire respecter quelque loi stupide. Beaucoup ont peur de la frontière, surtout les vieux. Quantité d'autres croient savoir ce qui est bien et vont braconner là-bas. Ils ne craignent pas la frontière, aussi leur instillons-nous la peur des gardes. C'est quelque chose de réel pour eux. Ils n'aiment pas ça, mais parce qu'ils nous redoutent, ils ne s'en approchent pas. Pour quelques-uns, c'est un jeu, pour voir s'ils peuvent passer à travers les mailles du filet. Nous ne nous attendons pas à tous les attraper. Ce qui nous intéresse, c'est d'en effrayer suffisamment afin que les loups de la frontière n'aient pas assez de lapins pour proliférer.

« Nous protégeons les gens, mais pas en les empêchant d'aller dans la frontière. Quiconque serait assez stupide pour le faire est irrécupérable. Notre travail est d'en tenir la plupart éloignés, de maintenir la frontière suffisamment faible afin que les choses qui y résident ne puissent pas en sortir et attraper tous les autres. Les gardes ont tous aperçu des choses qui s'en sont échappées. Certains comprennent ; d'autres non. Dernièrement, de plus en plus de choses se sont échappées. Le gouvernement de ton frère peut bien nous payer, mais il ne comprend pas, lui non plus ; nous ne lui prêtons pas allégeance, ni ne nous soumettons à aucune loi. Notre seul devoir est de protéger les gens contre les créatures qui sortent des ténèbres. Nous nous considérons comme souverains. Nous prenons des ordres tant qu'ils n'entravent pas notre travail.

Ainsi les relations demeurent amicales. Mais si l'occasion se présente un jour, eh bien, nous servirons notre propre cause, donnerons nos propres ordres.

Il se rassit et appuya ses coudes sur la table.

— En définitive, il n'y a qu'une personne dont nous suivrons les ordres, parce que notre cause fait partie de sa plus vaste cause. Il s'agit du vrai Chercheur.

Il ramassa l'épée dans ses grosses mains et la tendit à Richard, le regardant dans les yeux.

— Je voue ma vie et ma loyauté au Chercheur.

Richard se radossa, ému.

— Merci, Chase.

Il observa un moment le magicien, puis revint vers le garde-frontière.

— Maintenant, nous allons te raconter tout ce qui s'est passé, et ensuite je te dirai ce que je veux.

Richard et Zedd se partagèrent le récit de tout ce qui s'était produit. Richard voulait que Chase sache tout, qu'il comprenne qu'il ne pouvait y avoir de demi-mesures, que ce devait être la victoire ou la mort. Ce n'était pas leur choix, mais celui de Darken Rahl. Chase les regardait tour à tour, comprenant le sérieux de ce qu'ils lui racontaient, affichant une mine sinistre à l'évocation de l'histoire de la magie d'Orden. Ils n'eurent pas à le convaincre de la vérité de leurs dires ; c'était un homme qui en avait vu davantage qu'ils ne le sauraient probablement jamais. Il posa peu de questions et écouta attentivement.

Il s'amusa beaucoup de ce que Zedd avait infligé aux hommes du village. Son rire tonitruant emplit la pièce et il en eut bientôt les larmes aux yeux.

La porte s'ouvrit, et Kahlan et Emma entrèrent dans la lumière. Kahlan était équipée d'une tenue de forestier, un pantalon vert foncé retenu par une large ceinture, une chemise ocre, un manteau sombre et un sac à dos. Les bottes et la bourse de ceinture étaient les siennes. Elle semblait prête à mener une existence dans les bois. Cependant, ses cheveux, son visage, sa silhouette, et surtout son port révélaient qu'elle était plus que cela.

Richard la présenta à Chase.

— Mon guide.

Chase haussa un sourcil.

Emma avisa l'épée, et, d'après son expression, Richard devina qu'elle comprenait. Elle passa de nouveau derrière son mari, sans toucher ses cheveux, cette fois, mais posa simplement la main sur son épaule, afin d'être près de lui. Elle savait que ces visiteurs nocturnes étaient synonymes d'ennuis. Richard rengaina l'épée et Kahlan vint s'asseoir à ses côtés alors qu'il finissait de relater les derniers événements de la nuit. Quand il eut terminé, tous demeurèrent silencieux durant quelques minutes.

— Que puis-je faire pour vous aider, Richard ? demanda finalement Chase.

Richard parla doucement, mais fermement.

— Dis-moi où se trouve le défilé.

Chase leva brusquement les yeux.

— Quel défilé ?

Son traditionnel côté défensif se manifestait encore.

— Celui qui mène de l'autre côté de la frontière. Je sais qu'il existe, mais je ne sais pas exactement où il se trouve, et je n'ai pas le temps de chercher.

Richard n'avait pas le temps de jouer à ce petit jeu et sentait monter sa colère.

— Qui t'en a parlé ?

— Chase ! Réponds à la question !

L'autre esquissa un sourire.

— A une condition... Que je t'y emmène.

Richard songea aux enfants. Chase était habitué au danger, mais c'était différent cette fois-ci.

— Ce n'est pas nécessaire.

Chase jaugea Richard du regard.

— Ça l'est pour moi. C'est un endroit dangereux. Vous ne savez pas dans quoi vous mettez les pieds. Je ne vous enverrai pas seuls là-bas. Et la frontière est sous ma responsabilité. Si tu veux que je te le dise, alors je vous accompagne.

Tout le monde attendit pendant que Richard réfléchissait. Chase ne bluffait pas, et le temps était précieux. Richard n'avait pas le choix.

— Chase, nous serions honorés de t'avoir avec nous.

— Bien.

Il frappa la table de la main.

— Le défilé se nomme le Port du Roi. Il est situé dans un endroit immonde appelé Havresud. Quatre, peut-être cinq jours à cheval, si nous empruntons le Sentier des Colporteurs. Puisque vous êtes pressés, c'est par là qu'il faut passer. Il fera jour dans quelques heures. Vous avez tous trois besoin de sommeil. Emma et moi allons rassembler des provisions.

12

LORSQUE EMMA LE RÉVEILLA POUR PRENDRE LE PETIT déjeuner, Richard eut la désagréable impression qu'il venait juste de s'endormir. Le soleil n'était pas encore levé, et tout dormait dans la maison.

Des coqs se mirent à chanter. Les arômes qui montaient de la cuisine achevèrent d'éveiller Richard. Emma leur servit un copieux petit déjeuner et les prévint que Chase était déjà sorti pour atteler les chevaux. Alors que les deux femmes discutaient au sujet des enfants, et que Zedd se répandait en compliments sur la nourriture, Richard, lui, admirait en silence la nouvelle tenue que Kahlan avait revêtue.

Lorsque la haute silhouette de Chase emplit l'encadrement de la porte, Kahlan sursauta. Il portait une cotte de mailles par-dessus une tunique en cuir ocre, un lourd pantalon noir, des bottes et un manteau. Des gantelets de cuir étaient glissés dans sa large ceinture noire à l'emblème des gardes-frontière à laquelle étaient suspendues des armes de toutes sortes. Ainsi harnaché, un homme ordinaire eût été ridicule, mais Chase était vraiment terrifiant. Ce matin-là, Chase avait l'expression de quelqu'un qui part en guerre.

Emma tendit un paquet à Zedd.

— Du poulet frit, dit-elle.

Zedd la gratifia d'un grand sourire et l'embrassa sur le front. Kahlan l'étreignit et lui promit que ses vêtements lui seraient rendus. Chase se pencha et enlaça tendrement Emma.

— Fais attention, lui susurra-t-elle à l'oreille.

Puis, elle posa tendrement un baiser sur sa joue.

Chase donna à Kahlan un couteau acéré qu'il lui conseilla de ne jamais quitter. Richard demanda lui aussi un couteau. Chase dénoua de sa ceinture une lanière qui retenait un poignard et le lui tendit.

— Croyez-vous que nous aurons besoin de tout cela ? demanda Kahlan en considérant l'équipement de Chase.

Celui-ci lui adressa un sourire contraint.

— Si je ne les prenais pas, nous pourrions le regretter.

La petite compagnie, Chase en tête, suivi de Zedd, puis de Kahlan, adopta une allure confortable à travers les Bois du Hartland. Richard fermait la marche. C'était un clair et frais matin d'automne. Un faucon tournoya dans le ciel au-dessus de leurs têtes. Richard préféra ignorer ce qui passait d'ordinaire pour un mauvais présage.

Vers le milieu de la matinée, ils quittèrent la Vallée du Hartland et passèrent dans la forêt du haut Ven. Ils rejoignirent le Sentier des Colporteurs sous le Lac Trunt, puis tournèrent en direction du sud. Le nuage serpentin les suivait lentement. Richard était content de l'entraîner loin de la maison et des enfants de Chase. Il était ennuyé d'avoir à faire un si long détour vers le sud pour gagner la frontière. Le temps était précieux. Mais Chase avait dit qu'il ne connaissait pas de passage plus proche.

Les forêts de feuillus cédèrent la place à des bouquets de pins antiques dont les troncs s'élançaient à des hauteurs vertigineuses. Richard se sentit minuscule dans l'ombre profonde des vieux arbres.

D'ordinaire, quand il voyageait, il se sentait toujours

serein. Mais ce voyage-ci était bien différent. Ils allaient dans des endroits inconnus et dangereux. Chase était soucieux, Richard le savait. Cela lui donnait à réfléchir car Chase n'était pas homme à s'inquiéter pour rien.

Richard observait ses trois compagnons qui chevauchaient devant lui : Chase, spectre noir sur son cheval, armé jusqu'aux dents. S'il était craint des gens qu'il protégeait comme de ceux qu'il traquait, curieusement les enfants, eux, ne le redoutaient pas. Puis venait Zedd la brindille, modeste, éternellement souriant, couronné de cheveux blancs et vêtu de robes amples, satisfait de la vie pourvu qu'il y ait toujours du poulet frit à portée de main, mais capable aussi de manipuler le feu magique, magicien également et qui savait quoi encore !... Kahlan enfin, courageuse, déterminée, et gardienne de quelque pouvoir secret, envoyée afin de menacer un magicien pour qu'il nomme le Chercheur. Tous étaient ses amis, et pourtant, chacun à sa façon le rendait mal à l'aise. Il se demanda lequel était le plus dangereux. Ils le suivaient sans poser de questions, mais ils le menaient en même temps. Tous les trois avaient juré de protéger le Chercheur de leur vie. Et cependant, aucun d'eux n'était de taille à affronter Darken Rahl. Leur tâche paraissait insurmontable.

Zedd s'occupait déjà du poulet donné par Emma. Périodiquement, il jetait un os par-dessus son épaule. Après un temps, il songea à en proposer un morceau aux autres. Chase déclina son offre, car il scrutait continuellement les environs et particulièrement le côté gauche du sentier, vers la frontière. Les deux autres acceptèrent. Quand le sentier s'élargit, Richard amena son cheval à la hauteur de celui de Kahlan et chevaucha à ses côtés. Elle ôta son manteau lorsque le jour commença à se réchauffer et lui sourit de ce sourire spécial qu'elle n'adressait qu'à lui.

— Zedd, y a-t-il quelque chose qu'un magicien puisse faire pour ce nuage ? demanda Richard.

Le vieil homme lança un regard dubitatif en direction de Richard.

— Cette idée m'avait déjà traversé l'esprit. Je crois que c'est possible, mais je préfère attendre que nous soyons un peu plus éloignés de la maison de Chase. Je ne veux pas leur donner un moyen de repérer Emma et les enfants.

En début d'après-midi, ils arrivèrent chez un vieux couple que Chase connaissait. Ils stoppèrent leurs chevaux et le garde-frontière parlementa avec le couple. Il était assis, détendu, sur sa selle au cuir craquant et les écoutait relater les rumeurs concernant des événements survenus du côté de la frontière. Richard savait maintenant qu'il s'agissait plus que de rumeurs. Ainsi qu'il le faisait avec la plupart des gens, Chase traita le vieux couple avec respect ; pourtant, à l'évidence, ils avaient peur de lui. Il leur dit qu'il s'occupait du problème puis leur recommanda de rester chez eux après le coucher du soleil.

Ils progressèrent longtemps après la tombée de la nuit avant de monter leur camp dans un bosquet de pins. Le lendemain matin, ils reprirent la route, alors que le ciel s'éclaircissait à peine derrière les montagnes de la frontière. Sur leur cheval, Richard et Kahlan bâillaient à qui mieux mieux. La forêt se dégarnit, s'émaillant de parcelles de prairies lumineuses et vertes. La route les éloigna temporairement des montagnes de la frontière. Occasionnellement, ils croisèrent de petites fermes, dont les propriétaires se sauvaient à la vue de Chase.

La contrée devint moins familière à Richard, qui voyageait rarement aussi loin vers le sud. Il scrutait les alentours et notait tout ce qui pourrait leur servir de points de repère. Après avoir avalé un repas froid sous le soleil torride, ils se dirigèrent vers les montagnes. En fin d'après-midi, ils étaient si proches de la frontière qu'ils commencèrent à voir les premiers squelettes gris des arbres tués par la liane serpent. L'attitude de Chase devint distante, plus dure. Il observait tout très attentivement. A plusieurs reprises, il descendit de cheval et, tirant sa monture par la bride, tâcha de déchiffrer les traces sur le sol.

Ils franchirent une rivière dont l'eau coulait paresseusement, froide et boueuse. Chase s'immobilisa soudain, sondant les ombres. Les autres attendirent, les yeux rivés vers la frontière. Richard reconnut dans l'air l'odeur de la liane serpent. Le garde-frontière les conduisit un peu plus loin, s'accroupit, observa la terre du sentier. Lorsqu'il se releva, il tendit les rênes de sa monture à Zedd. Il tourna la tête vers eux et dit simplement :

— Attendez.

Tranquillement assis, ils le regardèrent disparaître sous la frondaison. D'un frémissement, le grand cheval de Kahlan se débarrassa des mouches posées sur son encolure.

Chase revint, enfila ses gantelets noirs et prit les rênes des mains de Zedd.

— Je veux que vous continuiez tous les trois, ordonna-t-il à ses amis. Ne m'attendez pas, et surtout ne vous arrêtez pas. Suivez la route.

— Qu'y a-t-il ? Qu'as-tu trouvé ? s'enquit Richard.

Chase se retourna, lui adressa un regard sombre et répondit :

— Les loups se sont nourris. Je vais enterrer ce qu'il reste, et puis j'irai à travers champs en suivant un chemin parallèle au vôtre. J'ai besoin de vérifier quelque chose. Souvenez-vous de ce que j'ai dit. Ne vous arrêtez pas. Ne faites pas galoper vos chevaux, mais maintenez une bonne allure, et gardez les yeux ouverts. Si vous jugez que je suis parti depuis trop longtemps, inutile de revenir me chercher. Je sais ce que je fais, vous ne me retrouveriez jamais. Je vous rejoindrai quand je le pourrai. Jusque-là continuez, et restez sur la route.

Il enfourcha son cheval, le fit volter et le lança au galop, ses sabots faisant voler des touffes de gazon.

— Allez-y ! leur cria Chase par-dessus son épaule.

Alors qu'il disparaissait sous les arbres, Richard le vit dégainer une des épées attachées à sa ceinture. Il savait que Chase mentait. Il n'allait rien enterrer du tout. Richard n'aimait pas la perspective de laisser son ami partir seul comme cela, mais Chase passait la plus grande partie de sa vie seul, là-bas, du côté de la frontière. Il savait ce qu'il faisait, ce qui était nécessaire pour les protéger. Richard devait avoir confiance en son jugement.

— Vous l'avez entendu, dit le Chercheur, allons-y.

Dans les bois longeant la frontière, les arbres devinrent si touffus qu'ils formèrent comme un tunnel au-dessus de leurs têtes. Richard n'appréciait pas le sentiment d'étouffement que cela lui procurait. Des branches pendaient en travers de la route, et ils étaient forcés de les éviter en se baissant. Richard n'arrivait pas à imaginer comment Chase pouvait avancer seul à travers un bois si dense.

Quand le chemin fut plus large, Richard se plaça sur la gauche de Kahlan, comme pour s'interposer entre elle et la frontière toute proche. Il regroupa les rênes dans son poing gauche pour libérer la main de l'épée. Le manteau de Kahlan était étroitement enroulé autour d'elle, mais Richard vit qu'elle gardait une main près de son couteau.

Tout à coup, au loin sur leur gauche, leur parvint un hurlement. Quelque chose comme une meute de loups. Seulement, ce n'étaient pas des loups, mais probablement quelque créature de la frontière.

Ils tournèrent tous les trois la tête en direction du bruit. Les chevaux terrifiés tentèrent de fuir. Ils durent leur serrer la bride, mais leur laisser suffisamment de liberté pour trotter.

Richard comprenait le sentiment des chevaux. Lui aussi, il éprouva le désir de les laisser aller, mais Chase avait formellement recommandé de ne pas les laisser galoper. Il devait avoir une raison. Les hurlements furent bientôt ponctués de cris à figer le sang. Ils eurent beaucoup de mal à empêcher les chevaux de galoper. Les cris étaient des clameurs sauvages, des appels à tuer, exigeants, désespérés.

Ils trottèrent tous les trois durant presque une heure. Les bruits semblaient les suivre. Ils ne pouvaient rien faire d'autre que de continuer, escortés par les cris des bêtes de la frontière.

A bout de nerfs, Richard arrêta tout à coup son cheval et fit face aux bois. Chase était là-bas, tout seul, avec ces bêtes. Il ne pouvait pas supporter de laisser son ami affronter seul la situation. Il devait l'aider.

— Nous devons continuer à avancer, Richard, lui rappela Zedd fermement.

— Il a peut-être des ennuis. Nous ne pouvons pas le laisser agir seul.

— C'est son travail, Richard, laisse-le faire.

— En ce moment, son travail n'est pas d'être garde-frontière, c'est de nous amener au défilé !

— C'est le travail qu'il accomplit, Richard, dit le magicien plus doucement. Il a juré de te protéger de sa vie. C'est ce qu'il fait, il s'assure que tu parviendras au défilé. Il faut que tu te mettes ça dans le crâne. Ce que tu fais est plus important que la vie d'un homme. Chase le sait. C'est pourquoi il a dit de ne pas revenir pour lui.

Richard était incrédule.

— Tu espères que je vais laisser un ami se faire tuer alors que je peux l'aider ?

Le hurlement se rapprocha et les chevaux se mirent à trépigner furieusement.

— Zedd a raison, dit Kahlan. Suivre Chase n'est pas la meilleure chose à faire, il faut aller là où on a besoin de vous.

Richard savait qu'ils avaient raison, mais répugnait à l'admettre. Il jeta un regard noir à Kahlan et ajouta :

— Vous serez peut-être aussi en difficulté un jour ! Qu'attendriez-vous de moi, alors ?

— Je souhaiterais que vous continuiez, répondit calmement Kahlan.

Les cris dans les bois se rapprochèrent.

— Richard, Chase agit toujours comme ça, tout ira bien, dit Zedd d'une manière rassurante. Je ne serais pas surpris qu'au fond il y prenne plaisir. Plus tard, il nous racontera toute l'histoire. Tu connais Chase, certaines de ses histoires peuvent même se révéler véridiques !

Richard, en colère contre ses deux amis autant que

contre lui-même, éperonna son cheval et prit la tête de la colonne. Zedd et Kahlan l'abandonnèrent à ses pensées et le laissèrent filer devant. Il était furieux que Kahlan puisse imaginer qu'il la laisserait tomber. Ça n'avait aucun sens. Du moins, il ne voulait pas que ça en ait un.

Il tenta d'ignorer les cris et les hurlements dans les bois qui commençaient à s'éloigner derrière eux. Les bois semblaient dépourvus de vie : plus aucun animal, seulement des arbres torturés, des ronces et des ombres. Il écoutait attentivement afin de s'assurer que les deux autres le suivaient bien. Il ne voulait pas se tourner pour regarder, il préférait éviter leurs regards. Après un moment, il se rendit compte que les hurlements avaient cessé. Il se demanda si c'était vraiment bon signe.

Il aurait voulu dire à ses compagnons qu'il était désolé, qu'il avait juste peur pour son ami, mais il n'y parvint pas. Il se sentait impuissant.

Mais Chase allait s'en tirer. Il était le chef des gardes-frontière, pas un idiot, et il ne s'engagerait jamais dans une situation qu'il ne pourrait pas maîtriser. Il se demanda s'il existait des situations que Chase ne pouvait maîtriser. Mais il se demanda aussi s'il serait capable, en cas de coup dur, d'apprendre à Emma que quelque chose était arrivé à son mari.

Il ne devait pas se laisser emporter par son imagination. Chase allait bien. Non seulement il allait bien, mais il serait furieux contre Richard pour avoir eu ces pensées, pour avoir douté de lui.

Chase reviendrait-il avant la tombée de la nuit ? Si ce n'était pas le cas, devraient-ils monter le campement ? Non. Chase avait dit de ne pas s'arrêter. Ils devraient continuer, toute la nuit si nécessaire, jusqu'à ce qu'il les rejoigne. Il eut l'impression que les montagnes se dressaient au-dessus d'eux, prêtes à bondir. Il réalisa qu'il n'avait jamais été aussi près de la frontière.

Son inquiétude pour Chase chassa sa colère et Richard se retourna vers ses amis. Kahlan lui adressa un chaleureux sourire, qu'il lui rendit. Il essaya d'imaginer à quoi les bois ressemblaient avant que tous ces arbres ne meurent. Un endroit magnifique, vert, douillet, sûr. Peut-être son père était-il passé par là lorsqu'il avait franchi la frontière, peut-être avait-il emprunté cette même route avec le livre...

Tant de questions se bousculaient dans son esprit ! Pourquoi ne pas attendre que cette frontière tombe à son tour pour la franchir ? Pourquoi dévier si loin en direction du sud, jusqu'au Port du Roi ? Pourquoi pensait-il que le fait d'aller au sud les ferait dévier ? Pourquoi le Midlands serait-il un endroit meilleur que les autres ? Le coffret qu'ils cherchaient ne pourrait-il tout aussi bien se trouver tout au nord ?

Les bois devenaient plus lugubres. Le soleil, depuis ces deux dernières heures, était caché par les frondaisons, mais il ne faisait aucun doute qu'il était en train de se coucher. Richard n'appréciait pas la perspective de parcourir ces bois de nuit, mais l'idée d'y dormir était pire encore. Il s'assura une nouvelle fois que ses amis le suivaient toujours.

Le gargouillement d'un cours d'eau leur parvint faiblement à travers la quiétude vespérale, s'amplifiant à mesure qu'ils chevauchaient, et, à quelque distance, ils atteignirent un petit fleuve qu'enjambait un pont en bois. Juste avant de le traverser, Richard s'arrêta. Il n'aimait pas son apparence. Quelque chose clochait. Un peu de prudence ne leur ferait pas de mal. Il mena son cheval sur la berge et inspecta l'armature du pont. Les poutres de soutien étaient ancrées à des anneaux de fer fixés à des blocs de granit. Les chevilles manquaient.

— Quelqu'un a trafiqué le pont, dit-il à ses compagnons. Il supportera le poids d'un homme, mais pas celui d'un cheval. Il va falloir se mouiller.

— Je ne veux pas me mouiller, dit Zedd en se renfrognant.

— Tu as une meilleure idée ? s'enquit Richard.

Zedd prit son menton lisse en étau entre son pouce et son index.

— Oui, rétorqua-t-il. Traversez tous les deux, je vais soutenir le pont.

Richard regarda le magicien comme s'il avait perdu l'esprit.

— Allez, insista Zedd, tout va bien se passer.

Zedd se redressa sur son cheval, déploya les bras à l'horizontale, les paumes tournées vers le haut, inclina la tête en arrière, respira profondément et ferma les yeux. A contrecœur, les deux autres franchirent précautionneusement le pont. De l'autre côté, ils firent demi-tour et regardèrent en arrière. Le cheval du magicien commença à traverser de sa propre initiative pendant que Zedd maintenait les bras étendus, la tête inclinée et les yeux clos. Lorsqu'il les atteignit, il abaissa les bras et les regarda. Richard et Kahlan le fixaient.

— J'ai peut-être eu tort, dit Richard. Peut-être le pont pouvait-il supporter notre poids.

— Peut-être que oui, dit Zedd en souriant.

Puis, sans un regard en arrière, il claqua des doigts. Le pont s'écroula dans l'eau avec fracas. Les poutres gémirent, se disloquèrent dans le courant et filèrent en aval.

— Mais peut-être que non, conclut le magicien. Je ne pouvais pas le laisser dans cet état. Quelqu'un aurait pu le franchir et se blesser.

— Un jour, mon ami, dit Richard en secouant la tête, il va falloir nous asseoir et avoir une petite discussion.

Il fit volter son cheval et se remit en route. Zedd regarda Kahlan et haussa les épaules. Elle sourit et lui fit un clin d'œil.

Ils reprirent leur progression sur le morne sentier, surveillant les bois de tous côtés. Richard se demanda ce que Zedd pouvait faire d'autre. Il laissa son cheval choisir son propre trajet dans les ténèbres croissantes.

Jusqu'où s'étendait ce monde mort ? La route les en écarterait-elle jamais ? La nuit apporta de la vie autour d'eux, d'étranges appels et des bruits de raclement. Les chevaux hennirent à ces manifestations invisibles.

Richard tapota l'encolure de sa monture pour la rassurer et voulut vérifier qu'aucun graz ne planait au-dessus d'eux. Peine perdue, il n'apercevait pas un pan de ciel. Mais si des graz venaient, ils auraient quelques difficultés à les surprendre, car la voûte de branches mortes torturées empêcherait toute approche silencieuse. Peut-être les cosses suspendues dans les arbres représentaient-elles une menace plus grande encore que les graz ? Il ne savait pas ce que c'était mais n'était pas sûr de vouloir le savoir. Son cœur battait la chamade.

Après environ une heure, Richard perçut à travers les broussailles quelque chose qui arrivait vers eux à quelque distance sur leur gauche. Cela brisait les branches en approchant. Il poussa son cheval au petit galop, imité par Kahlan et par Zedd. Quoi que ce fût, cela demeurait à leur niveau. Ils n'allaient pas pouvoir le distancer. Cela allait leur couper la route. Peut-être était-ce Chase, songea Richard. Mais peut-être pas...

Richard dégaina l'Epée de Vérité. Il se pencha en avant et, serrant les jambes autour du cheval, il le lança au galop. Il ne se souciait plus de savoir si Kahlan et Zedd le suivaient toujours. Son esprit restait concentré sur les ténèbres devant lui et sur le danger qui pouvait fondre sur eux à tout instant. La mâchoire crispée, il avançait avec des desseins meurtriers. Le bruit des sabots de son cheval couvrit celui de la chose qui les menaçait, mais il savait qu'elle était là. Qu'elle approchait.

Soudain, il vit une forme noire se déplacer devant les silhouettes à peine perceptibles des arbres. Elle surgit des bois sur le sentier une douzaine de mètres devant lui. Il leva l'épée et s'apprêta à charger. Devant lui, la masse sombre attendait, immobile.

Au dernier instant, il se rendit compte qu'il s'agissait de Chase, qui levait un bras pour l'arrêter, une lourde massue dans la main.

— Content de voir que tu restes vigilant, dit le garde-frontière en lui souriant.

— Chase ! Tu m'as fait une peur bleue ! souffla Richard.

— Tu m'as inquiété un moment, toi aussi.

Kahlan et Zedd les rejoignirent.

— Suivez-moi, ordonna Chase, ne vous éloignez pas. Richard, garde nos arrières, l'épée à la main.

Chase fit volter son cheval et partit au galop, le reste de la troupe sur ses talons. Richard ne savait pas si quelque chose les suivait ou non. Chase n'agissait pas comme si un combat était imminent, pourtant il lui avait conseillé de garder son épée à la main. Richard jeta des coups d'œil prudents par-dessus son épaule.

Ils rentrèrent tous la tête au cas où ils rencontreraient des branches basses. Il était dangereux de galoper ainsi dans l'obscurité, mais Chase savait cela aussi.

Ils débouchèrent devant un embranchement et sans hésitation, le garde-frontière prit la route de droite, qui les éloignait de la frontière. Peu après, ils sortirent des bois. Le clair de lune leur dévoila un paysage de collines onduleuses plantées de loin en loin de quelques arbres. Chase ralentit au bout d'un moment, laissant les chevaux aller au pas.

Richard rengaina son épée et revint au niveau des autres.

— Quel était le problème ? demanda-t-il à Chase.

Chase raccrocha la masse à sa ceinture.

— Des créatures de la frontière vous suivaient. J'ai essayé de leur couper la route. Quelques-unes sont reparties. Mais d'autres ont continué à vous suivre depuis l'intérieur de la frontière, où je ne pouvais les pourchasser. C'est pourquoi je ne voulais pas que vous alliez trop vite. Je n'aurais pas pu rester à votre hauteur à travers bois, elles m'auraient distancé et vous auraient attaqués. Je nous ai éloignés de la frontière maintenant parce qu'il est dangereux, de nuit, de la suivre de trop près. Ces créatures ont un flair très développé. Nous camperons sur l'une de ces collines.

Il regarda Richard par-dessus son épaule et lui dit :

— A propos, pourquoi vous êtes-vous arrêtés là-bas, je vous avais dit de ne pas le faire.

— Je m'inquiétais à ton sujet, j'ai entendu le hurlement. J'allais venir t'aider. Zedd et Kahlan m'en ont dissuadé.

Richard redouta un instant que Chase ne se mît en colère, mais il n'en fit rien.

— Merci, mais ne recommence pas. Pendant que tu étais planté là à réfléchir, elles vous ont presque rattrapés. Zedd et Kahlan avaient raison. Ne discute pas avec eux la prochaine fois.

Richard sentit le rouge lui monter aux oreilles. Il savait qu'ils avaient raison, mais il n'acceptait pas davantage l'idée de ne pas aider un ami en détresse.

— Chase, demanda Kahlan, vous avez dit que ces créatures avaient eu quelqu'un, était-ce vrai ?

Le visage du garde devint blanc comme la pierre dans le clair de lune.

— Oui, répondit-il. Un de mes hommes. Je ne sais pas lequel.

Il se retourna vers le sentier et chevaucha en silence.

Ils établirent leur camp sur une colline élevée afin de voir distinctement tout ce qui s'en approcherait. Chase et Zedd s'occupèrent des chevaux pendant que Richard et Kahlan déballaient le pain, le fromage et les fruits séchés. Richard aida Kahlan à ramasser du petit bois parmi les arbres épars. Il lui dit qu'ils formaient une bonne équipe. Elle esquissa un petit sourire et se détourna. Il la prit par le bras et la retourna.

— Kahlan, s'il s'était agi de vous, je serais venu vous chercher, dit-il.

Mais ces paroles n'exprimaient pas exactement sa pensée.

— S'il vous plaît, Richard, ne dites pas ça.

Elle retira doucement son bras et revint au camp.

Quand les deux autres, après avoir fini de s'occuper des chevaux, pénétrèrent dans la lueur du feu, Richard s'aperçut que le fourreau attaché derrière l'épaule de Chase était vide. L'épée courte manquait. L'une de ses haches de bataille et plusieurs longs couteaux avaient également disparu.

La masse pendue à sa ceinture était toute couverte

de sang, ses gantelets en étaient imbibés. Lui-même en était tout éclaboussé. Sans un mot, Chase sortit un couteau, arracha un croc jaunâtre de trois pouces de long qui était planté dans la masse entre deux des lames et le jeta par-dessus son épaule dans les ténèbres. Après avoir essuyé le sang maculant ses mains et son visage, il s'assit devant le feu avec les autres.

Richard lança une brindille dans les flammes.

— Chase, demanda-t-il, qu'étaient ces créatures qui nous suivaient ? Et comment peuvent-elles avoir le pouvoir d'entrer et de sortir de la frontière ?

Chase attrapa une miche de pain et la rompit au tiers. Il croisa le regard de Richard.

— On les appelle les molosses de cœur. Ils sont à peu près deux fois plus gros que des loups, avec un poitrail puissant, la tête est plutôt plate, avec un gros museau plein de crocs. Féroces. Je ne suis pas certain de leur couleur. Jusqu'à aujourd'hui, du moins, ils ne rôdaient que la nuit. Mais il faisait trop sombre dans ces bois pour l'affirmer, et de toute façon, j'étais assez occupé. C'est la meute la plus nombreuse que j'avais jamais vue.

— Pourquoi les appelle-t-on des molosses de cœur ? demanda Richard.

Chase mâcha un morceau de pain en regardant intensément son ami.

— C'est une question sujette à caution. Les molosses de cœur ont de grandes oreilles arrondies, une bonne ouïe. Certains prétendent qu'ils peuvent retrouver un homme parce qu'ils arrivent à percevoir les battements de son cœur.

Les yeux de Richard s'écarquillèrent. Chase mordit encore un morceau de pain, qu'il mastiqua durant une minute. Puis il dit :

— D'autres affirment qu'on les appelle molosses de cœur parce que c'est de cette manière qu'ils tuent. Ils vous sautent à la poitrine. La plupart des prédateurs cherchent à saisir leurs victimes à la gorge, mais pas les molosses. Ils vont directement au cœur. Ils possèdent des crocs suffisamment longs pour ça. C'est aussi la première chose qu'ils dévorent. S'ils vont en meute, ils se battent pour obtenir le cœur.

Zedd se servit un bol de ragoût et tendit la louche à Kahlan.

Richard était en train de perdre l'appétit.

— Et qu'en penses-tu ? demanda-t-il au garde-frontière.

— Eh bien, dit Chase en haussant les épaules, j'ai voulu suivre la frontière, juste pour voir s'ils pouvaient vraiment entendre mon cœur

Il prit encore une bouchée de pain, les yeux baissés. Il enleva sa lourde cotte de mailles que deux longues griffures avaient déchiquetée dans le dos. Des morceaux brisés de crocs jaunes étaient coincés dans les anneaux déchirés. Dessous, la tunique en cuir était trempée de sang de molosse.

— Celui qui m'a fait ça est resté avec la lame de mon épée courte dans le poitrail, et j'étais encore à cheval à ce moment-là.

Il reporta le regard sur Richard et leva un sourcil.

— Cela répond-il à ta question, Richard ?

Des frissons coururent le long des bras de Richard.

— Et au sujet de leur capacité à entrer et à sortir de la frontière ? insista-t-il.

Chase prit le bol de ragoût des mains de Kahlan qui le lui tendait.

— Ça a un rapport avec la magie de la frontière. Les molosses ont été créés avec elle. Ce sont les chiens de garde de la frontière, pour ainsi dire. Ils peuvent y entrer et en sortir sans qu'elle les réclame. Mais ils y sont également liés, et ne peuvent s'en écarter. Au fur et à mesure que la frontière s'est affaiblie, ils ont vagabondé de plus en plus loin. C'est pourquoi ils ont voulu vous attaquer sur le Sentier des Colporteurs. Mais emprunter un autre chemin aurait ajouté une bonne semaine à notre trajet jusqu'au Port du Roi. Le raccourci que nous avons emprunté est le seul qui s'éloigne suffisamment de la frontière pour que nous puissions gagner Havresud à peu près tranquillement. Demain, au grand jour, quand ce sera plus sûr, je vous montrerai la frontière. Vous verrez que, de jour en jour, elle perd de son pouvoir.

Richard acquiesça. Ils replongèrent tous dans leurs pensées.

— Ils sont brun-roux, dit doucement Kahlan.

Les hommes se tournèrent tous vers elle. Elle était assise, les yeux rivés sur le feu.

— Les molosses de cœur sont brun-roux, répéta-t-elle, avec une fourrure rase, comme celle que l'on trouve sur le dos des biches. On en voit partout dans le Midlands de nos jours, puisqu'ils ont été libérés de leurs liens lors de la chute de l'autre frontière. Rendus fous par une existence sans but, ils sortent désormais même dans la journée.

Les trois hommes étaient immobiles, envoûtés par ses paroles. Même Zedd s'était arrêté de manger.

— Super, dit Richard à voix basse. Et que recèle encore le Midlands qui soit pire que cela ?

Le feu crépitait, chaud contre leurs visages. Les yeux de Kahlan contemplaient un endroit très lointain.

— Darken Rahl, murmura-t-elle.

13

RICHARD ÉTAIT ASSIS À L'ÉCART DU CAMP, ADOSSÉ À UN ROCHER froid, son manteau étroitement enroulé autour de lui. Il regardait en direction de la frontière. Le peu de vent qui soufflait était glacé. Chase lui avait confié le premier tour de garde, Zedd devait avoir le second et le garde le troisième. Kahlan avait protesté lorsqu'elle ne s'en était pas vu attribuer, mais avait finalement suivi les directives de Chase.

Le clair de lune illuminait le paysage. C'était un lieu d'aspect plaisant en regard des bois sinistres qu'ils avaient traversés. Bien sûr, les bois avaient probablement été agréables, eux aussi, autrefois, avant que Darken Rahl ne mette les coffrets en jeu et n'entame la destruction de la frontière.

Chase avait dit que les molosses de cœur ne pouvaient errer aussi loin, mais s'il avait tort, Richard avait bien l'intention de les voir venir. Il passa la main sur la garde de son épée pour se rassurer et y effleura du bout des doigts les lettres en relief du mot *Vérité* tout en scrutant le ciel nocturne. Il était content d'avoir eu le premier tour de garde, puisqu'il n'avait pas sommeil. Il était fatigué, mais pas somnolent. Toutefois, il bâilla.

L'arête des montagnes, à la limite des ténèbres, se découpait sur le ciel comme la colonne vertébrale d'une bête monstrueuse. Chase avait certifié que les montagnes diminuaient en allant vers le sud, et qu'elles auraient complètement disparu là où ils se rendaient.

Kahlan, son manteau également enroulé étroitement autour d'elle, glissa silencieusement à travers l'obscurité et vint se blottir tout contre lui pour se réchauffer. Elle ne parla pas. Des mèches de ses cheveux soyeux caressèrent le visage de Richard. La poignée de son couteau s'enfonçait dans ses côtes, mais il ne dit rien de peur qu'elle ne s'écarte. Il ne voulait pas qu'elle bouge.

— Les autres dorment ? demanda Richard tranquillement, jetant un coup d'œil par-dessus son épaule.

Elle opina.

— Comment le savez-vous ? s'enquit-il avec un sourire. Zedd dort les yeux ouverts...

Elle lui rendit son sourire.

— Tous les magiciens le font ! répliqua-t-elle.

— Vraiment ? Je croyais que c'était réservé à Zedd.

Tandis qu'il sondait la vallée en quête du moindre mouvement, il sentit le regard de Kahlan posé sur lui. Il la regarda.

— N'avez-vous pas sommeil ?

Elle était si proche qu'ils pouvaient se contenter de murmurer.

Elle haussa les épaules. Un souffle d'air envoya une partie de ses cheveux dans sa figure. Elle leva la main et les ramena en arrière. Ses yeux rencontrèrent les siens.

— Je voulais vous dire que j'étais désolée, dit-elle.

Il souhaita qu'elle pose la tête contre son épaule, mais elle ne le fit pas.

— A quel sujet ? s'enquit-il.

— Quand j'ai dit que je refuserais que vous reveniez me chercher si j'étais en danger. Je ne veux pas que vous pensiez que je n'apprécie pas votre amitié. Au contraire. C'est juste que c'est ce que nous accomplissons qui est plus important. Pas nos personnes.

Il savait que, tout comme lui, elle ne disait pas tout ce qu'elle pensait. Il la regarda dans les yeux, sentant son haleine contre son visage.

— Kahlan, avez-vous quelqu'un ? demanda-t-il doucement. Quelqu'un qui vous attende à la maison, je veux dire ? Un amour ?

Il soutint le regard de ses yeux verts durant un long moment. Elle ne les détourna pas, mais ils se remplirent de larmes. Il aurait voulu la prendre dans ses bras, l'embrasser.

Elle leva la main, laissa le dos de ses doigts effleurer doucement son visage. Elle s'éclaircit la gorge.

— Ce n'est pas si simple, Richard, dit-elle dans un souffle.

— Si, ça l'est. C'est oui ou c'est non.

— J'ai des obligations.

Un instant, elle sembla sur le point de lui avouer quelque chose. De lui avouer son secret.

Elle était si belle dans le clair de lune... mais il ne s'agissait pas uniquement de son apparence physique, il y avait aussi son intelligence, son courage. Son esprit. Et ce sourire spécial qu'elle lui réservait. Il tuerait un dragon, s'il existait de telles créatures, juste pour contempler ce sourire. Il savait qu'il ne désirerait personne d'autre aussi longtemps qu'il vivrait. Il préférerait passer le reste de sa vie seul plutôt qu'avec quelqu'un d'autre. Il ne pourrait y en avoir une autre.

Il désespérait de la serrer contre lui. Il mourait d'envie de goûter ses lèvres veloutées. Mais face à elle, il éprouvait exactement la même impression que celle qu'il avait ressentie avant de franchir le pont. C'était une sourde mais irrésistible sensation de danger. Plus forte que son désir de l'embrasser. Quelque chose lui soufflait que s'il le faisait, il franchirait un pas de trop. Il se souvint de quelle façon la magie s'était réveillée lorsqu'il avait touché sa main alors qu'il tenait encore l'épée. Il avait eu raison à propos du pont, aussi ne mit-il pas les bras autour d'elle.

Kahlan détourna le regard et baissa les yeux au sol.

— Chase a dit que les deux prochains jours seraient difficiles. Je crois que je vais aller dormir.

Il savait que quoi qu'il se passât dans son cœur, il devait la laisser aller. Il ne pouvait pas la forcer. C'était quelque chose qu'elle devait régler seule.

— Vous avez également des obligations envers moi, dit Richard.

Elle reporta son regard vers lui avec un froncement de sourcils interrogateur, et il sourit en ajoutant :

— Vous avez promis d'être mon guide. J'ai l'intention de vous obliger à respecter cette promesse.

Elle sourit et ne put qu'acquiescer, trop proche des larmes pour parler. Elle embrassa le bout de son doigt qu'elle appliqua contre la joue de Richard, puis s'éloigna dans la nuit.

Richard demeura assis dans l'obscurité. Longtemps après qu'elle fut partie, il put sentir la chaleur de l'endroit où elle avait apposé son doigt, son baiser.

La nuit était si paisible que Richard eut l'impression d'être la seule personne au monde à être éveillée. Même les loups s'étaient tus.

La solitude menaçait de l'écraser.

Il se surprit à souhaiter que quelque chose arrivât pour enfin penser à autre chose qu'à Kahlan. Il tira son épée et, pour s'occuper, polit sa lame déjà rutilante avec un coin de son manteau. Que Kahlan soit d'accord ou non, il la protégerait. Elle était traquée. Quiconque tenterait de la toucher devrait d'abord se mesurer à son épée.

A la pensée de ses poursuivants, des quads et de Darken Rahl, l'esprit de Richard s'enflamma. Il avait soif de les affronter. Son cœur battit à tout rompre. Sa mâchoire se crispa.

Il se rendit soudain compte que c'était le contact de l'épée qui réveillait sa rage. La lame libérée de son fourreau et la seule pensée que quelque chose menaçait Kahlan stimulaient sa colère. Simple affaire de perception, lui avait dit Zedd.

Richard rengaina la lame dans son fourreau et ravala sa haine. Il sentit la mélancolie s'insinuer de nouveau en lui. Alors, il se leva et fit les cent pas pour soulager les crampes de ses jambes. Mais il se rassit bien vite sur le rocher, inconsolable.

Une heure avant que son tour de garde ne se termine, il entendit de légers bruits de pas. C'était Zedd, un morceau de fromage dans chaque main, sans manteau, vêtu de ses seules robes.

— Que fais-tu debout ? lui demanda Richard. Ce n'est pas encore l'heure de ton tour de garde.

— J'ai pensé que tu apprécierais la compagnie d'un ami. Tiens, je t'ai apporté un morceau de fromage.

— Non, merci, Zedd. Pour le fromage, je veux dire. Mais d'accord en ce qui concerne l'amitié.

Zedd s'assit à côté de lui, croisa ses genoux osseux près de sa poitrine et tira ses robes par-dessus.

— Alors, Richard, quel est le problème ?

Richard haussa les épaules et jeta :

— Kahlan, je crois.

Zedd ne dit rien. Richard braqua les yeux vers lui.

— Elle envahit mes pensées dès mon réveil, et c'est la dernière à les quitter quand je m'endors. Je n'avais jamais rien ressenti de tel, Zedd, je ne m'étais jamais senti si seul.

— Je vois, dit Zedd en posant le fromage sur une pierre.

— Je sais qu'elle m'aime bien, mais j'ai l'impression qu'elle me tient à distance. Pendant que nous installions le camp ce soir, je lui ai dit que si elle avait été dans la situation de Chase aujourd'hui, je serais venu la chercher. Voilà un moment, elle est venue me voir ici. Elle a dit qu'elle n'accepterait jamais que je vienne la chercher.

— Bonne fille ! dit Zedd à voix basse.

— Quoi ?

— J'ai dit que c'était une bonne fille. Nous l'aimons tous. Mais, Richard, elle est différente des autres. Elle a des responsabilités.

Richard regarda le vieil homme de travers.

— Et quel genre de responsabilités ? demanda-t-il, hargneux.

Zedd se redressa un peu.

— Ce n'est pas à moi de te l'apprendre, dit le vieil homme. C'est elle qui doit répondre à cette question. Je croyais qu'elle s'en était déjà acquittée.

Le vieil homme passa le bras autour des larges épaules de Richard.

— Si ça peut t'aider à te sentir mieux, souffla-t-il, la seule raison pour laquelle elle ne l'a pas fait tient à ce qu'elle se soucie de toi plus qu'elle ne le devrait. Elle a peur de perdre ton amitié.

— Tu connais ses secrets, et Chase aussi. Je peux le lire dans vos yeux. Tout le monde est au courant sauf moi. Elle a essayé de me l'avouer ce soir, mais elle n'a pas pu. Elle ne devrait pas s'inquiéter de perdre mon amitié. Cela n'arrivera pas.

— Richard, c'est une personne merveilleuse, mais elle n'est pas faite pour toi. Elle ne le peut pas.

— Pourquoi ? s'exclama Richard.

Zedd évita les yeux de Richard.

— Je lui ai donné ma parole qu'elle serait la seule à te l'apprendre. Il faut me croire ; elle ne peut pas être celle que tu désires. Trouve une autre fille. La terre en est pleine ! La moitié de l'humanité est composée de filles ! Il y en a plein que tu peux choisir. Choisis-en une autre.

Richard croisa les bras autour de ses genoux et détourna le regard.

— Très bien, dit-il.

Zedd lui sourit affectueusement et lui tapota le dos.

— Très bien à une condition, ajouta Richard en

scrutant les bois vers la frontière. Que tu répondes à une question, honnêtement, aussi honnêtement que possible. Si tu peux répondre par l'affirmative, alors je ferai ce que tu me demandes.

— Seulement une question ? demanda précautionneusement Zedd, levant un doigt osseux jusqu'à sa lèvre inférieure.

— Une seule, oui.

Zedd y réfléchit une minute.

— D'accord, dit-il. Une question.

Richard pointa des yeux féroces vers le vieil homme.

— Avant que tu n'épouses ta femme, si quelqu'un — attends, rendons les choses plus faciles pour que tu répondes oui —, si quelqu'un en qui tu avais confiance, un ami, quelqu'un que tu aimais comme un père t'avait dit d'en choisir une autre, l'aurais-tu fait ?

Zedd tourna son regard vers les ténèbres.

— Tudieu ! pesta-t-il. J'aurais dû apprendre, depuis le temps, à ne pas autoriser un Chercheur à me poser de questions !

Il ramassa le fromage et en prit une bouchée.

— C'est bien ce que je pensais, siffla Richard.

Zedd lança le fromage dans les ténèbres.

— Ça ne change rien à la situation, Richard ! Ça ne marchera pas entre vous. Je ne dis pas cela pour te faire du mal. Je t'aime comme un fils. Si je pouvais changer la manière dont fonctionne l'univers, je le ferais. Je regrette, ça ne pourra pas marcher. Kahlan le sait, et si tu essaies, tu ne lui feras que du mal. Je sais que tu ne souhaites pas cela.

La voix de Richard était calme, assurée :

— Tu l'as dit toi-même, je suis le Chercheur. Il y a un moyen, et je le découvrirai.

Zedd secoua tristement la tête.

— J'aimerais qu'il en soit ainsi, mon garçon, mais ce n'est pas le cas.

— Alors que suis-je censé faire ? demanda Richard d'une voix brisée.

Son vieil ami passa ses bras maigrichons autour de

lui et le serra contre lui dans l'obscurité. Richard était hébété.

— Contente-toi d'être son ami, Richard. C'est ce dont elle a besoin. Mais tu ne peux rien être de plus.

Richard acquiesça.

Après quelques minutes, le Chercheur, le regard soupçonneux, se dégagea de l'étreinte du vieil homme.

— Pourquoi es-tu venu me voir ?

— Pour m'asseoir en compagnie d'un ami.

Richard secoua la tête.

— Tu es venu ici en tant que magicien, loin des autres, afin de conseiller le Chercheur. Maintenant, dis-moi pourquoi tu es ici.

— Très bien, Richard. Je suis venu ici en ma qualité de magicien, afin de dire au Chercheur qu'il avait presque commis une erreur tragique aujourd'hui.

Richard retira ses mains des épaules de Zedd, mais continua à soutenir son regard.

— Je sais cela. Un Chercheur ne doit pas prendre le moindre risque qui mettrait le monde en danger.

— Mais tu étais sur le point de le faire quand même, le pressa Zedd.

— Lorsque tu m'as nommé Chercheur, tu connaissais de moi le bon comme le mauvais. Je suis novice dans l'exercice des responsabilités de ce poste. Il m'est difficile de voir un ami en danger et de ne pas pouvoir l'aider. Je sais que je ne peux plus me permettre ce luxe. Considère-moi comme réprimandé.

Zedd sourit.

— Cette journée s'est quand même bien passée.

Il resta immobile une minute, son sourire s'estompait.

— Mais, Richard, insista le vieux magicien, le problème est plus complexe que ça. Tu dois comprendre qu'en tant que Chercheur tu peux risquer la vie de personnes innocentes. Pour réussir à arrêter Rahl, il se peut que tu sois contraint de te détourner de ceux qui pourraient être sauvés par ton aide. Un soldat, sur le champ de bataille, a conscience que s'il se penche pour assister un camarade terrassé, il peut recevoir un coup d'épée dans le dos, qu'il doit combattre malgré les cris de ses compagnons blessés. Tu dois être capable de faire cela, tu dois t'armer de courage pour y arriver. Darken Rahl tuera n'importe qui pour l'emporter. Ceux qui combattent à ses côtés agiront de même. Tu devras agir de même. Que tu sois d'accord ou non, c'est l'agresseur qui établit les règles. Tu dois jouer le jeu ou bien tu périras.

— Darken Rahl veut dominer le monde, être maître de tout. Comment pourrait-on combattre pour lui ?

Le magicien regarda par-dessus les collines. Son ton était désenchanté.

— Parce que, Richard, beaucoup de gens doivent être gouvernés pour s'épanouir. Dans leur égoïsme et leur avidité, ils voient les gens libres comme des oppresseurs. Ils espèrent qu'un supérieur coupera les plantes les plus grandes afin que le soleil les atteigne. Ils pensent qu'aucune plante ne devrait être autorisée à pousser plus haut que les autres et qu'ainsi toutes pourraient recevoir la même lumière.

« Certains pensent que lorsque Rahl gagnera, il leur sourira, et qu'ils seront récompensés. Aussi se montrent-ils aussi impitoyables que lui afin d'obtenir ses faveurs. D'autres encore sont simplement aveugles à la vérité et combattent pour les mensonges qu'ils entendent. Et d'autres enfin découvrent, une fois que cette lumière directrice est allumée, qu'ils portent des chaînes, mais alors il est trop tard.

Zedd lissa ses manches le long de ses bras tout en soupirant.

— Il y a toujours eu des guerres, Richard. Cependant, aucune armée n'a jamais marché au combat en pensant que le Créateur s'était rangé du côté de l'ennemi.

Richard secoua la tête en murmurant :

— Ça n'a pas de sens. Je suis relativement certain que les disciples de Darken Rahl croient que nous sommes des monstres assoiffés de sang, capables de tout. On a dû leur raconter sans fin des histoires à propos de la brutalité sans pitié de leur ennemi. Je suis sûr qu'aucun d'eux ne connaît grand-chose de Darken Rahl hormis ce que Darken Rahl lui-même leur a dit.

Le magicien se renfrogna.

— Ce peut être une perversion de la logique, mais cela ne rend pas la situation moins menaçante ou moins mortelle. Les disciples de Rahl doivent nous écraser, pas réfléchir à quoi que ce soit d'autre. Mais quand tu veux gagner contre un adversaire plus fort, tu dois te servir de ta tête.

Richard fit courir ses doigts dans sa chevelure.

— Je me retrouve coincé dans une crevasse terriblement exiguë. Je peux avoir à laisser des innocents mourir, mais je ne peux pas tuer Darken Rahl.

— Non, dit Zedd en le gratifiant d'un regard éloquent. Je n'ai jamais dit que tu ne pouvais pas tuer Darken Rahl ! J'ai dit que tu ne pouvais pas utiliser ton épée pour le tuer.

Richard dévisagea intensément son vieil ami.

— Zedd, demanda-t-il calmement, as-tu jamais dû faire une chose pareille ? As-tu déjà dû laisser mourir des innocents ?

Le visage de Zedd se durcit et devint pensif.

— Lors de la dernière guerre, confia-t-il, et maintenant encore, alors que nous discutons. Kahlan m'a raconté que Rahl torturait et tuait des gens pour apprendre mon nom. Personne ne peut le révéler, mais il continue à tuer dans l'espoir que quelqu'un, finalement, le lui dira. Je pourrais me livrer à lui pour mettre un terme au carnage, mais alors je ne serais pas en mesure d'aider à le vaincre, et beaucoup d'autres mourraient. C'est un choix douloureux, laisser quelques-uns mourir horriblement, ou en laisser encore davantage mourir horriblement. Je suis navré, mon ami.

Richard s'enveloppa plus étroitement dans son manteau, gelé à l'extérieur comme à l'intérieur. Il reporta son regard sur le paysage tranquille, puis sur Zedd.

— J'ai rencontré le feu follet nocturne, Shar, avant qu'elle ne meure, dit-il. Elle a sacrifié sa vie pour amener Kahlan jusqu'ici, pour que d'autres puissent vivre.

Kahlan porte également le fardeau de devoir laisser d'autres mourir.

— En effet, fit doucement Zedd. Mon cœur saigne de connaître les choses que les yeux de cette fille ont contemplées. Et les choses que tes yeux verront peut-être.

— Cela rend mon problème de couple plutôt anodin, soupira Richard.

L'expression de Zedd était empreinte de bienveillante compassion.

— Mais non moins pénible, je le sais.

Une nouvelle fois, Richard parcourut le paysage des yeux.

— Zedd, encore une chose. Avant d'arriver chez toi, j'ai offert une pomme à Kahlan.

Zedd eut un rire surpris.

— Tu as offert un fruit rouge à une habitante du Midlands ? Cela équivaut à une menace de mort, mon garçon. Dans le Midlands, les fruits rouges de toutes sortes contiennent un poison mortel.

— Oui, je sais cela désormais, mais ce n'était pas le cas alors, répondit Richard, penaud.

Zedd se pencha, arquant un sourcil.

— Comment a-t-elle réagi ?

Richard le regarda de biais.

— Elle m'a sauté à la gorge. Un instant, j'ai lu dans ses yeux qu'elle allait me tuer. Je ne sais pas comment, mais je suis sûr qu'elle allait le faire. Elle a hésité suffisamment longtemps pour que je puisse m'expliquer. Elle était mon amie et m'avait sauvé la vie à plusieurs reprises, mais à cet instant elle aurait pu me tuer.

Richard fit une pause puis ajouta :

— Ça fait partie de ce que tu disais, pas vrai ?

Zedd expira profondément et opina.

— En effet. Richard, si tu me soupçonnais d'être un traître et que tu saches que notre cause en dépendait, serais-tu capable de me tuer ? Si tu n'avais pas le temps ni aucun moyen de découvrir la vérité, seulement la forte conviction de ma traîtrise, pourrais-tu me tuer sur-le-champ ?

Le regard de Zedd brûla en lui.
— Je... je ne sais pas, balbutia Richard.
— Eh bien, tu ferais mieux de savoir de quoi tu es capable, ou ce n'est pas la peine d'affronter Rahl. Tu n'auras pas la détermination de vivre, de gagner. Tu peux être appelé à prendre instantanément une décision de vie ou de mort. Kahlan, elle, le sait. Elle connaît les conséquences d'un échec de sa part. Elle possède cette détermination.
Richard se renfrogna.
— Elle a hésité, toutefois. D'après ce que tu dis, elle a commis une erreur. J'aurais pu la maîtriser. Elle aurait dû me tuer avant. Et elle aurait eu tort.
Zedd secoua lentement la tête.
— Ne te flatte pas, Richard. Elle avait la main sur toi. Rien de ce que tu aurais pu faire n'aurait été assez rapide. Elle t'a juste donné une chance de t'expliquer. Elle n'a pas commis d'erreur.
Ebranlé, Richard n'était cependant pas prêt à concéder le point.
— Mais toi, insista-t-il, tu ne saurais, ne pourrais nous trahir. Je ne vois pas où est le problème.
— Le problème, répondit Zedd sévèrement, est que même si ce n'est pas mon genre, si je le faisais, tu devrais être préparé à réagir. Tu dois posséder la force d'accomplir même cela, si c'est nécessaire. Même si tu étais son ami, quand Kahlan a pensé que tu pouvais lui nuire, elle s'est immédiatement mise en condition d'agir. Si tu ne l'avais pas rapidement obligée à te croire, elle aurait agi.
Richard demeura silencieux durant un moment puis demanda :
— Zedd, si c'était l'inverse, si tu pensais que j'étais un danger pour notre cause, alors, tu pourrais... ?
Le magicien, fronçant les sourcils, et sans l'ombre d'une hésitation dans la voix, dit :
— En un clin d'œil.
La réponse consterna Richard, mais il comprit ce que son ami avait voulu dire : tout ce qui n'était pas

totale obéissance pouvait conduire à l'échec. S'ils chancelaient, Rahl se montrerait sans pitié. Ils mourraient.

C'était aussi simple que cela.

— Tu veux toujours être Chercheur ? s'enquit Zedd.

— Oui, dit Richard, le regard noyé dans le vide.

— Tu as peur ?

— Une peur bleue.

— Bien. Moi aussi, dit Zedd en lui tapotant le genou. Je m'inquiéterais si ce n'était pas le cas.

Le Chercheur lui adressa un regard glacial.

— Et j'ai bien l'intention de faire peur à Darken Rahl aussi.

Zedd sourit et hocha la tête.

— Tu seras un bon Chercheur, Richard. Aie la foi.

Richard frissonna à la pensée que Kahlan aurait pu le tuer juste parce qu'il lui avait offert une pomme.

— Zedd ? Pourquoi tous les fruits rouges du Midlands contiennent-ils un poison mortel ? Ce n'est pas naturel.

— Parce que, Richard, les enfants aiment les fruits rouges, répondit tristement le magicien.

— Ça n'a pas de sens ! rétorqua Richard.

Zedd baissa les yeux et, enfonçant durant un moment un doigt osseux dans la terre, dit :

— C'était à peu près à cette période de l'année, lors de la dernière guerre. Les récoltes étaient rentrées. J'avais trouvé une magie composée, une magie conçue par des magiciens de l'ancien temps. Quelque chose comme les coffrets d'Orden. C'était une magie empoisonnée. Je n'étais pas sûr de son usage, mais je savais qu'elle était dangereuse.

Zedd respira profondément.

— Quoi qu'il en soit, Panis Rahl a mis la main dessus et a réussi à résoudre le mystère de son fonctionnement. Il savait que les enfants adorent les fruits. Comme il souhaitait nous frapper au cœur, il a utilisé cette magie pour empoisonner tous les fruits rouges. C'est un peu comme le poison de la liane serpent. Il agit d'abord lentement. Nous avons mis du temps à comprendre la cause de la fièvre et de la mort. Panis

Rahl a délibérément choisi quelque chose qu'il était sûr que les adultes, mais aussi les enfants, mangeraient.

Sa voix était à peine perceptible. Il fixait les ténèbres.

— Quantité de gens sont morts. Quantité d'enfants...

Les yeux de Richard étaient écarquillés.

— Mais si tu l'avais trouvée, comment s'en est-il emparé ?

Zedd regarda Richard dans les yeux avec une expression qui aurait pu geler un jour d'été.

— J'avais un étudiant, un jeune homme que je formais. Un jour, je l'ai surpris en train de tripatouiller quelque chose qu'il n'aurait pas dû avoir en main. J'avais des doutes à son sujet. Je savais que quelque chose clochait, mais je l'admirais beaucoup, aussi n'ai-je pas écouté mes soupçons. Au lieu de cela, j'ai décidé d'y réfléchir durant la nuit. Le lendemain matin, il avait disparu, ainsi que la magie composée que j'avais trouvée. Il avait servi d'espion à Panis Rahl. Si je l'avais tué à temps, tous ces gens, tous ces enfants, ne seraient pas morts.

— Mais, Zedd, protesta Richard, tu ne pouvais pas savoir !

Il pensait que le vieil homme allait peut-être hurler, ou pleurer, ou fulminer, mais au lieu de cela il se contenta de hausser les épaules.

— Que mes erreurs te soient profitables, Richard. Si tu fais ce que tu as à faire, alors toutes ces vies n'auront pas été perdues pour rien. Il faut préserver le monde de ce que Darken Rahl lui prépare.

Richard demeura immobile dans le silence sombre et froid, et médita un moment. Enfin il demanda :

— Existe-t-il un moyen de débarrasser les fruits rouges de leur poison ?

Zedd fronça les sourcils de concentration et déclara :

— Il se peut qu'il existe un moyen d'effacer le sortilège. Je vais voir ce que je peux faire. Si nous voulons vaincre Darken Rahl, je dois m'y atteler sur-le-champ.

Richard tira son manteau plus près de lui.

— Tout le monde devrait pouvoir manger une pomme quand l'envie lui en prend. Surtout les enfants.

Il regarda le vieil homme.

— Zedd, je promets de me souvenir de ta leçon. Je ne te laisserai pas tomber. Je ne permettrai pas que tous ces morts soient oubliés.

Zedd sourit et frotta affectueusement le dos de Richard.

Les deux amis restèrent un moment silencieux à goûter la tranquillité de la nuit.

Puis Richard songea à ce qu'il convenait de faire. Pense à la solution, se dit-il, pas au problème. Tu es le Chercheur...

— Zedd, dit-il à son ami, peux-tu faire quelque chose pour ce nuage qui me suit partout ?

— Si je savais de quelle façon il a été accroché à toi, je pourrais le décrocher, mais je n'arrive pas à comprendre.

Il se passa d'un air contemplatif l'index et le pouce le long de la mâchoire.

— A-t-il plu, ou le temps a-t-il été couvert depuis qu'il a commencé à te suivre ?

Richard essaya de se souvenir. La plupart du temps, depuis la mort de son père, il avait erré dans une sorte de brouillard.

— La nuit précédant ma découverte de la liane serpent, il a plu dans le Ven, mais le temps que j'y arrive, le ciel s'était éclairci. Non, pas de pluie. Je ne me rappelle pas qu'il y ait eu des nuages depuis le meurtre de mon père. Qu'est-ce que ça signifie ?

— Eh bien, rétorqua Zedd, ça signifie qu'il existe un moyen de leurrer le nuage. Puisque le ciel a été clair tout ce temps, cela signifie que Rahl en est probablement responsable. Il a écarté les autres nuages de manière à pouvoir aisément repérer celui-ci. Simple, mais efficace.

— Comment pourrait-il écarter les nuages ? s'étonna Richard.

— Il a jeté un sort sur celui-ci afin de repousser les autres, et l'a d'une quelconque façon accroché à toi.

— Alors pourquoi ne lui jettes-tu pas un sort plus puissant qui attirerait d'autres nuages ? Avant qu'il ne s'en rende compte, le nuage pisteur sera perdu, et Rahl ne sera plus en mesure de le retrouver.

Zedd lui lança un regard incrédule, clignant des yeux.

— Tudieu, Richard, tu as absolument raison ! Mon garçon, je crois que tu ferais un excellent magicien.

— Non, merci. J'ai déjà un travail impossible, ironisa Richard.

Zedd se renfrogna un peu, mais ne dit rien. Sa fine main fourragea dans ses robes et en sortit une pierre qu'il jeta sur le sol devant eux. Il se mit debout et fit tournoyer ses doigts en cercle au-dessus. Brusquement, elle se changea en un gros rocher.

Richard resta interdit.

— Mon garçon, dit Zedd, c'est un rocher magique. Mon père me l'a donné, il y a longtemps.

Le doigt du magicien tourna de plus en plus vite jusqu'à ce que de la lumière, des étincelles et des couleurs tourbillonnent autour de la pierre. Il continua à tourner, mélangeant et fusionnant la lumière et les matières. Il n'y avait aucun son, seulement l'agréable odeur d'une averse printanière. Enfin le magicien parut satisfait.

— Grimpe sur le rocher, mon garçon, ordonna-t-il.

D'abord hésitant, Richard traversa le halo de lumière. Il lui picota la peau, comme s'il était allongé nu sous un soleil d'été, après un bain. Il laissa cette impression de chaleur et de sécurité l'envahir, puis s'y abandonna. Il inclina la tête en arrière, respira profondément à plusieurs reprises et ferma les yeux. Il se sentait merveilleusement bien, comme s'il flottait dans l'eau. Une véritable euphorie s'empara de lui. Il ne faisait plus qu'un avec les arbres, les animaux, l'eau, l'air même ; il n'était plus un individu isolé, mais faisait partie d'un tout. Il vit le monde à travers les yeux de toutes les créatures qui le composent. C'était un spectacle merveilleux, bouleversant. Il se laissa monter jusqu'à un oiseau qui volait au-dessus de lui, vit le monde à travers ses yeux, chassa avec lui, affamé et en quête de souris, observa le feu de camp au-dessous.

Richard laissa son identité s'éparpiller dans le vent. Il devint personne et tout le monde, ressentit les besoins des hommes, flaira leurs peurs, goûta leurs joies, comprit leurs désirs. Il laissa alors tout cela se fondre dans le néant et se sentit seul dans l'univers, le seul être vivant, la seule chose à exister. Des larmes de joie ruisselèrent le long de ses joues.

Zedd jeta de la poudre magique vers le rocher. Elle alla tourbillonner autour de Richard et forma un anneau au niveau de sa poitrine. Puis, avec un son cristallin comparable à celui d'un lustre dans le vent, la poudre s'éleva vers le ciel, emportant le son avec elle, de plus en plus haut, jusqu'à ce qu'elle atteigne le nuage. Celui-ci absorba la poudre magique et fut illuminé de l'intérieur par des éclairs de couleur.

Tout à coup, les éclairs cessèrent, l'illumination du nuage s'estompa et disparut, puis la lumière issue du rocher magique s'éteignit. Un silence soudain régna. Richard était de nouveau là, debout sur un simple rocher. Il regarda, les yeux écarquillés, le visage souriant de Zedd.

— Zedd, murmura-t-il, maintenant je sais pourquoi tu grimpes sans arrêt sur ce rocher. Je n'ai jamais rien ressenti de tel de toute ma vie.

Le magicien sourit d'un air entendu.

— Tu es fait pour ça, mon garçon. Tu as tendu les bras comme il fallait, ta tête avait la bonne inclinaison, tu as même courbé le dos correctement. Tu possèdes décidément toutes les prédispositions pour faire un bon magicien.

Il se pencha en avant, jubilant.

— Essaie maintenant d'imaginer comment ce doit être quand tu es nu.

— Ça fait une différence ? demanda Richard, complètement ébahi.

— Bien sûr ! Les vêtements interfèrent avec l'expérience.

Zedd passa le bras autour des épaules de Richard.

— Un jour, je te laisserai essayer.

— Zedd, pourquoi m'as-tu fait faire cela ? Ce n'était pas nécessaire.

— Comment te sens-tu maintenant ?

— Je ne sais pas. Différent. Détendu. L'esprit plus clair. Plus fatigué aussi. Peut-être un peu fragilisé.

— Voilà pourquoi je t'ai laissé faire cela, Richard, parce que tu en avais besoin. Tu as eu une nuit difficile. Je ne peux rien changer aux problèmes, mais je pouvais t'aider à te sentir mieux.

— Merci, Zedd.

— Va dormir, c'est mon tour de garde maintenant.

Il adressa un clin d'œil à Richard.

— Si tu changes d'avis et que tu veuilles devenir magicien, je serai fier de t'accueillir dans notre fraternité.

Zedd claqua des doigts. Depuis les ténèbres, le morceau de fromage qu'il avait posé s'éleva dans les airs et vint se placer dans sa main.

14

CHASE RAMENA SON CHEVAL AU PAS.

— Ici, ce sera un bon endroit.

Il mena ses compagnons hors du sentier à travers une étendue découverte d'épicéas morts. Leurs squelettes gris argenté se dressaient sinistrement. Le sol souple était tapissé de corps pourrissants. Des mauvaises herbes mordorées des marais, de larges feuilles plates étalées au hasard par les orages passés ressemblaient à une mer de serpents morts enchevêtrés.

Les chevaux choisissaient soigneusement leur chemin. L'air chaud, chargé d'humidité, portait la fragrance douceâtre de la putréfaction. Un brouillard de moustiques les suivait en bourdonnant. Le ciel n'offrait que peu de luminosité et une couverture uniforme de nuages planait à une proximité oppressante du sol. Des caravanes de brume se traînaient au travers des pointes argentées des arbres, les laissant humides et luisants.

La visibilité était limitée à une centaine de mètres, et même si Chase ne semblait pas s'inquiéter, Richard restait à l'affût. N'importe quoi pourrait s'approcher subrepticement avant qu'ils ne le remarquent. A l'exception de Zedd, ils maintenaient tous leurs manteaux serrés pour se protéger des moustiques. Zedd, qui évitait de porter des manteaux, grignotait les restes du repas, et avait l'air d'un touriste en excursion. Richard se sentait rassuré que Chase les guidât. Tout se ressemblait dans le marais, et il savait par expérience à quel point il était facile de s'y perdre.

Depuis son expérience du rocher magique, la nuit précédente, Richard ressentait moins comme un fardeau le poids de ses responsabilités. Il n'en éprouvait pas moins le danger, mais il savait qu'il ne pourrait plus reculer. Cela signifierait sa fin, et celle de beaucoup d'autres.

Richard regarda le corps de Kahlan se balancer, ses épaules onduler au rythme du cheval. Il avait hâte de l'emmener dans les Bois du Hartland. Il y connaissait des lieux secrets de beauté et de paix. Dans les confins montagneux, il lui montrerait la cascade qu'il avait découverte, et la caverne aussi. Ils déjeuneraient au bord d'une tranquille mare forestière, puis ils iraient en ville, où il lui achèterait quelque chose de joli. Il voulait l'emmener quelque part, où elle serait en sécurité. Il voulait qu'elle soit capable de sourire sans avoir à se soucier à chaque minute de ses ennemis.

De sa main levée, Chase leur fit signe de s'arrêter.

— Voici l'endroit.

Richard parcourut les alentours du regard ; ils étaient toujours au milieu d'un marécage asséché, mort, sans fin. Il n'apercevait pas la frontière. Ils attachèrent leurs chevaux à un tronc abattu et suivirent Chase à pied.

— La frontière, déclara Chase, un bras tendu.

— Je ne vois rien, dit Richard.

Chase sourit.

— Observe !

Il continua à marcher, régulièrement, lentement. Une lueur verte commença à se former autour de lui. D'abord à peine perceptible, elle s'intensifia, devint plus brillante, jusqu'à former un véritable mur de lumière émeraude. C'était ondulé et distordu, mais Richard voyait à travers et apercevait les arbres morts situés au-delà. Chase s'arrêta et se retourna. Le mur vert, puis la lueur verte s'estompèrent et disparurent.

Richard avait toujours pensé que la frontière était quelque chose de ce genre. Quelque chose d'immatériel que l'on pouvait voir par intermittence.

— C'est tout ? dit-il, un peu déçu.

— Que veux-tu de plus ? Maintenant, regarde ça, dit Chase en se baissant vers le sol.

Il ramassa des branches, en testa la résistance. La plupart étaient pourries. Finalement il en trouva une, d'à peu près trois mètres cinquante, qui semblait résistante. Il retourna vers la lueur émeraude. Tenant la branche par sa partie la plus épaisse, il l'enfonça à travers le mur. Le bâton disparut d'à peu près un mètre cinquante. Richard était perplexe. Il pouvait voir au-delà du mur, mais il ne voyait pas l'autre bout du bâton. C'était incroyable !

Soudain, le bâton tressauta violemment. Mais aucun bruit ne se produisit. Chase le tira vivement en arrière et revint vers les autres. L'extrémité du bâton était fendue en éclats. Le bout de bois que Chase tenait à présent en main avait perdu deux bons mètres et l'extrémité était couverte de bave.

— Molosses de cœur, dit-il avec un rictus.

Zedd paraissait s'ennuyer. Kahlan n'était pas amusée. Richard, lui, était abasourdi. Puisque son public semblait se réduire à un seul spectateur, Chase agrippa à pleine main la chemise de Richard. Il le tira à l'écart.

— Viens, je vais te montrer de quoi ça a l'air.

Chase accrocha son bras à celui de Richard.

— Va lentement, le mit-il en garde, je te ferai savoir lorsque nous serons assez loin. Tiens-toi bien.

Ils progressèrent lentement.

A chaque pas, la lumière verte devenait plus intense. Un bourdonnement se fit bientôt entendre, tel un millier de bourdons. A chaque pas, le son devenait plus grave, mais pas plus fort. La lumière verte devint également plus profonde, et les bois environnants plus sombres, comme si la nuit était en train de tomber.

Puis Richard ne put pratiquement plus discerner les bois ; il regarda en arrière et ne parvint plus du tout à voir ni Kahlan ni Zedd.

Le mur émeraude surgit alors devant eux.

— Doucement, maintenant, l'avertit Chase.

Ils avancèrent encore plus lentement. Richard crut sentir une résistance contre son corps.

Tout, autour d'eux, commença à s'obscurcir, comme s'ils se trouvaient dans une caverne. Richard serra le bras de Chase plus étroitement. Le bourdonnement faisait vibrer sa poitrine.

Au pas suivant, le mur adopta une transparence sombre, comme celle d'une mare profonde dans une forêt obscure. Chase s'immobilisa, à l'affût.

— Pas plus loin ! ordonna-t-il.

Des formes se déplaçaient de l'autre côté.

Des silhouettes d'un noir d'encre oscillaient dans les ténèbres de l'autre côté du mur, spectres flottant dans l'onde.

Quelque chose de plus proche et de plus rapide s'approcha d'eux.

— Les molosses, chuchota Chase.

Richard se rendit compte que le bourdonnement qu'ils entendaient était le son de voix.

Des voix qui susurraient son nom.

Des milliers de voix qui l'appelaient. Les silhouettes noires se rassemblaient, l'appelaient, tendaient leurs bras vers lui.

Il éprouva une solitude lancinante, aussi soudaine qu'inattendue. La solitude de sa vie, de toute vie. Pourquoi continuer à souffrir alors qu'ils étaient là, prêts à l'accueillir ? Ne plus jamais être seul. Les silhouettes noires s'approchèrent encore, l'appelant, et il commença à distinguer leurs visages. Il mourait d'envie de traverser. D'être avec eux.

C'est alors qu'il vit son père.

Le cœur de Richard battit à tout rompre. Son père le réclamait en une longue plainte affligée. Ses bras se tendirent brusquement, tentant désespérément d'attraper ceux de son fils. Il était juste de l'autre côté du mur. Richard crut que son cœur allait se déchirer. Il pleura. Il n'aurait plus jamais à avoir peur. Il allait le rejoindre. Alors il serait en sécurité.

En sécurité. Pour toujours.

Richard essaya d'agripper son père, essaya d'aller vers lui, essaya de traverser le mur.

Quelque chose retenait son bras.

Irrité, il tira plus fort. Quelqu'un l'empêchait d'atteindre son père. Il hurla qu'on le laisse partir.

Son père s'éloignait.

Richard rugit de colère. Quelqu'un essayait de le tirer en arrière par le bras. De rage, il voulut attraper son épée. Une grosse main se plaqua par-dessus la sienne avec une prise d'acier. Il lutta vigoureusement afin de dégainer la lame, mais les grosses mains le tenaient fermement et l'éloignaient, trébuchant. Richard lutta, mais fut entraîné au loin. Loin de son père.

La couleur émeraude fit à nouveau place aux ténèbres. Le monde revint en une secousse écœurante. Le marais sec et mort réapparut.

Reprenant brusquement conscience, Richard fut épouvanté de ce qu'il avait failli faire. Tremblant, il s'appuya à Chase pour reprendre son souffle. Le soulagement l'inonda.

Chase se pencha un peu en avant, examinant ses yeux.

— Tout va bien, Richard ?

Richard acquiesça, trop atterré pour parler. Il devait même se concentrer pour respirer, pour se tenir debout. Sa gorge lui faisait mal.

Richard fut terrifié quand il réalisa à quel point il avait été près de franchir le mur. Si Chase n'avait pas été là pour le retenir, il serait probablement mort, à présent. Il avait failli s'abandonner aux enfers. Comment avait-il pu ? Etait-il si faible ? Si fragile ?

La tête lui tournait. Il ne pouvait effacer l'image de son père qui l'appelait, désespérément. La vision hantait son esprit, refusait de s'en aller. Mais voulait-il qu'elle s'en aille ?

Kahlan était là, qui les attendait, à la lisière de la lumière verte. Elle glissa un bras protecteur autour de sa taille et le tira loin de Chase. De son autre main, elle agrippa sa mâchoire et l'obligea à la regarder.

— Richard, écoutez-moi. Pensez à autre chose. Concentrez-vous. Vous devez penser à autre chose. Je veux que vous vous rappeliez chaque intersection de chaque sentier du Hartland. Pouvez faire cela pour moi ? Je vous en prie. Faites-le maintenant. Souvenez-vous de chacun d'eux pour moi.

Il opina, et commença à fouiller dans sa mémoire.

Kahlan se tourna, furieuse, vers Chase et le gifla aussi fort qu'elle le put.

— Espèce de fumier ! hurla-t-elle. Pourquoi lui avoir fait subir ça ?

Elle le gifla de nouveau, de toutes ses forces.

— Vous l'avez fait exprès ! Comment avez-vous pu !

Elle allait frapper une troisième fois, mais Chase saisit son poignet à la volée.

— Vous voulez que je vous le dise ou vous préférez continuer à me taper ?

Elle retira brutalement sa main, le regard méchant, la poitrine haletante.

— Traverser le Port du Roi est dangereux, commença Chase. Ce n'est pas une ligne droite, elle zigzague. En certains endroits, elle est très étroite, les deux murs de la frontière se touchent pratiquement. Un pas d'un côté ou de l'autre, et c'en est fini de vous. Vous avez traversé la frontière et Zedd également. Vous comprenez tous les deux. On ne peut pas la voir tant qu'on ne l'a pas franchie. Je le sais parce que j'ai passé ma vie dans les parages. C'est encore plus dangereux maintenant parce qu'elle faiblit, il est encore plus facile de passer au travers. Lorsque nous pénétrerons dans le défilé, si quelque chose décidait de nous poursuivre, Richard pourrait courir dans les enfers sans s'en rendre compte.

— Ce n'est pas une excuse, rugit Kahlan. Vous auriez pu l'avertir !

— Je n'ai jamais connu d'enfant qui n'ait de véritable respect pour le feu avant qu'il n'y ait mis une fois la main. Aucune parole ne vaut l'expérience. Oui, je l'ai emmené là-dedans exprès. Pour lui montrer. Pour le garder en vie.

— Vous auriez dû lui dire !

Chase secoua la tête.

— Non. Il devait le voir.

— Assez ! dit Richard.

Ils pivotèrent tous vers lui.

— Pas un jour ne s'écoule sans que l'un d'entre vous me fasse une peur bleue. Mais je sais que vous le faites par amitié. En ce moment des choses importantes réclament notre attention. Chase, comment sais-tu que la frontière faiblit ? Que s'est-il passé ?

— Le mur s'écroule, répondit le garde-frontière. Avant, il était impossible de le voir. On ne pouvait pas discerner l'autre côté.

— Chase a raison, dit Zedd. Je pouvais le voir d'ici.

— Combien de temps avant que la frontière ne s'effondre ? demanda Richard au magicien.

Zedd haussa les épaules.

— C'est difficile à dire.

— Alors devine ! répliqua Richard. Donne-m'en au moins une idée. Ta meilleure approximation.

— Au minimum deux semaines. Mais pas plus de six ou sept.

Richard réfléchit une minute.

— Zedd, peux-tu utiliser ta magie pour la renforcer ?

— Je ne possède pas ce genre de pouvoir.

— Chase, penses-tu que Rahl connaît le Port du Roi ?

— Comment le saurais-je, Richard ?

— Eh bien, est-ce que quelqu'un a déjà emprunté ce défilé ?

Chase réfléchit à la question avant de répondre :

— Pas que je sache.

— J'en doute, ajouta Zedd. Rahl peut parcourir les enfers, il n'a pas besoin du défilé. Il est en train d'abattre la frontière. Je ne pense pas qu'il se soucie d'un petit défilé.

— Se soucier est différent de connaître, dit Richard. Je crois que nous ne devrions pas nous attarder ici, il pourrait nous repérer.

— Que voulez-vous dire ? lui demanda Kahlan.

Richard la dévisagea avec sympathie, puis lui demanda :

— Croyez-vous que c'était votre mère et votre sœur que vous avez vues lorsque vous étiez là-dedans ?

— Je le croyais. Quel est votre avis ?

— Je ne crois pas qu'il s'agissait de mon père.

Richard se tourna vers le magicien.

— Qu'en penses-tu, Zedd ?

— C'est impossible à dire. Personne ne connaît réellement les enfers.

— Darken Rahl les connaît, lui, rétorqua amèrement Richard. Je ne pense pas que mon père se lamenterait de cette façon. Il est plus probable que ce sont les disciples de Rahl qui ont essayé de m'attirer. Tu as dit qu'ils s'attendaient que nous traversions la frontière dans l'espoir de nous attraper. Je crois que c'est ce que j'ai vu, ses disciples des enfers. Et ils savent exactement où j'ai touché le mur. Si j'ai raison, cela signifie que Rahl saura bientôt où nous sommes.

— Richard a raison, annonça Chase. Et il nous faut parvenir au Marais de Skow avant la tombée de la nuit. Avant que les molosses de cœur ne sortent. C'est le seul endroit sûr entre ici et Havresud. Nous atteindrons Havresud avant demain soir et serons à l'abri des molosses de cœur là-bas. Le lendemain, nous irons voir une de mes amies, Adie, la femme os. Elle habite près du défilé. Nous avons besoin de son aide pour le traverser. Mais ce soir, notre seule chance est le marais.

Richard était sur le point de demander ce qu'était une femme os, et pourquoi ils avaient besoin de son aide pour franchir la frontière, lorsqu'une forme sombre et indistincte surgit brusquement des airs, frappant Chase si fort qu'elle le projeta par-dessus plusieurs arbres. A une vitesse foudroyante, la forme noire s'enroula autour des jambes de Kahlan, à la manière d'un fouet. Elle hurla le nom de Richard tandis que celui-ci plongeait pour la retenir. Ils se saisirent mutuellement les poignets. Tous deux furent traînés à terre, en direction de la frontière.

Les doigts de Zedd lancèrent du feu par-dessus leurs têtes. Un autre appendice noir cribla le magicien de coups à la vitesse de l'éclair. Richard s'accrocha à une branche. Pourrie, elle s'arracha du tronc auquel elle était attachée. Il tenta de planter ses talons dans le sol. Ses bottes dérapèrent sur les herbes humides du marais. Il enfonça plus profondément ses talons dans la terre, mais il n'était pas assez fort pour empêcher leurs deux corps d'être traînés sur le sol.

— Passez vos bras autour de ma taille ! s'exclama-t-il.

Kahlan s'étira, lança ses bras autour de lui et l'empoigna fermement. La chose noire et sinueuse entourant ses jambes ondula et resserra son étau. Kahlan cria sous la pression. Richard dégaina son épée d'un coup.

La colère déferla en lui. La pire des peurs de Richard se matérialisait. Quelque chose essayait de lui enlever Kahlan. La lumière verte devint plus vive. Etendu à terre, il ne pouvait atteindre la chose qui les tirait. Kahlan le tenait fermement par la taille.

— Kahlan, lâchez-moi ! cria-t-il.

Elle était trop terrifiée pour s'exécuter. Elle l'agrippait désespérément, haletant de douleur.

— Kahlan, lâchez-moi ! s'exclama-t-il de nouveau.

Il essaya de décrocher ses mains. Les arbres du marais commençaient à disparaître dans les ténèbres. Richard sentait la pression du mur. Il ne pouvait croire à la force avec laquelle Kahlan s'accrochait à lui. Sur le dos, glissant sur le sol, il essaya de passer ses bras derrière lui, mais n'y parvint pas. Leur seule chance était qu'il parvienne à se relever.

— Kahlan ! Il faut que vous me lâchiez ou nous sommes morts ! Je ne le laisserai pas vous attraper ! Croyez-moi ! Lâchez-moi !

Il ne savait pas s'il lui racontait la vérité, mais il était certain que c'était leur unique chance.

Kahlan leva les yeux vers lui, le visage tordu par la douleur. Elle cria et le lâcha.

En un éclair, Richard fut sur ses pieds. Alors qu'il bondissait, le mur obscur se matérialisa subitement devant lui. Son père lui tendit les bras. Il déchaîna sa rage, maniant l'épée avec toute la violence dont il était capable. La lame fendit le mur et la créature gémit, disparaissant dans l'obscurité.

Les pieds de Kahlan étaient appuyés contre le mur. La chose sombre entourait étroitement ses jambes, la comprimant et la tirant. Il brandit son épée. Un désir de meurtre jaillit en lui.

— Richard, non ! C'est ma sœur !

Il savait que ce n'était pas elle. Il s'abandonna complètement à son désir et abattit l'épée aussi puissamment qu'il le put. De nouveau elle fendit le mur, cinglant la chose répugnante qui tenait Kahlan. Il y eut une confusion d'éclairs, de sinistres gémissements et des mélopées funèbres. Les jambes de Kahlan étaient libres. Elle s'affala brutalement sur le sol.

Sans regarder si quelque chose d'autre se produisait, Richard passa le bras sous sa taille et la souleva d'un seul mouvement. Il la serra contre lui et maintint l'épée pointée sur le mur tandis qu'il battait en retraite devant la frontière. Reculant prudemment, il était à l'affût du moindre mouvement.

Il continua jusqu'à ce qu'ils soient à une distance raisonnable. Lorsqu'il s'arrêta enfin et la libéra, Kahlan jeta ses bras autour de lui en frémissant. Il dut lutter afin de refréner la rage qui le poussait à retourner au combat.

— Les autres, où sont-ils ? s'enquit-elle, affolée. Nous devons les retrouver.

Kahlan se dégagea et entreprit de retourner sur le champ de bataille. Richard lui saisit le poignet, la faisant presque basculer.

— Restez ici ! hurla-t-il sur un ton bien plus emporté que nécessaire.

Richard découvrit Zedd recroquevillé et inconscient. Alors qu'il se penchait vers le vieil homme, quelque chose vola brusquement au-dessus de sa tête. Sa colère éclata. Il fit volte-face avec l'épée, la lame fendant la forme sombre. Richard releva Zedd à la force des bras et le jeta sur son épaule tel un sac de grain. Il le porta jusqu'à Kahlan, où il le coucha soigneusement sur le sol. Elle plaça la tête du magicien sur ses genoux et regarda s'il était blessé. Richard repartit en courant, mais l'attaque attendue ne vint pas. Il le regretta. Il désirait se battre. Il trouva Chase à demi coincé sous un rondin. Richard l'attrapa par sa cotte de mailles et le tira. Du sang suintait d'une plaie sur le côté de sa tête.

L'esprit de Richard s'affola. Il ne pouvait soulever Chase d'un seul bras, et il n'osait pas quitter son épée. Kahlan ne pouvait pas venir l'aider, il voulait qu'elle demeure en sécurité. Empoignant fermement la tunique en cuir du garde, Richard commença à tirer à bout de bras. Les herbes glissantes du marais lui facilitèrent un peu la tâche, mais l'effort était épuisant car il devait contourner plusieurs arbres abattus. Etonnamment, rien ne les attaqua. Peut-être avait-il blessé, ou tué la chose qui les avait agressés. Il se demanda s'il était possible de tuer une chose déjà morte. L'épée était magique. Richard n'était pas sûr de ce dont elle était capable. Il n'était même pas sûr que les choses de la frontière soient mortes. Il rejoignit finalement Kahlan et Zedd, et traîna Chase près d'eux. Le magicien était toujours inconscient.

Le visage de Kahlan était blême d'inquiétude.

— Qu'allons-nous faire ?

Richard inspecta les environs.

— Nous ne pouvons ni rester ici, ni les abandonner. Mettons-les sur les chevaux et quittons ces lieux. Nous nous occuperons de leurs blessures dès que nous serons à bonne distance.

Les nuages étaient plus denses maintenant. Tout en vérifiant si aucun danger ne les menaçait, Richard rengaina l'épée et installa Zedd sur son cheval. Avec Chase, ce fut plus ardu. Il était grand, et ses armes pesaient lourd. Du sang coulait de sa blessure, et le fait de le placer en travers du cheval le fit saigner davantage. Richard estima qu'il fallait le soigner. Il dénicha rapidement une feuille d'aume et une bande de tissu dans son sac. Il froissa la feuille afin de faire suinter son fluide curatif, la pressa contre la blessure et demanda à Kahlan de panser le front de Chase avec le tissu. Il fut presque immédiatement imbibé, mais il savait que la feuille d'aume arrêterait le saignement dans peu de temps.

Richard aida Kahlan à monter à cheval. Il pensait que ses jambes la faisaient souffrir plus qu'elle ne voulait l'admettre. Il lui donna les rênes du cheval de Zedd, se mit en selle et prit le cheval de Chase. Il savait qu'ils auraient beaucoup de mal à trouver le sentier. La brume s'alourdissait et la visibilité était limitée. Des fantômes semblaient les observer. Il ne savait comment protéger Kahlan au mieux. Aussi chevaucha-t-il à ses côtés. Zedd et Chase n'étaient pas attachés et pouvaient aisément glisser. Il fallait aller lentement. Richard crachait les moustiques qui persistaient à voler dans sa bouche.

Le ciel arborait partout le même gris sombre : aucune chance de deviner l'emplacement du soleil pour s'orienter. Après un temps, Richard ne fut plus du tout sûr qu'ils cheminaient dans la bonne direction. Il lui semblait qu'ils auraient déjà dû atteindre le sentier. Il prit des arbres comme points de repère, et lorsqu'ils en atteignaient un, il en choisissait un autre plus loin, dans l'espoir d'avancer en ligne droite. Pour ce faire, il savait qu'il devait être capable d'aligner au moins trois arbres pour s'assurer que leur axe de route était rectiligne. Mais il ne pouvait voir aussi loin dans la brume.

— Etes-vous sûr que nous allons dans la bonne direction ? s'enquit Kahlan. Tout se ressemble.

— Non. Mais au moins, nous n'avons pas traversé la frontière.

— Ne croyez-vous pas que nous devrions nous arrêter et nous occuper d'eux ?

— Il vaut mieux pas. Pour ce que j'en sais, nous pourrions nous trouver à trois mètres des enfers.

Kahlan parcourut les alentours du regard, soucieuse. Richard pensa lui demander d'attendre avec les deux autres pendant qu'il progresserait et chercherait le sentier, mais il écarta cette idée car il avait peur de ne pas pouvoir la retrouver. Ils devaient demeurer ensemble. Il commença à se demander ce qu'ils feraient s'ils ne parvenaient pas à trouver leur chemin avant la nuit. Comment se défendraient-ils contre les molosses de cœur ? S'ils étaient suffisamment nombreux, même l'épée ne pourrait les tenir en respect. Chase avait dit qu'ils devaient atteindre le marais avant la tombée de la nuit. Il n'avait pas révélé pourquoi, ni comment le marais les protégerait.

Un chêne apparut sur leur gauche, puis d'autres, dont les feuilles chatoyaient d'un vert foncé dans la brume. Ce n'était pas la route qu'ils avaient prise pour entrer. Richard les emmena un peu vers la droite, suivant la lisière du marécage, dans l'espoir qu'elle les conduirait jusqu'au sentier.

Des ombres les observaient, mais il essayait de se persuader qu'il ne s'agissait que de son imagination. Il n'y avait pas de vent, pas de mouvement, pas de bruit. Il s'en voulait de s'être perdu. Il était guide ; se perdre était impardonnable.

Richard expira de soulagement lorsqu'il aperçut enfin le sentier. Ils descendirent rapidement de cheval et vérifièrent leurs deux charges. Il n'y avait pas d'amélioration chez Zedd, mais la blessure de Chase avait cessé de saigner. Richard ne savait pas comment les soigner. Il ne savait pas s'ils avaient été assommés, ou si leur inconscience était due à la magie de la frontière. Kahlan non plus n'en avait aucune idée.

— Que pensez-vous que nous devrions faire ? lui demanda-t-elle.

Richard tenta de ne pas avoir l'air aussi inquiet qu'il l'était en réalité.

— Chase a dit d'atteindre le marais sans quoi les molosses nous rattraperont. Il ne leur sera d'aucune utilité d'être allongés ici et soignés pendant que nous attendons qu'ils se réveillent si les molosses doivent tous nous attraper. D'après moi, nous n'avons que deux solutions : les laisser ici ou les emmener avec nous. Il n'est pas question que je les abandonne. Attachons-les aux chevaux de manière qu'ils ne tombent pas, et rendons-nous au marais.

Kahlan accepta. Ils travaillèrent vite pour maintenir leurs amis sur les chevaux. Richard changea le bandage de Chase et nettoya un peu sa blessure. La brume se transformait en bruine. Il fouilla dans les sacs et y trouva des couvertures. Ils en mirent une sur chacun de leurs amis, en entrecroisant des cordes par-dessus.

Lorsqu'ils eurent terminé, Kahlan mit subitement les bras autour de lui, l'enlaça étroitement pendant un moment, puis se dégagea avant qu'il ne puisse lui rendre son geste.

— Merci de m'avoir sauvée, fit-elle doucement. La frontière me terrifie.

Elle le regarda d'un air penaud.

— Si vous me dites qu'il ne fallait pas venir vous chercher, c'est la fessée, dit-il en souriant.

Elle lui rendit son sourire.

— Pas un mot. Je le promets.

Richard lui mit sa capuche, rangeant ses cheveux à l'intérieur, pour qu'ils ne soient pas mouillés par la pluie. Il enfila la sienne et ils se mirent en route.

Les bois étaient déserts. La pluie gouttait de l'enchevêtrement des branches au-dessus de leurs têtes. Même sans indications de leurs cavaliers, les montures trottaient prudemment au centre de la route, leurs oreilles se dressant d'un côté et de l'autre, comme si elles écoutaient les ombres. Kahlan resserra son manteau. On ne pouvait qu'avancer ou reculer. Et il n'était pas question de reculer. Ils chevauchèrent sans répit le restant de l'après-midi et de la soirée.

Lorsque le jour toucha à sa fin, ils n'avaient pas encore atteint le marais, et ils n'avaient aucun moyen de savoir quelle distance les en séparait. Loin à travers les bois, ils perçurent des hurlements. Le souffle leur manqua.

Les molosses de cœur arrivaient.

15

LES CHEVAUX FILAIENT SUR LA ROUTE AU TRIPLE GALOP. AUX hurlements des molosses lancés à leurs trousses répondaient leurs hennissements effrayés.

Richard laissa Kahlan prendre la tête pour s'interposer entre elle et leurs poursuivants. Les molosses de cœur étaient encore loin vers la frontière, mais Richard savait qu'ils les rattraperaient tôt ou tard. S'ils pouvaient tourner à droite et s'éloigner de la frontière, ils avaient une chance de semer les monstres, mais ils devraient s'enfoncer dans les bois denses, impénétrables : ils y progresseraient trop lentement et ils mourraient sûrement. Leur unique chance était donc de demeurer sur la route et d'atteindre le marais. Richard ignorait quelle distance il leur restait à parcourir et même ce qu'ils feraient une fois là-bas. Il savait juste qu'ils devaient y aller.

La nuit approchait. La pluie bombardait leur visage de petites piqûres glacées, qui chauffées et mélangées à la sueur, leur coulaient dans le cou. Richard observait les corps de ses deux amis rebondir et se cogner sur les chevaux, avec l'espoir qu'ils soient suffisamment attachés et pas trop grièvement blessés pour sortir bientôt de leur inconscience. Kahlan ne se retourna ni ne regarda en arrière. Sa silhouette sombre était voûtée sur l'encolure de son cheval.

La route se faufilait à présent entre d'imposants chênes difformes et des affleurements rocheux. Les arbres morts étaient moins fréquents. Les feuilles de chêne, de frêne et d'érable masquaient aux yeux des cavaliers les dernières lueurs du crépuscule. Les molosses se rapprochaient quand la route commença à descendre dans une forêt de cèdres. Un bon signe, songea Richard. Les cèdres poussent souvent sur des sols humides.

Le cheval de Kahlan disparut soudain dans une dénivellation. Richard atteignit le haut de la pente et la vit descendre dans une cuvette du terrain. Au loin, le Marais de Skow, enfin.

Une odeur d'humidité et de putréfaction les assaillit. Des caravanes tourbillonnantes de brume tournoyaient sur leur passage. Les hurlements des molosses leur parvenaient, plus proches désormais.

La route se rétrécit en un sentier où affleuraient des racines griffues. Il fallut ralentir l'allure des chevaux de peur qu'ils ne se brisent les pattes. Les molosses avaient atteint le sommet de la cuvette. S'ils restaient sur le sentier, les monstres les rejoindraient en quelques minutes. Richard dégaina son épée qu'il pointa sur sa droite en criant :

— Là ! Regardez, Kahlan, une île ! Elle a l'air assez élevée pour être sèche. J'espère que les molosses ne savent pas nager.

Chase avait dit qu'ils seraient à l'abri des molosses dans le marais ; à présent il comprenait pourquoi. Kahlan n'hésita pas. Elle guida son cheval vers l'île, tirant celui de Zedd. Richard la suivit de près avec celui de Chase. Scrutant le sentier derrière eux, ils perçurent des mouvements derrière les arbres. L'eau semblait peu profonde, avec un fond boueux. Des herbes flottaient à la surface. Devant Richard, le cheval de Kahlan pataugeait, progressant lentement vers l'île.

C'est alors que Richard vit les serpents.

De tous les côtés, ils se dirigeaient vers eux à toute

vitesse. Certains sortaient la tête de l'eau, dardant leur langue rouge dans l'air humide. Leur corps tacheté dérangeait à peine la surface. Richard n'avait jamais vu de serpents aussi gros. Kahlan observait l'île et ne les avait pas encore remarqués. L'île était trop loin. Ils ne pourraient pas l'atteindre avant que les serpents ne les aient rejoints.

Richard regarda en arrière à la recherche d'un endroit surélevé. Au bord du sentier, les molosses de cœur étaient rassemblés, grondant et montrant les dents. Tête basse, les grands corps noirs faisaient les cent pas. Ils semblaient incapables d'entrer dans l'eau.

Richard abaissa la pointe de son épée dans l'eau, prêt à frapper le premier serpent qui viendrait assez près. Une chose surprenante se produisit alors. Lorsque l'épée toucha l'eau, les serpents firent brusquement demi-tour. Apparemment, la magie de l'épée avait fonctionné. Il n'était pas sûr de savoir pourquoi, mais il s'en réjouit.

Ils se taillèrent un chemin parmi les arbres qui se dressaient telles des colonnes dans le bourbier. Quand ils arrivèrent dans des eaux moins profondes, la pointe de son épée n'atteignit plus la surface. Les serpents revinrent immédiatement. Richard dut se pencher pour que la pointe d'acier effleure l'eau à nouveau. A nouveau les serpents disparurent. Richard s'inquiéta de ce qui se produirait quand ils toucheraient la terre ferme. Les serpents les suivraient-ils ? La magie de l'épée agirait-elle hors de l'eau ?

Le cheval de Kahlan aborda enfin dans l'île. Il y avait quelques peupliers sur l'élévation centrale et des cèdres sur le rivage. Mais l'îlot était principalement recouvert de roseaux et d'iris.

Richard retira l'épée de l'eau et les serpents commencèrent à s'approcher de lui. Mais quand il sortit de l'eau, aucun ne le suivit sur le terrain sec.

Dans le crépuscule, Richard coucha Zedd et Chase sur le sol, sous les peupliers. Il tira une bâche goudronnée des sacs et l'accrocha entre les arbres en guise de petit refuge. Tout était mouillé, mais il n'y avait pas de vent et l'abri de fortune suffirait à les protéger de la pluie. Il était inutile de songer à allumer un feu ; le bois qu'ils avaient à portée de main était complètement détrempé. Au moins la nuit n'était pas froide. Des grenouilles se mirent à coasser. Richard installa deux bougies sur un morceau de bois afin de ne pas être dans une obscurité totale.

Kahlan et Richard examinèrent Zedd. Il ne semblait pas avoir de blessure grave, mais il demeurait inconscient. L'état de Chase était inchangé.

Kahlan caressa le front de Zedd.

— Ce n'est pas bon signe que les yeux d'un magicien soient fermés de cette façon. Je ne sais pas quoi faire.

Richard secoua la tête.

— Moi non plus. Nous pouvons nous réjouir qu'ils n'aient pas de fièvre. Peut-être y a-t-il un guérisseur à Havresud. Je vais fabriquer des brancards que les chevaux pourront tirer. Je crois que ce sera mieux que de les obliger à chevaucher.

Kahlan prit deux couvertures supplémentaires et en recouvrit leurs amis puis ils s'assirent ensemble devant les bougies. La pluie gouttait de la bâche. Au loin, des paires d'yeux jaunes luisaient dans l'obscurité. Occasionnellement, Richard et Kahlan percevaient des jappements de frustration.

Kahlan fixait les yeux luisants.

— Je me demande pourquoi ils ne nous ont pas suivis.

Richard lui jeta un regard de biais.

— Je crois qu'ils ont peur des serpents.

Kahlan bondit sur ses pieds, sondant prestement les alentours, la tête appuyée contre la bâche.

— Des serpents, quels serpents ? Je déteste les serpents !

Richard lui adressa un sourire apaisant.

— Des espèces de gros serpents d'eau. Ils sont partis quand j'ai plongé l'épée dans l'eau. Je ne crois pas que nous devions nous inquiéter ; ils ne nous ont pas suivis sur la terre ferme. Je pense qu'on est en sécurité.

Elle parcourut attentivement les environs tandis

qu'elle resserrait son manteau et se rassit, plus près de lui cette fois-ci.

— Vous auriez pu me prévenir, dit-elle avec un frisson.

— Les molosses étaient juste derrière nous, expliqua Richard. Je ne voulais pas vous effrayer davantage.

Richard sortit une saucisse et leur dernière miche de pain dur. Il rompit le pain en deux et découpa la saucisse. Ils tinrent chacun une tasse en étain sous l'eau de pluie qui gouttait de la bâche. Ils mangèrent en silence, observant les parages, à l'affût du moindre signe de menace, et écoutant la pluie tomber.

— Richard, demanda Kahlan, avez-vous vu ma sœur, derrière la frontière ?

— Non. Quoi que fût la chose qui vous empoignait, elle n'avait pas du tout l'air d'un être humain et je parierais que la créature que j'ai d'abord prise pour mon père n'en était pas un non plus.

Kahlan acquiesça en silence.

— Je crois, dit-il, qu'ils se contentent d'apparaître sous les traits de la personne que l'on souhaite voir.

— Vous avez raison, soupira-t-elle en croquant un morceau de saucisse.

Lorsqu'elle eut fini de mâcher, elle ajouta :

— Je suis contente. Je haïrais l'idée d'avoir eu à leur faire du mal.

Richard la regarda. Ses cheveux étaient mouillés, et quelques mèches collaient à ses joues.

— Il y a autre chose que je trouve étrange, dit-il. Quand cette chose de la frontière a frappé Chase, elle était rapide et l'a étendu du premier coup, et avant que nous ne puissions faire quoi que ce soit, elle vous a attrapée sans problème. Ç'a été pareil avec Zedd, elle l'a eu du premier coup. Mais lorsque je suis revenu les secourir, et qu'elle m'a attaqué, elle m'a raté et n'a plus réessayé.

— Je l'ai remarqué aussi, dit Kahlan. Elle vous a raté, et de loin. C'était comme si elle ne savait pas où vous étiez. Elle savait exactement où nous étions tous les trois, mais elle semblait incapable de vous repérer.

Richard réfléchit un moment.

— Peut-être est-ce à cause de l'épée.

Kahlan haussa les épaules.

— Quoi que ce fût, je l'en remercie.

Richard était dubitatif. Les serpents avaient eu peur de l'épée et s'en étaient éloignés. La chose de la frontière n'avait montré aucune peur ; elle semblait simplement ne pas pouvoir le localiser. Une autre question le tourmentait. Lorsqu'il avait abattu la forme qui ressemblait à son père, il n'avait ressenti aucune douleur. Or Zedd lui avait affirmé qu'il y aurait un prix à payer pour tuer avec l'épée, et qui consisterait à éprouver la douleur de son geste. Peut-être n'avait-il éprouvé aucune douleur parce que la créature était déjà morte. Ou peut-être ne s'agissait-il que de son imagination, que rien de tout cela n'était réel. Mais c'était impossible : ses amis avaient été terrassés.

Ils avalèrent le reste de leur repas en silence. Richard songeait à ce qu'ils pourraient faire pour Zedd et Chase. Zedd avait emporté des médicaments, mais il était le seul à savoir comment les utiliser. Peut-être était-ce la magie de la frontière qui les avait foudroyés. Zedd avait également emporté de la magie, mais elle était enfermée dans son esprit endormi.

Richard sortit une pomme et la coupa en quartiers, retira les pépins et en donna la moitié à Kahlan. Elle se rapprocha et appuya la tête contre sa main pendant qu'elle mangeait.

— Fatiguée ? s'enquit-il.

Elle acquiesça, puis sourit.

— Et j'ai mal à des endroits dont j'ignorais l'existence.

Elle entama un autre quartier de pomme.

— Savez-vous quelque chose de Havresud ?

— J'ai entendu des guides mentionner ce nom quand ils traversaient le Hartland, dit Richard. D'après ce qu'ils racontent, c'est un repaire de voleurs et de paumés.

— Oui, ça n'a pas l'air d'un endroit pour les petits enfants.

Richard ne répondit pas.
— Qu'allons-nous faire, alors ? demanda Kahlan.
— Je ne sais pas, mais leur état va s'améliorer, ils vont guérir.
— Et dans le cas contraire ? le pressa-t-elle.
Il écarta la pomme de sa bouche et la regarda.
— Kahlan, qu'essayez-vous de me dire ?
— Je suis en train de penser qu'il va peut-être falloir les abandonner. Et continuer.
— Nous ne pouvons pas faire ça, répliqua Richard fermement. Nous avons besoin d'eux. Vous vous souvenez quand Zedd m'a remis l'épée ? Il a dit qu'il voulait que j'emmène le groupe de l'autre côté de la frontière. Il a dit qu'il avait un plan. Il ne m'a pas révélé quel était ce plan.
Il détourna le regard par-dessus l'eau, vers les molosses.
— Nous avons besoin d'eux, répéta Richard en frissonnant.
Elle grignota la peau de son quartier de pomme.
— Et s'ils devaient mourir cette nuit ? Que ferions-nous alors ? Nous serions obligés de continuer.
Richard savait que son regard était levé vers lui, mais il garda les yeux baissés. Il comprenait son désir d'arrêter Rahl. Il éprouvait la même soif, et ne laisserait rien les retarder, même si cela signifiait abandonner ses amis. Il savait qu'elle tentait seulement de s'assurer qu'il possédait la conviction nécessaire, la détermination requise pour mener à bien son projet. Elle avait tout abandonné pour cette mission. Elle voulait savoir s'il était capable de continuer à n'importe quel prix.
Les bougies illuminaient délicatement leurs visages. Une petite lueur dans les ténèbres. Les reflets des flammes dansaient dans leurs yeux.
— Kahlan, je suis le Chercheur. Je comprends le poids de cette responsabilité. J'accomplirai tout ce qui est nécessaire afin d'arrêter Darken Rahl. Tout. Vous pouvez me faire confiance sur ce point. Mais je ne sacrifierai pas la vie de mes amis inutilement. Nous

avons suffisamment de soucis comme ça. N'en inventons pas de nouveaux.

La pluie gouttait, envoyant des échos sourds à travers l'obscurité. Kahlan posa la tête sur son bras, comme pour dire qu'elle était désolée. Il savait qu'elle n'avait aucune raison de l'être. Elle tentait seulement de faire face à la vérité, l'unique vérité possible. Lui voulait la rassurer.

— Si leur état ne s'améliore pas, dit-il, la fixant dans les yeux, et si nous croisons un endroit sûr où les abandonner, avec quelqu'un de confiance, alors nous agirons ainsi et continuerons.

Elle opina.

— C'est tout ce que je voulais.

— Je sais.

Il acheva sa pomme.

— Pourquoi n'allez-vous pas dormir ? Je ferai le guet.

— Je ne pourrai pas dormir, dit-elle, indiquant les molosses de cœur d'un hochement de tête. Pas tant qu'ils nous observeront de cette manière. Ni avec ces serpents tout autour.

Richard lui sourit.

— Très bien, alors, si vous m'aidiez à construire les brancards que tireront les chevaux ? Ainsi nous pourrons partir d'ici dans la matinée, dès que les molosses auront disparu.

Elle lui rendit son sourire et se leva. Richard emprunta à Chase une hache d'aspect inquiétant et découvrit qu'elle était aussi efficace pour découper les êtres humains que le bois. Il n'était pas certain que Chase approuverait qu'il se serve de l'une de ses précieuses armes de cette façon. En fait, il en était sûr. Il sourit. Il se représenta mentalement le froncement de sourcils désapprobateur de son ami.

L'état de Zedd et de Chase devait s'améliorer, se dit-il. Il ne supporterait pas qu'ils meurent.

Plusieurs heures s'écoulèrent avant qu'ils n'aient terminé. Kahlan resta près de lui, car elle avait peur des serpents et des molosses de cœur qui les surveillèrent tout le temps. Richard avait songé un moment utiliser l'arbalète de Chase afin d'essayer d'en avoir quelques-uns mais il décida finalement de ne rien faire : Chase lui en aurait voulu d'avoir gaspillé d'inestimables carreaux. Les molosses ne pouvaient les attaquer, ils auraient disparu à l'aube.

Quand ils eurent fini, ils examinèrent les deux autres, puis se rassirent ensemble à côté des bougies. Il savait que Kahlan était fatiguée — il parvenait tout juste à garder ses propres yeux ouverts — mais elle ne voulait toujours pas s'allonger et dormir. Aussi la laissa-t-il se blottir contre lui. En un rien de temps, sa respiration se ralentit et elle s'assoupit. Elle dormait à poings fermés. Il devinait qu'elle faisait de mauvais rêves. Lorsqu'elle commença à geindre et à se contracter, il la réveilla. Elle respirait rapidement, et pleurait presque.

— Des cauchemars ? s'enquit-il, caressant sa chevelure d'une manière rassurante avec le revers des doigts.

Kahlan acquiesça.

— Je rêvais de ce qui était autour de mes jambes, à la frontière. J'ai rêvé que c'était un gros serpent.

Richard passa le bras autour de ses épaules et l'enlaça tendrement. Elle ne protesta pas, mais releva les genoux et les joignit tandis qu'elle se pelotonnait contre lui. Il craignit qu'elle n'entende son cœur battre la chamade. En tout cas, elle n'en dit rien et se rendormit bientôt. Il l'écouta respirer. Elle sommeillait paisiblement. Il referma les doigts autour du croc sous sa chemise. Il observa les molosses de cœur qui en firent autant.

Elle se réveilla vers l'aurore alors qu'il faisait encore sombre. Richard était si épuisé qu'il en avait une migraine. Kahlan insista pour qu'il s'allonge et dorme pendant qu'elle faisait le guet. Il voulait continuer à l'enlacer, mais il était trop fatigué pour discuter.

Quand elle le réveilla d'une secousse délicate, le jour se levait. Une lumière gris pâle filtrait à travers la végétation obscure du marais et la lourde brume donnait au monde une impression de petitesse et de confinement. La végétation pourrissante paraissait macérer dans l'eau autour d'eux. Des yeux noirs imperturbables surgirent des lenticules, les étudiant.

— Les molosses de cœur sont partis, annonça-t-elle.

Elle semblait plus sèche que la veille au soir.

— Depuis combien de temps ? demanda-t-il, éliminant les crampes de ses bras en les frottant.

— Vingt, peut-être trente minutes. Lorsque l'aube s'est levée, ils ont subitement pris la poudre d'escampette.

Kahlan lui tendit une tasse de thé bouillant. Richard l'interrogea du regard.

Elle sourit.

— Je l'ai tenu au-dessus de la bougie jusqu'à ce qu'il soit chaud.

Il était étonné par son inventivité. Elle lui donna des fruits séchés et en mangea elle-même quelques-uns. Il remarqua la hache de bataille appuyée contre sa jambe et réalisa qu'elle savait monter la garde.

Il pleuvait encore légèrement. D'étranges oiseaux lançaient vivement des cris rapides à travers le marais, tandis que d'autres leur répondaient au loin. Des insectes voltigeaient à quelques centimètres de l'eau, un clapotement invisible se faisait parfois entendre.

— Du changement chez Zedd ou Chase ? s'enquit-il.

— La respiration de Zedd est plus lente.

Richard alla rapidement vérifier. Zedd semblait à peine vivant. Son visage avait un aspect terreux. Il posa l'oreille contre la poitrine du vieil homme et entendit son cœur battre normalement, mais il respirait plus lentement. Il était froid et moite.

— Je crois que nous devrions être à l'abri des molosses dorénavant. Nous ferions mieux de partir et de voir si nous pouvons leur trouver de l'aide, dit-il.

Richard savait qu'elle avait peur des serpents — c'était également son cas, il le lui avoua — mais elle ne laissa pas sa peur entraver ce qu'ils avaient à faire. Elle lui fit confiance quand il répéta que les serpents n'approcheraient pas de l'épée, et elle traversa l'eau sans hésitation. Ils devaient passer deux fois, une fois avec Zedd et Chase, et la seconde pour récupérer les brancards, puisqu'ils ne pouvaient être utilisés que sur la terre ferme.

Ils accrochèrent les perches aux chevaux, mais ne purent s'en servir car l'enchevêtrement des racines sur le sentier du marais rendait la traversée trop difficile. Ils devraient attendre de dénicher une route plus praticable.

Ils n'atteignirent pas de meilleur chemin avant le milieu de la matinée. Ils s'arrêtèrent le temps de coucher leurs deux amis sur les brancards et de les envelopper dans des couvertures. Richard fut content de découvrir que l'arrangement des perches fonctionnait convenablement. Les brancards ne les ralentissaient plus, et la boue aidait à les faire glisser sans à-coups. Ils avalèrent leur déjeuner sur leur cheval, se passant réciproquement la nourriture tandis qu'ils chevauchaient côte à côte. Ils ne firent halte que pour examiner Zedd et Chase, puis reprirent la route sous la pluie.

Avant la tombée de la nuit, ils atteignirent Havresud. La ville n'était qu'une accumulation de bâtiments branlants et de maisons assemblées de guingois entre les chênes et les hêtres, comme si elles voulaient se détourner de la route, des questions, des yeux vertueux. Aucune n'avait connu, semblait-il, la peinture. Certaines étaient couvertes de tôles métalliques sur lesquelles la pluie régulière tambourinait. Au centre de l'amas, une épicerie avait été aménagée, que jouxtait un bâtiment à deux étages. Une pancarte maladroitement gravée indiquait qu'il s'agissait d'une auberge, mais n'annonçait aucun nom. La lumière jaune d'une lampe, aux fenêtres du rez-de-chaussée, se détachait dans la grisaille. Des tas d'immondices s'accumulaient contre le mur latéral du bâtiment, et la maison voisine semblait s'incliner avec sympathie vers la pile d'ordures.

— Restez près de moi, dit Richard comme ils descendaient de cheval. Les hommes d'ici sont dangereux.

Kahlan sourit bizarrement.

— J'ai l'habitude des hommes de cette espèce.

Richard se demanda ce que cela signifiait, mais ne posa pas de questions.

Les discussions cessèrent lorsqu'ils franchirent la porte, et tous les visages se tournèrent vers eux. L'endroit ressemblait à ce que Richard attendait. Des lampes à huile illuminaient une salle remplie d'un nuage de fumée. Les tables, disposées au hasard, étaient rudimentaires, des planches sur des tonneaux. Pas de chaises, seulement des bancs. Sur la gauche, une porte, fermée, conduisait probablement à la cuisine. Sur la droite, menant aux chambres, s'élevait un escalier sans rampe. Le sol, parcouru d'une série de sentiers à travers les détritus, était moucheté de taches sombres.

La clientèle se composait de frustes trappeurs et de voyageurs. Beaucoup portaient des barbes ébouriffées. La plupart étaient grands. L'endroit sentait la bière, la fumée et la transpiration.

Kahlan gardait la tête haute et fière, elle n'était pas du genre à se laisser intimider. Richard pensa qu'elle l'était sans doute. Elle contrastait autant avec cette racaille qu'un anneau d'or sur un mendiant. Son allure accentuait davantage la confusion de la salle.

Lorsqu'elle retira la capuche de son manteau, des sourires apparurent tout autour, révélant un ramassis de dents tordues ou manquantes. Les regards libidineux contredisaient les sourires. Richard regretta que Chase n'ait pas repris connaissance.

La mort dans l'âme, il pressentit qu'il y aurait des problèmes.

Un homme corpulent marcha vers eux et s'arrêta. Vêtu d'une chemise sans manches et d'un tablier qui n'avaient sans doute jamais été blancs, le sommet de son crâne rasé reflétant la lumière de la lampe, il s'essuya les mains sur un torchon crasseux qu'il jeta pardessus son épaule.

— J'peux faire quelque chose pour vous ? demanda-t-il d'une voix sèche.

Un cure-dent passa d'un bord à l'autre de sa bouche.

Par son ton et son regard, Richard fit comprendre à l'homme qu'il ne tolérerait pas d'ennuis.

— Y a-t-il un guérisseur dans cette ville ?

Le propriétaire regarda Kahlan puis Richard.

— Non.

Richard remarqua comment, contrairement aux autres, cet homme savait se maîtriser lorsqu'il lorgnait Kahlan.

— Alors nous aimerions une chambre.

Il baissa la voix.

— Nous avons deux amis blessés dehors.

Sortant le cure-dent de sa bouche, l'homme croisa les bras.

— Nous ne voulons pas de problèmes.

— Moi non plus, fit Richard sur un ton délibérément menaçant.

L'homme chauve toisa Richard, son regard s'accrochant un instant à l'épée. Les bras toujours croisés, il évalua Richard.

— Combien d'chambres vous voulez ? J'suis plutôt plein.

— Une suffira.

Au centre de la salle, un grand homme se leva. Sous une masse de longs cheveux rouges, perçaient des yeux très rapprochés. Sa barbe drue était trempée de bière. Il portait une peau de loup sur une épaule. Sa main reposait sur le manche d'un long couteau.

— Une catin de prix que tu as là, mon garçon, articula l'homme roux. Je suppose que tu ne verrais pas d'inconvénient si on montait dans votre chambre et qu'on se la faisait passer ?

Richard le foudroya du regard. Ce défi-là, il le savait, ne se réglerait que dans le sang. Ses yeux ne cillèrent pas. Ses mains se tendirent lentement vers l'épée. La rage lui martelait les tempes, totalement éveillée avant même que ses doigts n'aient atteint la poignée.

Le jour était venu où il devrait tuer d'autres hommes. Beaucoup d'autres.

Richard resserra ses doigts sur la poignée. Les jointures blanchirent. Kahlan tira fermement sur sa manche, prononça son nom à voix basse, élevant l'inflexion sur la fin, comme le faisait sa mère quand elle l'engageait à rester en-dehors d'une affaire. Il lui jeta un coup d'œil et la vit adresser à l'homme roux un sourire voluptueux.

— Vous n'avez rien compris, les gars, lança-t-elle d'une voix gutturale. C'est mon jour de congé, et je l'ai loué pour la nuit.

Elle balança une claque sur les fesses de Richard. Fort. Stupéfait, il s'immobilisa. Elle se lécha la lèvre supérieure en regardant l'homme roux.

— Mais s'il ne m'en donne pas pour mon argent, eh bien, je t'appellerai pour combler la brèche.

Elle sourit lascivement.

Un lourd moment de silence suivit. Richard résista de toutes ses forces à son désir de dégainer l'épée, et retint son souffle en attendant de voir comment l'affaire allait tourner. Kahlan souriait toujours aux hommes, d'une manière qui ne fit qu'augmenter sa colère.

Personne ne bougea. Tous les autres s'esclaffèrent, braillèrent et ricanèrent. L'homme se rassit et les clients recommencèrent à discuter, ignorant Richard et Kahlan. Le propriétaire les considéra avec plus d'attention. Il gratifia Kahlan d'un sourire respectueux.

— Merci, madame. Je suis content que votre tête soit plus rapide que la main de votre ami. Cet endroit peut vous sembler médiocre, mais il m'appartient et je tiens à le conserver en un seul morceau.

— Je vous en prie, dit Kahlan. Avez-vous une chambre pour nous ?

Le propriétaire replaça le cure-dent au coin de sa bouche.

— Il y en a une, en haut, au bout du couloir à droite, qui a un verrou sur la porte.

— Nous avons deux amis dehors, dit Richard. J'apprécierais qu'on m'aide à les transporter là-haut.

L'homme hocha la tête en direction de la salle pleine d'hommes.

— Il vaut mieux qu'ils ne voient pas que vous êtes encombrés par des compagnons blessés. Montez dans la chambre tous les deux, comme ils s'y attendent. Mon fils est dans la cuisine. Nous amènerons vos amis par l'escalier de service, et personne ne les verra.

Richard n'aimait pas cette idée.

— Aie un peu confiance, l'ami, dit l'autre à voix basse, ou tu pourrais causer du tort à tes compagnons. Au fait, mon nom est Bill.

Richard considéra Kahlan. Son visage était insondable. Il dévisagea à nouveau le propriétaire. L'homme était solide, endurci, mais ne semblait pas sournois. Cependant, c'était la vie de ses amis qui était en jeu. Il essaya d'empêcher sa voix de paraître menaçante.

— Très bien, Bill, nous ferons comme vous l'entendez.

Bill leur adressa un petit sourire et un hochement de tête tout en tenant le cure-dent en travers de sa bouche.

Richard et Kahlan montèrent dans la chambre et attendirent. Le mur contigu au lit était recouvert de crachats. Dans le coin opposé se trouvaient un guéridon ainsi qu'un petit banc. Une unique lampe à huile éclairait faiblement la pièce sans fenêtres. Elle donnait une impression de dénuement et sentait le renfermé. Richard fit les cent pas tandis que Kahlan était assise sur le lit, à l'observer. Finalement, il s'avança vers elle.

— Je n'arrive pas à croire à ce que vous avez fait en bas.

— Ce qui compte, c'est le résultat, Richard. Si je vous avais laissé faire ce que vous aviez l'intention de faire, votre vie aurait été mise en grand danger. Pour rien.

— Mais ces hommes croient...

— Et vous vous souciez de ce que croient ces hommes ?

— Non... mais...

— J'ai juré de protéger la vie du Chercheur de la mienne. Je ferai tout ce qui est nécessaire pour vous défendre.

Elle lui adressa un regard éloquent.

— Absolument tout.

Frustré, il tenta de réfléchir à la façon dont il pourrait lui exprimer sa colère sans qu'elle pense que c'était contre elle qu'il la dirigeait. Il avait été à deux doigts du duel. Un seul mot de plus... Il sentait encore son sang battre de la soif de violence. Regarder Kahlan dans les yeux l'aidait à se détendre et à apaiser sa colère.

— Richard, vous devez concentrer votre esprit.

— Que voulez-vous dire ?

— Darken Rahl. C'est sur lui que votre esprit doit se concentrer. Ces hommes en bas ne représentent aucun intérêt pour nous. Nous devons nous contenter de passer à côté. Rien de plus. N'épuisez pas vos pensées. C'est du gaspillage. Consacrez toute votre énergie à notre mission.

Il expira et acquiesça.

— Vous avez raison. Je suis désolé. Vous vous êtes montrée brave ce soir. Même si je n'ai pas aimé cela.

Elle l'entoura de ses bras, la tête contre sa poitrine, et l'étreignit lentement. On cogna doucement à la porte. Après s'être assuré que c'était Bill, il ouvrit. Le propriétaire et son fils portèrent Chase à l'intérieur et l'allongèrent précautionneusement sur le sol. Lorsque le fils, un jeune homme dégingandé, aperçut Kahlan, il tomba instantanément éperdument amoureux d'elle. Richard le vit et n'apprécia pas du tout la tournure que prenaient les choses.

— Voici mon fils, Randy, dit Bill.

Randy était en transe, les yeux fixés sur Kahlan. Bill se tourna vers Richard, essuyant la pluie sur le sommet de son crâne avec le torchon qu'il conservait sur l'épaule. Il avait toujours son cure-dent dans la bouche.

— Vous ne m'aviez pas dit que votre ami était Dell Brandstone.

— Et alors, c'est un problème ?

Bill sourit.

— Pas pour moi. Le garde et moi avons eu nos désaccords, mais c'est un type correct. Il ne me cause pas d'ennuis. Il loge parfois ici quand il est dans les parages pour affaires officielles. Mais les hommes en bas le mettraient en pièces s'ils le savaient là.

— Ils pourraient essayer, le corrigea Richard.

Une esquisse de sourire courba la commissure des lèvres de Bill.

— Nous allons chercher l'autre.

Lorsqu'ils sortirent, Richard confia à Kahlan deux pièces d'argent.

— Quand ils reviendront, donnez-en une au garçon afin qu'il emmène les chevaux à l'écurie et qu'il s'en occupe. Dites-lui que s'il passe la nuit à les surveiller et les prépare pour nous à l'aube, vous lui donnerez l'autre.

— Qu'est-ce qui vous fait penser qu'il acceptera ?

Richard eut un rire bref.

— Ne vous inquiétez pas, il acceptera, si vous le lui demandez. Contentez-vous de sourire.

Bill revint en portant Zedd dans ses bras. Randy suivait, chargé de la plupart de leurs sacs. Bill posa délicatement le vieil homme sur le sol près de Chase.

— Randy, va chercher une bassine pour cette jeune dame, ainsi qu'un broc d'eau. Et une serviette. Une serviette propre. Elle pourrait avoir envie de se laver.

Randy sortit à reculons de la chambre en souriant. Bill le regarda partir, puis se retourna vers Richard avec un regard intense.

— Ils sont dans un triste état. Je ne vous demanderai pas ce qui leur est arrivé parce qu'un gars malin refuserait de me le dire. Et je crois que vous êtes malin. Nous n'avons pas de guérisseur dans les environs, mais il y a quelqu'un qui pourra peut-être vous aider, une femme nommée Adie. On l'appelle la femme os. La plupart des gens ont peur d'elle. La bande d'en bas refuserait de s'approcher d'elle.

Richard se souvint que Chase avait mentionné qu'Adie était son amie. Il se renfrogna.

— Pourquoi ?

Bill jeta un coup d'œil à Kahlan.

— Parce qu'ils sont superstitieux. Ils croient qu'elle porte malheur parce qu'elle vit près de la frontière. Ils racontent que les gens qu'elle n'aime pas ont la mauvaise habitude de tomber raides morts. Attention, je ne dis pas que c'est vrai. Je n'y crois pas moi-même. Je crois que tout se passe dans leur imagination. Elle n'est pas guérisseuse, mais je connais des gens qu'elle a aidés. Elle pourrait être capable de soigner vos amis. Du moins, vous feriez mieux de l'espérer, parce qu'ils ne vont pas tenir longtemps sans soins.

Richard se passa les doigts dans les cheveux.

— Comment trouverons-nous cette femme os ?

— Tournez à gauche sur le sentier devant les écuries. C'est à quatre heures de cheval.

— Et pourquoi nous aidez-vous ? s'enquit Richard.

Bill sourit et croisa ses bras musclés en travers de sa poitrine.

— Disons seulement que j'aide le garde. Il maintient certains de mes clients à distance, et ses collègues m'apportent un bénéfice avec leurs affaires, ici, et avec mon commerce d'aliments séchés à côté. S'il survit, assurez-vous seulement qu'il sache que j'ai contribué à lui sauver la vie.

Il gloussa.

— Ça le fâchera pour de bon.

Richard sourit. Il comprenait ce qu'insinuait Bill. Chase détestait être aidé par quiconque. Bill connaissait vraiment Chase.

— Je veillerai à lui faire savoir que vous lui avez sauvé la vie.

L'autre eut l'air satisfait.

— Bon, puisque cette femme os vit seule, loin du côté de la frontière, et que je dois lui demander de l'aide, je crois que ce serait une bonne idée de lui apporter un peu de nourriture. Pouvez-vous préparer un panier de victuailles pour elle ?

— Bien sûr. Je suis fournisseur agréé. Je me fais rembourser par le Hartland. Evidemment, le conseil des voleurs me reprend presque tout en taxes. Je peux inscrire tout cela dans mon livre de comptes pour que ce soit le gouvernement qui paie, si c'est une mission officielle.

— Ça l'est.

Randy revint avec la bassine, l'eau et les serviettes.

Kahlan mit une pièce d'argent dans sa main et lui demanda de s'occuper des chevaux. Il regarda si son père lui donnait son approbation. Bill opina.

— Dites-moi seulement quel est votre cheval, et j'en prendrai un soin tout particulier, déclara Randy avec un grand sourire.

Kahlan lui rendit son sourire.

— Ils sont tous à moi. Prenez soin de chacun, ma vie en dépend.

Le visage de Randy prit un air sérieux.

— Vous pouvez compter sur moi.

Incapable de décider quoi faire de ses mains, il les fourra finalement dans ses poches.

— Je ne laisserai personne s'en approcher.

Il partit de nouveau à reculons vers la porte et ajouta :

— Je veux juste que vous sachiez que je ne crois pas un mot de ce que disent les hommes en bas à votre sujet. Et je le leur ai fait savoir.

Kahlan sourit malgré elle.

— Merci, mais je ne veux pas que vous vous mettiez en danger par ma faute. Restez à l'écart de ces hommes, et ne dites pas que vous m'avez parlé, ça ne ferait que les enhardir.

Randy sourit, acquiesça et sortit. Bill se tourna vers Kahlan en souriant.

— Vous ne resteriez pas ici pour épouser mon garçon ? Ça lui ferait du bien d'avoir une compagne.

Une étrange lueur, douloureuse et terrifiée, étincela dans les yeux de Kahlan. Elle s'assit sur le lit, les yeux baissés au sol.

— Je rigolais, petite, dit Bill en manière d'excuse.

Il se retourna vers Richard.

— Je vais vous apporter une assiette de nourriture à chacun. Patates bouillies et viande.

— Viande ? s'enquit Richard, soupçonneux.

Bill gloussa.

— Ne vous inquiétez pas, je ne servirais jamais de viande avariée à ces hommes. J'y risquerais ma tête.

Quelques minutes plus tard, il posa deux assiettes fumantes sur la table.

— Merci pour votre aide, dit Richard.

Bill leva un sourcil.

— Ne vous inquiétez pas, tout sera noté dans mon livre de comptes. Je vous l'apporterai demain pour que vous le signiez. Y a quelqu'un au Hartland qui reconnaîtra votre signature ?

Richard sourit.

— Je crois bien. Mon nom est Richard Cypher. Mon frère est Premier Conseiller.

Bill grogna, ébranlé.

— Je suis navré. Pas que votre frère soit Premier Conseiller. Je veux dire que je suis désolé de n'avoir pas su. Sinon, je vous aurais fourni un meilleur hébergement. Vous logerez chez moi. Ce n'est pas le grand luxe mais c'est mieux qu'ici. Je vais y porter vos affaires immédiatement...

— Bill, tout va bien.

Richard s'approcha de lui et posa une main sur son dos, pour le rassurer. Bill s'apaisa.

— C'est mon frère qui est Premier Conseiller, pas moi. La chambre nous convient. Tout va bien.

— Vous êtes sûr ? Tout ? Vous n'allez pas envoyer l'armée ici, n'est-ce pas ?

— Vous nous avez été d'un grand secours. Je n'ai rien à faire avec l'armée.

Bill ne semblait pas convaincu.

— Vous êtes accompagné par le chef des gardes-frontière.

Richard sourit chaleureusement.

— C'est un de mes amis. Depuis de nombreuses années. Le vieil homme aussi. Ce sont mes amis, voilà tout.

Les yeux de Bill s'éclairèrent.

— Eh bien, si c'est la vérité, que diriez-vous si j'ajoutais deux chambres supplémentaires sur le livre de comptes ? Etant donné qu'ils ne sauront pas que vous êtes restés ensemble.

Richard continua de sourire et tapota le dos de l'homme.

— Ce serait mal. Je ne signerais pas.

Bill soupira et se fendit d'un grand sourire.

— Donc, vous êtes l'ami de Chase.

Il hocha la tête.

— Maintenant je vous crois. Je n'ai jamais réussi à convaincre cet homme d'engraisser mon livre de comptes depuis tout le temps que je le connais.

Richard mit de l'argent dans la main de l'homme.

— Mais ça, ce ne serait pas mal. J'apprécie ce que vous faites pour nous. J'apprécierais également que vous coupiez la bière d'eau, ce soir. Les hommes saouls meurent trop facilement.

Bill sourit d'un air entendu. Richard ajouta :

— Vous avez des clients dangereux.

Bill scruta les yeux de Richard, jeta un coup d'œil à Kahlan, puis revint à lui.

— Ce soir, je le ferai.

Richard le regarda durement.

— Si quelqu'un s'avisait de franchir ce seuil cette nuit, je le tuerais, sans poser de questions.

Bill le considéra durant un long moment.

— Je veillerai à ce que cela ne se produise pas. Même si je dois cogner quelques crânes.

Il se dirigea vers la porte.

— Mangez votre dîner avant qu'il ne refroidisse. Et prenez soin de votre dame, elle a la tête sur les épaules.

Il se tourna vers Kahlan avec un clin d'œil.

— Et elle est jolie, qui plus est.

— Encore une chose, Bill. La frontière s'affaiblit. Elle sera tombée dans quelques semaines. Prenez soin de vous.

La poitrine de l'homme se gonfla comme il inspirait profondément.

Le conseil, à mon avis, a nommé le mauvais frère Premier Conseiller. Mais on ne devient pas conseiller parce qu'on sait prendre les bonnes décisions. Je viendrai vous chercher demain matin lorsque le soleil sera levé et que vous serez en sécurité.

Bill parti, Richard et Kahlan s'assirent côte à côte sur le petit banc et avalèrent leur repas. Leur chambre donnait à l'arrière de la bâtisse, plus calme que Richard ne l'aurait pensé. Ils n'entendaient de la foule qu'un bourdonnement assourdi. La nourriture était meilleure qu'il ne s'y attendait, ou peut-être était-il simplement affamé. Le lit avait l'air moelleux. Il était tellement éreinté que Kahlan le remarqua.

— Vous n'avez eu qu'une heure ou deux de sommeil la nuit dernière. Je prendrai le premier tour de garde. Si les hommes décident de monter, ce ne sera pas avant un bon moment. S'ils viennent, il vaudrait mieux que vous soyez reposé.

— Est-ce plus facile de tuer quand on est reposé ?

Il regretta aussitôt ce qu'il avait dit et s'aperçut au même instant qu'il tenait sa fourchette comme une épée.

— Je suis navrée, Richard. Ce n'est pas ce que je voulais dire. Je ne veux pas que vous soyez blessé. Si vous êtes trop fatigué, vous ne pourrez pas vous défendre efficacement. J'ai peur pour vous.

Elle fit rouler une pomme de terre autour de son assiette avec sa fourchette. Sa voix était à peine plus qu'un murmure.

— Je suis désolée de vous avoir mis dans ce pétrin. Je ne veux pas que vous ayez à tuer des gens. Je ne voulais pas que vous ayez à tuer ces hommes, en bas. C'est l'autre raison pour laquelle j'ai fait ce que j'ai fait, pour que vous n'ayez pas à les tuer.

Il la regarda. Elle baissa les yeux vers son assiette. Il eut mal en voyant son expression douloureuse. Il la poussa de l'épaule d'un air badin.

— Je n'aurais raté cette expédition pour rien au monde. Ça me donne l'occasion de passer du temps avec mon amie.

Elle lui rendit son sourire, posa la tête contre son épaule une seconde et se mit à manger.

— Pourquoi vouliez-vous que je demande au garçon de prendre soin des chevaux ?

— Le résultat. C'est ce qui compte le plus pour vous.

Ce pauvre gamin est éperdument amoureux de vous. Puisque vous le lui avez demandé, il gardera les chevaux mieux que nous ne pourrions le faire.

Elle le regarda comme si elle ne le croyait pas.

— Vous faites de l'effet aux hommes, assura-t-il.

Son sourire s'estompa un peu. Elle eut soudain l'air égaré. Richard s'approchait trop de ses secrets. Il se tut. A la fin du repas, elle marcha jusqu'à la bassine, trempa un bout de serviette dans l'eau, se dirigea vers Zedd, essuya tendrement sa figure, regarda Richard.

— Son état n'a pas empiré. S'il vous plaît, Richard, laissez-moi prendre le premier tour de garde, dormez un peu.

Il acquiesça, s'enroula dans le lit et s'assoupit en quelques secondes. Un peu avant l'aurore, elle le réveilla pour son tour de garde. Elle s'installa pour dormir. Il se nettoya le visage à l'eau froide pour se réveiller, puis s'assit sur le banc, contre le mur, à l'affût du moindre problème. Il suçota un morceau de fruit séché, pour ôter le mauvais goût de sa bouche.

Une heure avant le lever du soleil, une série de coups pressants furent frappés à la porte.

— Richard ? appela une voix étouffée. C'est Bill. Déverrouillez la porte. Il y a un problème.

16

KAHLAN BONDIT HORS DU LIT, PENDANT QUE RICHARD déverrouillait le loquet. Elle tira son couteau. Bill, haletant, se glissa à l'intérieur et referma la porte derrière lui. Des gouttes de sueur perlaient à son front.

— Qu'y a-t-il ? Qu'est-il arrivé ? demanda Richard.

— Tout était plutôt tranquille.

Bill déglutit, retrouvant son souffle.

— Et ces deux types se sont pointés. Venus de nulle part. De grands gaillards, cou épais, cheveux blonds.

Gracieux. Armés jusqu'aux dents. Le genre de types qu'on essaie de ne pas regarder dans les yeux.

Il prit une profonde inspiration. Richard jeta un bref coup d'œil vers Kahlan. Aucun doute quant à l'identité des hommes. Apparemment, les ennuis d'origine magique sur lesquels était tombé le quad ne suffisaient pas.

— Deux ? s'enquit Richard. Vous êtes certain qu'ils n'étaient pas davantage ?

— J'en ai seulement vu entrer deux, mais c'était suffisant. L'un d'eux était joliment mis en pièces, un bras en écharpe, une grande griffure lui avait arraché l'autre. Ça ne semblait pourtant pas le gêner. Ils ont posé des questions sur une femme dont la description correspondait bigrement à votre dame. Sauf qu'elle ne porte pas la robe blanche dont ils ont parlé. Ils se sont dirigés vers l'escalier, en se disputant pour savoir qui allait faire quoi avec elle. Votre ami aux cheveux rouges a sauté sur celui à l'écharpe et lui a tranché la gorge d'une oreille à l'autre. L'autre gars a découpé un bon nombre de mes clients le temps d'un battement de cœur. Je n'avais jamais rien vu de tel. Et puis tout d'un coup, il n'a plus été là. Evanoui. Il n'y avait plus que du sang partout.

« Le reste de la bande est en bas en train de se disputer pour savoir qui sera le premier à...

Il jeta un coup d'œil à Kahlan, passant la suite sous silence. Il s'essuya le front avec le bras.

— Randy amène les chevaux derrière. Vous devez partir maintenant. Allez chez Adie. Le soleil se lèvera dans une heure, les molosses disparaîtront dans deux, tout ira bien. Mais pas si vous traînez.

Richard prit Chase par les jambes, Bill par les épaules. Il recommanda à Kahlan de verrouiller la porte et de rassembler leurs affaires. Ils descendirent péniblement l'escalier de service et sortirent dans la nuit, sous la pluie. Les lumières des fenêtres se réfléchissaient dans les flaques, teintant les silhouettes noires et humides des chevaux de reflets jaunes. Randy attendait, l'air préoccupé, tenant les chevaux. Ils déposèrent Chase sur une litière et coururent aussi silencieusement que possible en haut de l'escalier. Bill prit Zedd dans ses bras. Richard et Kahlan enfilèrent leurs manteaux et prirent leurs sacs. Tous les trois, Bill, Richard, puis Kahlan, se précipitèrent au bas des marches, vers la porte.

Comme ils surgissaient sous le porche, ils faillirent trébucher sur Randy, étalé par terre. Richard leva les yeux juste à temps, sauta en arrière, esquivant de justesse le long couteau de l'homme roux qui plongea tête la première dans la boue. A une vitesse surprenante, il se mit à genoux, enragé, et se figea quand il vit la pointe de l'épée à un doigt de son nez. L'atmosphère résonnait du bruit de l'acier. L'homme leva des yeux noirs et vicieux. De l'eau et de la boue coulaient de ses cheveux. Richard fit tourner l'épée d'un quart de tour et le frappa durement sur le crâne, du plat de la lame. L'homme s'écroula en un amas flasque.

Bill allongea Zedd sur son brancard pendant que Kahlan retournait Randy. Un de ses yeux était poché. La pluie crépitait sur son visage. Il grogna. Lorsqu'il aperçut Kahlan de son œil valide, il afficha un sourire. Soulagée qu'il ne soit pas plus gravement blessé, elle l'étreignit brièvement et l'aida à se relever.

— Il m'a sauté dessus, s'excusa Randy. Je suis désolé.

— Vous êtes un brave jeune homme. Vous n'avez pas à être désolé. Merci de nous avoir aidés.

Elle se tourna vers Bill.

— Vous aussi.

Bill sourit, opina. Zedd et Chase furent rapidement enveloppés dans des couvertures et des toiles cirées. Les sacs furent chargés. Les provisions destinées à Adie étaient déjà sur le cheval de Chase. Richard et Kahlan montèrent en selle. Elle lança la pièce d'argent à Randy.

— Paiement à la livraison, comme promis, lui dit-elle.

Il attrapa la pièce et sourit.

Richard se pencha en avant, serra la main de Randy

et le remercia sincèrement, puis pointa avec colère un doigt en direction de Bill.

— Vous ! Je veux que vous ajoutiez tout cela sur votre livre de comptes. Incluez les dégâts, votre temps et les ennuis, même les pierres tombales. Je veux que vous comptiez un supplément équitable pour nous avoir sauvé la vie. Si le conseil ne veut pas approuver le paiement, dites-leur que vous avez sauvé la vie du frère du Premier Conseiller, et que Richard Cypher a dit que s'ils ne payaient pas, il aurait la tête du responsable, qu'il la ficherait sur une pique qu'il planterait sur la pelouse devant la maison de son frère !

Bill s'esclaffa. Richard tira sur les rênes pour calmer son cheval impatient de partir. Il pointa le doigt vers le bas en direction de l'homme gisant inconscient dans la boue. Il était furieux.

— La seule raison pour laquelle je n'ai pas tué cet homme est qu'il a tué un homme pire que lui-même et, ce faisant, a peut-être involontairement sauvé la vie de Kahlan. Mais il est coupable de meurtre, de tentative de meurtre et de tentative de viol. Je suggère que vous le pendiez avant qu'il ne se réveille.

Bill braqua sur lui des yeux durs.

— Ce sera fait.

— N'oubliez pas ce que j'ai dit à propos de la frontière. Des problèmes arrivent. Faites attention à vous.

Bill soutint le regard de Richard et passa un bras velu sur l'épaule de son fils.

— Nous n'oublierons pas. Longue vie au Chercheur !

Richard le regarda avec surprise, sourit. Le feu de sa rage s'estompa.

— Quand je vous ai vu pour la première fois, dit Richard, j'ai pensé que vous n'étiez pas un homme sournois. Je m'aperçois que j'avais tort.

Richard et Kahlan remontèrent leurs capuches et éperonnèrent leurs chevaux dans l'obscurité, vers la femme os.

La pluie noya bientôt les lumières de Havresud. Les voyageurs avançaient à tâtons. Les chevaux de Chase avaient soigneusement choisi leur chemin sur le sentier, entraînés par le garde pour ce genre de fonction. Ils paraissaient à leur aise malgré les difficultés. L'aube avait lutté interminablement pour donner naissance au jour nouveau. Bien après le lever du soleil, le monde était resté suspendu dans le crépuscule entre nuit et jour, dans une aube spectrale.

Richard et Kahlan savaient que le dernier membre du quad était quelque part dans la nature et se sentaient menacés. Tôt ou tard, il les attaquerait. L'incertitude du moment où cela se produirait aiguisait leur attention. Savoir que, selon Bill, Zedd et Chase ne tiendraient plus longtemps rongeait Richard. Si cette femme, Adie, ne pouvait pas les aider, lui-même ne saurait pas quoi faire et ses deux amis mourraient. Il ne pouvait pas imaginer le monde sans Zedd. Un monde sans ses farces, sans son appui, sans son réconfort. Un monde mort. A cette idée, une boule se formait dans sa gorge. Zedd, s'il était là, lui dirait de ne pas se soucier des conjectures, mais des faits.

Mais les faits lui semblaient tout aussi cruels. Son père avait été assassiné. Darken Rahl était près d'obtenir les trois coffrets. Les deux plus anciens amis de Richard agonisaient. Il était seul en compagnie d'une femme qu'il chérissait, mais qu'il n'était pas censé chérir. Elle lui celait toujours ses secrets.

Il se rendait compte qu'elle menait mentalement une bataille perpétuelle à ce propos. Parfois, quand il se sentait proche d'elle, il lisait la douleur et la peur dans ses yeux. Ils arriveraient bientôt dans le Midlands, où les gens savaient qui elle était. Il voulait que ce soit elle qui le lui révèle, ne pas l'apprendre d'un inconnu. Si elle ne le lui avouait pas bientôt, il devrait lui poser la question.

Perdu dans ses pensées, il ne s'était pas aperçu qu'ils progressaient sur le sentier depuis plus de quatre heures. La forêt absorbait la pluie. Les arbres se dressaient, sombres et blottis dans la brume ; la mousse de leurs troncs était vive et luxuriante. Elle bourgeonnait sur l'écorce des arbres, et en bosses arrondies sur le sol, verte et spongieuse. Le lichen sur les rochers luisait d'un jaune rouillé, brillant dans l'humidité. En quelques endroits, l'eau s'écoulait le long du sentier, le transformant en ruisseau. Les perches de la litière de Zedd éclaboussaient les pierres et les racines qu'elles rencontraient, balançant la tête du vieil homme de droite et de gauche dans les sections les plus accidentées. Ses pieds reposaient à quelques centimètres de l'eau lorsqu'ils traversaient des rivières improvisées.

Richard huma la douceur d'un feu de bois dans la quiétude. Du bouleau. Il se rendit compte que la zone dans laquelle ils s'engageaient était différente. La pluie descendait, rendant à la forêt un hommage silencieux. Il eut l'impression d'être un intrus dans ce lieu sacré, de déranger la paix installée depuis des temps immémoriaux. Il voulut dire quelque chose à Kahlan, mais élever la voix lui parut sacrilège. Il comprit pourquoi les hommes de l'auberge refusaient de venir ici : leur présence infâme aurait été reçue comme une violation.

La maison d'Adie, fondue dans la végétation, était presque invisible du sentier. Une mince volute de fumée virevoltait dans l'air brumeux. Les rondins des murs, anciens et usés, s'harmonisaient à la couleur des arbres. La maison semblait naître de l'humus, parmi les arbres qui se dressaient, protecteurs, autour d'elle. Le toit était recouvert d'une masse de fougères. Un toit plus petit et incliné surplombait la porte ainsi qu'un porche à peine assez large pour que deux ou trois personnes puissent s'y tenir de front. Il y avait une fenêtre à quatre carreaux devant, une autre sur le côté de la maison. Aucune n'avait de rideaux.

Devant la bâtisse, des fougères se courbaient sous le poids de l'eau dégoulinant des arbres. La moiteur de la brume faisait briller leurs feuilles, d'un vert pâle cendré. Un chemin étroit se faufilait entre les pieds, au beau milieu duquel se tenait une femme, plus grande que Kahlan, mais pas autant que Richard. Elle portait une simple robe ocre d'un tissage grossier, décorée de symboles jaunes et d'ornements au col. Ses cheveux fins et raides, poivre et sel, étaient séparés au milieu, coupés droit à hauteur de la forte mâchoire. L'âge

— L'un est vrai, l'autre est un mensonge. Quelle autre différence pourrait-il y avoir ?

Richard croisa de nouveau les bras sur sa poitrine, fronçant les sourcils.

— Chase ne doit pas s'amuser en vous relatant le récit de ses aventures.

Le petit sourire d'Adie réapparut.

— Vrai, acquiesça-t-elle.

Elle se pencha encore un peu, lui fit signe de la main.

— Amenez vos amis à l'intérieur.

Elle se tourna, remit la béquille sous son bras et boita en direction de la maison. Richard et Kahlan se regardèrent, puis allèrent chercher Chase, enlevant d'abord les couvertures. Il demanda à Kahlan de prendre le garde par les pieds et se chargea de la moitié la plus lourde. Dès qu'ils furent entrés, Richard découvrit pourquoi on l'appelait la femme os.

Des ossements de toutes sortes tapissaient les murs. Des étagères supportaient des crânes d'animaux que Richard ne reconnut pas. La plupart avaient l'air redoutables, nantis de longs crocs recourbés. Au moins, aucun d'eux n'était humain. Certains des ossements étaient assemblés en colliers, d'autres décorés de plumes et de perles colorées, entourés de cercles de craie dessinés sur le mur. Des amas d'ossements gisaient dans un coin. En revanche, ceux qui tapissaient le mur étaient soigneusement disposés, plus ou moins espacés selon leur importance. Sur le manteau de la cheminée était posée une côte aussi épaisse que le bras de Richard, aussi longue qu'il était grand, gravée de symboles qu'il ne connaissait pas. Il y avait tant d'os blanchis autour de lui que Richard eut l'impression de se tenir dans le ventre d'une bête morte.

Ils posèrent Chase à terre. Ils étaient tous trempés, sauf... Adie qui dominait la pluie, aussi sèche que ses ossements. Elle s'était pourtant exposée à l'averse. Richard reconsidéra sa décision de venir ici. Si Chase ne lui avait pas affirmé qu'Adie était son amie, il serait reparti.

Il s'adressa à Kahlan.

— Je vais chercher Zedd.

C'était plus une question qu'une affirmation.

— Je vais vous aider à rentrer les victuailles, proposa-t-elle, jetant un coup d'œil à Adie.

Richard allongea délicatement Zedd aux pieds de la femme os. Ensemble, lui et Kahlan empilèrent les provisions sur la table. Puis, ils se postèrent tous deux près de leurs amis, devant Adie, lorgnant les ossements, pendant qu'elle les épiait.

— Qui est celui-là ? s'enquit-elle, désignant Zedd.

— Zeddicus Zu'l Zorander. Mon ami, dit-il.

— Magicien ! fit-elle avec brusquerie.

— Mon ami ! s'exclama Richard avec colère.

Zedd allait mourir si on ne l'aidait pas, et Richard n'était pas d'humeur à le supporter. Adie se pencha en avant, posa sa main ridée à plat sur son ventre et frotta en un cercle lent, comme si elle cherchait à distinguer quelque chose. Elle retira sa main et la plaça soigneusement par-dessus l'autre sur sa béquille. Ses lèvres minces s'étirèrent en un léger sourire.

— La juste rage d'un authentique Chercheur. Bien.

Elle reporta son regard sur Kahlan.

— Vous n'avez rien à craindre de lui, mon enfant. C'est la colère de la vérité. C'est la colère du croc. Le vertueux n'a pas à la craindre.

Se soutenant de sa béquille, elle fit quelques pas vers Kahlan. Adie posa la main sur son ventre et répéta la procédure. Lorsqu'elle eut fini, elle replaça sa main sur la béquille et regarda Richard.

— Elle possède le feu. La colère brûle également en elle. Mais c'est la colère de la langue. Vous devez la craindre. Tous doivent la craindre. Il serait dangereux de la libérer.

Richard jeta un regard méfiant sur Adie.

— Je n'aime pas les devinettes ; elles prêtent à contresens. Si vous souhaitez me révéler quelque chose, alors dites-le.

— Dites-le ! se moqua-t-elle.

Ses yeux se plissèrent.

— Quel est le plus fort, le croc ou la langue ?

Richard inspira profondément.

— La réponse est évidemment le croc. Par conséquent, je choisis la langue.

Adie renâcla.

— Parfois, votre langue remue quand elle ne le devrait pas. Apprenez à la contrôler, ordonna-t-elle d'une voix grincheuse.

Embarrassé, Richard demeura silencieux.

Adie sourit et opina.

— Vous voyez ?

Richard fronça les sourcils.

— Non.

— La colère du croc est la force du contact. La violence du toucher. Le combat. La magie de l'Epée de Vérité est la magie de la colère du croc. Lacérer. Déchirer. La colère de la langue n'a pas besoin du toucher, mais c'est également une force. Elle coupe tout aussi rapidement.

— Je ne suis pas sûr de comprendre, dit Richard.

Adie tendit le bras, ses longs doigts lui effleurèrent légèrement l'épaule. Sa tête se remplit soudainement d'une vision, une vision qui était un souvenir de la nuit précédente. Il vit les hommes de l'auberge. Il se tenait devant eux en compagnie de Kahlan, et les hommes étaient à deux doigts de les attaquer. Il agrippait l'Epée de Vérité, prêt à utiliser la violence nécessaire pour les arrêter. Puis il vit Kahlan à ses côtés, qui parlait à ces hommes, les arrêtait, les contenait avec ses paroles, faisait courir sa langue sur ses lèvres, éloquente sans s'exprimer. Elle leur dérobait leur feu, désarmait les dépravés sans les toucher ; accomplissait ce que l'épée ne pouvait accomplir. Il commença à saisir ce qu'Adie insinuait.

La main de Kahlan se leva brutalement et attrapa le poignet d'Adie, écartant sa main de Richard. Le danger habitait ses yeux. Adie ne l'ignora pas.

— J'ai juré de protéger la vie du Chercheur. Je ne sais pas ce que vous faites. Vous m'excuserez si j'en fais trop. Je ne veux pas vous manquer de respect, mais je ne pourrais pas me pardonner si j'échouais dans ma mission. Le péril est trop grand.

Adie baissa les yeux vers la main qui emprisonnait son poignet.

— Je comprends, mon enfant. Pardonnez-moi de vous avoir étourdiment donné motif à vous alarmer.

Kahlan tint le poignet encore un moment afin de montrer sa détermination, puis le relâcha.

— Croc et langue travaillent de concert, reprit Adie. Idem avec la magie. Vous commandez la magie de l'épée, la magie du croc. Mais cela vous donne également la magie de la langue. La magie de la langue fonctionne parce que vous la soutenez grâce à l'épée.

Elle tourna lentement la tête vers Kahlan.

— Vous les possédez toutes deux, mon enfant. Le croc et la langue. Vous les utilisez ensemble, l'un soutenant l'autre.

— Et en quoi consiste la magie d'un magicien ? demanda Richard.

Adie le regarda, réfléchissant à la question.

— Il existe de nombreuses sortes de magies, le croc et la langue n'en sont que deux exemples. Les magiciens les connaissent toutes, excepté celles des enfers. Les magiciens se servent de la quasi-totalité de ce qu'ils savent.

Elle baissa les yeux vers Zedd.

— C'est un homme très dangereux.

— Il ne m'a jamais montré autre chose que de la gentillesse et de la compréhension. C'est un homme bon.

— Vrai. Mais il est aussi dangereux, répéta Adie.

Richard choisit d'abandonner.

— Et Darken Rahl ? Le connaissez-vous ? Quelle genre de magie peut-il utiliser ?

Adie plissa les yeux.

— Je le connais, siffla-t-elle. Il utilise la magie des magiciens, et celle qu'ils ne maîtrisent pas. Darken Rahl peut tirer profit des enfers.

Un frisson glacé parcourut les bras de Richard. Il désirait demander à Adie quel type de magie elle utilisait, mais décida de n'en rien faire. Elle se tourna une fois encore vers Kahlan.

— Faites attention, mon enfant, vous possédez l'authentique puissance de la langue. Vous ne l'avez jamais contemplée. Quel acte terrible ce serait si vous la déchaîniez...

— Je ne sais pas de quoi vous parlez, répondit Kahlan, les sourcils froncés.

— Vrai, acquiesça Adie. Vrai.

Elle tendit la main et la posa délicatement sur l'épaule de Kahlan, la rapprochant d'elle d'une pression des doigts.

— Votre mère est décédée avant que vous ne deveniez femme, avant que vous ne soyez assez âgée pour qu'elle vous l'apprenne.

La gorge de Kahlan se serra.

— Que pouvez-vous m'enseigner ?

— Rien. Je suis navrée. C'est quelque chose que seule votre mère aurait pu vous enseigner, quand vous êtes devenue femme. Puisqu'elle ne vous a rien montré, la connaissance est perdue. Mais la puissance est toujours présente. Faites attention. Ce n'est pas parce que vous n'en connaissez pas le fonctionnement qu'elle ne peut pas se manifester.

— Connaissiez-vous ma mère ? chuchota Kahlan avec peine.

Le visage d'Adie s'adoucit. Elle opina lentement.

— Je me souviens de votre nom de famille. Et je me souviens de ses yeux verts ; ils ne sont pas faciles à oublier. Vous avez ses yeux. J'ai fait sa connaissance, quand elle était enceinte de vous.

Une larme roula sur la joue de Kahlan, son chuchotement était toujours aussi pénible.

— Ma mère portait un collier, orné d'un petit os. Elle me l'a offert lorsque j'étais enfant. Je le portais sans arrêt, jusqu'à... jusqu'à ce que Dennee, la fille que j'appelais ma sœur... Quand elle est morte, je l'ai enterrée avec. Elle l'avait toujours adoré. C'est vous qui aviez donné ce collier à ma mère, n'est-ce pas ?

Adie ferma les yeux et acquiesça.

— Oui, mon enfant. Je le lui ai donné pour protéger sa fille afin qu'elle ait une chance de devenir robuste, comme sa mère. Je constate maintenant son efficacité.

Kahlan glissa les bras autour de la vieille femme.

— Merci, Adie, dit-elle en pleurant, pour avoir aidé ma mère.

Adie tint sa béquille d'une main, et de l'autre caressa le dos de Kahlan avec une réelle sympathie. Elles se séparèrent et Kahlan essuya ses larmes.

Richard saisit l'occasion.

— Adie, fit-il d'une voix douce, vous avez aidé Kahlan avant sa naissance. Aidez-la maintenant. Sa vie ainsi que celle d'une multitude de gens sont en jeu. Darken Rahl la pourchasse, me pourchasse. Nous avons besoin de l'assistance de ces deux hommes. Je vous supplie de les soigner, d'aider Kahlan.

Adie le gratifia d'un petit sourire.

— Le magicien choisit bien ses Chercheurs. Heureusement pour vous, la patience n'est pas une qualité indispensable. Soyez tranquilles ; je ne vous aurais pas demandé de les amener à l'intérieur si je n'avais pas eu l'intention de les soigner.

— Eh bien, peut-être ne pouvez-vous pas le voir, mais c'est surtout Zedd qui est mal en point. Sa respiration est à peine perceptible.

Les yeux laiteux d'Adie l'examinèrent avec une bienveillance forcée.

— Dites-moi, articula-t-elle dans un grincement sec, connaissez-vous le secret de Kahlan, celui qu'elle vous cache ?

Richard ne répondit rien et s'efforça de masquer toute émotion. Adie se tourna vers Kahlan.

— Dites-moi, mon enfant, connaissez-vous le secret qu'il vous cache ?

Kahlan ne répondit rien. Adie revint à Richard.

— Le magicien connaît-il le secret que vous lui cachez ? Non. Connaissez-vous le secret que le magicien vous cache ? Non. Trois aveugles. Hmm ? Il me semble que je vois mieux que vous.

Richard se demanda quel secret Zedd lui dissimulait. Il leva un sourcil étonné.

— Et lesquels de ces secrets connaissez-vous, Adie ?

Elle pointa un doigt vers Kahlan.

— Uniquement le sien.

Richard, soulagé, retint son visage de le trahir. Il avait été au bord de la panique.

— Tout le monde a des secrets, mon amie.

Son sourire s'élargit.

— Vrai, Richard Cypher.

— Préoccupons-nous de nos deux compagnons, dit Richard.

— Savez-vous comment les guérir ?

— Non. Si je le savais, je l'aurais évidemment déjà fait.

— Votre impatience est excusable. Il est normal que vous craigniez pour la vie de vos camarades. Je ne vous en veux pas pour votre sollicitude. Mais rassurez-vous, ils reçoivent mon aide depuis qu'ils sont entrés ici.

Richard la considéra avec perplexité.

— Vraiment ?

Adie opina.

— Ils ont été terrassés par des bêtes des enfers. Il leur faudra du temps pour se réveiller, des jours. Combien, je ne peux le dire. Mais ils sont déshydratés. Le manque d'eau causerait leur trépas. Ils doivent donc être assez éveillés pour boire. Le magicien ne respire pas lentement parce que son état empire, mais parce que c'est la technique des magiciens pour économiser leur énergie en cas de problème — ils sombrent dans une léthargie plus profonde. Je dois les réveiller afin de les obliger à boire. Vous ne pourrez pas leur parler, ils ne vous reconnaîtront pas. Mais n'ayez pas peur. Allez dans le coin, apportez-moi le seau d'eau.

Richard alla chercher l'eau, aida Adie à s'asseoir en tailleur à la tête de Zedd et de Chase. Elle attira Kahlan par terre à côté d'elle et demanda à Richard d'apporter un instrument en os, posé sur l'étagère.

Il ressemblait en partie à un fémur humain. Une patine marron foncé le recouvrait. Il paraissait ancien, gravé de symboles que Richard ne reconnaissait pas. A une extrémité, deux calottes crâniennes, une de chaque côté de l'articulation, sculptées en demi-sphères, avaient été recouvertes de peau tannée d'appartenance incertaine. Un nœud en forme de nombril formait le centre de chaque hémisphère. Au bord des calottes, des touffes de cheveux noirs, attachées avec du fil perlé, s'assortissaient à celles qui ornaient le col de la robe d'Adie. Les calottes crâniennes auraient pu être humaines. Quelque chose cliquetait à l'intérieur.

Richard le tendit respectueusement à Adie.

— Qu'est-ce qui fait ce bruit ?

Sans le regarder, elle répondit :

— Des yeux séchés.

Adie secoua doucement le hochet en os d'un côté et de l'autre au-dessus des têtes de Zedd et de Chase tandis qu'elle psalmodiait dans son étrange langage. Le hochet produisait un son de bois creux. Kahlan était assise en tailleur auprès d'elle, le front incliné. Richard, en retrait, observait.

Au bout d'une dizaine de minutes, Adie lui fit signe d'approcher. Zedd s'assit brusquement et ouvrit les yeux. Richard comprit qu'elle voulait qu'il lui donne de l'eau. Elle poursuivit sa psalmodie pendant qu'il plongeait la louche et l'élevait jusqu'à la bouche de Zedd. Le vieil homme avala la moitié du seau d'eau. Lorsqu'il eut terminé, il se rallongea et ferma les paupières. Chase but à son tour l'autre moitié de l'eau.

Adie tendit à Richard le hochet en os et le pria de le replacer sur l'étagère. Ensuite, elle lui demanda d'apporter l'amas d'ossements dans le coin et d'en recouvrir à parts égales les corps de Zedd et de Chase, lui indiquant comment disposer chaque os, en fonction d'un alignement qu'elle seule connaissait. Puis elle lui enjoignit d'empiler des côtes selon une figure en roue de chariot, le moyeu centré sur la poitrine de chacun. Quand il eut fini, elle le félicita pour son travail appliqué, mais il n'en éprouva aucune fierté, parce qu'elle avait dirigé sa main à chaque mouvement. Adie darda ses yeux blancs vers lui.

— Savez-vous cuisiner ?

Richard repensa au jour où Kahlan lui avait avoué que sa soupe aux épices était aussi bonne que la sienne, et que leurs deux contrées se ressemblaient relativement. Adie venait du Midlands, peut-être préférerait-elle un plat de son pays. Il lui sourit.

— Je serais honoré de vous préparer une soupe aux épices.

— Ce serait merveilleux. Je n'ai pas goûté de soupe aux épices digne de ce nom depuis des années.

Richard se rendit dans le coin opposé de la pièce et s'installa à la table, découpa les légumes et mélangea les épices. Durant plus d'une heure, tandis qu'il s'activait, il observa les deux femmes assises sur le sol, conversant dans cette langue étrange. Deux femmes qui se mettent au courant des nouvelles du pays, songea-t-il gaiement. Il était de bonne humeur ; quelqu'un faisait enfin quelque chose pour sauver Zedd et Chase. Quelqu'un qui connaissait le problème. Lorsqu'il eut mis la soupe sur le feu, il ne voulut pas les déranger — elles semblaient s'amuser —, aussi demanda-t-il à Adie si elle désirait qu'il lui débite du bois de chauffage. L'idée parut l'enchanter.

Il sortit et enleva le croc qui pendait à son cou, le rangea dans sa poche et abandonna sa chemise sur le porche pour qu'elle reste sèche. Il emporta l'épée derrière la maison, où Adie lui avait dit qu'il trouverait la pile de bois. Plaçant les bûches sur le billot, il les tronçonna dans la longueur. La plupart des bûches étaient de bouleau, le bois le plus facile à couper pour une vieille femme. Il sélectionna celles en érable alpestre, excellent bois à brûler mais difficile à couper. La forêt environnante était sombre et dense, mais ne paraissait pas menaçante, au contraire. Accueillante, enveloppante, sûre. Cependant, quelque part là dehors, le dernier membre du quad traquait Kahlan.

Il songea à Michaël, espéra qu'il était en sécurité. Michaël ne savait pas ce que faisait Richard et se demandait probablement où il était. Peut-être s'inquiétait-il. Richard avait prévu de se rendre à la demeure de Michaël après être passé chez Zedd, mais il n'en avait pas eu le temps. Rahl les avait presque attrapés. Il regretta de ne pas avoir pu avertir son frère. Michaël serait en grand danger quand la frontière céderait.

Lorsqu'il fut fatigué de scier, il fendit ce qu'il avait coupé. Ça lui faisait du bien de se servir de ses muscles, de transpirer, d'accomplir quelque chose qui ne nécessitait pas de réflexion. La pluie fraîche apaisait son corps brûlant et rendait le travail plus facile. Pour se distraire, il s'imagina que le bois était la tête de Darken Rahl. Afin de varier les plaisirs, il se représentait parfois un graz. Lorsque le morceau de bois était particulièrement robuste, il se figurait la tête de l'homme roux.

Kahlan sortit et lui demanda s'il était prêt à venir manger. Il ne s'était même pas rendu compte que le soir tombait. Il alla au puits et s'aspergea d'eau. Kahlan et Adie étaient assises à table. Il n'y avait que deux chaises ; il s'installa sur une bûche. Kahlan plaça un bol de soupe devant lui, lui tendit une cuillère.

— Vous m'avez fait un don merveilleux, Richard, dit Adie.

— Lequel ?

Il souffla sur la soupe pour la refroidir.

Elle le regarda de ses yeux laiteux.

— Vous m'avez permis de discuter dans ma langue maternelle avec Kahlan. Vous ne pouvez pas savoir quelle joie cela me fait. Ça faisait si longtemps. Vous êtes un homme très perspicace, un véritable Chercheur.

Richard leva vers elle un visage rayonnant.

— Vous m'avez également donné quelque chose de très précieux. Les vies de mes amis. Merci, Adie.

— Et votre soupe aux épices est fabuleuse, ajouta-t-elle, avec un léger étonnement.

— Oui.

Kahlan lui adressa un clin d'œil.

Aussi bonne que la mienne.

— Kahlan m'a tout raconté au sujet de Darken Rahl et de la frontière qui s'affaiblit, dit Adie. Elle m'a dit que vous souhaitiez passer dans le Midlands. Vous devez maintenant décider de ce que vous allez faire.

Elle prit une cuillerée de soupe.

— Que voulez-vous dire ?

— Vos amis doivent être réveillés chaque jour pour boire, et nourris de gruau. Ils vont dormir pendant plusieurs jours, cinq, peut-être dix. Vous devez décider, en tant que Chercheur, si vous les attendez ou si vous continuez. Nous ne pouvons vous aider ; c'est à vous de décider.

— Ce serait un travail énorme pour une personne seule comme vous.

Adie acquiesça.

— Oui. Mais ce n'est pas un travail aussi éprouvant que de partir à la recherche des coffrets, d'arrêter Darken Rahl.

Elle avala encore une cuillerée de soupe sans cesser de l'observer.

Richard remua d'un air absent la cuillère dans son bol. Le silence s'éternisa. Il regarda Kahlan, mais elle ne laissait rien paraître. Il comprit qu'elle ne voulait pas interférer dans sa décision. Il baissa de nouveau les yeux vers sa soupe.

— Chaque jour qui passe, dit-il enfin calmement, rapproche Rahl du dernier coffret. Zedd m'a dit qu'il avait un plan. Cela ne signifie pas que c'est un bon plan. Mais il est possible que nous n'ayons plus le temps de le mettre à exécution quand il se réveillera. Nous pourrions perdre avant de commencer.

Il fixa les yeux verts de Kahlan.

— Nous ne pouvons attendre. Nous devons prendre le risque ; trop de vies sont en jeu. Nous devons partir sans lui.

Kahlan lui adressa un sourire rassurant.

— De toute façon, je ne comptais pas autoriser Chase à nous accompagner. J'ai une mission plus importante pour lui.

Adie tendit le bras par-dessus la table et posa sa main usée sur la sienne. Elle était douce et chaude.

— Ce n'est pas un choix facile. Il n'est pas facile

d'être Chercheur. Ce qui vous attend dépasse les pires de vos craintes.

Il s'efforça de sourire.

— Au moins, j'ai toujours mon guide.

Le trio demeura silencieux, évaluant ce qu'il convenait de faire.

— Vous devrez bien dormir tous les deux cette nuit, fit Adie. Vous en aurez besoin. Après dîner, je vous apprendrai ce que vous devez savoir pour franchir le défilé.

Elle les regarda tour à tour. Sa voix se fit plus grinçante.

— Et je vous raconterai comment j'ai perdu mon pied.

17

RICHARD POSA LA LAMPE AU BORD DE LA TABLE, PRÈS DU MUR, et l'alluma avec une brindille qu'il prit dans l'âtre. Le clapotis de la légère averse et les bruits des créatures de la nuit pénétraient par la fenêtre. Les stridulations et les cris des petits animaux nocturnes lui étaient familiers, les sons de la maison le rassuraient. Il était chez lui. Sa dernière nuit dans sa mère patrie, avant de passer dans le Midlands. Tout comme son père l'avait fait. Il sourit intérieurement de l'ironie de la situation. Son père avait rapporté le Livre des Ombres Comptées du Midlands, et maintenant il devait l'y ramener.

Il s'assit sur la bûche, en face de Kahlan et d'Adie.

— Bon, expliquez-moi. Comment trouverons-nous le défilé ?

Adie se carra dans sa chaise et balaya l'air de la main.

— Vous y êtes déjà. Du moins à son entrée.

— Et qu'avons-nous besoin de savoir pour passer de l'autre côté ?

— Le défilé est un vide dans les enfers, une terre hantée par les morts. Vous vivez. Méfiez-vous des bêtes qui chassent les vivants.

Richard regarda la figure impassible de Kahlan, puis revint sur Adie.

— Quelles bêtes ?

Le long doigt d'Adie désigna alternativement chaque mur de la pièce.

— Voici leurs ossements. Vos amis ont été touchés par des choses issues des enfers. Ces os obligent le poison magique à quitter leurs corps, laissant le sommeil de la mort s'envoler. Les ossements éloignent le mal de cet endroit. Les bêtes ne peuvent me trouver parce qu'elles ressentent leur nature maléfique, aveugle. Elles sont désorientées et croient que je suis l'une d'elles.

Richard se pencha en avant.

— Si nous emportions quelques os, cela nous protégerait-il ?

Adie eut un petit sourire, qui rida ses yeux.

— Très bien. C'est exactement ce que vous devez faire. Ces restes renferment la magie qui permettra de vous protéger. Mais il y a plus. Ecoutez attentivement ce que je vous dis.

Richard croisa les doigts et acquiesça.

— Vous ne pouvez pas prendre vos chevaux, le sentier est trop étroit. Vous ne devez pas vous écarter du chemin — ce serait trop dangereux. Vous ne devez pas non plus vous arrêter pour vous reposer. Le voyage prendra une journée, une nuit et la plus grande partie du jour suivant.

— Pas même pour dormir ? demanda Richard.

Adie les dévisagea de ses yeux laiteux.

— Il y a d'autres créatures dans le défilé. Elles vous attraperont si vous vous attardez.

— Des créatures ? demanda Kahlan.

Adie opina.

— Je vais souvent dans le défilé. Il faut constamment rester sur ses gardes, se méfier de tout. Trop de dangers vous guettent.

Sa voix baissa d'un ton.

— Un jour, je marchais depuis un long moment, j'étais épuisée. Je m'installai contre un arbre et m'assoupis. Quelques minutes seulement.

Elle posa la main sur sa jambe, la frottant lentement.

— Pendant que je dormais, un grippeur s'est accroché à ma cheville.

Kahlan plissa le visage.

— Un grippeur ?

Adie l'observa silencieusement.

— Le grippeur cst un animal doté d'une armure hérissée de pointes sur les bords. Ses nombreuses pattes sont pourvues de griffes acérées, sa gueule ressemble à celle d'une sangsue mais couverte de dents. Il s'enroule autour de sa proie. Avec ses griffes, il laboure la chair et s'y enfonce de manière qu'on ne puisse plus le décrocher. Puis il commence à sucer le sang, resserrant de plus en plus son étreinte.

Kahlan posa sa main sur le bras d'Adie. La lueur de la lampe donnait aux yeux blancs de la vieille femme une pâle teinte orangée. Richard sentit ses muscles se raidir.

— J'avais ma hache avec moi.

Kahlan ferma les yeux. Adie enchaîna.

— J'ai frappé de toutes mes forces pour lui faire lâcher prise. Je savais que si je n'y parvenais pas, il aspirerait tout mon fluide vital. Rien n'y fit. J'étais très en colère contre moi-même.

Elle regarda Richard dans les yeux.

— Je n'avais plus le choix. La douleur devenait insupportable. Je sentais ses mâchoires me déchirer l'os. J'ai ligaturé ma cheville à l'aide d'un morceau de tissu et j'ai posé ma jambe en travers d'un rondin. Je me suis servie de la hache pour me trancher le pied.

Un silence de plomb régnait dans la petite maison. Richard chercha le regard de Kahlan. Ses yeux exprimaient une immense tristesse. Qu'aurait-il fait à sa place ? Il fallait un courage inouï pour se trancher le pied. Son estomac se révulsa. Les fines lèvres d'Adie se retroussèrent en un sourire sardonique. Elle prit les mains de Richard et de Kahlan dans les siennes et les serra fermement.

— Je ne vous raconte pas cette histoire pour que vous vous apitoyiez sur mon sort. Retenez simplement la leçon. Demeurez toujours sur la défensive. La confiance est dangereuse. La peur vous garantira du danger.

— Alors je crois que nous allons être très en sécurité, dit Richard.

— Bien. Il y a encore une chose. En un lieu situé à mi-chemin, les deux parois se rapprochent, jusqu'à pratiquement se toucher. On nomme cet endroit le Goulet. Lorsque vous arriverez à un rocher de la taille de cette maison, fendu en son milieu, vous y serez. Vous devez le traverser. Ne le contournez surtout pas ; la mort rôde. C'est l'endroit le plus périlleux du défilé.

Elle mit une main sur l'épaule de Kahlan et comprima plus fort la main de Richard.

— Ils vous appelleront depuis la frontière. Ils voudront vous attirer à eux.

— Qui ? demanda Kahlan.

Adie se pencha vers elle.

— Les morts. N'importe qui. Une personne aimée. Votre mère.

Kahlan se mordit la lèvre.

— Ce sont leurs fantômes ?

Adie secoua la tête.

— Je ne sais pas, mon enfant. Mais je ne crois pas.

— Je ne le pense pas non plus, ajouta Richard, comme pour se rassurer.

— Bien, reprit Adie. Continuez sur cette voie. Cela vous aidera à résister. Vous serez tentés de les rejoindre. Ne succombez pas, vous seriez perdus. Et souvenez-vous : ne vous écartez jamais du chemin. Un pas d'un côté ou de l'autre et il sera trop tard. La frontière est mince. Vous seriez incapables de revenir en arrière. Jamais.

Richard poussa un profond soupir.

— Adie, la frontière devient diaphane. Avant d'être terrassé, Zedd m'a avoué qu'il percevait le changement.

Chase a dit qu'il était impossible de voir à travers auparavant. Là, il apercevait l'ombre des habitants des enfers.

— On n'est jamais en sécurité quand on franchit le Goulet. Nombreux sont ceux qui ont échoué. Par manque de volonté, d'endurance.

Elle se pencha vers lui.

— Restez sur le sentier. Gardez votre but à l'esprit. Aidez-vous mutuellement, et vous parviendrez à traverser.

Adie étudia son visage. Richard se tourna vers Kahlan. Il se demanda si Kahlan et lui seraient assez forts. Et pourtant, il rêvait de cette aventure. Il savait à quel point Kahlan avait peur des enfers pour en avoir déjà franchi le seuil. Lui-même était impatient de s'y frotter. Il n'éprouvait aucune angoisse.

Il se renfrogna.

— Vous avez dit que le Goulet était au centre du défilé. Il fera nuit. Comment saurons-nous que nous sommes toujours sur le sentier ?

Adie s'appuya sur l'épaule de Kahlan pour se lever.

— Venez, dit-elle tout en attrapant sa béquille.

Elle s'avança vers les étagères. Ses doigts effilés saisirent une bourse de cuir. Elle dénoua le cordon et versa le contenu dans sa paume.

Elle se tourna vers Richard.

— Tendez votre main.

Un objet lisse roula dans sa paume ouverte. Adie bredouilla quelques mots à voix basse.

— Ces paroles disent que je vous offre ceci de ma propre volonté.

Richard baissa les yeux. Il tenait dans sa main une pierre de la taille d'un œuf de grouse. Doux et poli, si sombre qu'il semblait absorber la lumière de la pièce.

— C'est une pierre de nuit, précisa-t-elle.

— Que dois-je en faire ?

Adie hésita, son regard se perdit un instant à travers la fenêtre.

— Lorsque le jour commence à décliner, sortez la pierre de nuit. Elle éclairera votre chemin. Elle est à vous maintenant. Je vous l'ai donnée. Le magicien saura que vous l'avez en votre possession. Il pourra ainsi vous suivre pas à pas.

Richard hésita.

— Adie, c'est un objet trop précieux. Je ne peux pas accepter.

— Toute chose a une valeur relative. Pour un homme mourant de soif, l'eau est plus précieuse que l'or. Pour un homme qui se noie, l'eau est au contraire son pire ennemi. En ce moment, vous êtes un homme très assoiffé. J'ai hâte que Darken Rahl soit arrêté. Prenez la pierre de nuit. Vous me la rendrez plus tard.

Richard opina, glissa la pierre dans sa bourse de cuir, puis l'enfouit dans sa poche. Adie se tourna à nouveau vers l'étagère et attrapa un fin collier. Une poignée de perles rouges et jaunes pendaient de chaque côté d'un petit os rond. Kahlan écarquilla les yeux.

— Il ressemble comme deux gouttes d'eau à celui de ma mère, dit-elle.

Adie le maintint au-dessus de sa tête pendant que Kahlan rassemblait la masse sombre de sa chevelure. Kahlan baissa les yeux vers le bijou, le caressant entre pouce et index, souriante.

— Il vous dissimulera un certain temps à la vue des bêtes du défilé, et un jour, quand vous porterez un enfant, il le protégera.

Kahlan étreignit la vieille femme. Lorsqu'elles se séparèrent, Kahlan avait un air songeur. Elle parla dans une langue que Richard ne comprit pas. Adie se contenta de sourire et tapota son épaule avec sympathie.

— Vous devriez dormir maintenant.

— Et moi ? Pourquoi n'ai-je pas un talisman qui me préserverait des bêtes ?

Adie étudia son visage, puis baissa les yeux vers sa poitrine. Lentement, elle tendit la main. Ses doigts se déplièrent et touchèrent gauchement sa chemise. Là où était le croc. Elle retira sa main et rencontra de nouveau son regard. Richard retint sa respiration.

— Vous n'avez pas besoin de fétiche, Hartlander. Vous resterez invisible.

Son père lui avait raconté que la créature qui gardait le livre était une bête maléfique. Le croc l'avait protégé des choses de la frontière. Autrement, il aurait été terrassé comme Zedd et Chase, et Kahlan serait maintenant aux enfers. Richard tenta d'empêcher son visage de trahir ses émotions. Adie demeura silencieuse. Kahlan, troublée, ne posa pas de question.

— Dormez maintenant, leur enjoignit Adie.

Kahlan refusa qu'Adie leur abandonne son lit. Elle et Richard installèrent leurs tapis de couchage près de l'âtre, et Adie se retira dans sa chambre. Richard rajouta quelques bûches dans le feu. Il s'assit à côté de Zedd et de Chase pendant quelques minutes, lissant les cheveux chenus du vieil homme, écoutant sa respiration apaisée. Il haïssait la perspective de devoir les abandonner. Il avait peur de ce qui les attendait. Il se demanda si Zedd avait une idée de l'endroit où trouver les coffrets. Richard regretta de ne pas connaître son plan.

Kahlan s'assit par terre, près du feu, les jambes croisées, et l'observa. Lorsqu'il vint se coucher, elle s'allongea sur le dos et tira la couverture jusqu'à sa taille. La maison était tranquille et paraissait sûre. La pluie continuait à tomber dehors. Le feu créait une atmosphère agréable. Il était épuisé. Richard se tourna vers Kahlan. Elle fixait le plafond, jouant avec l'os du collier.

— Richard, chuchota-t-elle, je n'aime pas l'idée de les laisser derrière nous.

— Je sais. Moi non plus.

— J'espère que ce n'est pas à cause de ce que j'ai dit dans le marais.

— Non. C'était la bonne décision. Chaque jour nous rapproche de l'hiver. Nous ne pouvons les attendre et prendre le risque que Rahl s'empare des coffrets. Ce serait signer notre arrêt de mort. Je ne peux pas vous reprocher de m'avoir ouvert les yeux.

Il écouta le feu crépiter tandis qu'il observait son

visage, ses cheveux étalés en corolle sur le sol. Il avisa une veine de son cou qui battait au rythme de son cœur. Il n'avait jamais contemplé chose plus délicate. Elle tenait toujours le collier entre ses doigts.

— Kahlan, murmura-t-il, quand Adie vous a expliqué que le collier vous protégerait, ainsi qu'un jour votre enfant, que lui avez-vous répondu ?

Elle le considéra un long moment.

— Je l'ai remerciée, mais je lui ai dit que je ne croyais pas que je vivrais assez longtemps pour avoir un enfant.

Richard frissonna.

— Pourquoi ? demanda-t-il.

— Richard, répondit-elle, la folie se déchaîne dans mon pays, une folie que vous ne pouvez pas concevoir. Je suis seule. Ils sont une multitude. J'ai vu des gens plus puissants que moi les affronter et se faire massacrer. Même si nous réussissons, je ne pense pas que je survivrai.

Richard partageait ses doutes. Elle avait peur qu'il meure dans l'aventure. C'était pourquoi elle s'était opposée à ce que Zedd lui donne l'Epée de Vérité, le nomme Chercheur. Il sentit son cœur se serrer.

Peut-être a-t-elle raison, pensa-t-il. Après tout, elle savait mieux que lui dans quoi ils s'embarquaient. Elle devait être terrifiée de retourner dans le Midlands. Il était trop tard pour fuir. Le feu follet nocturne avait prédit que courir signifierait une mort certaine.

Richard embrassa le bout de son doigt et l'appliqua contre l'os du collier.

— J'ajoute ma bénédiction à celle d'Adie, déclara-t-il dans un murmure. Pour vous maintenant, et pour l'enfant que vous porterez. J'ai accepté le poste de Chercheur et je suis décidé à me battre. Si Darken Rahl répand la folie sur le monde entier, alors nous mourrons l'épée à la main, et non enchaînés. Nous vendrons chèrement nos vies. Nous combattrons jusqu'au dernier souffle.

Un sourire illumina le visage de Kahlan.

— Si Darken Rahl vous connaissait aussi bien que

moi, il aurait de bonnes raisons d'avoir des insomnies. Je remercie les esprits bienveillants que le Chercheur n'éprouve pas de colère envers moi.

Elle posa la tête sur son bras.

— Vous avez un talent singulier pour me remettre d'aplomb, Richard Cypher, même quand vous me parlez de la mort.

Il sourit.

— C'est à cela que servent les amis.

Richard l'observa un moment après qu'elle eut fermé les yeux, puis il s'endormit en pensant à elle.

L'aube était humide et blafarde, mais la pluie avait cessé. Kahlan avait serré Adie dans ses bras pour lui dire adieu. Richard faisait face à la vieille femme, la fixant dans les yeux.

— Je dois vous confier une tâche importante, délivrer à Chase un message du Chercheur. Dites-lui qu'il doit rentrer au Hartland et avertir le Premier Conseiller que la frontière cédera bientôt. Demandez-lui d'ordonner à Michaël de rassembler l'armée afin de protéger le Westland contre les forces de Rahl. Ils doivent être prêts à repousser toute invasion. Le Westland ne doit pas subir le même sort que le Midlands. Toute force venue de l'est doit être considérée comme ennemie. Ajoutez que Rahl est celui qui a tué notre père. Nous sommes en guerre, et j'ai déjà engagé la bataille. Dites-lui de ne montrer aucune pitié envers l'ennemi, de ne faire aucun prisonnier. Je n'ai aucune joie à donner ces ordres, mais c'est la seule manière de vaincre Rahl. Il nous faut combattre avec les mêmes armes. Si le Westland est pris, ce ne sera qu'au prix d'un terrible carnage. Nous devons par-dessus tout empêcher Rahl de réunir les trois coffrets.

Richard baissa les yeux vers le sol.

— Demandez-lui de dire à mon frère que je l'aime et qu'il me manque.

Il releva la tête et regarda longuement la vieille femme.

— Pourrez-vous vous souvenir de tout cela ?

— Oui. Je répéterai fidèlement vos paroles. Quant au magicien ?

Richard sourit.

— Nous ne pouvons pas l'attendre. Je sais qu'il comprendra. Quand il en sera capable, il nous retrouvera grâce à la pierre de nuit. J'espère que d'ici là nous aurons découvert l'un des coffrets.

— Force au Chercheur, s'exclama Adie, et à vous aussi, mon enfant ! De rudes épreuves vous attendent.

18

LE SENTIER ÉTAIT ASSEZ LARGE POUR PERMETTRE À RICHARD et à Kahlan de marcher de front. Les nuages dérivaient, denses et menaçants, mais il ne pleuvait pas. Ils étaient tous deux emmitouflés dans leurs manteaux. Ils avançaient sur un tapis d'aiguilles de pin. La forêt était peu dense. Des écureuils fuyaient devant leurs pas tandis qu'ils progressaient. Le pépiement des oiseaux semblait insipide.

Richard attrapa une branche d'un petit sapin baumier et la dépouilla de ses épines entre le pouce et l'index.

— Adie ne se montre pas sous son vrai jour, dit-il.

Kahlan leva les yeux vers lui tout en continuant à avancer.

— C'est une magicienne.

Richard parut surpris par la réponse.

— Vraiment ? Je ne sais pas ce qu'est une magicienne.

— Ses pouvoirs dépassent les nôtres mais elle est moins puissante qu'un magicien.

Richard jeta la baguette. Elle était peut-être plus puissante que lui, pensa-t-il, mais il n'était pas du tout certain qu'elle surpassât Kahlan. Il se souvint de l'expression d'Adie lorsque Kahlan lui avait attrapé le poignet. Elle avait peur. Il se souvint de l'expression de

Zedd lorsqu'il l'avait vue pour la première fois. Quel pouvoir possédait Kahlan pour terroriser une magicienne et un magicien ? Qu'avait-elle de singulier ? Il avait été deux autres fois témoin de cette manifestation de respect terrifié, d'abord avec le quad, puis avec Shar, le feu follet nocturne.

— Pourquoi Adie vit-elle dans le défilé ?

Kahlan repoussa ses cheveux en arrière.

— Elle était fatiguée qu'on lui rende sans arrêt visite pour lui demander des sortilèges et des potions. Elle désirait qu'on la laisse tranquille afin d'approfondir ses talents de magicienne — étudier des invocations supérieures, comme elle les appelle.

— Croyez-vous qu'elle sera en sécurité quand la frontière s'effondrera ?

— Je l'espère. Je l'aime bien.

— Moi aussi, rétorqua-t-il avec un sourire.

Le sentier se rétrécissait au fur et à mesure de l'ascension. Ils marchaient maintenant l'un derrière l'autre. Richard veillait à ce que Kahlan ne s'écarte pas du chemin. Son expérience de guide l'aidait à s'orienter. La forêt était devenue plus épaisse. Les arbres poussaient dans des fissures de la roche qui s'élevait audessus du tapis de feuilles. La brume flânait parmi les arbres. Ils s'accrochaient aux racines saillant des crevasses.

Richard se demanda ce qu'il allait faire une fois parvenu au Midlands. Il s'était reposé sur Zedd, mais Zedd ne lui avait jamais confié son plan. Il devrait improviser. Personne ne l'attendait pour lui révéler l'emplacement du coffret.

Quelqu'un devait pourtant savoir où il se trouvait. Il devait être bien caché, sinon Rahl l'aurait déjà découvert. Dans quelle direction chercher ? Il aurait besoin d'un allié ; d'un guide.

Il fallait user de magie... Cette idée illumina son esprit. Le Midlands était une contrée magique. Il devait exister quelqu'un qui soit capable de deviner l'emplacement du coffret en jouant de ses pouvoirs surnaturels. Il devrait le convaincre de lui confier son secret. Et que cette personne ait refusé son aide à Darken Rahl était plutôt une bonne chose. Tous les espoirs étaient permis.

Restait à percer le mystère du livre. Sans lui, il serait incapable de manipuler les coffrets et tout serait à recommencer. Tandis qu'ils cheminaient, Richard se récita le Livre des Ombres Comptées. Il fallait absolument arrêter Rahl. La solution résidait forcément dans le livre. L'explication à proprement parler des conséquences de leur maniement, les directives concernant leur identification et la manière d'en ouvrir un n'occupaient qu'une portion relativement mince à la fin de l'ouvrage. Richard comprenait bien cette partie, car elle était claire et précise. Le reste n'était que recettes pour contrer des éventualités imprévues, résoudre des problèmes qui pourraient contrecarrer le bon fonctionnement des coffrets.

S'il parvenait à modifier l'un des paramètres, il pourrait arrêter Rahl. Rahl ne possédait pas le livre pour l'aider ! Mais il n'avait aucun moyen d'influer sur le cours des choses, des problèmes d'angle du soleil et de nuages au jour de l'ouverture. D'autres encore, qu'il n'avait pu déchiffrer. Richard devait se concentrer sur la première partie. Il vida son esprit et recommença depuis le début.

La vérification de la véracité des paroles du Livre des Ombres Comptées, si elle est prononcée par un autre, plutôt que lue par celui qui commande aux coffrets, ne peut être garantie que par la présence d'un Confesseur...

Vers la fin de l'après-midi, Richard et Kahlan étaient en nage. Comme ils traversaient une petite rivière, Kahlan fit halte et trempa un tissu dans l'eau dont elle se servit pour se rafraîchir le visage. Richard décida de l'imiter. L'eau pure était peu profonde et courait sur un lit de galets. Il s'accroupit et s'aspergea la figure.

Lorsqu'il se releva, Richard sentit une présence. Il resta immobile, aux aguets.

La chose se tenait cachée derrière un tronc d'arbre. Ce n'était pas un humain, mais cela en avait approximativement la taille, sans forme définie. On aurait dit l'ombre d'une personne flottant en l'air. La créature ne bougeait pas. Richard cligna des yeux afin de s'assurer qu'il ne s'agissait pas d'une illusion due à la lumière déclinante.

Kahlan avait continué sa route. Richard la rejoignit rapidement et se pencha sur son épaule.

— Regardez à gauche, entre les arbres. Dites-moi ce que vous voyez.

Il plaqua sa main sur son dos, la forçant à avancer tandis qu'elle tournait la tête, scrutait les arbres... Alors elle vit la créature.

— Qu'est-ce que c'est ? chuchota-t-elle.

— Je ne sais pas. Je pensais que vous pourriez me l'apprendre.

L'ombre demeurait immobile. Peut-être n'était-ce rien, juste un jeu de lumière. Mais l'hypothèse n'était pas convaincante.

— C'est probablement l'une des bêtes dont nous a parlé Adie, elle ne peut pas nous voir, reprit-il.

Elle lui adressa un regard incrédule.

— Les bêtes ont des os.

Kahlan avait raison, évidemment, mais il avait espéré qu'elle approuverait son idée. Ils doublèrent l'allure. La créature obscure fut bientôt hors de vue. Richard respira plus librement. Il semblait que le collier de Kahlan et le croc avaient produit leur effet.

Ils dînèrent de pain, de carottes et de viande fumée sans s'arrêter de marcher. Aucun des deux n'apprécia son repas. Leurs yeux sondaient les bois alentour pendant qu'ils mangeaient. Même s'il n'avait pas plu de la journée, tout était encore mouillé, et de l'eau gouttait encore des arbres. La roche couverte de mousse par endroits était glissante et nécessitait de faire attention. Ils observaient la forêt environnante, à l'affût du moindre signe de danger. Ils ne virent rien.

Le fait de ne pas rencontrer de vie commença à inquiéter Richard. Il n'y avait pas d'écureuils, pas de tamias, pas d'oiseaux, rien. La nature était trop calme. La lumière du jour s'esquivait furtivement. Bientôt ils arriveraient au Goulet. La perspective d'être à nouveau confronté à son père l'épouvantait. Ses entrailles se nouèrent au souvenir de ce qu'Adie avait dit sur les fantômes. Il se remémora la qualité envoûtante de leurs appels. Il devait se préparer à résister, s'endurcir. Kahlan avait failli être engloutie dans les enfers quand ils se trouvaient sous le pin rebelle, la première nuit après leur rencontre. Avec Zedd et Chase, quelque chose avait encore essayé de l'attirer. L'os ne pouvait la protéger contre tout.

Le sentier s'élargit, leur permettant à nouveau de marcher de front. Cette journée de marche l'avait éreinté, et il ne pourrait se reposer avant le surlendemain. Franchir le Goulet dans les ténèbres alors qu'ils étaient si épuisés lui paraissait une folie. Mais Adie avait insisté pour qu'ils ne s'arrêtent pas. Il fallait se tenir à ses recommandations. De toute façon, l'histoire du grippeur le garderait éveillé.

Kahlan parcourut les bois des yeux et se tourna pour regarder derrière elle. Elle s'arrêta brusquement, attrapant le bras de Richard. Sur le sentier, à moins de dix mètres, se dressait une ombre.

Comme la précédente, celle-ci ne bougeait pas. On voyait au travers. Elle paraissait constituée de fumée. On voyait la forêt qui s'étendait au-delà. Kahlan resserra son étreinte, sans quitter des yeux la créature obscure. Ils prirent un virage sur le sentier et accélérèrent le pas.

— Kahlan, vous rappelez-vous m'avoir parlé du peuple de l'ombre que Panis Rahl avait envoyé ? Se pourrait-il que ces créatures appartiennent à cette race ?

Elle lui jeta un regard embarrassé.

— Je ne sais pas. Je n'en ai jamais vu ; elles ont participé à la première guerre, avant ma naissance. Mais les histoires les décrivaient toujours de manière identique, flottant dans les airs. Je n'ai jamais entendu personne dire qu'elles restaient immobiles de cette façon.

— L'os nous rend invisibles. Elles sentent notre présence mais ne nous voient pas.

Kahlan s'enveloppa plus étroitement dans son manteau, apparemment effrayée par cette idée, mais ne rétorqua rien. Dans la nuit tombante, ils poursuivirent leur route, collés l'un à l'autre, partageant les mêmes pensées. Une autre ombre apparut au bord du sentier. Kahlan frissonna. Ils passèrent lentement, tranquillement, les yeux fixés sur elle. Elle ne bougea pas. Richard s'efforça de demeurer calme. Ils devaient rester sur le chemin. Peut-être que ces ombres n'étaient là que pour les faire décamper, les pousser à sortir du sentier et à franchir accidentellement la limite des enfers. Une branche basse gifla Kahlan au visage. Elle sursauta. Richard la serra contre lui en souriant.

La nuit tombait, une brise légère agitait les buissons. Il devenait difficile de distinguer les créatures obscures sur le bord du chemin. Ils en aperçurent deux autres. Elles se tenaient près du sentier, toujours immobiles, paraissant les observer, bien qu'elles n'eussent pas d'yeux.

— Et si elles nous attaquent ? demanda Kahlan d'une voix tendue.

Il prit sa main dans la sienne. Elle la serra très fort.

— L'épée les arrêtera, répondit Richard avec confiance.

— Qu'est-ce qui vous rend si sûr ?

— Elle a arrêté les choses de la frontière.

Kahlan parut rassurée. Un silence de mort régnait dans la forêt. Ils percevaient au loin un faible grincement impossible à localiser. Les branches sombres se balançaient au rythme de la brise.

— Richard, reprit Kahlan, empêchez-les de nous approcher. Si elles appartiennent au peuple de l'ombre, leur contact est synonyme de mort. Nous ne devons pas les laisser nous toucher.

Il pressa sa main pour la rassurer.

Richard pensa un instant à dégainer l'épée. Mais sa magie serait-elle efficace contre des ombres ? Son instinct lui conseilla d'attendre.

Les bois devenaient ténèbres. Les troncs d'arbres se dressaient tels des piliers noirs dans l'obscurité. Richard avait l'impression d'être épié de toutes parts. Le sentier longeait maintenant une colline. L'eau suintait de la roche, goutte à goutte. Le chemin s'infléchissait sur la droite. Quand ils regardèrent une nouvelle fois derrière eux, ils aperçurent trois nouvelles ombres. Ils continuèrent à avancer. Richard perçut un léger raclement, dans les bois. Les créatures obscures les suivaient de l'autre côté de la frontière. Il ne fallait surtout pas quitter la route.

— Richard, murmura Kahlan, ne croyez-vous pas que vous devriez sortir la pierre de nuit ?

Richard hésita.

— J'ai peur de ce qui pourrait arriver.

— Que voulez-vous dire ?

— Je crains que ces ombres nous repèrent à sa lumière.

Il s'arrêta un moment.

— L'os nous protège.

Kahlan se mordit les lèvres d'inquiétude. Ils progressaient toujours, entre arbres et rochers, par-dessus caillasse et racines, se frayant un passage à flanc de colline. Le léger raclement se rapprochait. Cela ressemblait... cela ressemblait à des griffes frottant contre de la pierre.

Deux ombres se tenaient devant eux. Il fallait passer entre elles. Kahlan se serra contre lui et retint sa respiration. Ils se faufilèrent prudemment. Elle enfouit son visage dans le creux de son épaule. Richard passa son bras autour d'elle, l'enlaçant étroitement. Elle était terrorisée. Son cœur battait à tout rompre. Il leur semblait que chaque pas les emmenait trop loin, trop profondément. Il se retourna, mais la nuit était trop dense pour lui permettre de rien distinguer.

Alors, une forme d'un noir d'encre se dressa devant eux. C'était un rocher énorme, fendu en son milieu.

Le Goulet.

Il faisait trop sombre pour discerner le sentier. Ils ne pourraient poursuivre leur route à travers le Goulet sans la pierre de nuit. Un faux pas dans le Goulet signifiait la mort. Le raclement était devenu plus distinct et émanait de partout. Richard fouilla dans sa poche et en sortit la bourse de cuir. Il dénoua le cordon et laissa tomber la pierre de nuit dans sa paume.

Une chaude lumière enflamma la nuit, illumina les bois alentour, jetant des ombres surnaturelles. Il tint la pierre à bout de bras pour y voir plus clair.

Kahlan eut le souffle coupé.

Devant eux, s'élevait un mur constitué de créatures obscures agglutinées par centaines, les unes contre les autres. Elles formaient un demi-cercle à moins de six mètres d'eux. Sur le sol rampaient des myriades de bestioles bossues, semblables à des pierres hérissées de pointes sur les bords.

Des grippeurs.

Voilà d'où provenait le raclement... Les grippeurs évoluaient avec lenteur, se dandinant d'un côté et de l'autre. Les premiers n'étaient plus qu'à une dizaine de centimètres.

Pour la première fois, les ombres se mirent à bouger, flottant, dérivant, resserrant leur anneau.

Kahlan s'immobilisa, le dos au rocher, les yeux écarquillés. Richard tendit le bras en travers de la crevasse, empoigna sa chemise et la tira dans l'ouverture. Les parois étaient humides et glissantes. L'exiguïté de l'espace le terrorisa. Ils avançaient à reculons, se retournant de temps à autre, pour vérifier leur route. Il levait la pierre de nuit à hauteur de son visage, tenant les créatures à distance.

Richard percevait la respiration rapide de Kahlan qui résonnait dans cet espace confiné et suintant. Ils continuaient à reculer, leurs épaules ripant contre les parois rocheuses. De l'eau froide et visqueuse trempait leurs chemises. La fêlure se rétrécissait. Ils durent se mettre à quatre pattes. Des débris végétaux tombés dans la crevasse se décomposaient dans l'humidité. L'endroit empestait la pourriture. Ils poursuivirent leur progression et atteignirent enfin l'autre extrémité. Les ombres disparurent. Pas les grippeurs.

Du pied, Richard en frappa un qui s'approchait trop près, l'envoyant valdinguer à quelques mètres. Il atterrit sur le dos et tenta de griffer les airs, claquant et sifflant, se tordant et se balançant, jusqu'à ce qu'il se redresse. Puis il revint à l'attaque en poussant un étrange grognement.

Ils pivotèrent prestement et reprirent leur chemin. Richard tenait la pierre de nuit qui illuminait le sentier du Goulet.

Kahlan laissa échapper un profond soupir.

La lumière vive éclairait la colline. Devant eux, aussi loin que portaient leurs regards, s'étalait une masse de gravats. Des rochers, des troncs d'arbres, des éclats de bois et de la boue, pêle-mêle. Une avalanche avait récemment dévalé la pente.

Le sentier du Goulet avait été balayé.

Ils firent un pas en avant afin d'avoir une meilleure vue d'ensemble.

La lumière verte de la frontière apparut, les surprenant. Ils reculèrent.

— Richard...

Kahlan s'accrocha à son bras. Les grippeurs étaient toujours sur leurs talons. Les ombres flottaient aux lèvres de la fêlure.

19

Les torches fichées dans des appliques en or fin illuminaient les murs de granit rose de la crypte d'une lueur vacillante. La salle était immense. L'air avait une densité presque palpable. Des centaines de roses blanches, remplacées chaque matin durant les trois dernières décennies, remplissaient chacun des cinquante-sept vases en or encastrés dans les murs sous chacune des cinquante-sept torches qui représentaient chaque année de la vie du défunt. Le sol était de marbre blanc. L'harmonie était parfaite et rien ne devait venir la troubler. Une kyrielle de domestiques veillaient à ce qu'aucune torche ne s'éteigne et à ce qu'aucun pétale de rose ne souille longtemps le sol. La moindre faute entraînait la mort. Le malheureux aurait la tête tranchée. Les gardes se relayaient jour et nuit.

Etre membre du personnel de la crypte constituait un honneur insigne, malgré le risque encouru. Toute nouvelle recrue avait la langue coupée pour respecter le silence dû au roi défunt.

Le maître, les soirs où il était chez lui dans le Palais du Peuple, se plaisait à visiter la tombe. Personne n'était autorisé à l'accompagner. Ces jours-là, les domestiques redoublaient d'attention. Changeant les vieilles torches, secouant délicatement les centaines de roses pour s'assurer qu'aucun des pétales ne se détacherait en présence du visiteur.

Un mince pilier, au centre de l'immense salle, supportait le cercueil lui-même, donnant l'impression qu'il flottait dans l'air. Le sarcophage enveloppé d'or luisait dans la lueur des flammes. Des symboles gravés recouvraient ses flancs. Les mêmes symboles composaient un anneau autour de la pièce, sculptés dans le granit sous les torches et les vases en or. C'étaient les instructions d'un père à son fils, qui définissaient la procédure pour entrer ou sortir des enfers. Elles étaient écrites dans une langue oubliée depuis longtemps. Tous ceux qui la pratiquaient avaient été mis à mort. A l'exception de quelques rares élus dont la vie ne tenait plus qu'à un fil.

Les domestiques et les gardes de la crypte avaient été congédiés. Le Maître visitait la tombe de son père. Ses deux gardes du corps étaient restés postés de part et d'autre de la massive porte de pierre ciselée et polie.

Darken Rahl fit courir ses doigts délicats sur les symboles sculptés de la tombe de son père. Il était vêtu d'une robe d'un blanc immaculé, dont le seul ornement consistait en une bande étroite de broderie dorée autour du col et sur le devant. Il ne portait aucun bijou, seulement un poignard recourbé dans un fourreau en or estampé de signes magiques pour écarter les esprits. La ceinture qui soutenait la robe était tissée de fils d'or. Ses fins cheveux blonds descendaient jusqu'à ses épaules. Le bleu de ses yeux brillait comme l'acier.

Quantité de femmes étaient passées dans son lit. Les nombreuses cicatrices qu'il portait sur son corps les attiraient autant que son immense pouvoir. Darken Rahl, comme son père avant lui, considérait les femmes comme de simples récipients pour la semence de l'homme. Darken Rahl, comme son père avant lui, n'aurait pas d'épouse. Sa propre mère n'avait été qu'un ventre anonyme. Elle avait été écartée à sa naissance, ainsi qu'il convenait de le faire. S'il avait des frères et sœurs, il l'ignorait, et ne s'en souciait guère. Il était l'aîné, toute la gloire devait lui échoir. Il était né avec le don, et son père lui avait transmis la connaissance.

Darken Rahl prononça silencieusement les paroles magiques tandis que ses doigts caressaient les symboles. Il connaissait ces lignes par cœur. Il aimait ces instants où il était en équilibre entre la vie et la mort. Il savourait la perspective de pénétrer les enfers, de commander aux morts. Il était impatient d'entreprendre son prochain voyage.

Des bruits de pas résonnèrent, signalant l'arrivée d'un intrus. Darken Rahl ne parut pas s'en inquiéter. Ses gardes veillaient à l'entrée. Ils dégainèrent leurs épées. Personne n'était autorisé à s'introduire dans la crypte avec le Maître. Quand ils virent de qui il s'agissait, ils s'écartèrent et rengainèrent leurs armes. Personne hormis Demmin Nass.

Demmin Nass, le bras droit de Rahl, l'éclair des sombres pensées du Maître, était un homme impressionnant, un combattant redoutable. Sa peau était aussi douce que celle des jeunes garçons pour qui il avouait une faiblesse. Sa figure criblée de marques de petite vérole le rendait effrayant. Ses cheveux blonds étaient coupés en brosse. Une mèche de cheveux noirs partait d'au-dessus du sourcil droit et remontait jusqu'au centre du crâne. Cette particularité le rendait identifiable à distance, un fait apprécié par ceux qui avaient des raisons de le craindre.

Darken Rahl était absorbé par la lecture des symboles et il ne leva pas les yeux. Demmin Nass resta immobile, attendant que le Maître termine. Lorsque enfin

Darken Rahl se tourna, Demmin le salua d'un hochement respectueux de la tête.

— Seigneur Rahl.

Sa voix était grave. Il gardait le front baissé.

— Demmin, mon vieil ami, comme c'est bon de te revoir !

Il parlait d'un ton clair, amical. Presque trop...

Demmin se raidit.

— Seigneur Rahl, la Reine Milena a remis sa liste d'exigences.

Darken Rahl regarda à travers le commandant, comme s'il n'existait pas. Il suça lentement son index puis se caressa onctueusement les lèvres et les sourcils.

— M'as-tu amené un garçon ? demanda Rahl avec gourmandise.

— Oui, Seigneur Rahl. Il vous attend dans le Jardin de Vie.

— Bien, reprit-il en souriant. Bien. Il n'est pas trop âgé ?

— Non, Seigneur Rahl, c'est presque un enfant.

Demmin détourna le regard.

Le sourire de Darken Rahl s'élargit.

— Tu en es sûr, Demmin ? Lui as-tu demandé de baisser son pantalon ?

Demmin se balança d'un pied sur l'autre.

— Oui, Seigneur Rahl.

Les yeux de Darken Rahl fouillèrent le visage de son interlocuteur.

— Tu ne l'as pas touché, n'est-ce pas ?

Son sourire s'évanouit.

— Il doit être pur.

— Non, Seigneur Rahl ! jura Demmin, ouvrant de grands yeux. Je ne toucherais pas votre guide spirituel ! Vous l'avez interdit !

Darken Rahl s'humecta une nouvelle fois l'index et se lissa les sourcils puis il avança d'un pas.

— Je sais que tu le désirais, Demmin. Etait-ce difficile pour toi ? De regarder sans toucher ?

Son sourire réapparut, cruel, et s'estompa aussitôt.

— Ta faiblesse m'a déjà causé des ennuis.

— Je me suis occupé de cela ! protesta Demmin de sa voix grave. J'ai fait arrêter ce marchand, Brophy, pour le meurtre du garçon.

Darken Rahl leva la main. Demmin se tut.

— Tu aurais dû te montrer plus prudent. Tu aurais dû tenir compte des Confesseurs. As-tu terminé ton travail ?

— Il n'en manque qu'une, répondit Demmin. Le quad qui traquait Kahlan a échoué. J'ai dû en envoyer un autre.

Darken Rahl se renfrogna.

— C'est Kahlan qui a recueilli la confession de ce marchand, Brophy, et l'a déclaré innocent, n'est-ce pas ?

Demmin acquiesça lentement.

— Elle a dû trouver de l'aide pour résister au quad.

Darken Rahl resta un moment à l'observer en silence. Puis Demmin continua :

— Ce n'est qu'un problème mineur, Seigneur Rahl, qui ne mérite pas que vous vous y attardiez.

Darken Rahl leva un sourcil.

— C'est moi qui décide quels problèmes réclament mon attention.

Sa voix était douce, presque gentille.

— Bien sûr, Seigneur Rahl. Veuillez me pardonner.

Demmin savait qu'il avançait sur un terrain glissant.

Darken Rahl se lécha de nouveau l'index et se frotta les lèvres. Il fixa brusquement Demmin dans les yeux.

— Si tu as touché le garçon, je le saurai, gronda-t-il.

Une goutte de sueur perla sur le front de Demmin.

— Seigneur Rahl, bredouilla-t-il, ma vie vous appartient. Je ne toucherais jamais votre guide spirituel. Je le jure !

Darken Rahl considéra Demmin Nass durant un moment, puis hocha la tête.

— Je ne supporte pas le mensonge, ajouta-t-il. Tu sais ce qui t'attend.

— Seigneur Rahl, fit Demmin, pour changer de sujet, qu'en est-il des exigences de la Reine Milena ?

Darken Rahl haussa les épaules.

— Dis-lui que j'accepte toutes ses exigences en échange du coffret.

Demmin le dévisagea, incrédule.

— Mais, Seigneur Rahl, vous n'en avez pas vu la liste.

Darken Rahl haussa les épaules.

— *Voilà* une question qui ne mérite pas que je m'y attarde.

Demmin se balança de nouveau d'un pied sur l'autre.

— Seigneur Rahl, je ne comprends pas pourquoi vous jouez à ce jeu avec la reine. Il est humiliant de se voir délivrer une liste d'exigences. Nous pourrions sans aucun problème nous débarrasser de cette femme. Donnez-m'en seulement l'ordre. Je lui ferai regretter de ne pas plier l'échine devant vous comme elle devrait le faire.

Darken Rahl se contenta de sourire.

— Elle a un magicien, Demmin, chuchota-t-il.

— Je sais.

Demmin serra rageusement les poings.

— Giller. Vous n'avez qu'à me le demander, Seigneur Rahl, et je vous ramène sa tête.

— Demmin, pourquoi crois-tu que la Reine Milena a engagé un magicien ?

Demmin resta bouche bée. Darken Rahl poursuivit :

— Afin de veiller sur le coffret, qui la protège également. Du moins le croit-elle. Si nous la tuons, le magicien peut faire disparaître le coffret et tout serait à refaire. Alors pourquoi se précipiter ? Pour l'instant, il est souhaitable d'accepter ses quatre volontés. Si elle se montre trop gourmande, je m'occuperai d'elle personnellement.

Il contourna lentement le cercueil de son père, sans quitter Demmin des yeux.

— Et de toute façon, une fois que j'aurai le dernier coffret, ses exigences n'auront plus aucun sens.

Il revint vers Demmin et s'arrêta devant lui.

— Mais il existe une autre raison, mon ami.

— Une autre raison ?

Darken Rahl acquiesça, se pencha vers lui et baissa la voix.

— Demmin, est-ce que tu tues tes petits amis avant... ou après ?

Demmin recula d'un pas et s'éclaircit la gorge.

— Après.

— Et pourquoi après ? Pourquoi pas avant ? demanda Darken Rahl, imperturbable.

Demmin évita le regard du Maître, baissa les yeux au sol et se campa solidement sur ses jambes. Darken Rahl maintint son visage près du sien, observant, attendant.

— J'aime quand ils se tortillent.

Le visage de Darken Rahl s'épanouit.

— Voilà l'autre raison, mon ami. Moi aussi j'adore voir les gens se tortiller avant de mourir.

Demmin sourit.

— Je ferai savoir à la Reine Milena que le Père Rahl a gracieusement accepté ses exigences.

Darken Rahl posa sa main sur l'épaule de Demmin.

— Très bien, mon ami. Maintenant, montre-moi le garçon que tu m'as amené.

Ils se dirigèrent vers la porte. Brusquement, Darken Rahl s'arrêta. Il pivota sur ses talons, sa robe fouettant l'air.

— Quel était ce bruit ? demanda-t-il.

La crypte était aussi silencieuse que le roi mort. Demmin et les gardes parcoururent lentement la salle du regard.

— Là !

Darken Rahl tendit le bras.

Un pétale de rose gisait sur le sol. La figure de Darken Rahl s'empourpra, ses yeux jetaient des flammes. Il pointa la main vers l'endroit où se trouvait le pétale blanc sur le sol de marbre froid. Comme touché par la brise, il s'éleva dans les airs et flotta à travers la pièce, atterrissant dans la main tendue de Darken Rahl. Il lécha le pétale, pivota vers l'un des gardes et le colla sur son front.

Le garde le regarda, impassible. Il savait ce que souhaitait le Maître, et il dégaina son épée.

Darken Rahl se redressa. Il inspira profondément. Les sourcils froncés, ses yeux bleus sondèrent Demmin, qui se tenait toujours à ses côtés.

— Je n'exige rien d'autre d'eux. Seulement qu'ils s'occupent de la tombe de mon père. Je pourvois à leurs besoins, ils sont nourris, habillés et soignés. C'est une requête modeste.

Son visage prit un air terrible.

— Alors pourquoi se moquent-ils de moi ?

Il regarda le cercueil de son père, puis se tourna vers Demmin.

— Penses-tu que je sois trop sévère avec eux ?

Les yeux durs du commandant s'assombrirent.

— Pas assez sévère. Si vous les faisiez mourir à petit feu, peut-être se montreraient-ils plus attentifs. A votre place, je ne me montrerais pas aussi clément.

Darken Rahl regarda dans le vide et approuva distraitement. Après un moment, il inspira une nouvelle fois profondément et passa la porte, Demmin à ses côtés, ainsi que le garde restant qui suivait à distance respectable. Ils longèrent d'interminables couloirs de granit poli éclairés par des torches, grimpèrent des escaliers en spirale de pierre blanche, longèrent d'autres couloirs. L'ascension était interminable. Enfin, ils débouchèrent dans une vaste galerie parsemée de petites tables couvertes de fleurs.

Ils s'arrêtèrent devant une double porte sculptée d'un paysage de collines et de forêts. Demmin tira sur les anneaux métalliques, et les battants s'ouvrirent doucement, silencieusement. Ils pénétrèrent dans une salle violemment éclairée par des dizaines de bougies. Des livres s'alignaient sur deux des murs, et un immense foyer chauffait la pièce. Darken Rahl s'arrêta un instant devant un vieux livre relié de cuir installé sur un lutrin. Ils traversèrent ensuite un labyrinthe de pièces, la plupart lambrissées d'immenses panneaux de chêne marron.

Des bûches crépitaient dans l'âtre de brique, fournissant la seule lumière dans l'une des petites salles par lesquelles ils passèrent. Sur les murs étaient suspendus des trophées de chasse, des têtes de toutes sortes d'animaux. Des andouillers saillaient, illuminés par la lumière des flammes. Darken Rahl stoppa net.

— Encore, murmura-t-il.

Demmin s'était arrêté en même temps que Rahl et l'interrogeait du regard.

— Elle revient vers la frontière. Vers les enfers.

— Qui ? demanda Demmin.

— La Mère Confesseur. Kahlan. Elle a reçu l'appui d'un magicien, tu sais.

— Giller est avec la reine, répliqua Demmin, pas avec la Mère Confesseur.

Un sourire carnassier fendit le visage de Darken Rahl.

— Ce n'est pas Giller, chuchota-t-il, mais l'Ancien. Celui que je cherche. Celui qui a tué mon père. Elle l'a trouvé.

Demmin resta figé. Darken Rahl se tourna et marcha vers la fenêtre au fond de la pièce. Le feu se reflétait sur son poignard magique. Les mains jointes dans le dos, il contempla la nuit, apercevant des choses que les autres ne pouvaient distinguer. Il se retourna vers Demmin.

— Elle est en route pour le Westland. Elle cherche le grand magicien.

Ses yeux bleus étincelèrent.

— Elle travaille pour nous, mon ami. Il est heureux qu'elle ait échappé aux enfers. La chance est décidément de notre côté. Tu vois, Demmin, nous ne pouvons que réussir.

Demmin fronça les sourcils.

— Qui vous dit qu'elle nous mènera au grand magicien ? Ce n'est pas la première fois qu'un quad échoue.

Darken Rahl s'approcha de son compagnon.

— L'Ancien a nommé un Chercheur, chuchota-t-il.

— En êtes-vous sûr ?

Darken Rahl opina.

— Personne ne sait qui est le grand magicien. Maintenant, le Confesseur s'infiltre au Westland, le quad disparaît, et un Chercheur est nommé.

Le sourire de Darken Rahl s'estompa. Il ferma les poings.

— Je les tenais presque. Tous les trois, mais j'ai été distrait par d'autres problèmes, et ils m'ont échappé. Pour l'instant.

Il médita silencieusement durant un moment puis ajouta :

— Le deuxième quad échouera également, tu sais.

— Alors j'enverrai un troisième quad, je leur parlerai de l'Ancien ! s'exclama Demmin.

— Non. Pas encore. Pour l'heure, attendons de voir ce qui se produira. Elle peut m'être très utile.

Darken Rahl s'absorba dans ses pensées.

— Est-elle attirante ? La Mère Confesseur ?

Demmin haussa les épaules.

— Je ne l'ai jamais vue, mais certains de mes hommes si. Ils se sont battus pour déterminer qui ferait partie des quads, qui l'aurait.

— N'envoie pas d'autre quad pour l'instant.

Darken Rahl éclata de rire.

— Il est temps que j'aie un héritier. Elle sera mienne.

— Si elle tente de traverser la frontière, elle sera perdue, rétorqua Demmin.

Darken Rahl se lécha l'index.

— Peut-être se montrera-t-elle plus maligne que tu ne le penses. Elle a déjà prouvé son intelligence. De toute manière, elle m'appartiendra.

Il jeta un coup d'œil à Demmin.

— Elle se tortillera comme les autres.

— Ils sont tous les deux dangereux, le magicien et la Mère Confesseur. Ils pourraient nous causer de graves ennuis. Les Confesseurs corrompent la parole de Rahl. Vous prenez d'énormes risques. Nous devrions la tuer.

Darken Rahl agita la main.

— Ne t'inquiète pas, Demmin. Je la tuerai moi-même, si elle s'avère gênante, mais seulement après qu'elle m'aura donné un fils. Le fils d'un Confesseur.

L'Ancien ne pourra pas me faire de mal, comme à mon père. Je le tuerai de mes mains. Lentement.

— Et le Chercheur ?

Darken Rahl haussa les épaules.

— Seigneur Rahl, je n'ai pas besoin de vous rappeler que l'hiver approche.

Le Maître se tourna vers le feu.

— La reine possède le dernier coffret. Je l'aurai bientôt. Il est inutile de se tracasser.

— Et le livre ? murmura Demmin.

Darken Rahl inspira profondément.

— Après mon retour des enfers, je chercherai à nouveau le garçon de Cypher. Ne t'inquiète plus de cela, mon ami. La chance est de notre côté.

Il se dirigea vers la porte. Demmin le suivit, le garde glissant derrière eux dans leur ombre.

Le Jardin de Vie était situé au centre du Palais du Peuple. Cette nuit-là, la lune inondait l'immense pièce de ses rayons blafards. Tout autour de la salle, des fleurs étaient plantées en plates-bandes. Des allées serpentaient en tous sens à travers les essences rares, contournant des murets de pierre couverts de lierre et des plantes aux couleurs éclatantes. L'endroit était merveilleux.

Le centre de la salle était occupé par un anneau de gazon en demi-cercle, sur lequel gisait un bloc de granit, qui menait à un petit puits. Près du foyer, se dressait un rocher poli sur lequel reposait une antique vasque de fer. Le couvercle était orné d'un Shinga, créature des enfers, cabrée sur ses pattes de derrière. Au centre de la pelouse, il y avait un cercle de sable magique, entouré de torches qui brûlaient sans cesse.

Le garçon était là, enterré jusqu'au cou.

Darken Rahl s'approcha lentement, les mains jointes dans le dos. Demmin attendit près des arbres. Le Maître s'arrêta, baissant les yeux vers l'adolescent. Darken Rahl sourit.

— Quel est ton nom, mon fils ?

La lèvre inférieure du garçon tremblota tandis qu'il

levait le regard sur Rahl. Ses yeux se dirigèrent vers l'homme posté près des arbres. C'était un regard chargé de terreur. Rahl se tourna et avisa le commandant.

— Laisse-nous. Emmène les gardes avec toi. Je ne désire pas être dérangé.

Demmin s'inclina et partit. Darken Rahl se retourna, examinant l'enfant, puis s'assit dans l'herbe.

— Ça va mieux ? demanda-t-il.

Le garçon acquiesça timidement.

— As-tu peur de ce grand homme ?

L'adolescent opina.

— T'a-t-il fait du mal ? T'a-t-il touché ?

Il secoua la tête. Ses yeux, affichant un mélange de crainte et de colère, demeuraient fixés sur Rahl.

— Comment t'appelles-tu ? poursuivit Rahl.

Le garçon ne répondit pas. Le Maître observa attentivement ses yeux marron.

— Sais-tu qui je suis ?

— Darken Rahl, répondit l'enfant faiblement.

Rahl sourit avec indulgence.

— Père Rahl, corrigea-t-il.

— Je veux rentrer à la maison, pleurnicha le gamin.

— N'aie pas peur, reprit Rahl avec douceur. Je ne vais pas te faire de mal. Tu es là uniquement afin de m'aider. Il s'agit d'une importante cérémonie. Tu es mon invité d'honneur. Tu incarnes l'innocence et la force de la jeunesse. Tu as été choisi parce que les gens m'ont raconté quel gentil garçon tu étais. Tous m'ont parlé de toi avec bienveillance. Ils m'ont dit que tu étais intelligent et fort. Ont-ils menti ?

Le garçon hésita, détournant les yeux.

— Non, bredouilla-t-il.

Il regarda de nouveau Rahl.

— Mais ma mère me manque, et je veux retourner chez moi.

Darken Rahl fixa mélancoliquement le vide.

— Je comprends. Ma mère me manque aussi. Elle était si merveilleuse, et je l'aimais tant. Elle prenait bien soin de moi. Lorsque j'étais sage, elle me préparait un dîner spécial. Avec tout ce que j'aimais.

Les yeux du garçon s'élargirent.

— Maman fait pareil.

— Nous étions très unis, mon père, ma mère et moi. Nous nous amusions beaucoup. Ma mère était pleine de vie. Quand mon père racontait ses exploits, elle se moquait de lui et nous riions tous les trois, parfois jusqu'aux larmes.

Les yeux du garçon brillèrent, il esquissa un sourire.

— Pourquoi vous manque-t-elle ? Elle est partie ?

— Non, soupira Rahl, elle et mon père sont morts il y a quelques années. Ils étaient vieux. Mais ils continuent à me manquer.

Le garçon opina légèrement du chef. Sa lèvre avait cessé de trembler.

— Essayons de prendre autant de plaisir que possible pour l'instant, et tu les auras rejoints avant de t'en rendre compte.

L'adolescent acquiesça de nouveau.

— Je m'appelle Carl.

Rahl sourit.

— Enchanté de te connaître, Carl.

— Moi aussi, dit Carl avec soulagement.

— C'est la raison de ma présence, Carl, pour être ton ami et t'aider autant que je le peux.

— Si vous êtes mon ami, alors déterrez-moi et laissez-moi partir.

— Bientôt, mon fils, bientôt. Sois patient. Il y a des gens qui veulent que je les protège de personnes mauvaises qui veulent les tuer. Il faut que je les aide, tu comprends ? Toi aussi, tu as un rôle à jouer pour sauver tes parents. Tu ne veux pas qu'il arrive quelque chose à ta maman, n'est-ce pas ?

Carl ouvrit de grands yeux.

— Euh, non. Mais je veux rentrer à la maison.

Darken Rahl tendit la main et caressa les cheveux du garçon pour le rassurer, les lissant en arrière avec ses doigts.

— Je sais, mais essaie de te montrer brave. Personne

ne te fera du mal, je te le promets. Je te garderai et te défendrai.

Il adressa à Carl un sourire chaleureux.

— As-tu faim ? Aimerais-tu manger un morceau ?

Carl secoua la tête.

— Très bien, alors. Il se fait tard, je vais te laisser te reposer.

Il se leva, rajusta ses robes, en brossa le sable du plat de la main.

— Père Rahl ?

Rahl s'arrêta et baissa les yeux.

— Oui, Carl ?

Une larme roula le long de la joue de l'enfant.

— J'ai peur de rester seul ici. Pourriez-vous me tenir compagnie ?

Le Maître regarda longuement le garçon.

— Bien sûr, mon fils.

Le Père Rahl se rassit sur la pelouse.

— Aussi longtemps que tu le désires, même toute la nuit si tu veux.

20

UNE LUMIÈRE ÉMERAUDE LUISAIT TOUT AUTOUR D'EUX ALORS qu'ils progressaient difficilement à travers les décombres de la colline, escaladant ou passant sous les troncs d'arbres abattus, écartant les branches quand c'était nécessaire. La couverture verte iridescente des murs de la frontière les encadrait des deux côtés. Ils avançaient à tâtons. Une nébulosité dense remplissait tous les vides laissés par la luminosité surnaturelle. Ils avaient l'impression de se trouver dans une caverne.

Richard et Kahlan avaient décidé d'un commun accord de continuer. Ils n'avaient pas le choix ; ils ne pouvaient pas reculer, ni demeurer près du rocher fendu. Pas avec les grippeurs et les créatures obscures qui les traquaient.

Richard avait rangé la pierre de nuit. Elle était devenue inutile pour suivre le sentier. Celui-ci avait disparu.

— Les murs de la frontière nous serviront de guide, avait-il dit à Kahlan. Avancez lentement. Si le mur s'assombrit, ne faites pas un pas de plus et dirigez-vous de l'autre côté. C'est notre seule chance de franchir le défilé.

Il savait à quoi ressemblait la frontière depuis qu'il s'en était approché avec Chase et que la chose noire avait essayé d'y attirer Kahlan. Il savait que s'ils traversaient les murs sombres, ils ne pourraient pas revenir. Ils devaient rester dans la lueur verte, en longeant le mur.

Kahlan s'arrêta. Le mur apparut sur sa droite. Il fallait demeurer sur la fine ligne de vie, cernée de chaque côté par la mort. Richard renonça enfin à tenter de retrouver le sentier. Il se concentra sur la force des murs qui le pressaient de part et d'autre, laissant la pression le guider. Ils avançaient lentement dans cet espace exigu de lumière verte, qui, telle une bulle de vie, flottait désespérément dans une mer infinie de ténèbres et de mort.

La boue aspirait ses bottes, la peur son esprit. Ils franchissaient les obstacles un à un. Ne pouvant s'écarter du sillon lumineux, ils s'aidaient mutuellement en silence, ne s'accordant aucun répit. Chaque fois que le sentier virait, le mur sombre apparaissait, ils reculaient aussi vite que possible, et chaque fois Richard sursautait de peur.

Il commençait à avoir des crampes, il était essoufflé. Il inspira profondément, laissa ses bras pendre mollement le long du corps. Il devait se détendre. Il sourit à Kahlan en lui reprenant la main. Elle paraissait terrorisée. Au moins, songea-t-il, les os nous protègent des créatures obscures et des bêtes.

Le temps semblait avoir pris une dimension abstraite. Il avait le sentiment de se trouver dans le Goulet depuis une éternité.

Un mouvement attira son attention. Il se retourna.

Les créatures obscures, entourées d'une phosphorescence verte, flottaient en file indienne entre les parois, juste dans leur dos. Elles les suivaient le long du sentier, au ras du sol. Richard et Kahlan s'arrêtèrent, paralysés par l'angoisse. Les ombres continuaient à avancer.

— Passez en tête, murmura-t-il, et ne me lâchez pas. Je les garde à l'œil.

La chemise de Kahlan était trempée de sueur. Il marchait à reculons, lui tournant le dos, les yeux fixés sur les ombres. Kahlan progressait avec lenteur, tirant sur sa main à chaque changement de direction.

Elle stoppa de nouveau, avança enfin vers la droite, puis le sentier invisible parut redescendre sur l'autre versant de la colline. Les ombres suivaient en file indienne, tournant avec le chemin. La pente était raide. Richard dut ralentir pour éviter de tomber. Les ombres se rapprochaient dangereusement. Elles allaient bientôt les rattraper.

Richard porta la main à sa ceinture et agrippa la poignée de l'épée. Devait-il prendre le risque de se battre ? La lame serait-elle efficace contre ces ombres ? Sans compter qu'il disposait de peu de place pour évoluer à sa guise, dans l'espace confiné du Goulet.

Les ombres, à cette distance, paraissaient avoir des visages. Ses doigts se cramponnèrent plus fortement sur le pommeau de son arme. Les visages semblaient tristes, empreints de compassion suppliante. Les lettres en relief du mot *Vérité* sur l'épée lui brûlaient douloureusement les doigts comme il resserrait sa prise. La colère remontait le long de la garde, fouaillant son esprit, à la recherche de sa propre colère. Puis tout redevint calme. L'écart ne diminuait plus. Les ombres paraissaient dociles. Elles leur tenaient compagnie dans les ténèbres solitaires.

Elles chuchotaient. Richard essaya de comprendre leurs paroles. Leurs murmures le berçaient, apaisaient son inquiétude. Il voulait en entendre davantage. Il éprouvait un immense désir de se reposer en paix. D'aller les rejoindre.

Richard songea à son père. Il lui manquait. Il se remémora des épisodes joyeux, des moments d'amour, de partage, d'attention passés ensemble quand rien ne le menaçait, rien ne le terrorisait, rien ne l'ennuyait. Il se rendit compte que c'était ce que racontaient les chuchotements, qu'il pouvait retrouver ces moments. Les ombres souhaitaient l'aider à rejoindre cet endroit, c'était tout.

Sa main glissa de l'épée.

Comment avait-il pu penser que ces ombres lui voulaient du mal ? Elles n'étaient là que pour l'aider à atteindre cette paix à laquelle il aspirait depuis toujours. Elles ne souhaitaient que l'aider à le libérer de sa solitude. Un sourire nostalgique fleurit sur ses lèvres. Comment ne l'avait-il pas deviné avant ? Des murmures semblables à une musique douce l'envahirent par vagues légères, apaisant ses peurs, éclairant les endroits sombres de son esprit. Il s'arrêta brusquement.

Il sentit une main le tirer en avant. Il la lâcha.

Richard était au milieu des ombres. Lorsqu'elles soupirèrent son nom, il frissonna de plaisir. Il leur souhaita la bienvenue. Elles formaient un cercle de douceur autour de lui. Elles tendaient leurs mains vers lui, le touchant presque, cherchant à le caresser. Il considéra les visages les uns après les autres, rencontrant les yeux de ses sauveurs, chacun soutenant tour à tour son regard, chacun lui promettant des merveilles.

Une paume effleura presque son visage. Il sentit comme une brûlure. Il se recula. Le propriétaire de la main promit qu'il n'aurait plus jamais mal. Il voulut parler, leur poser des questions, mais à quoi bon ? Il n'avait qu'à s'abandonner à leurs caresses, et tout se passerait bien. Il s'offrit à chacun, attendant d'être emporté.

Il pensa à Kahlan. Il devait l'emmener avec lui. Il se retourna mais elle avait disparu. Il scruta la colline, sondant les décombres obscurs. Une faible lueur teintait le firmament, le matin se matérialisait. Les néants ténébreux des arbres se découpaient contre le ciel rose pâle. Il était pratiquement arrivé au bout du chemin. Il ne vit Kahlan nulle part. Les ombres murmuraient avec insistance, l'appelaient. Où était-elle ?

— Kahlan ! hurla-t-il.

Il n'y eut pas de réponse.

Des mains sombres, des mains mortes, se tendaient vers lui. Les visages des ombres ondulaient telles des vapeurs s'élevant d'un élixir bouillonnant. Des voix caverneuses bredouillaient son nom. Il recula d'un pas.

— Kahlan ! cria-t-il encore.

D'autres mains se tendirent, il éprouva une violente douleur. De nouveau il recula, mais cette fois-ci, il rencontra le mur sombre là, dans son dos. Il chercha Kahlan autour de lui. La panique le gagnait. Des milliers de paumes le poussaient. Cette fois-ci, la douleur le réveilla complètement. La terreur déferla en lui comme un torrent. Il comprit subitement le terrible danger qui le guettait.

Alors sa colère explosa.

L'énergie de la rage contenue dans la magie enfla en lui tandis qu'il dégainait l'épée. Les ombres qui furent touchées par la lame vacillèrent dans le néant, la fumée qui les constituait tourbillonnant, comme prise dans un vortex sulfureux. D'autres l'attaquèrent. L'épée les transperça en un éclair. Mais il en arrivait encore. Elles paraissaient innombrables. Chaque frôlement lui causait une douleur insupportable. Richard se demanda pendant un instant ce qu'il éprouverait si elles parvenaient finalement à le toucher. Il mourrait.

Richard se battait comme un lion, détruisant les ombres aussi rapidement qu'elles arrivaient. Il était à bout de forces, il dégoulinait de sueur. Pourtant, il devait tenir, continuer... Des cris et des hurlements envahirent l'atmosphère. De nouveau la paroi sombre se dressa dans son dos. Des formes noires de part et d'autre essayaient de le toucher. Trop d'ombres arrivaient en même temps. Il ne parvenait plus à les faire reculer.

Il allait être propulsé à travers la paroi, dans les

enfers. Il continua à lutter, hébété, au bord de l'anéantissement.

Où était Kahlan ? Il était seul. Tout en abattant l'épée, il se demanda si les choses s'étaient déroulées de façon identique pour elle, si les ombres l'avaient charmée avec leurs murmures et l'avaient attirée de l'autre côté. La haine décupla ses forces. Il reprenait le dessus. La lame fendait l'air à une vitesse prodigieuse. Les ombres reculaient.

Tout à coup, les ombres s'immobilisèrent. Elles flottaient devant lui sans chercher à éviter ses coups. Puis elles traversèrent les murs de la frontière, perdant leur lueur verte pour devenir noires. Richard laissa retomber son épée. Voilà ce qu'elles étaient : des choses de l'autre côté de la frontière, des choses qui s'étaient échappées pour capturer des gens, comme elles avaient essayé de l'emporter.

Comme elles avaient emporté Kahlan.

Une douleur surgie du plus profond de son être monta en lui, et ses yeux s'embuèrent de larmes.

— Kahlan, gémit-il dans l'air frais du matin.

Son cœur était déchiré par un chagrin atroce. Elle avait disparu, et c'était sa faute ; il l'avait laissée tomber, ne l'avait pas protégée. Comment cela avait-il pu arriver aussi rapidement ? Aussi facilement ? Adie l'avait averti. Il n'avait aucune excuse. Pourquoi ne s'était-il pas montré plus prudent ? Pourquoi n'avait-il pas prêté davantage attention à ses recommandations ? Maintes et maintes fois il imagina sa peur, sa confusion quand il n'était pas avec elle, et qu'elle le suppliait de l'aider. Sa douleur. Sa mort. Désespéré, son esprit s'agitait tandis qu'il pleurait, essayant de remonter le temps, d'agir différemment, d'ignorer les voix, de tenir sa main, de la sauver. Des larmes roulèrent le long de son visage. Il parvenait au bout des décombres de l'avalanche. La lumière verte faiblit et s'évanouit lorsqu'il pénétra dans les bois et retrouva le sentier.

Quelqu'un chuchota son nom, une voix d'homme. Il s'arrêta et regarda en arrière.

Le père de Richard se tenait dans la lumière de la frontière.

— Mon fils, laisse-moi t'aider, murmura-t-il.

Richard le dévisagea avec étonnement. Une lueur matinale illuminait la scène, baignant le paysage d'une clarté grisâtre. Son père lui tendait ses mains ouvertes.

— Tu ne peux pas m'aider, rétorqua sèchement Richard.

— Si, je le peux. Elle est avec nous. Elle est à l'abri désormais.

Richard fit quelques pas en direction de son père.

— A l'abri ?

— Oui, elle est en sécurité. Viens, je vais te mener à elle.

Richard fit encore quelques pas, traînant son épée derrière lui.

— Tu pourrais vraiment me mener à elle ? demanda-t-il.

— Oui, mon fils, dit son père d'une voix douce. Viens. Elle t'attend. Je vais te conduire.

Richard avança d'un air hébété vers son père.

— Et je pourrai rester avec elle ? Pour toujours ?

— Pour toujours, répondit-il.

Richard se planta dans la lueur verte, devant son père, qui lui souriait chaleureusement.

Il leva l'Epée de Vérité. Le vieil homme écarquilla les yeux. Richard lui transperça le cœur.

— Combien de fois, mon cher père, hurla-t-il à travers ses larmes, devrai-je assassiner ton fantôme ?

L'image de son père s'estompa lentement puis finit par se dissoudre dans l'air de cette blême matinée.

Richard replaça l'épée dans son fourreau. Ce faisant, il remarqua que la lumière de la pierre de nuit brillait faiblement à travers sa poche. Il s'arrêta, sortit la pierre lisse encore une fois et la rangea dans la bourse de cuir, étouffant la pâle lueur jaune.

Affichant une détermination sinistre, Richard avança avec obstination, ses doigts cherchant le contact du croc sous sa chemise. La solitude, la plus intense qu'il ait jamais connue, pesait de tout son poids sur ses épaules. Il avait perdu tous ses amis. Il savait que dorénavant sa vie ne lui appartenait plus. Elle était consacrée à son devoir, à sa tâche. Il était le Chercheur. Rien de plus. Rien de moins. Pas un homme libre, mais un pion. Un outil au service des autres, pour qu'ils puissent réaliser leurs rêves.

Il était comme ces ombres noires de la frontière. Un porteur de mort.

Et il savait à qui il allait l'apporter.

Le Maître était assis en tailleur sur la pelouse devant le garçon endormi, les mains reposant, les paumes tournées vers le haut, sur ses genoux, un sourire aux lèvres. Il repensait à ce qui s'était produit avec le Confesseur Kahlan à la frontière. Le soleil matinal ruissela obliquement à travers les fenêtres de la verrière, faisant vibrer les couleurs des fleurs du jardin. Lentement, il leva l'index de sa main droite jusqu'à ses lèvres, en lécha le bout puis se lissa délicatement les sourcils. Il avait hâte de rencontrer la Mère Confesseur. Carl ouvrit les paupières.

— Bonjour, mon fils. C'est bon de te revoir, déclara-t-il de sa voix la plus affectueuse.

Carl plissa les yeux à cause de l'éclat de la lumière.

— Bonjour, grommela-t-il.

Puis, parcourant les alentours du regard, il pensa à ajouter :

— Père Rahl.

— Tu as bien dormi ? dit Rahl.

— Vous étiez là ? Toute la nuit ?

— Toute la nuit. Comme je te l'avais promis. Je ne t'aurais pas menti, Carl.

Carl sourit.

— Merci.

Il baissa timidement la tête.

— J'ai eu tort d'avoir peur de vous.

— Je suis heureux que tu sois rassuré.

— Mon père dit que je ne dois pas avoir peur du noir.

— Des monstres effrayants vivent dans les ténèbres,

poursuivit solennellement Rahl. Tu es assez sage pour le savoir, et pour te garder d'eux. Ton père devrait apprendre à t'écouter.

Carl rayonna.

— Vraiment ?

Rahl acquiesça.

— Quand on aime réellement quelqu'un, on est attentif à ce qu'il dit.

— Mon père me répète sans cesse de tenir ma langue.

Rahl secoua la tête d'un air désapprobateur.

— Je croyais qu'il t'adorait.

— En fait, c'est le cas. La plupart du temps du moins.

— Je suis certain que tu as raison. Tu connais tes parents mieux que moi.

Les longs cheveux blonds du Maître scintillaient dans la lumière matinale ; sa robe blanche brillait intensément. Il attendit. Il y eut un long silence.

— Mais ils me fatiguent à toujours me dire ce que je dois faire.

Rahl fronça les sourcils.

— Tu me sembles en âge de pouvoir penser et prendre des décisions par toi-même. Tu es presque un homme. Ils te traitent comme un bébé ?

Carl hocha fermement la tête puis se ravisa.

— La plupart du temps, cependant, ils sont gentils avec moi.

Rahl opina.

— J'en étais sûr.

Carl leva les yeux vers le soleil.

— Je pense qu'ils vont être furieux à cause de mon retard.

— Ils te punissent ?

— Bien sûr. Un jour, mon père m'a battu avec sa ceinture. Maman était hors d'elle.

— Ton père t'a frappé avec sa ceinture ?

Darken Rahl baissa la tête, puis se mit debout, tournant le dos au garçon.

— Je suis désolé, Carl, je ne croyais pas qu'ils te maltraitaient.

— Enfin, c'est uniquement parce qu'ils m'aiment, s'empressa d'ajouter Carl. C'est ce qu'ils ont dit, qu'ils m'aimaient.

Rahl restait immobile. Carl renâcla.

— C'est une marque d'affection quand on s'inquiète, n'est-ce pas ?

Rahl se retourna vers le garçon et vint se rasseoir près de lui.

— Carl (sa voix était si faible que l'adolescent dut tendre l'oreille), as-tu un chien ?

— Bien sûr, s'exclama-t-il, Vadrouille. C'est une gentille chienne. Je l'ai depuis qu'elle est bébé.

— Vadrouille.

Rahl articula le nom avec plaisir.

— Et est-ce que Vadrouille s'est déjà perdue, ou enfuie ?

Carl plissa les sourcils, réfléchissant.

— Oui, une ou deux fois. Mais elle est revenue le jour suivant.

— Etais-tu inquiet, quand ta chienne a disparu ?

— Oui, évidemment.

— Pourquoi ?

— Parce que je l'aime.

— Je vois. Donc lorsque Vadrouille est revenue le lendemain, qu'as-tu fait ?

— Je l'ai prise dans mes bras et je l'ai embrassée.

— Tu ne l'as pas battue avec ta ceinture ?

— Non !

— Pourquoi ?

— Parce que je l'aime !

— Mais tu étais inquiet ?

— Oui.

— Donc tu as embrassé Vadrouille quand elle est revenue parce que tu l'aimais et que tu te faisais du souci pour elle.

— Oui.

Rahl se pencha légèrement en arrière.

— Je vois. Et si tu avais frappé Vadrouille avec ta

ceinture lorsqu'elle est revenue vers toi, que crois-tu qu'elle aurait fait ?

— Je suppose qu'elle ne serait pas rentrée la fois suivante. Elle serait partie dans un autre endroit où les gens sont plus gentils.

— Je comprends, dit Rahl.

Des larmes ruisselaient sur les joues de Carl. Rahl tendit la main et caressa les cheveux du garçon.

— Je suis désolé, Carl. Je ne voulais pas te chagriner. Mais sache que lorsque tout sera terminé, et que tu rentreras chez toi, si tu as un jour besoin d'un foyer, tu seras toujours le bienvenu ici. Tu es un gentil garçon, un gentil jeune homme, et je serais fier que tu acceptes de rester avec moi. Avec Vadrouille. J'ai confiance en ton jugement. Tu pourras aller et venir à ta guise.

Carl leva des yeux humides.

— Merci, Père Rahl.

Rahl sourit chaleureusement.

— Que dirais-tu de manger quelque chose ?

Carl opina.

— Que désires-tu ? Nous avons tout ce que tu pourrais souhaiter.

Carl médita durant une minute, puis arbora un sourire.

— J'adore la tarte aux myrtilles.

Il baissa le regard, son sourire s'estompa.

— Mais je n'ai pas le droit d'en avoir au petit déjeuner.

Le visage de Darken Rahl s'illumina d'un large sourire. Il se leva.

— Une tarte aux myrtilles, d'accord. Je vais la chercher et je reviens.

Le Maître traversa le jardin et disparut par une poterne latérale, recouverte de lierre. Demmin Nass l'attendait sur le seuil. La pièce était plongée dans la pénombre. Un gruau pestilentiel bouillait dans une marmite en fer suspendue au-dessus du feu. Les deux gardes demeuraient silencieux, appuyés contre le mur du fond.

— Maître Rahl.

Demmin courba le front.

— J'espère que le garçon vous agrée ?

Rahl se lécha le bout des doigts.

— Il conviendra parfaitement. Sers-moi un bol de ce bouillon, qu'il ait le temps de refroidir.

Demmin obéit.

— Si tout se passe bien, dit-il, je m'en irai présenter nos respects à la Reine Milena.

— Bien. Sur ton chemin, avertis le dragon que j'ai besoin d'elle.

— Elle ne m'aime pas, gémit Demmin.

— Elle n'aime personne, rétorqua Rahl. Mais ne t'inquiète pas, Demmin, elle ne t'avalera pas. Elle a trop peur de moi.

Demmin tendit le bol fumant.

— Elle voudra savoir quand vous aurez besoin d'elle.

Rahl haussa le ton.

— Ça ne la concerne pas, répète-lui mes paroles. Elle doit se tenir à ma disposition.

Il se tourna et regarda dehors par une petite fente à travers le feuillage. Carl commençait à s'impatienter.

— Mais je veux que tu sois revenu dans deux semaines.

— Deux semaines, parfait, répondit Demmin. Mais est-il nécessaire que cela dure aussi longtemps avec le garçon ?

— Oui, si je veux revenir des enfers.

Rahl continua à observer par la fente.

— Au fond, peu importe la durée. Je dois gagner sa confiance. Il doit librement prêter serment de sa loyauté sans faille.

— Nous avons un autre problème, reprit Demmin.

Rahl lui jeta un coup d'œil par-dessus son épaule.

— Est-ce tout ce dont tu es capable, Demmin ? Me créer des problèmes ?

— Ma prudence me permet de garder la tête sur les épaules.

Rahl sourit.

— En effet, mon ami, en effet.

Il soupira.
— Alors parle.
Demmin se balança d'un pied sur l'autre.
— La nuit dernière, j'ai reçu des rapports affirmant que le nuage pisteur avait disparu.
— Disparu ?
— Il aurait été absorbé...
Il se gratta le menton.
— ... par d'autres nuages.
Rahl éclata de rire.
— Notre ami, le vieux magicien. On dirait qu'il a repéré le nuage et qu'il a recouru à l'une de ses petites ruses pour me contrarier. Il fallait s'y attendre. Où est le problème, Demmin ?
— Maître Rahl, le nuage devait vous aider à localiser le livre.
— Crois-tu que j'aie lié le sort du livre au seul nuage pisteur ?
— Mes talents se cantonnent à des domaines autres que la magie, Maître Rahl.
— C'est exact, mon ami.
Rahl se passa l'index sur les lèvres.
— Voilà de nombreuses années, avant que mon père soit assassiné par ce magicien maléfique, il m'a parlé des coffrets d'Orden et du Livre des Ombres Comptées. Lui-même essayait de les récupérer. Malheureusement, il manquait d'instruction. C'était un homme d'action.
Rahl fixa Demmin dans les yeux.
— Comme toi, mon ami. Il ne possédait pas l'érudition nécessaire. Mais il s'est avéré assez sage pour m'enseigner la valeur de la tête par rapport à celle de l'épée. Comment, en utilisant son intelligence, il était possible de défaire n'importe quelle multitude d'hommes. Il recruta les meilleurs précepteurs. Puis il a été assassiné.
Rahl frappa la table du poing. Sa figure s'empourpra. Puis, il se calma.
— J'ai donc redoublé d'efforts, étudié pendant de longues années, pour réussir là où mon père avait

échoué. Rendre à la maison des Rahl la place qu'elle mérite.

— Vous avez dépassé tous les espoirs de votre père, Maître Rahl.

Rahl arbora un léger sourire. Il jeta un nouveau regard par la fente avant d'enchaîner.

— Pendant mes études, j'ai découvert où le Livre des Ombres Comptées se trouvait : dans le Midlands, de l'autre côté de la frontière. Mais j'étais encore incapable de rejoindre les enfers pour aller le récupérer. J'y ai envoyé une bête gardienne, pour qu'elle le surveille, jusqu'au jour où je serais prêt.

Il se redressa, pivota vers Demmin. Son visage était sombre.

— Je travaillais chaque jour à me préparer quand un homme nommé George Cypher tua mon cerbère et déroba le livre. Mon livre. Il emporta un croc de la bête comme trophée. Quelle idiotie ! La bête avait été envoyée là par magie. Ma magie ! Je pouvais donc le suivre à la trace.

Rahl demeura les yeux dans le vague.

— Cela m'a pris du temps, mais j'ai fini par le localiser. Malheureusement, il ne possédait plus le livre, et il refusa de me révéler sa cachette. Même sous la torture. Mais j'ai appris qu'il avait donné le croc à son fils.

— C'est donc ainsi que vous savez que le fils Cypher possède le livre.

— Oui, Richard Cypher détient le Livre des Ombres Comptées. Et il porte également le croc. C'est de cette façon que j'ai accroché le nuage pisteur à lui, en le liant au croc que son père lui avait donné, le croc magique. J'aurais pu récupérer le livre auparavant, mais d'autres affaires réclamaient mon attention. Je le retrouverai dès que je le voudrai, grâce au croc.

Rahl tendit le bol de gruau à Demmin.

— Goûte ça. Il ne faut pas que le petit se brûle.

Demmin renifla le bol, son nez se retroussant de dégoût, et le passa à l'un de ses gardes, qui porta une cuillerée de gruau à ses lèvres. Il opina.

— Cypher pourrait perdre le croc, ou simplement le jeter. Alors vous ne seriez plus en mesure de localiser le livre.

Demmin courba docilement l'échine tout en parlant.

— Veuillez me pardonner de m'exprimer ainsi, Maître Rahl, mais il me semble que vous accordez beaucoup trop de place à la chance.

— Parfois, Demmin, j'abandonne les événements à leur destin, mais jamais à la chance. Je connais d'autres moyens de traquer Richard Cypher.

Demmin inspira profondément, se détendant tandis qu'il méditait les paroles de Rahl.

— Je vois maintenant pourquoi vous ne vous inquiétiez pas. Je ne savais pas tout.

Rahl regarda son loyal commandant d'un air sévère.

— Nous avons à peine effleuré la surface de ton ignorance, Demmin. C'est pourquoi tu me sers, et non l'inverse.

Son expression s'adoucit.

— Tu as été un bon compagnon, Demmin, depuis que nous sommes enfants, aussi vais-je tranquilliser ton esprit sur ce sujet. De multiples obligations urgentes requièrent mon temps, des obligations relatives à la magie qui ne peuvent attendre. Telles que celle-ci.

Son bras se leva, désignant le garçon.

— Je sais où se trouve le livre, et je maîtrise parfaitement mon art. Je peux m'emparer du livre quand cela me conviendra. Pour l'instant, je considère que Richard Cypher est la meilleure cachette que l'on puisse trouver. Satisfait, mon ami ?

Demmin baissa la tête.

— Oui, Maître Rahl. Mais sachez que je ne recherche que votre gloire. Vous êtes notre maître à tous. Notre guide. Je ne souhaite que collaborer à votre victoire. Je ne crains rien hormis de vous décevoir.

Darken Rahl passa le bras autour des épaules de Demmin.

— J'aimerais que tout le monde soit comme toi, mon ami.

Il retira son bras et ramassa le bol.

— Va, maintenant, et informe la Reine Milena de ma décision. N'oublie pas de recommander au dragon de se tenir à ma disposition. Et ne te laisse pas trop distraire en chemin !

Demmin s'inclina profondément.

— Merci, Maître Rahl, pour la confiance que vous me témoignez.

Le commandant s'éclipsa pendant que Rahl revenait dans le jardin.

Attrapant la corne d'alimentation, Rahl s'avança vers le garçon. La corne d'alimentation était une sorte de long entonnoir. Rahl l'approcha de l'enfant.

— Quel est cet instrument ? demanda Carl.

— C'est une corne d'alimentation. Elle fait partie de la cérémonie dont tu es le héros. C'est un moyen très amusant de se nourrir. Tu places ta bouche du petit côté et moi, je verse ton déjeuner par l'autre bout.

Carl était sceptique.

— Vraiment ?

— Oui.

Rahl sourit de manière rassurante.

— Et devine quoi, je t'apporte une tarte aux myrtilles à peine sortie du four.

Carl se lécha les babines.

— Super ! s'exclama-t-il en commençant à téter.

Rahl dessina trois cercles au-dessus du bol pour changer le goût de la bouillie infâme, puis il baissa le regard vers Carl.

— J'ai dû la broyer afin qu'elle passe par le tuyau, j'espère que ça ira quand même.

Rahl versa un peu de gruau. Lorsqu'il atteignit la bouche de Carl, celui-ci l'avala avidement.

— C'est génial ! La meilleure que j'aie jamais mangée !

— Je suis si content, dit Rahl en souriant. C'est ma recette personnelle. Je craignais qu'elle ne soit pas aussi bonne que celle de ta mère.

— Elle est meilleure. Je peux en avoir encore ?

— Bien sûr, mon fils. Avec le Père Rahl, il y en a autant qu'on veut.

21

Richard continuait à sonder le sol à l'endroit où le sentier reprenait de l'autre côté de l'avalanche. Il avait presque perdu tout espoir. Des nuages noirs filaient à basse altitude. Quelques grosses gouttes de pluie glacée s'écrasaient de temps à autre sur sa nuque. Il lui était venu à l'esprit que Kahlan avait peut-être franchi le Goulet, qu'elle n'avait pas été emportée par les ombres mais qu'elle avait continué à marcher en longeant le mur.

Pourtant, il ne décelait aucune trace de passage. Personne n'avait franchi le Goulet depuis très longtemps. La fatigue et le désespoir l'accablèrent de nouveau tandis que des rafales d'un vent polaire faisaient voler les pans de son manteau autour de lui, semblant le presser de s'éloigner de cet endroit maudit. Il se tourna une dernière fois vers le chemin, vers le Midlands.

Il n'avait parcouru que quelques pas lorsqu'il s'arrêta brusquement.

Kahlan aurait-elle poursuivi sa route en direction du Midlands si elle le croyait mort ?

Non.

Elle devait être revenue en arrière. Vers le magicien.

Il serait inutile pour elle de se rendre seule au Midlands. Elle avait besoin d'aide, voilà la première raison de sa venue au Westland. Sans le Chercheur, son seul recours était le magicien.

Il fallait qu'il aille vérifier, pour être sûr. Toute fatigue oubliée, il replongea dans le Goulet.

La lueur verte salua son retour. Suivant les traces à rebours, il retrouva en peu de temps l'endroit où il avait combattu les ombres. Ses empreintes dans la boue de l'avalanche relataient le récit de sa bataille. Il fut surpris de l'étendue de terrain qu'il avait couverte durant l'affrontement. Il ne se rappelait pas tous ces cercles, ces va-et-vient. Au fond, seul comptait le résultat.

Enfin, il aperçut ce qu'il cherchait. Leurs traces à

tous les deux, ensemble, puis les siennes, seules. Son cœur battit à tout rompre. Pourvu qu'elles ne conduisent pas dans la paroi ! Accroupi, il les inspecta, les toucha.

Il se releva précipitamment, haletant, affolé. La lueur verte miroitait d'une manière agaçante autour de lui. Il se demanda jusqu'où Kahlan avait pu aller. Ils avaient mis la plus grande partie de la nuit pour traverser laborieusement le Goulet. Mais ils ne savaient pas où se trouvait le sentier. Il baissa les yeux sur les empreintes dans la boue. Il le savait désormais.

Il devait se dépêcher ; il ne pouvait pas revenir la peur au ventre. Le souvenir de quelque chose que Zedd lui avait dit en lui offrant l'épée lui revint à l'esprit. La force de la rage, avait dit le sorcier, vous donne l'énergie inconsciente de vaincre.

Le clair tintement métallique satura l'atmosphère sans éclat du matin tandis que le Chercheur dégainait son épée. La colère déferla en lui. Richard dévala le sentier, suivant les traces. La pression du mur le ballottait comme il cheminait à travers la brume fraîche. Quand les traces tournaient, avançaient et reculaient, il ne s'attardait pas, mais posait les pieds d'un côté ou de l'autre afin de projeter son poids en avant et de continuer à progresser.

Maintenant son allure, il parvint à traverser l'étendue du Goulet avant le milieu de la matinée. A deux occasions, il était tombé sur une ombre flottant immobile sur le chemin. Elles ne bougèrent pas ni ne semblèrent prêter attention à sa présence.

Il franchit sans ralentir le rocher fendu, se débarrassant d'un grippeur d'un coup de pied. A l'autre extrémité, il s'arrêta pour reprendre haleine. Il remercia le ciel lorsqu'il vit que ses empreintes étaient toujours là. Maintenant, sur le sentier forestier, ses traces seraient plus difficiles à distinguer. Il savait où elle se rendait. Elle avait franchi le Goulet saine et sauve. Il eut envie de crier sa joie, désormais certain que Kahlan était vivante.

Il se rapprochait d'elle. Quand le jour s'était levé, elle

devait avoir suivi leurs traces au lieu d'utiliser les murs pour se diriger. Bonne fille, songea-t-il, qui sait se servir de sa tête. Il pourrait en faire une forestière.

Richard partit au trot le long du sentier, l'épée — et sa colère — parées. Il ne gaspilla pas de temps à chercher des signes sur la piste, mais à chaque passage d'une zone boueuse, il ne pouvait s'empêcher de baisser les yeux. Après avoir parcouru un secteur recouvert de mousse, il arriva sur une parcelle nue couverte de pas. Il jeta un coup d'œil hâtif puis stoppa net. A quatre pattes, il examina les traces.

Des bottes d'homme chevauchaient partiellement les empreintes de Kahlan, pratiquement trois fois plus grosses. Le dernier homme du quad s'était lancé à ses trousses.

Il se releva d'un bond et se mit à courir. Les branches et les rochers défilaient à toute vitesse. Son unique souci était de rester sur le sentier et d'éviter de franchir accidentellement la frontière car il craignait de mourir sans avoir secouru Kahlan. Ses poumons le brûlaient, il s'asphyxiait. La colère de la magie lui permit d'ignorer son épuisement, son manque de sommeil.

Gravissant une petite saillie rocheuse, il la découvrit, en contrebas. Durant un instant, il demeura figé. Kahlan se tenait sur la gauche, les pieds écartés, à demi ramassée sur elle-même, appuyée contre la paroi. Le dernier homme du quad était devant elle. Sa colère redoubla. L'uniforme en cuir de l'homme était ruisselant. La capuche de sa cotte de mailles recouvrait ses cheveux blonds. Il levait déjà son épée pour la tuer.

— Non ! hurla Richard en se précipitant sur son adversaire.

Il brandit à deux mains l'Epée de Vérité. L'homme s'était tourné en entendant le cri de Richard. Il abandonna Kahlan et s'apprêta à parer le coup.

Richard vit son épée tournoyer comme dans un rêve.

Il employait chaque once de sa force à rendre la lame plus rapide, plus précise. Plus mortelle. Richard ne quittait pas l'homme des yeux. Il s'entendit crier encore. L'homme passait à l'offensive.

La colère magique de Richard était au comble de sa puissance destructrice. Aucune puissance terrienne ne le priverait de la vie de cet homme. Richard était au-delà de toute raison. Au-delà de tout autre désir. Au-delà de tout autre but. Il incarnait la Mort.

Richard n'était plus que haine et furie.

Il frappa de toutes ses forces, fracassant la lame de son adversaire en une myriade de fragments tourbillonnant dans la lumière. Puis il vit, en une série d'instantanés, son épée déchirer la cotte de mailles, avant de défoncer la tête de l'homme.

La brume matinale devint rouge de sang. Richard contemplait avec délectation les morceaux d'os et de cervelle éclabousser le sol alentour. Le pantin désarticulé s'effondra dans un fracas de ferraille. Richard hurlait à pleins poumons alors que l'homme se vidait lentement de son sang.

Le porteur de mort avait gagné. Il se tenait victorieux au-dessus de l'objet de sa haine, couvert de lambeaux de chair. Il exultait. Ramenant l'épée devant lui, il vérifia que rien d'autre ne les menaçait.

Alors le monde parut s'affaisser.

Richard croisa le regard stupéfait de Kahlan. Il tomba à genoux, fou de douleur.

Il lâcha l'Epée de Vérité.

Il prit subitement conscience de ce qu'il venait de faire. Il avait tué un homme. Pire, il y avait trouvé du plaisir, une joie indicible.

Il revit la tête de son adversaire exploser sous le choc de sa lame.

Une angoisse indéfinissable lui tenaillait le ventre. Il voulut crier, mais aucun son ne sortit de sa bouche. Rien n'existait plus que son immense désarroi.

La souffrance l'éblouissait. Il était aveugle. Le feu embrasa chaque muscle, chaque os, chaque organe de son corps, le consumant, vidant l'air de ses poumons, l'étouffant dans un martyre de convulsions. Il se roula par terre, les genoux repliés sous le menton, gémissant comme un enfant. Il sentit qu'on aspirait sa vie hors de lui. Il allait devenir fou. La puissance de la magie le broyait. Il n'aurait jamais imaginé qu'un pareil seuil de douleur existât. Seule la mort serait capable de le libérer. Il priait pour qu'elle arrive vite.

Puis une lumière jaillit dans sa nuit. La douleur agissait comme la colère. Elle ruisselait en lui de la même façon que la colère remontait de l'épée. Il pouvait essayer de la contrôler. C'était sa dernière chance. Il se raisonna, analysa le désir qui l'avait poussé à commettre cet acte, si horrible qu'il fût. N'avait-il pas tué cet homme pour se défendre ?

La douleur commença à refluer puis disparut progressivement. Il venait d'emporter sa seconde bataille.

Allongé sur le dos, haletant, il sentit le monde revenir en lui. Kahlan était agenouillée à ses côtés, essuyant son visage avec un tissu frais et humide. Elle avait les traits tirés ; des larmes coulaient le long de ses joues. Des éclaboussures de sang zébraient sa figure.

Richard se redressa et lui prit le linge des mains, afin d'essuyer son visage, comme pour effacer de son esprit le souvenir de son geste. Elle se jeta dans ses bras, l'enlaçant de toutes ses forces. Il lui rendit son étreinte. Ses doigts remontèrent le long de sa nuque et se perdirent dans ses cheveux. Elle pleurait. Il ne parvenait pas à se convaincre de son bonheur. Il ne la laisserait plus repartir, jamais.

— Je suis tellement désolée, Richard, sanglota-t-elle.

— A propos de quoi ?

— Vous avez tué un homme par ma faute.

Il la berça tendrement pour la réconforter.

— Tout va bien.

Elle secoua tristement la tête.

— Je savais à quel point la magie vous ferait mal. C'est pourquoi je ne voulais pas que vous combattiez les hommes de l'auberge.

— Zedd m'avait prévenu que la colère me protégerait de la douleur. Kahlan, je ne comprends pas. Vous voir en danger m'a rendu fou de rage.

Elle s'écarta de lui pour le regarder, s'assurer qu'il était bien réel.

— Zedd m'avait avertie du danger que vous couriez

en utilisant l'épée pour tuer un homme. Il m'a dit que ce qu'il vous avait raconté au sujet des vertus protectrices de la colère était vrai, mais il a avoué que la première fois était différente, que la magie testait, prenait la mesure du Chercheur dans sa capacité à surmonter la douleur, et que rien ne pouvait vous en protéger. Il a dit qu'il ne pouvait vous le révéler parce que si vous étiez au courant, vous vous retiendriez, vous vous montreriez plus prudent dans son utilisation, et que cela pourrait s'avérer désastreux. Il a dit que la magie devait s'unir au Chercheur dans cette première utilisation, afin de sonder son instinct de tueur.

Elle lui caressa la joue.

— Il a dit que la magie pouvait vous faire des choses terribles. La douleur sert à déterminer qui sera le maître et qui sera le serviteur.

Richard se redressa sur ses talons, éberlué. Adie avait affirmé que le magicien lui cachait un secret. Il devait s'agir de cela. Zedd devait être follement inquiet.

Pour la première fois, il comprit véritablement ce qu'était un Chercheur. Un porteur de mort. Il le savait désormais. Il connaissait la magie, comprenant comment il pouvait s'en servir, comment elle se servait de lui, comment ils étaient dorénavant unis. Pour le meilleur ou pour le pire, il ne serait plus jamais le même. Il avait goûté à l'accomplissement de son plus sombre désir. C'était terminé. Il était impossible de revenir en arrière.

— Je sais maintenant de quoi il parlait, reprit-il. Vous avez eu raison de ne rien me dire.

Il effleura sa joue, sa voix se fit douce.

— J'avais tellement peur de vous perdre.

Elle posa la main sur la sienne.

— Je croyais que vous étiez mort. Une minute avant, je tenais votre main, puis je me suis rendu compte que vous aviez disparu.

Ses yeux se remplirent à nouveau de larmes.

— Je ne pouvais pas vous retrouver. Je ne savais quoi faire. Il fallait que je retourne auprès de Zedd, que je patiente jusqu'à ce qu'il se réveille et que je lui demande de m'assister. Je croyais que vous étiez perdu dans les enfers.

— J'ai aussi pensé que c'était ce qui vous était arrivé. J'ai failli continuer seul.

Il sourit.

— On dirait que nous sommes voués à ne jamais nous quitter.

Elle sourit pour la première fois depuis longtemps. Il l'enlaça à nouveau, mais elle se dégagea.

— Richard, nous devons partir d'ici. Des bêtes rôdent dans les parages. Elles vont être attirées par le cadavre. Fuyons.

Il acquiesça, se tourna, ramassa son épée et se redressa d'un bond. Il tendit la main pour l'aider à se relever.

Il sentit une sourde colère monter en lui. La magie l'avertissait d'un danger.

Richard la fixa, stupéfait. Exactement comme la dernière fois qu'il avait empoigné son épée. La magie s'était réveillée, plus intense. Kahlan semblait ne rien ressentir. Richard força la colère à se calmer. Elle s'éloigna à contrecœur.

Kahlan lui étreignit tendrement le bras.

— Je ne parviens toujours pas à croire que vous êtes vivant. J'étais tellement sûre que vous étiez passé de l'autre côté.

— Comment avez-vous échappé aux ombres ?

Kahlan haussa les épaules.

— Je ne sais pas. Elles nous suivaient, et lorsque nous nous sommes séparés et que je suis revenue, je n'en ai aperçu aucune. En avez-vous rencontré ?

Richard hocha la tête.

— Oui. J'ai même rencontré mon père. Elles m'ont attaqué. Elles voulaient me faire traverser la frontière.

Le visage de Kahlan s'assombrit.

— Pourquoi seulement vous ? Pourquoi pas nous deux ?

— Je ne sais pas. La nuit dernière, au rocher fendu, et plus tard, quand elles ont commencé à nous suivre, ce devait être moi qu'elles traquaient, pas vous. L'os vous protégeait.

— Pourtant, la fois précédente, elles ont attaqué tout le monde sauf vous, dit-elle. Quelque chose a changé ?

Richard réfléchit un moment.

— Je l'ignore, mais nous devons nous dépêcher de sortir du défilé. Nous sommes trop épuisés pour passer une seconde nuit à combattre les ombres. Nous devons rejoindre le Midlands avant ce soir. Cette fois-ci, je promets de ne pas vous lâcher la main.

Kahlan sourit.

— Je ne vous lâcherai pas non plus.

— J'ai couru à travers le Goulet. Ce n'est pas plus dangereux. Vous vous en sentez capable ?

Elle opina et ils s'élancèrent sur le sentier. Aucune ombre ne vint les troubler. Richard observait les traces tout en courant, évitant les détours à Kahlan, la maintenant sur le chemin.

Lorsqu'ils eurent dépassé le glissement de terrain et qu'ils furent sur le chemin forestier de l'autre côté du Goulet, ils ralentirent pour reprendre haleine. La joie de l'avoir retrouvée vivante atténuait son inquiétude au sujet des difficultés qui les attendaient. Ils partagèrent du pain et des fruits tout en poursuivant leur route.

Richard était encore troublé par la réaction de la magie quand il avait aidé Kahlan à se relever. S'agissait-il de quelque chose que la magie sentait en elle, ou la magie réagissait-elle à quelque chose dans son propre esprit ? Etait-ce parce qu'il avait peur de son propre secret ? Ou y avait-il autre chose en elle ? Il regretta que Zedd ne soit pas là, il aurait pu lui demander ce qu'il en pensait. Mais Zedd était présent la dernière fois, et il ne l'avait pas questionné. Craignait-il ce que Zedd pourrait lui révéler ?

En fin d'après-midi, ils entendirent des hurlements loin dans les bois. Kahlan dit que c'étaient les bêtes. Ils décidèrent de forcer l'allure. Richard était mort de fatigue. La pluie qui tombait couvrait le bruit de leur course.

Avant le soir, ils arrivèrent au sommet d'une crête.

En contrebas, le sentier descendait en une série d'épingles à cheveux.

Kahlan se raidit.

— Je connais cet endroit, murmura-t-elle.

— Quel est-il ?

— On l'appelle la Région Sauvage. Nous sommes au Midlands.

Elle se tourna vers lui.

— Je suis revenue chez moi.

Il leva un sourcil.

— Ce lieu ne paraît pas si sauvage.

— Son nom ne vient pas de la terre, mais de ceux qui y résident.

Après avoir dévalé la pente, Richard dénicha un petit coin abrité sous un bloc de rocher. Il ramassa quelques branches de pin qu'il posa devant l'entrée. Kahlan se glissa à l'intérieur, suivie de Richard. Ils étaient éreintés.

Kahlan enleva son manteau trempé.

— Il pleut depuis des heures. Je ne me rappelle même pas à quoi ressemble le soleil.

— Tant mieux, répliqua Richard.

Elle le regarda, étonnée.

— Vous vous souvenez du nuage qui me suivait, reprit-il, celui que Rahl avait envoyé pour me pister ?

Elle opina.

— Zedd a lancé une toile magique pour attirer d'autres nuages afin de l'emprisonner. Aussi longtemps que le ciel sera couvert, le nuage de Rahl ne pourra pas nous voir. Je préfère la pluie à Darken Rahl.

Kahlan sourit.

— J'apprécie le geste. Mais, la prochaine fois, pourriez-vous demander à Zedd de convoquer des nuages qui ne soient pas aussi chargés ?

Richard éclata de rire.

— Voulez-vous manger quelque chose ? demanda-t-elle.

Il secoua la tête.

— Je suis épuisé. Il faut que je dorme. Sommes-nous en sécurité ici ?

— Oui. Personne ne vit aux frontières des Terres Sauvages. Adie a certifié que nous étions protégés des bêtes, les molosses de cœur ne devraient donc pas nous attaquer.

Ils s'enroulèrent dans leurs couvertures. Kahlan était adossée contre la paroi. L'abri était trop exigu pour qu'ils allument un feu. Richard fouilla dans sa poche à la recherche de la pierre de nuit. Puis il se ravisa.

— Bienvenue au Midlands, continua Kahlan. Vous avez accompli votre promesse : vous nous y avez emmenés. Le plus dur commence maintenant. Avez-vous un plan ?

Richard se serra contre elle.

— Nous avons besoin de l'aide d'un magicien pour trouver le dernier coffret. Nous ne pouvons compter sur la chance pour le dénicher. Nous avons besoin d'indications précises.

Kahlan évita son regard.

— Je ne vois personne dans la région qui voudrait nous aider, dit-elle.

Elle paraissait mal à l'aise. Richard sentit à nouveau la colère l'aiguillonner.

— Contentez-vous de m'amener auprès de quelqu'un et je m'occuperai du reste !

Richard regretta immédiatement d'avoir été si brusque. Il pencha la tête en arrière contre le rocher. Sa colère retomba.

— Kahlan, je suis désolé. La journée a été rude. J'ai tué l'homme du quad, transpercé le cœur de mon père défunt. J'ai cru vous avoir perdue à jamais. Je ne désire qu'arrêter Rahl, afin de mettre un terme à ce cauchemar.

— Pas facile, d'être un Chercheur, déclara-t-elle doucement.

— Pas facile, en effet.

— Le Peuple de Boue ! s'exclama-t-elle. Ils peuvent nous mettre sur la bonne voie. Mais je ne garantis rien. Les Terres Sauvages sont aux confins du Midlands, et le Peuple de Boue n'a pas l'habitude des étrangers. Ils ont des coutumes bizarres. Ils vivent à l'écart, sans se soucier des autres.

— Si Darken Rahl réussit, ils peuvent dire adieu à leur tranquillité, soupira-t-il.

Kahlan prit une profonde inspiration.

— Richard, ils peuvent s'avérer dangereux.

— Avez-vous déjà eu affaire à eux ?

Elle opina.

— Je parle leur langue.

— Ont-ils confiance en vous ?

Kahlan s'enroula plus étroitement dans sa couverture.

— Je crois.

Elle darda les yeux dans les siens.

— Mais ils ont peur de moi. Je ne sais pas comment ils vont réagir.

Richard dut se faire violence pour ne pas lui demander la raison de la peur qu'elle inspirait au Peuple de Boue.

— Quelle distance ? poursuivit-il.

— Une semaine en direction du nord-est.

— Nous sommes dans les temps.

— Lorsque nous serons là-bas, vous devrez me suivre, et si je vous ordonne quelque chose, vous devrez obéir. C'est à vous qu'il appartient de les convaincre de nous aider.

Elle sortit sa main de sous la couverture et la posa sur son bras.

— Richard, chuchota-t-elle, merci d'être revenu me chercher.

— Qu'aurais-je fait sans mon guide ?

Kahlan sourit.

— J'essaierai de me montrer digne de vos attentes.

Il garda sa main dans la sienne pendant qu'elle s'endormait. Il pria les bons esprits de la protéger.

22

ZEDD OUVRIT BRUSQUEMENT LES YEUX. L'ATMOSPHÈRE ÉTAIT saturée de l'arôme de la soupe aux épices. Sans bouger, il inspecta la pièce. Chase dormait toujours. Dehors, il faisait nuit. Il examina son corps recouvert d'ossements. Il les fit lentement s'élever dans les airs, puis les reposa sur le côté. Il se leva. Il y avait des squelettes partout, des squelettes de bêtes. Il se retourna.

Il fut surpris de se retrouver nez à nez avec une femme et poussa un petit cri.

— Qui êtes-vous ? s'exclama-t-il.

Elle saisit sa béquille et la cala sous son aisselle.

— Je m'appelle Adie, répondit-elle d'une voix grinçante. Vous m'avez fait peur ! Vous vous êtes réveillé plus tôt que prévu.

Zedd arrangea ses robes.

— Combien de repas ai-je manqués ? demanda-t-il.

Adie le toisa de haut en bas.

— Trop, dirait-on.

Il considéra à son tour Adie des pieds à la tête.

— Vous êtes une femme splendide, dit-il en lui baisant la main. Zeddicus Zu'l Zorander, votre humble serviteur, ma chère demoiselle, annonça-t-il fièrement. Qu'avez-vous à la jambe ?

— Rien. Elle va parfaitement bien.

— Non, non, dit-il avec un froncement de sourcils. Pas celle-là, l'autre.

Adie baissa les yeux.

— Il me manque un pied. Vous êtes myope ?

— Comme c'est curieux ! Une femme comme vous... reprit Zedd. Je ne suis pas myope, mais votre beauté m'éblouit.

Adie arbora un large sourire.

— Aimeriez-vous un bol de soupe, magicien ?

— Je n'osais pas vous le demander, magicienne.

Elle se dirigea en claudiquant vers la marmite suspendue dans l'âtre et servit deux bols de soupe. Zedd s'installa à table. Elle s'assit en face de lui. Zedd saisit sa cuillère.

— C'est Richard qui a préparé cette soupe, dit-il.

Adie se coupa une épaisse tranche de pain.

— C'est exact, répondit-elle. Vous avez de la chance ; la mienne n'aurait pas été aussi bonne.

Zedd hocha la tête puis reprit :

— Où est-il ?

Adie trempa un morceau de pain dans son bol. Levant les yeux vers Zedd, elle répondit :

— Lui et la Mère Confesseur sont partis dans le défilé, en direction du Midlands. Il ne connaît pas sa véritable identité.

Elle raconta ensuite l'histoire de l'arrivée de Richard et de Kahlan. Ils cherchaient de l'aide pour leurs amis blessés.

Zedd écoutait attentivement chaque détail. Il renâcla en entendant qu'il avait été nourri de gruau.

— Il m'a demandé de vous dire qu'il ne pouvait pas vous attendre, conclut Adie, mais qu'il savait que vous comprendriez. Le Chercheur m'a aussi donné des instructions à transmettre à Chase, afin qu'il reparte vers la frontière et résiste à l'invasion des forces de Rahl. Il était navré de ne pas savoir en quoi consistait votre plan.

— C'est mieux ainsi, murmura le magicien. Il ne fait pas partie de mon plan.

Zedd termina sa soupe et se leva pour se servir un autre bol. Il offrit à Adie de remplir le sien, mais elle n'avait pas encore fini.

— Richard vous cache un secret, dit-elle à voix basse quand il revint. N'était cette affaire avec Rahl, je n'en parlerais pas, mais j'estime que vous devez être au courant.

La lumière de la lampe illuminait sa figure émaciée et sa chevelure chenue, rendant son apparence d'autant plus austère et efflanquée. Il ramassa sa cuillère, baissa un instant les yeux sur sa soupe, puis releva la tête.

— Ainsi que vous le savez bien, nous avons tous des

secrets, les magiciens plus que les autres. Si nous partagions tous nos secrets, le monde deviendrait invivable. De plus, que deviendrait le plaisir de les briser ?

Elle sourit.

— Mais je n'ai pas peur des secrets d'une personne en qui j'ai confiance, et elle n'a aucune raison de craindre les miens. C'est une affaire entre amis.

Adie se carra dans son siège, ses yeux laiteux se rivèrent aux siens.

— Pour son bien, j'espère que votre confiance est justifiée. Je ne voudrais pas provoquer l'ire d'un magicien.

Zedd haussa les épaules.

— Vous savez, je suis relativement inoffensif.

Elle étudia ses yeux dans la lueur de la lampe.

— Encore un mensonge, chuchota la magicienne en grinçant des dents.

Zedd s'éclaircit la gorge. Il préférait changer de sujet.

— Il semblerait que je vous doive des remerciements pour vous être occupée de moi, chère demoiselle.

— C'est vrai.

— Et pour avoir aidé Richard et Kahlan (il regarda Chase, le désignant avec sa cuillère) ainsi que le garde-frontière. J'ai une dette envers vous.

Les yeux d'Adie pétillèrent de malice.

— Peut-être qu'un jour vous pourrez me rendre la pareille.

Zedd retroussa ses manches et recommença à manger. Lui et la magicienne s'observaient par-dessous. Le feu crépitait dans l'âtre. Dehors, des insectes nocturnes stridulaient. Chase dormait.

— Depuis combien de temps sont-ils partis ? demanda Zedd.

— Voilà aujourd'hui sept jours qu'il vous a confiés, vous et le garde-frontière, à mes bons soins.

Zedd termina son repas et repoussa son bol. Il croisa ses fines mains sur la table. Il demeura silencieux dans la lueur fauve de la lampe.

— Richard a-t-il précisé comment j'étais supposé le retrouver ?

Adie hésita un instant avant de répondre.

— Je lui ai donné une pierre de nuit.

Zedd se redressa brusquement.

— Vous avez quoi ?

Adie leva calmement le regard vers lui.

— Il n'aurait pas pu trouver son chemin dans le défilé, autrement. Je voulais qu'il réussisse.

Le magicien appuya ses poings sur la table et se pencha vers Adie.

— L'avez-vous averti ?

— Bien évidemment.

Il la fixa droit dans les yeux.

— Comment ? Avec une énigme de magicienne ?

Adie attrapa deux pommes et en lança une à Zedd. Il la fit flotter un instant dans les airs puis l'attrapa.

— Calmez-vous, magicien, et cessez de crâner.

Elle croqua dans sa pomme. Zedd fronça les sourcils.

— Je ne voulais pas l'effrayer davantage. Si je lui avais révélé tous les pouvoirs de la pierre de nuit, il aurait sans doute hésité à l'utiliser. Il serait mort, à l'heure qu'il est. Oui, je l'ai averti avec une énigme. Il n'en percera le sens qu'en temps voulu.

— Tudieu, Adie, s'écria Zedd, vous ne comprenez pas ! Richard déteste ces procédés, il les a toujours haïs. Il juge que ce sont des insultes à l'honnêteté. Il ne les tolère pas. Il les ignore par principe.

— Il est Chercheur, et un Chercheur résout des énigmes.

Zedd dressa son index osseux.

— Des énigmes de vie, pas de mots. Il y a une différence.

Adie reposa sa pomme et se pencha en avant, les mains à plat sur la table.

— Zedd, j'essayais d'aider ce garçon. Je désire qu'il réussisse. J'ai perdu mon pied dans le défilé. Lui, c'est sa vie qu'il aurait perdue. Si le Chercheur est tué, nous disparaissons avec lui. Je croyais bien faire.

Zedd prit les mains d'Adie dans les siennes.

— Je sais que vous ne lui voulez pas de mal, Adie. Je ne vous accusais pas. Tout se passera bien.

— Je suis une idiote, gémit-elle. Il m'a prévenue qu'il détestait les énigmes. J'ai agi avec légèreté. Zedd, retrouvez-le grâce à la pierre de nuit. Dites-moi s'il a réussi.

Zedd acquiesça. Il ferma les yeux et baissa la tête. Il prit trois grandes inspirations. Un vent glacial traversa la pièce. Le magicien rouvrit les paupières.

— Il est dans le Midlands. Il est parvenu à franchir le défilé.

Adie poussa un soupir de soulagement.

— Je vous donnerai un os, à vous aussi, pour passer le Goulet. Allez-vous partir à sa recherche maintenant ?

— Non, dit-il d'une voix calme. Il va devoir se sortir de cette situation tout seul. C'est lui, le Chercheur. Une autre tâche importante m'attend, si nous voulons arrêter Darken Rahl à temps. Je dois partir immédiatement.

— Il fait sombre dehors. Pourquoi ne pas attendre demain ?

Zedd sourit d'une oreille à l'autre.

— Toute la nuit, avec vous ?

Adie haussa les épaules.

— Je me sens seule ici.

— Eh bien, s'exclama joyeusement Zedd, c'est vrai qu'il fait bien sombre dehors ! Il serait plus prudent de partir dans la matinée.

Une ombre passa fugacement dans ses yeux.

— Il ne s'agit pas de l'une de vos énigmes, n'est-ce pas ?

Elle secoua la tête.

— Nus ? demanda Zedd en croquant dans sa pomme.

Le vent et la pluie battaient rageusement la plaine. Ils avançaient l'un derrière l'autre. Kahlan sondait attentivement l'herbe devant elle. Ils étaient proches du territoire du Peuple de Boue. Richard suivait en silence, les sens aux aguets.

Elle n'aimait pas l'idée d'emmener Richard chez le Peuple de Boue. Mais il avait raison, ils devaient savoir où chercher le dernier coffret. L'automne s'avançait. Il ne leur restait plus beaucoup de temps. Et s'ils refusaient de les aider ou pire ?

Bien sûr, ils n'oseraient jamais tuer un Confesseur. Mais Richard ? Elle n'avait jamais parcouru le Midlands sans la protection d'un magicien. Aucun Confesseur ne l'avait fait ; c'était trop dangereux. Il ne devait rien arriver au Chercheur. Sans lui, Rahl remporterait la victoire. Elle protégerait Richard... Même au prix de sa vie. C'était ce qui comptait par-dessus tout.

Le chemin passait entre deux poteaux enveloppés de cuir teint de bandes rouges. Richard s'arrêta. Il leva les yeux sur les crânes fixés à leur sommet.

— Ceci est censé nous dissuader ? demanda-t-il.

— Non, ce sont les crânes d'ancêtres vénérés. Ils veillent sur les terres.

— Je m'attendais à des signes plus menaçants. Peut-être ne seront-ils pas si mécontents de nous voir, après tout.

Kahlan se tourna vers lui et le regarda dans les yeux.

— L'une des façons de montrer son courage, chez le Peuple de Boue, est de tuer un étranger. Restez sur vos gardes.

Richard prit une profonde inspiration.

— Essayons d'abord de les convaincre de nous assister. Je ne pense pas que Rahl se soucie beaucoup de ces coutumes.

— Rappelez-vous ce que je vous ai dit, reprit-elle. Ils peuvent refuser de nous aider. Vous devrez respecter leur décision. Ils font partie des peuples que j'entends sauver. Je ne veux pas que vous leur causiez du tort.

— Kahlan, je saurai les persuader. Ne vous inquiétez pas, ils nous aideront. C'est dans leur propre intérêt.

— Il se peut qu'ils ne voient pas les choses de cet œil, insista-t-elle.

L'averse avait cessé. Elle repoussa la capuche de son manteau.

— Richard, promettez-moi de ne pas leur faire de mal.

Il se campa devant elle.

— Vous vous souvenez quand j'avais la fièvre à cause de la liane serpent, et que je vous ai demandé d'épargner Zedd ? J'ai eu un moment de doute puis je me suis rendu compte de ce qui était en jeu. Et lorsque j'ai compris quel genre de personne vous étiez, mon doute s'est évanoui. Faites-moi confiance, Kahlan.

— Je suis désolée, bredouilla-t-elle. Je devrais vous connaître mieux que ça.

— Savez-vous comment les convaincre de nous aider ?

Elle s'était plusieurs fois rendue au village du Peuple de Boue, en raison de ses fonctions. C'était une corvée habituelle chez les Confesseurs, de rendre une visite professionnelle aux différents peuples du Midlands. Ils s'étaient montrés plutôt polis, par peur, mais peu coopératifs.

— Le Peuple de Boue délibère en assemblée. C'est le conseil des prophètes. Je n'ai jamais été autorisée à y assister, peut-être parce que je suis une étrangère, peut-être parce que je suis une femme. Ce groupe tranche les grandes questions qui affectent le village. Il est souverain et ne pliera pas sous la menace. Vous devrez le gagner à votre cause.

— Avec votre aide, nous y parviendrons.

Elle acquiesça et ils reprirent leur marche. D'épais nuages traversaient le ciel en une procession sans fin. L'atmosphère était étouffante.

Les pluies avaient gonflé les rivières et les eaux boueuses battaient violemment les piles du pont. Kahlan sentait la puissance de l'eau qui faisait vibrer les rondins sous ses bottes. Elle progressait prudemment. Richard lui offrit sa main. Elle la saisit avec plaisir. A ce moment, elle souhaita être une femme ordinaire. Mais ce n'était pas le cas. Elle était Confesseur. Elle ne pouvait se permettre d'encourager ses sentiments à son égard.

Richard continuait à scruter prudemment les alentours. Il était en terre étrangère et devait rester sur la défensive. Au Westland, elle avait éprouvé la même chose, aussi comprenait-elle sa réaction. Les gens prudents mouraient assez vite au Midlands, les imprudents encore plus rapidement.

Après qu'ils eurent franchi une seconde rivière, huit hommes surgirent devant eux. Ils étaient vêtus de peaux de bêtes et couverts de boue de la tête aux pieds. Ils n'avaient pas l'air commodes. Kahlan reconnut plusieurs de ces hommes ; il s'agissait d'un groupe de chasseurs appartenant au Peuple de Boue.

Le plus âgé, un homme noueux débordant de vitalité qu'elle connaissait sous le nom de Savidlin, s'approcha d'elle. Les autres attendirent, lances et arcs baissés, mais prêts à se battre. Kahlan sentait la présence de Richard juste derrière elle. Elle lui recommanda de rester tranquille.

— *Force au Confesseur Kahlan,* dit Savidlin en s'arrêtant devant elle.

— *Force à Savidlin et au Peuple de Boue,* répondit-elle dans leur langue.

Savidlin la gifla, durement. Elle lui rendit sa gifle. Kahlan entendit Richard dégainer son épée. Elle tourna la tête.

— Non, Richard !

Il brandissait déjà son arme.

— Non ! Ne bougez pas, calmez-vous.

Ses yeux étaient emplis de haine, d'une magie prête à tuer.

— C'est leur manière de saluer les gens, expliqua Kahlan. C'est une façon de montrer son respect pour la force de l'autre.

Il ne paraissait pas convaincu.

— Je suis désolée de ne pas vous avoir prévenu. Richard, rangez votre épée.

Ses yeux revinrent sur Savidlin, puis se posèrent de nouveau sur Kahlan. Il obéit. Kahlan poussa un profond soupir et se retourna vers le Peuple de Boue. Richard s'avança d'un air protecteur à ses côtés.

— *Qui est cet homme en colère ?* demanda Savidlin.

— *Son nom est Richard. Il est le Chercheur de Vérité.*

Des murmures s'élevèrent parmi les autres membres du groupe de chasseurs. Les yeux de Savidlin sondèrent ceux de Richard.

— *Force à Richard, le Chercheur.*

Kahlan lui traduisit ce que Savidlin venait de dire.

Savidlin s'avança et frappa Richard, pas avec la main ouverte comme pour Kahlan, mais avec le poing. Richard lâcha instantanément un coup redoutable qui envoya Savidlin valser sur le dos. Il gisait étourdi sur le sol, bras et jambes écartés. Les poings se resserrèrent sur les armes. Richard se raidit, adressant aux hommes un regard menaçant qui les figea sur place.

Savidlin se releva en se massant la mâchoire.

— *Personne n'a jamais montré autant de respect pour ma force ! Voici un homme sage !* s'exclama-t-il en souriant.

Ses compagnons éclatèrent de rire.

— Qu'est-ce qu'il raconte ? demanda Richard.

— Il a dit que vous aviez un grand respect pour lui, que vous étiez sage. Je crois que vous vous êtes fait un ami.

Savidlin tendit la main à Richard puis lui tapa sur le dos et passa un bras autour de ses larges épaules.

— *Je suis vraiment heureux que vous reconnaissiez ma force, mais j'espère que vous ne chercherez plus à me respecter.*

Les chasseurs s'esclaffèrent à nouveau.

— *Chez le Peuple de Boue, vous serez connu sous le nom de « Richard le Colérique ».*

Savidlin se tourna vers ses hommes.

— *Peut-être aimeriez-vous saluer mon grand ami, et recevoir la marque de son respect.*

Ils secouèrent tous vigoureusement la tête.

— *Non,* s'écria l'un d'eux, *il t'a déjà suffisamment montré de respect, ça suffit pour nous tous.*

Savidlin se tourna vers Kahlan.

— *Bienvenue au Confesseur Kahlan,* dit-il.

Puis, désignant Richard du menton :

— *C'est votre amant ?*

— *Non !*

Savidlin eut un mouvement de recul.

— *Alors, vous êtes venue ici pour choisir l'un de nos hommes ?*

— *Non plus,* fit-elle, recouvrant son calme.

Savidlin parut soulagé.

— *Le Confesseur choisit de dangereux compagnons de voyage.*

— *Pas dangereux pour moi, seulement envers ceux qui songeraient à me faire du mal.*

Savidlin sourit et acquiesça, puis toisa Kahlan de haut en bas.

— *Vous portez des vêtements bizarres. Différents d'avant.*

— *Dessous, je suis la même qu'avant,* rectifia Kahlan. *C'est tout ce que vous avez besoin de savoir.*

Savidlin haussa les épaules.

— *Quelle est la raison de votre venue ?* ajouta-t-il.

— *Une aide mutuelle. Un homme voudrait bien gouverner votre peuple. Le Chercheur et moi-même préférerions que vous vous gouverniez seuls. Nous sommes venus chercher la force et la sagesse de votre peuple pour nous soutenir dans ce combat.*

— *Le Père Rahl,* murmura Savidlin.

— *Vous le connaissez ?*

Savidlin acquiesça.

— *Quelqu'un est venu. Il se qualifiait de missionnaire. Il désirait nous prêcher la bonté du Père Rahl. Il a parlé à notre peuple trois jours durant.*

Kahlan ne put s'empêcher de frémir. Elle regarda l'ancien dans les yeux.

— *Qu'est-il devenu ?*

— *C'était un homme bon,* répliqua Savidlin en se léchant les babines.

Kahlan sourit. Richard se pencha vers elle.

— Que racontent-ils ?

— Ils veulent savoir pourquoi nous sommes ici. Ils disent avoir entendu parler de Darken Rahl.

— Dites-leur que je souhaite parler à leur peuple, que j'ai besoin qu'ils convoquent une assemblée.

— J'y arrive. Adie avait raison, vous n'êtes pas quelqu'un de patient.

Richard sourit.

— Non, elle avait tort. Je suis très patient, mais je ne suis pas très tolérant. Il y a une nuance.

— Eh bien, veillez à ne pas leur montrer davantage de respect pour l'instant. Je sais ce que je fais, et ça avance bien. Laissez-moi mener l'affaire à ma façon, d'accord ?

Il approuva sans grande conviction. Elle se tourna une fois de plus vers l'ancien. Il lui demanda quelque chose qui l'étonna :

— *Est-ce Richard le Colérique qui nous a apporté les pluies ?*

Elle ne savait quoi répondre et choisit de dire la vérité.

— *Oui. Les nuages le suivent.*

L'ancien étudia soigneusement son visage avant de hocher la tête. Elle ne se sentait pas très à l'aise et essaya de ramener la conversation sur les raisons de sa visite.

— *Savidlin, le Chercheur est venu voir votre peuple sur mon conseil. Il ne désire pas vous causer de tort ou s'immiscer dans vos affaires. Vous me connaissez. Je suis déjà entrée en relation avec vous. Vous savez que je respecte le Peuple de Boue. Je n'amènerais pas un étranger chez vous si ce n'était pas important. En ce moment, le temps est notre ennemi.*

Savidlin médita ses paroles durant quelques instants, puis parla enfin.

— *Ainsi que je l'ai dit plus tôt, vous êtes la bienvenue chez nous.*

Il leva un regard amusé vers le Chercheur, avant d'ajouter :

— *Richard le Colérique est également bienvenu dans notre village.*

Les autres hommes apprécièrent cette décision. Ils semblaient tous estimer Richard. Ils rassemblèrent leur équipement et ramassèrent les deux biches et le sanglier sauvage qu'ils avaient abattus. Comme ils repartaient le long du chemin, les hommes se massèrent autour de Richard, le touchant prudemment et baragouinant des questions qu'il ne saisissait pas. Savidlin semblait impatient de présenter son nouveau grand ami au village. Kahlan marcha à côté de lui, ignorée pendant la plus grande partie du trajet. Elle était heureuse que le Peuple de Boue apprécie Richard. Elle comprenait ce sentiment — il était difficile de le détester —, mais il fallait rester sur la défensive. Il y avait peut-être une autre explication à leur subit attachement.

— Je vous avais bien dit que je les gagnerais à ma cause, lança Richard avec un large sourire tandis qu'ils arrivaient au village. Mais je ne pensais pas qu'il faudrait pour cela en assommer un.

23

LE VILLAGE DU PEUPLE DE BOUE ÉTAIT SITUÉ SUR UNE PETITE butte. C'était un entassement de constructions en briques d'argile ocre recouvertes de toits en chaume. Les portes étaient en bois, il n'y avait pas de vitres aux fenêtres, seul du tissu y pendait parfois pour protéger des intempéries.

La plupart des maisons, composées d'une unique pièce donnaient sur une large place, exposée au sud. Richard remarqua, sur sa droite, une grande halle qui devait servir de réfectoire commun. Un peu en retrait, deux cahutes, ouvertes à tout vent, servaient d'atelier de poterie et de forge. Le sol, en terre battue, était détrempé et glissant.

Des femmes drapées dans de larges étoffes aux couleurs chatoyantes étaient assises devant leurs portes, broyant des racines de tava. Une fumée odorante s'élevait des feux de cuisine. Des adolescentes aux cheveux coupés court assistaient leurs aînées.

Kahlan sentit leurs regards peser sur elle. Elle savait par l'expérience de ses précédentes visites qu'elle était l'objet d'un grand intérêt parmi les jeunes filles. C'était une voyageuse qui avait contemplé d'étranges endroits et vu toutes sortes de choses. Une femme que les hommes craignaient et respectaient.

Des enfants accouraient de chaque coin du village vers le groupe de chasseurs. Ils piaillaient d'excitation, martelant la boue de leurs pieds nus, éclaboussant les hommes. Ils encerclèrent Richard et Kahlan en battant des mains. Chez le Peuple de Boue, les enfants étaient rois. Ils n'étaient jamais réprimandés. Ce n'est qu'à la puberté qu'ils apprenaient à respecter les règles du clan, à pratiquer la chasse et la cueillette, et qu'on les initiait aux rites des esprits.

La petite troupe d'enfants proposa des restes de nourriture aux chasseurs pour les convaincre de raconter l'histoire des voyageurs. Les hommes déclinèrent l'invitation en riant.

Six anciens s'étaient rassemblés sous la grande halle, attendant que Savidlin leur amène les étrangers. Ils étaient vêtus de pantalons en daim. Ils étaient torse nu ; une peau de coyote couvrait leurs épaules. Ils arboraient des visages hostiles, mais Kahlan ne se laissa pas impressionner. Elle savait que le Peuple de Boue ne souriait jamais aux étrangers avant que les salutations aient été échangées. Ils avaient peur de se faire voler leurs âmes.

Tout le village était maintenant rassemblé autour du bâtiment. Les femmes avaient cessé leurs activités et se tenaient debout près des enfants. Il régnait un silence étonnant. Les affaires, chez le Peuple de Boue, se réglaient devant l'ensemble de la communauté.

Kahlan s'approcha des six anciens ; Richard à sa droite mais un pas derrière, aux côtés de Savidlin. Les six examinèrent les deux étrangers.

— *Force au Confesseur Kahlan,* dit le plus vieux.

— *Force à Toffalar,* répondit-elle.

Il la gifla délicatement, à peine un tapotement. C'était la coutume de ne donner que de petites gifles dans le village. Les plus vigoureuses, telles que celles que Savidlin avait distribuées, étaient réservées pour des rencontres fortuites dans la plaine. Cette coutume contribuait à préserver l'ordre, et les dents. Surin, Caldus, Arbrin, Breginderin et Hajanlet offrirent chacun leur tour la force et une petite claque. Kahlan leur rendit la politesse. Ils se tournèrent vers Richard. Savidlin s'avança, poussant son nouvel ami devant lui. Il exhiba fièrement sa lèvre tuméfiée aux anciens.

Kahlan se pencha à l'oreille de Richard.

— Ce sont des gens importants. Je vous prie de ne pas leur arracher la tête, souffla-t-elle.

Il lui adressa un sourire espiègle.

— *Voici le Chercheur, Richard le Colérique,* dit Savidlin, fier de sa charge.

Il s'avança vers les anciens, la voix lourde de sens.

— *C'est le Confesseur Kahlan qui nous l'a amené. Il est celui que nous attendions, celui qui apporte la pluie. Elle me l'a avoué.*

Kahlan commença à s'inquiéter, elle ne savait pas de quoi Savidlin parlait. Les anciens restèrent de marbre, excepté Toffalar, qui fronça les sourcils.

— *Force à Richard le Colérique,* dit Toffalar.

Il donna une petite gifle à Richard.

— Force à Toffalar, répondit celui-ci en lui effleurant la joue.

Kahlan poussa un soupir de soulagement. Savidlin rayonnait, remontrant sa lèvre enflée. Toffalar se dérida enfin. Après que les autres eurent donné et reçu les salutations, ils sourirent également.

Et alors ils firent quelque chose de très curieux.

Les six anciens ainsi que Savidlin mirent chacun un genou en terre et courbèrent le front devant Richard. Kahlan se raidit instantanément.

— Que se passe-t-il ? demanda Richard, alerté par son anxiété.

— Je ne sais pas, répondit-elle à voix basse. Peut-être est-ce leur manière de saluer le Chercheur. Je ne les ai jamais vus agir ainsi auparavant.

Les hommes se mirent debout. Ils continuaient à sourire. Toffalar leva la main, fit signe aux femmes de s'activer puis se tourna vers ses invités.

— *Approchez,* dit-il. *Acceptez de partager notre repas.*

Tirant Richard par la manche, Kahlan s'assit en tailleur sur le sol. Les anciens attendirent qu'ils soient installés avant de s'asseoir à leur tour, ne prêtant pas attention au fait que Richard gardait la main près de son épée. Des femmes approchèrent avec des plateaux tressés chargés de piles de miches de pain de tava et d'autres victuailles, les proposant d'abord à Toffalar, puis aux autres anciens. Elles regardaient Richard à la dérobée, vantant sa haute taille et sa carrure imposante. Elles ignoraient ostensiblement Kahlan.

Les femmes du Midlands se méfiaient des Confesseurs. Elles représentaient une menace pour leurs foyers, en tournant la tête des hommes. Kahlan demeura imperturbable.

Toffalar prit son pain et le rompit en trois, en offrant d'abord un morceau à Richard puis un autre à Kahlan. Avec un sourire, une autre femme apporta un plat de poivrons grillés. Kahlan et Richard se servirent et, suivant l'exemple de l'ancien, les roulèrent dans leur pain. Kahlan remarqua juste à temps que Richard gardait la main droite près de son épée et s'apprêtait à manger avec la gauche.

— Richard, chuchota-t-elle, ne portez pas la nourriture à votre bouche de la main gauche.

Il se figea.

— Pourquoi ?

— Parce qu'ils croient que ce sont les esprits maléfiques qui mangent avec la main gauche.

— C'est stupide, protesta-t-il.

— Richard, s'il vous plaît ! Ils sont plus nombreux que nous. Leurs flèches et leurs lances sont enduites de poison. Ce n'est pas le moment de discuter théologie.

Richard haussa les épaules et obéit.

— *Nous organiserons un grand festin en votre honneur, ce soir,* dit Toffalar.

— *Merci,* répondit Kahlan. *Mais nous ne souhaitons pas nous imposer à votre peuple.*

— *Comme vous voulez,* fit Toffalar, quelque peu déçu.

— *Nous sommes ici parce que le Peuple de Boue est en grand danger,* poursuivit Kahlan.

Les anciens opinèrent.

— *Maintenant que vous nous avez amené Richard le Colérique,* s'exclama Surin, *tout ira bien ! Nous vous remercions, Confesseur Kahlan, nous n'oublierons pas ce que vous avez fait.*

Kahlan ne comprenait pas ce qui se passait. Les anciens continuaient à sourire. Elle avala une bouchée de pain et de poivron pour se donner le temps de réfléchir.

— Que racontent-ils ? demanda Richard.

— Pour une raison que j'ignore, ils sont heureux que je vous aie amené ici.

Il la dévisagea.

— Demandez-leur pourquoi.

Elle se tourna vers Toffalar.

— *Vénéré ancien, je crains de ne pas comprendre votre attachement à Richard le Colérique.*

— *Je vais vous expliquer,* répondit-il. *Vous n'étiez pas présente lorsque nous avons réuni le conseil des prophètes. Voyez-vous, il faisait sec, nos récoltes dépérissaient, et notre peuple était menacé par la famine. Aussi avons-nous convoqué une assemblée, afin de requérir le secours des esprits. Ils nous ont informés qu'un homme viendrait, qui apporterait la pluie. Les pluies sont venues, et voici Richard le Colérique, comme promis.*

— *Et vous êtes contents que le présage se soit réalisé ?*

— *Non,* répliqua Toffalar en levant l'index, *nous sommes fiers que l'un des esprits de nos ancêtres ait choisi de nous rendre visite.*

Il désigna Richard.

— *C'est un homme esprit.*

Kahlan en laissa presque tomber son sandwich.

— Que se passe-t-il ? s'enquit Richard.

Elle le fixa dans les yeux.

— Ils ont tenu une assemblée, afin d'invoquer la pluie. Les esprits leur ont raconté qu'un homme viendrait et apporterait la pluie. Richard, ils croient que vous êtes un homme esprit.

Il étudia un moment son visage.

— Eh bien, ils se trompent.

— Ils y croient. Richard, ils feraient n'importe quoi pour vous plaire. Ils convoqueront un conseil des prophètes si vous le sollicitez.

— Non, dit-il tranquillement tout en soutenant son regard.

— Richard, une tâche importante nous réclame. S'ils pensent que vous êtes un esprit, et que cela nous aide à récupérer le dernier coffret, où est le problème ?

— Le problème, c'est que je refuse de mentir.

— Vous préférez que Rahl emporte la partie ?

Il lui lança un regard furieux.

— Premièrement, je ne le ferai pas car c'est mal de décevoir ces gens à propos d'une chose aussi importante. Deuxièmement, ces gens ont un pouvoir, c'est pourquoi nous sommes ici. Ils l'ont prouvé en affirmant qu'un homme viendrait avec les pluies. Cette partie est exacte. Mais leur conclusion est fausse. Ont-ils dit que celui qui viendrait serait un esprit ?

Elle secoua la tête.

— Si cette situation leur profite, ainsi qu'à nous, où est le mal ?

— Le mal est dans leur pouvoir. Et s'ils convoquaient leur assemblée et se rendaient compte de la supercherie, que je ne suis pas un esprit ? Croyez-vous qu'ils seraient heureux d'apprendre que nous les avons trompés ? Alors nous mourrons, et Rahl gagnera.

Elle se redressa et inspira profondément. Le magicien a bien choisi son Chercheur, songea-t-elle.

— *Avons-nous provoqué la colère de l'esprit ?* s'enquit Toffalar avec inquiétude.

— Il désire savoir pourquoi vous êtes furieux, dit-elle. Que dois-je lui répondre ?

Richard considéra les anciens, puis Kahlan.

— Je vais tout leur avouer. Traduisez mes paroles.

Kahlan acquiesça.

— Le Peuple de Boue est sage et fort, commença-t-il. Voilà pourquoi je suis venu ici. Les esprits de vos ancêtres avaient raison de prédire que j'amènerais la pluie.

Ils parurent tous se réjouir à ces mots.

— Mais ils ne vous ont pas tout dit.

Les anciens acquiescèrent pour montrer qu'ils comprenaient.

— Il vous reste à découvrir l'autre partie du présage, son sens caché. De cette manière vous demeurerez forts. De même que vos enfants deviennent des hommes parce que vous les guidez, et non pas parce que vous satisfaites leurs besoins.

Il y eut des hochements de tête.

— *De quoi parlez-vous, grand esprit ?* demanda Arbrin, l'un des anciens assis au fond.

Richard se passa la main dans les cheveux.

— Je veux dire que oui, j'ai amené les pluies, mais il y a plus. Peut-être que les esprits prévoient un plus grand péril pour votre peuple, et c'est le véritable motif de ma venue. Un homme très dangereux désire faire de vous ses esclaves. Son nom est Darken Rahl.

Des ricanements fusèrent parmi l'assemblée.

— *Alors il envoie des idiots pour être nos maîtres,* dit Toffalar.

Richard fronça les sourcils. Les rires s'éteignirent.

— C'est sa manière d'agir. Il veut endormir votre méfiance. Ne soyez pas dupes. Il a utilisé sa puissance et sa magie pour soumettre des peuples infiniment mieux armés que le vôtre. Quand il le décidera, il vous écrasera. C'est lui qui envoie les nuages pour me suivre et savoir où je me trouve. Pour me tuer. Je ne suis pas un esprit, je suis le Chercheur. Juste un homme. Je suis là pour contrer les sinistres desseins de Darken Rahl.

Toffalar plissa les yeux.

— *Si ce que vous racontez est vrai, alors c'est celui qui se nomme Rahl qui a envoyé les pluies et a sauvé notre peuple. C'est ce que son missionnaire a tenté de nous enseigner, que Rahl nous sauverait.*

— Non. Rahl a envoyé les nuages pour me surveiller, pas pour vous sauver. J'ai choisi de venir ici, ainsi que l'avaient prédit les esprits de vos ancêtres. Ils ont dit que les pluies viendraient, et qu'un homme les accompagnerait. Ils n'ont pas dit qu'il prendrait la forme d'un esprit.

Les anciens paraissaient de plus en plus abattus au fur et à mesure que Kahlan traduisait. Elle espérait que cela n'allait pas mal finir.

— *Alors peut-être que le sens du présage était de nous prévenir contre l'arrivée de cet homme,* dit Surin.

— L'avertissement concernait peut-être Rahl, rétorqua Richard du tac au tac. Croyez-moi. Vous devez vous servir de votre sagesse pour discerner la vérité, sinon votre peuple est perdu. Je vous apporte le salut.

Les anciens restèrent un long moment silencieux.

— *Que voulez-vous de nous ?* dit enfin Toffalar.

Tout le village était suspendu aux lèvres de Richard. Il dévisagea posément chaque ancien, puis parla.

— Darken Rahl recherche une magie avec laquelle il pourra régner sur le monde entier, vous inclus. Je suis également en quête de cette magie, pour l'en empêcher. Il faut que vous convoquiez un conseil des prophètes. Vous pouvez me conduire à ce que je cherche avant qu'il ne soit trop tard, avant que Rahl...

Le visage de Toffalar se durcit.

— *Nous ne tenons pas d'assemblée pour des étrangers.*

Le visage de Richard commençait à s'empourprer. Il devait rester calme. Kahlan regarda autour d'elle. Ils avaient peu de chances de s'en tirer au cas où ils devraient se frayer un passage par la force.

Les yeux de Richard se mirent à flamboyer d'une étrange façon.

— Réfléchissez bien, poursuivit-il. Notre avenir à tous dépend de la décision que vous allez prendre.

Alors que Kahlan continuait à traduire, elle frissonna. Richard ne s'adressait plus aux anciens. Il parlait à quelqu'un d'autre. Elle sentit subitement le regard de cet autre posé sur elle. Elle scruta la foule qui les fixait tous les deux, à la recherche du mystérieux interlocuteur.

— *C'est équitable,* proclama enfin Toffalar. *Vous êtes libres d'aller où vous voudrez pendant que nous réfléchissons. Vous êtes nos invités.*

Les anciens se retirèrent pour délibérer. Il pleuvait toujours. La foule retourna à ses occupations. Savidlin fut le dernier à partir. Il sourit et proposa son aide. Kahlan le remercia tandis qu'il s'éloignait. Richard et elle se retrouvèrent seuls. Elle se pencha et prit un morceau de pain.

— Vous êtes fâchée contre moi ? demanda-t-il.

— Non, répondit-elle. Au contraire. Je suis fière de vous.

Richard sourit comme un enfant. Il attrapa un poivron de la main droite et l'engloutit aussitôt.

— Regardez par-dessus mon épaule, reprit-il. Un homme est adossé contre le mur, longs cheveux gris, les bras croisés sur la poitrine. Dites-moi si vous le connaissez.

Kahlan tourna les yeux dans la direction indiquée.

— Il s'agit de l'Homme Oiseau. Je ne sais rien de lui, sauf qu'il peut appeler les oiseaux et les faire voler jusqu'à lui.

— Je crois qu'il est temps d'avoir une petite conversation avec lui, murmura-t-il.

— Pourquoi ?

— Parce que c'est lui qui tient les rênes dans le coin.

Kahlan renâcla.

— Ce sont les anciens qui gouvernent.

— Mon frère dit toujours, répliqua Richard, que le véritable pouvoir ne s'affiche pas en public.

Il la fixa droit dans les yeux.

— Les anciens sont là pour le spectacle. Comme les crânes sur les poteaux, sauf qu'ils ont encore de la peau autour. Ils sont estimés pour leur sagesse, mais ils ne dirigent pas.

D'un vif mouvement des yeux, Richard indiqua l'Homme Oiseau appuyé contre le mur derrière lui.

— Lui, si.

— Alors pourquoi ne s'est-il pas fait connaître ?

— Parce qu'il souhaitait nous tester, dit-il.

Richard se mit debout et lui tendit la main pour l'aider à se relever. Elle frémit au contact de sa paume. Tandis qu'il la hissait, elle songea qu'elle aimait de plus en plus sa façon d'être. Elle se sentait si bien en sa compagnie...

Ils traversèrent la rue boueuse et se dirigèrent vers l'Homme Oiseau. Il était toujours contre le mur et les regardait s'avancer vers lui. Il était vêtu simplement, ses longs cheveux argentés tombaient sur ses épaules. Ses yeux marron brillaient d'un étrange éclat. Il portait une figurine en os accrochée autour de son cou. Il paraissait sans âge.

Ils s'arrêtèrent devant lui. Il ne bougea pas. Les bras croisés sur sa poitrine, il étudiait leurs visages.

— J'aimerais vous parler, si toutefois vous n'avez pas peur que je sois un esprit, dit Richard.

L'Homme Oiseau écouta Kahlan pendant qu'elle traduisait, puis il se tourna vers Richard.

— *J'ai déjà vu des esprits,* dit-il d'une voix calme. *Ils ne portent pas d'épée.*

Kahlan traduisit. Richard s'esclaffa.

— Moi aussi, j'ai déjà vu des esprits, et, en effet, ils ne portent pas d'épée.

L'Homme Oiseau esquissa un sourire. Il décroisa les bras et se redressa.

— *Force au Chercheur.*

Il donna à Richard une petite claque.

— Force à l'Homme Oiseau, dit-il, lui rendant doucement sa gifle.

L'Homme Oiseau prit la sculpture en os qui pendait à son cou et l'amena à ses lèvres. Il souffla dedans mais aucun son n'en sortit. Puis, laissant retomber l'instrument, il leva le bras tout en continuant à fixer Richard dans les yeux. Après un moment, un faucon descendit en tournoyant du ciel gris et se posa sur son bras tendu. Il ébouriffa ses plumes, puis les lissa tandis que l'oiseau dodelinait de la tête.

— *Venez,* dit l'Homme Oiseau, *nous allons discuter.*

Il les conduisit à travers le village jusqu'à un petit bâtiment sans fenêtres. Kahlan reconnut la maison aux esprits. Elle n'avait jamais eu l'occasion de pénétrer à l'intérieur. C'était le lieu où se prenaient les décisions importantes.

Le faucon resta perché sur le bras de l'Homme Oiseau pendant que celui-ci ouvrait la porte et leur faisait signe d'entrer. Un petit feu brûlait dans un coin. C'était la seule source de lumière. Un trou dans le toit au-dessus de l'âtre laissait passer la fumée, mais il s'avérait peu efficace et l'endroit était empli d'une odeur âcre. Des vestiges d'anciens repas jonchaient le sol. A droite, une douzaine de crânes étaient alignés sur une tablette fixée au mur. Rien d'autre. L'Homme Oiseau s'assit par terre. Kahlan et Richard s'installèrent en face de lui. Le faucon observait chacun de leurs gestes.

L'Homme Oiseau regarda Kahlan. Il devait avoir l'habitude que les gens détournent le regard en sa présence. Il paraissait pourtant si doux.

— *Mère Confesseur, vous n'avez pas encore choisi d'amant,* dit-il en caressant délicatement la tête du faucon.

Il la testait. Kahlan décida de rester ferme.

— *Non. Est-ce une proposition ?*

Il plissa les yeux.

— *Non. Je m'excuse. Je ne voulais pas vous offenser. Pourquoi n'êtes-vous pas accompagnée d'un magicien ?*

— *Ils sont tous morts, sauf deux. L'un a vendu ses services à une reine. Le second a été attaqué par une bête des enfers et se remet de ses blessures. Il n'en reste aucun pour me protéger. Tous les autres Confesseurs ont été tués. Nous sommes dans une période de ténèbres.*

— *Il est dangereux pour un Confesseur de voyager seule,* ajouta-t-il sèchement.

— *Le Chercheur m'accompagne. De mon point de vue, il semblerait que vous soyez en plus grand péril que moi.*

— *Peut-être,* dit-il en se tournant vers le faucon. *Peut-être. Est-il vraiment Chercheur ? A-t-il été nommé par un magicien ?*

— *Oui.*

L'Homme Oiseau opina.

— *Je n'ai pas vu de Chercheur depuis de nombreuses années. Un faux Chercheur est venu ici un jour. Il a massacré quelques-uns de mes compatriotes lorsque nous avons refusé de lui donner ce qu'il désirait.*

— *Je suis désolée,* dit-elle.

Il secoua lentement la tête.

— *Inutile. Ils sont morts rapidement. Soyez peinée pour le Chercheur. Ce ne fut pas le cas pour lui.*

— *Richard n'est pas un imposteur,* reprit-elle. *Je l'ai vu à l'œuvre. Sa magie est redoutable. Ne lui donnez pas de motif de se mettre en colère.*

— *Merci pour l'avertissement,* répliqua-t-il en s'inclinant légèrement.

Richard parla enfin.

— Avez-vous fini de vous menacer ?

Kahlan le dévisagea, étonnée.

— Je croyais que vous ne compreniez pas la langue du Peuple de Boue.

— C'est exact. Mais je lis dans les yeux. Si les regards provoquaient des étincelles, cette pièce serait en flammes.

Kahlan se retourna vers l'Homme Oiseau.

— *Le Chercheur voudrait que nous arrêtions de nous menacer.*

Il jeta un coup d'œil à Richard puis revint vers elle.

— *C'est un homme impatient, n'est-ce pas ?*

Elle acquiesça.

— *Je ne cesse de le mettre en garde.*

— *Ce doit être un fardeau de voyager avec lui.*

Kahlan sourit.

— *Pas du tout.*

L'Homme Oiseau lui rendit son sourire, puis se tourna vers Richard.

— *Si nous choisissons de ne pas vous aider, combien d'entre nous tuerez-vous ?*

— Aucun.

L'Homme Oiseau étudia le faucon puis reprit :

— *Et si nous choisissons de ne pas aider Darken Rahl, combien d'entre nous tuera-t-il ?*

— Un grand nombre.

— *La balance semble pencher du côté de Darken Rahl,* ajouta-t-il en se détournant de l'oiseau.

Un sourire fleurit sur le visage de Richard.

— Si vous choisissez de rester neutres, je respecterai votre choix. Mais méfiez-vous de Rahl. Son projet est de soumettre votre peuple.

Ses traits se durcirent. Richard se pencha vers l'Homme Oiseau.

— Si, d'un autre côté, vous acceptez d'aider Darken Rahl, et que j'arrive à le vaincre, je reviendrai, et...

Il fit glisser ses doigts en travers de sa gorge en un mouvement rapide qui ne nécessitait aucune traduction.

L'Homme Oiseau ne broncha pas.

— *Nous souhaitons seulement qu'on nous laisse en paix,* dit-il enfin.

Richard haussa les épaules.

— Je peux comprendre cela. Moi aussi je souhaitais qu'on laisse mon père tranquille. Darken Rahl l'a tué et, depuis, il envoie des esprits maléfiques me hanter. Il envoie des hommes pour essayer de tuer Kahlan. Il abat la frontière, afin d'envahir mon pays natal. Ses sbires ont terrassé mes deux meilleurs amis. Ils sont plongés dans une profonde léthargie, mais ils s'en sortiront... Kahlan m'a raconté comment il massacrait tout sur son passage. Femmes, enfants, vieillards...

Sa voix se fit douce, à peine plus qu'un murmure.

— Oui, mon ami, je souhaitais moi aussi qu'on me laisse en paix. Le premier jour de l'hiver, si Darken Rahl s'empare de la magie qu'il recherche, il détiendra une puissance que personne ne pourra affronter. Alors il sera trop tard.

Sa main se posa sur son épée. Kahlan ne put retenir un cri.

— S'il était ici, à ma place, ajouta calmement

Richard, il dégainerait cette épée et vous trancherait la tête.

L'Homme Oiseau demeura silencieux un long moment. Il se mit debout et se dirigea vers la porte, lançant le faucon dans le ciel. Puis il revint s'asseoir. Il poussa un profond soupir.

— *Vous semblez sincère. Mais je ne peux en être certain. Cependant, vous nous offrez votre aide en échange de la nôtre. Seul un homme sage agit de cette façon et méprise la force et la ruse.*

— Si j'étais un menteur, je vous aurais laissé croire que j'étais un esprit.

L'Homme Oiseau opina.

— *Merci pour la vérité.*

Richard resta calme, inspira profondément, puis expira lentement.

— Voilà, tout est dit. Vous devez maintenant trancher. Le temps m'est compté. M'aiderez-vous ?

— *Ce n'est pas si simple. Vous avez demandé que l'on convoque une assemblée. Le conseil des prophètes est composé des six anciens à qui vous avez parlé, plus moi-même. Ce sont des vieillards très attachés aux traditions. Un étranger ne saurait participer à une délibération de ce type. Les esprits de nos ancêtres refuseront de nous assister. Je ne peux prendre ce risque.*

— Et si je faisais partie du Peuple de Boue ? demanda Richard.

— *Alors ils convoqueraient l'assemblée pour vous, et ne violeraient pas la tradition.*

— Pourriez-vous me faire adopter par le Peuple de Boue ?

— *Il faudrait que vous accomplissiez une action en notre faveur sans que vous en tiriez le moindre avantage,* expliqua l'Homme Oiseau. *Mais vous devez agir seul et obtenir l'accord des anciens.*

— Et dès que je serais des vôtres, je pourrais solliciter une assemblée ?

— *Oui. Mais je ne peux vous garantir que vous trouviez ce que vous cherchez. Les esprits peuvent ignorer la réponse à votre question. Tout ce que je peux vous promettre, c'est que nous ferons de notre mieux pour aider un de nos frères.*

Richard baissa les yeux. Il réfléchissait. Puis il se tourna vers le Confesseur.

— Kahlan, demanda-t-il calmement, connaissez-vous d'autres personnes susceptibles de nous orienter sur la piste du coffret ?

Kahlan avait réfléchi à cette hypothèse toute la journée.

— Oui. Mais aucune ne se montrera aussi coopérative que le Peuple de Boue. La plupart voudront nous mettre à mort rien que pour avoir abordé le sujet.

— Et à quelle distance se trouvent les moins dangereuses ?

— A trois semaines, au moins, vers le nord. Nous aurons à traverser des territoires contrôlés par Rahl.

— Trois semaines !

— Mais, Richard, le peu que nous promet l'Homme Oiseau est précieux. Si vous pouviez découvrir un moyen de les aider, si les anciens en étaient satisfaits, s'ils demandaient à l'Homme Oiseau de vous déclarer membre du Peuple de Boue, si le conseil des prophètes parvenait à obtenir une réponse, si les esprits connaissaient la réponse...

— Ça fait beaucoup de « si », murmura-t-il.

— En effet.

— Alors, qu'en pensez-vous ? Devons-nous aller tenter notre chance ailleurs ?

— Je crois qu'en tant que Chercheur c'est à vous de prendre la décision.

Il hocha la tête.

— Vous êtes mon amie. Je vous demande un conseil.

Elle se passa lentement la main dans les cheveux.

— Je ne sais quel avis vous donner, Richard, et ma vie dépend également du choix que vous ferez. Mais en tant qu'amie, j'ai foi en votre jugement.

— Me haïriez-vous, s'enquit-il avec un large sourire, si je faisais le mauvais choix ?

Elle le fixa intensément un long moment.

— Même si vous vous trompez et que je le paie de ma vie, chuchota-t-elle, je ne pourrai jamais vous haïr.

A ce moment, Richard remarqua une grande flaque d'eau près de l'âtre.

— Est-ce que votre Peuple aime avoir des toits qui fuient ? demanda-t-il à l'Homme Oiseau.

L'Homme Oiseau prit un air étonné.

— *Est-ce que vous aimeriez que de l'eau vous dégouline sur la figure pendant que vous dormez ?*

Souriant, Richard secoua la tête.

— Alors pourquoi ne pas construire des toits qui ne fuient pas ?

L'Homme Oiseau haussa les épaules.

— *Parce que c'est impossible. Nous n'avons pas les matériaux nécessaires sous la main. Les briques d'argile sont trop lourdes et s'écrouleraient. Le bois est trop rare ; il doit être transporté sur de longs trajets. L'herbe est tout ce dont nous disposons.*

Richard attrapa l'un des bols de terre et le plaça à l'envers sous la gouttière.

— Vous modelez des poteries, n'est-ce pas ?

— *Nos fours sont petits, nous ne pourrions façonner des pots aussi grands. De plus, ils ne résisteraient pas aux grosses averses. C'est impossible.*

— C'est une erreur de dire que quelque chose est impossible simplement parce qu'on ne sait pas comment s'y prendre. Je ne serais pas là sinon.

Richard avait dit cela gentiment, sans malice.

— Votre peuple est fort et sage. Je serais honoré si l'Homme Oiseau m'autorisait à apprendre à son peuple comment faire des toits qui ne fuient pas et permettent en même temps une meilleure évacuation de la fumée.

L'Homme Oiseau y réfléchit sans trahir la moindre émotion.

— *Si vous accomplissiez cela, ce serait un appréciable bénéfice pour mon peuple, et il vous en remercierait grandement. Mais je ne peux pas davantage me prononcer.*

Richard haussa les épaules.

— Je n'ai rien demandé.

— *La réponse peut toujours se révéler négative. Vous devrez l'accepter, si c'est le cas, et ne pas faire de mal aux miens.*

— Je ferai mon possible. J'espère seulement qu'ils me jugeront équitablement.

— *Alors vous êtes libre d'essayer, mais je ne vois pas comment vous parviendrez à construire un toit en argile d'un seul tenant.*

— Je ferai un toit pour votre maison aux esprits qui possédera un millier de fêlures, mais qui ne fuira pas. Ensuite je vous apprendrai comment recouvrir chacune des maisons du village.

L'Homme Oiseau sourit et approuva.

24

— JE DÉTESTE MA MÈRE.

Le Maître, assis en tailleur sur l'herbe, avisa l'expression amère du visage du jeune garçon et patienta un moment avant de rétorquer d'une voix calme :

— Ce sont des paroles très dures, Carl. Je ne voudrais pas que tu dises des choses que tu pourrais regretter plus tard.

— J'y ai déjà suffisamment réfléchi, aboya Carl. Nous en avons longuement discuté. Je sais de quelle manière ils ont réussi à me tourner la tête. Ils m'ont abusé. Ce sont des égoïstes et des ennemis du peuple.

Rahl regarda le soleil se coucher au-dessus de lui, embrasant le ciel de pourpres magnifiques et de pointes d'or. Ce soir. Cette nuit serait enfin la nuit annonçant son retour aux enfers.

Pendant tous ces interminables jours, il avait maintenu le garçon éveillé avec le gruau spécial, ne lui permettant de dormir que de brèves périodes. Il l'avait empêché de dormir, s'acharnant à vider son esprit, à le rendre modelable. Il avait parlé sans cesse pour le convaincre de la manière dont les autres s'étaient servis de lui, l'avaient exploité et lui avaient menti. De temps à autre, il le laissait méditer sur ce qu'il venait de dire, partant visiter la tombe de son père, relire les inscriptions sacrées ou se reposer un peu.

Et puis, la nuit dernière, il avait emmené cette fille dans son lit, pour se détendre. Un interlude de tendresse pour sentir une autre chair contre la sienne, pour soulager son désir refoulé. Elle aurait dû se montrer honorée. Il avait été si doux avec elle, si charmant.

Mais qu'avait-elle fait ? Elle avait ri. Lorsqu'elle avait vu les cicatrices, elle avait ri.

Rahl dut lutter pour contenir sa rage, pour continuer à sourire au garçon, lutter pour cacher son impatience d'en finir. Il songea à ce qu'il avait fait à cette fille, à l'ivresse de sa violence déchaînée, à ses hurlements déchirants. Elle ne se moquerait plus de lui. Un sourire s'épanouit sur ses lèvres.

— Vous êtes heureux ? demanda Carl.

Rahl inspecta les grands yeux marron du garçon.

— Je pensais seulement à quel point j'étais fier de toi.

Il revoyait maintenant le sang chaud et visqueux couler à flots, éclabousser les murs tandis qu'elle criait. Où était passé son rire hautain alors ?

— De moi ? demanda Carl timidement.

— Oui, Carl, de toi. Peu de jeunes hommes de ton âge sont assez intelligents pour connaître le monde tel qu'il est vraiment. Pour voir au-delà de leurs propres existences les dangers et les merveilles qui les environnent. Pour apprécier les efforts que j'ai faits pour apporter la sécurité et la paix au peuple.

Il secoua tristement la tête.

— Parfois, mon cœur souffre de voir ceux pour qui je me bats me tourner le dos, nier mon action ou, pire encore, rejoindre mes ennemis.

« Je ne voudrais pas t'accabler, mais en ce moment même, des gens malveillants essaient de nous anéantir. Ils ont abattu la frontière qui défendait le D'Hara et ils s'attaquent à la seconde frontière. Je crains qu'ils ne veuillent nous envahir. J'ai tenté d'avertir le peuple du péril représenté par le Westland, afin de les obliger à faire quelque chose pour se protéger, mais ce sont des gens pauvres et simples. Ils ont besoin de moi pour les défendre.

Carl ouvrit de grands yeux.

— Père Rahl, êtes-vous en danger ?

Rahl écarta la question d'un revers de la main.

— Ce n'est pas pour moi que je tremble, mais pour le peuple. Si je venais à mourir, qui le protégerait ?

— Mourir ?

Carl sanglota.

— Oh, Père Rahl ! Nous avons tellement besoin de vous ! Empêchez-les de vous tuer, je vous en supplie ! Laissez-moi combattre à vos côtés. Je ne supporterais pas l'idée de vous voir disparaître.

La respiration de Rahl s'accéléra. L'heure était proche. Ça ne tarderait plus désormais. Il caressa doucement la tête de Carl, se souvenant des hurlements de la fille.

— Je ne supporterais pas l'idée que tu risques ta vie pour moi. Carl, j'ai appris à te connaître ces derniers jours. Tu représentes davantage pour moi qu'un simple jeune homme choisi au hasard pour m'aider à accomplir le rite. Tu es devenu mon ami. J'ai partagé mes soucis les plus intimes avec toi, mes espoirs, mes rêves. Je n'agis pas souvent ainsi. Il me suffit de savoir que mon sort t'intéresse.

Les larmes aux yeux, Carl regarda le Maître.

— Père Rahl, bredouilla-t-il, je ferais n'importe quoi pour vous. Je vous supplie de m'autoriser à rester. Après la cérémonie, laissez-moi vous tenir compagnie. Je ferai tout ce que vous me demanderez, je le promets, si seulement vous ne m'abandonnez pas.

— Carl, je te remercie du fond du cœur. Mais tu possèdes une vie, des parents, des amis. Et Vadrouille ! N'oublie pas ta chienne. Tu souhaiteras bientôt retrouver les tiens.

Carl secoua lentement la tête.

— Non. Je désire seulement demeurer avec vous. Père Rahl, je vous aime. Je vous appartiens.

Rahl resta silencieux. Le sang lui battait furieusement aux tempes.

— C'est trop dangereux.

— Je m'en moque. Je veux vous servir, je me fiche de mourir. Je ne veux rien faire d'autre que vous assister dans votre combat contre vos ennemis. Père Rahl, si je me faisais tuer pour vous, ça en vaudrait la peine. S'il vous plaît, laissez-moi rester. Je vous obéirai. Toujours.

Rahl essaya de contrôler son souffle qui devenait de plus en plus rapide. Son visage était grave.

— Es-tu sûr de ce que tu dis, Carl ? Es-tu sûr de le penser réellement ? Tu donnerais ta vie pour moi ?

— Je le jure. Si vous l'acceptez.

Rahl se redressa légèrement, posa ses mains sur ses genoux. Il riva ses yeux bleus sur ceux du garçon.

— Oui, Carl. J'accepte.

Carl redressa fièrement la tête. Son menton tremblait légèrement.

— Quand commençons-nous ? Je veux vous aider, vous et le peuple.

— Bientôt, répondit Rahl. La cérémonie est pour ce soir. Te sens-tu prêt ?

— Oui.

Rahl se leva. Il s'efforçait de contenir sa joie. Dehors il faisait nuit. Ses yeux bleus reflétaient la lueur vacillante des torches. Il était le Maître. Avant de se rendre à la forge, il plaça la corne d'alimentation près de la bouche de Carl.

A l'intérieur de la pièce obscure, ses gardes attendaient, les bras croisés. Les gouttes de sueur avaient laissé des traces blanchâtres sur leurs visages couverts de suie. Du creuset laissé sur le feu s'élevait une odeur âcre.

— Est-ce que Demmin est revenu ? demanda Rahl.

— Depuis plusieurs jours, Maître.

— Dites-lui de venir, murmura Rahl. Laissez-moi seul.

Ils s'inclinèrent et sortirent par la porte du fond. Rahl se pencha au-dessus du creuset pour accomplir quelques passes magiques et l'odeur se changea en un arôme appétissant. Il ferma les yeux et adressa une prière muette à l'esprit de son père. Il haletait. Incapable de contrôler ses émotions, il se lécha le bout des doigts et les frotta avidement sur ses lèvres.

Il prit le creuset dans le feu et se dirigea vers la porte. Les torches illuminaient le sable blanc, l'anneau de gazon, l'autel installé sur l'angle de pierre blanche. La lueur des flammes se reflétait sur le bloc poli qui supportait l'antique vasque de fer.

Rahl s'arrêta pour contempler la scène puis s'approcha du garçon. Il s'arrêta devant lui, près de l'embouchure de la corne d'alimentation.

— Es-tu sûr de toi, Carl ? demanda-t-il d'une voix enrouée. Puis-je te confier ma vie ?

— Je vous jure de ma loyauté, Père Rahl. Pour toujours.

Il baissa les paupières. Doucement, Rahl commença à psalmodier les incantations dans la langue sacrée. Il sentait la puissance déferler dans son corps, l'envahir avec des promesses de violence. Il tremblait en offrant ses paroles à l'esprit du garçon.

Sa respiration était hachée ; son corps était secoué de spasmes.

— Carl, marmonna-t-il, je t'aime.

— Je vous aime, Père Rahl.

Rahl ferma les yeux.

— Mets ta bouche contre la corne, mon garçon, et tiens bon.

Pendant que Carl obéissait, Rahl scanda le dernier chant, le cœur battant à tout rompre.

Alors il versa le contenu du creuset dans la corne.

Les yeux de Carl s'ouvrirent démesurément quand il aspira et déglutit. Le plomb en fusion descendit dans sa gorge puis dans son ventre.

Darken Rahl tressaillit d'excitation. Il lâcha le creuset vide qui roula sur le sol.

Le Maître enchaîna sur une nouvelle série d'incantations, qui devaient envoyer l'esprit du garçon aux enfers. Ouvrant le passage, ouvrant le néant, ouvrant la vacuité ténébreuse.

Comme ses mains se levaient en direction du firmament, des formes obscures commencèrent à tourbillonner autour de lui. Des hurlements de terreur emplirent l'atmosphère nocturne. Darken Rahl s'approcha de l'autel, s'agenouilla devant la pierre, ouvrit les bras en croix. Il bredouillait dans une langue oubliée. Chaque mot liait l'esprit du garçon au sien. Lorsqu'il eut fini, il se mit debout, les poings sur les hanches, la figure rouge. Demmin Nass s'avança, sortant de l'ombre.

La vision de Rahl se concentra sur son ami.

— Demmin, murmura-t-il d'une voix rêche.

— Maître Rahl, répondit-il en s'inclinant.

Rahl s'approcha de Demmin, le visage crispé, couvert de sueur.

— Déterre le corps et dépose-le sur l'autel. Lave-le.

Il avisa l'épée courte que Demmin portait au côté.

— Fends-lui le crâne, ensuite éloigne-toi et attends.

Il passa les mains au-dessus de la tête de Demmin.

— Ce sort te protégera. Reste ici, jusqu'à ce que je revienne, juste avant l'aube. J'aurai besoin de toi.

Il détourna les yeux, perdu dans ses pensées.

Demmin exécuta ses ordres, accomplissant sa sinistre besogne pendant que Rahl reprenait sa litanie, se balançant d'avant en arrière, les yeux clos. Il entrait en transe.

Demmin essuya son épée sur son avant-bras et la rengaina dans son fourreau. Il jeta un dernier regard sur Rahl.

— Je déteste cette partie du rituel, grommela-t-il pour lui-même.

Il se tourna et revint dans l'ombre des arbres, abandonnant le Maître à son œuvre.

Darken Rahl alla se camper derrière l'autel, inspirant profondément. Soudain, il abaissa la main vers le foyer, et les flammes jaillirent en rugissant. Il tendit les deux mains, et la vasque de fer s'éleva pour flotter dans les airs, se déplaçant au-dessus du feu. Rahl tira le couteau recourbé de son fourreau et le posa sur le ventre humide du garçon. Il fit glisser sa robe de ses épaules et la laissa tomber au sol, l'écartant d'un coup de pied. Il ruisselait de sueur.

La cicatrice partait du haut de sa cuisse gauche, traversait une partie de sa hanche, l'abdomen, pour mourir dans la région pelvienne, près de son sexe en érection. C'était là que les flammes envoyées par le vieux magicien l'avaient atteint. Celles qui avaient carbonisé son père...

Il avait été touché par ces flammes d'une densité visqueuse. Il avait hurlé jusqu'à en perdre la voix.

Darken Rahl se lécha les doigts et les passa lentement sur la cicatrice. Comme il avait rêvé d'accomplir ce geste quand le feu lui ravageait le ventre, pour l'apaiser, pour faire cesser la douleur...

Mais les guérisseurs lui avaient attaché les poignets. Il ne devait pas toucher la blessure. C'est depuis ce jour qu'il se léchait les doigts, se passant l'index sur les lèvres pour ne pas pleurer, et sur ses yeux pour effacer le souvenir de son père brûlé vif.

Comme il avait haï ce magicien, comme il avait souhaité le tuer ! Comme il avait voulu enfoncer la main dans son corps vivant en le fixant dans les yeux — pour lui arracher les entrailles !

Darken Rahl éloigna ses doigts de la cicatrice et ramassa son couteau. Il devait oublier ces temps de malheur. Il était maintenant un homme. Il était le Maître. Il devait rester concentré. Il récita la formule appropriée, puis plongea le poignard dans la poitrine du garçon.

Avec prudence, il retira le cœur et le plaça dans la vasque de fer remplie d'eau bouillante. Puis, il préleva le cerveau, trancha les testicules de l'enfant et les jeta dans le récipient. Il était couvert de sang.

Il posa les mains sur le cadavre de Carl et offrit des prières aux esprits. Il releva la tête. La nuit était noire. Il ferma les yeux et recommença à psalmodier, s'enduisant le torse, à intervalles réguliers, du sang de sa victime.

Quand il en eut terminé avec les runes de la tombe de son père, il se rendit à l'endroit où le garçon avait été enterré durant sa période d'épreuve. Avec les bras, il lissa le sable magique. Accroupi, il entreprit soigneusement de dessiner les symboles, irradiant de l'axe central, se ramifiant en motifs appris pendant ses années d'étude. Il prenait garde de n'oublier aucun trait, aucune ligne.

Quand il eut fini, il alla vers la vasque. L'eau s'était presque totalement évaporée, comme prévu. Grâce à la magie, il fit flotter la vasque jusqu'à son emplacement initial sur le bloc de pierre polie où il la laissa refroidir un instant. Alors, il commença à broyer avec un pilon. Il écrasa, de la transpiration dégoulinant de son visage, jusqu'à ce qu'il ait amalgamé le cœur, le cerveau et les testicules en une pâte à laquelle il ajouta des poudres magiques conservées dans les poches de sa robe restée sur le sol.

Campé devant l'autel, il éleva la vasque au-dessus de sa tête tandis qu'il lançait de nouvelles invocations. Il l'abaissa enfin et parcourut le Jardin de Vie du regard. Il aimait toujours contempler de belles choses avant de se rendre aux enfers.

Il dévora le contenu du bol avec ses doigts puis il alla s'asseoir en tailleur sur l'herbe devant le sable blanc. Ses cheveux blonds étaient par endroits pleins de sang caillé. Il plaça ses mains sur ses genoux, les paumes tournées vers le ciel, ferma les yeux, s'apprêtant à rencontrer l'esprit du garçon.

Tout était prêt. Le Maître leva la tête et ouvrit les paupières.

— Viens à moi, Carl, chuchota-t-il dans la langue secrète.

Il y eut un silence qui parut durer une éternité, puis un mugissement plaintif se fit entendre. Le sol trembla.

Depuis le centre du sable, le centre de l'enchantement, l'esprit du garçon se hissa. Il avait pris la forme du Shinga, la bête des enfers.

D'abord une ombre diaphane... Rahl observa impassiblement la bête effroyable s'élever, devenir solide, déchirant le sol, soulevant le sable. Ses puissantes pattes de derrière s'arrachèrent enfin, puis elle se cabra dans une gerbe de feu. Le monstre flottait au-dessus d'un puits noir qui paraissait sans fond. Il tourna la tête vers Rahl.

— Merci d'être venu, Carl.

La bête s'approcha et vint frotter son museau contre la poitrine nue du Maître. Rahl se mit debout, caressa la tête du Shinga et sauta sur son dos. Il éperonna la bête.

Dans un éclair de lumière, le Shinga et Darken Rahl plongèrent en hurlant dans le néant ténébreux. Le sol frissonna et le trou se referma. Le Jardin de Vie fut brusquement abandonné au silence de la nuit.

Sous l'ombre des arbres, Demmin Nass s'avança, le front trempé de sueur.

— Bon voyage, mon ami, murmura-t-il, bon voyage.

25

LA PLUIE AVAIT CESSÉ POUR L'INSTANT, MAIS LE CIEL demeurait couvert. Assise seule sur un petit banc, Kahlan souriait en regardant Richard construire le toit de la maison aux esprits. Il était torse nu, les muscles saillants. La sueur dégoulinait entre ses omoplates et ses cicatrices ; souvenirs du graz quand il lui avait labouré le dos.

Richard s'activait en compagnie de Savidlin et de quelques autres hommes. Il avait demandé à Kahlan de se tenir à l'écart. Il n'avait pas besoin d'une interprète. Le travail manuel était un langage universel. Enfin presque...

Savidlin ne cessait de poser des questions à Richard. Ce dernier se contentait de sourire, utilisant ses mains pour lui répondre. Parfois ils éclataient de rire.

D'abord, Richard ne lui avait pas révélé ce qu'il faisait. Il avait pris des blocs d'argile, d'un ou deux pieds, et modelé des formes concaves, s'emboîtant parfaitement l'une dans l'autre. Il avait demandé aux femmes qui travaillaient à la poterie de les cuire.

Ensuite, il avait attaché deux bandes uniformes de bois à une planche plate, une de chaque côté, et placé une motte d'argile molle au centre. A l'aide d'un rouleau, il avait aplati la terre, les deux bandes de bois agissant comme une jauge d'épaisseur. Il coupa ce qui dépassait et se retrouva avec une plaque d'argile rectangulaire, qu'il drapa et lissa sur les moules que les femmes lui rapportèrent. Il se servit d'un bâton pour piquer un trou dans les deux coins supérieurs.

Il se retrouva bientôt avec toute une équipe de femmes qui modelaient la terre. Lorsque les plaques étaient sèches, elles étaient retirées des moules, puis portées au four. Quand les femmes lui demandèrent combien elles devaient en faire, il leur dit seulement de continuer.

Richard les abandonna pour se rendre à la maison aux esprits et construire une cheminée en brique. Savidlin ne le quittait pas d'une semelle. Il voulait tout savoir.

— Vous leur avez appris à fabriquer des tuiles, n'est-ce pas ? lui avait demandé Kahlan.

— Oui, avait-il répondu avec un sourire.

— Richard, j'ai déjà vu des toits de chaume qui ne fuyaient pas.

— Moi aussi.

— Alors pourquoi ne pas avoir simplement rebouché les brèches ?

— Vous savez travailler le chaume ?

— Non.

— Moi non plus. Mais je sais couvrir des toits en tuiles.

Pendant qu'il bâtissait l'âtre et montrait à Savidlin comment s'y prendre, d'autres hommes enlevaient le toit, pour ne laisser que la charpente.

Les tuiles s'étendaient d'une rangée de poutres à la suivante, le bord inférieur posé sur la première, le bord supérieur posé sur la seconde, les trous dans les tuiles servant à les amarrer fermement aux poteaux. La deuxième assise de tuiles fut posée de façon que son bord inférieur chevauche le haut de la première, couvrant les trous qui liaient les tuiles. Le nouveau toit était plus lourd que le précédent et Richard dut d'abord renforcer les poutres maîtresses avec des étais.

Tout le village avait mis la main à la pâte. L'Homme Oiseau venait de temps en temps constater l'avancée des travaux. Il paraissait ravi. Il s'asseyait parfois avec Kahlan et glissait incidemment une question au sujet du caractère de Richard.

Mais la plupart du temps, Kahlan restait seule. Les femmes avaient refusé son aide, les hommes préféraient garder leurs distances, la considérant du coin de l'œil, et les jeunes filles n'osaient l'approcher. Elle les surprenait parfois à la dévisager. Quand elle leur demandait leurs noms, elles s'égaillaient en poussant de petits cris. Les travaux de cuisine lui étaient interdits sous prétexte qu'elle était une invitée de marque.

Elle n'était pas dupe. Elle était Confesseur. Ils avaient peur d'elle.

Kahlan avait l'habitude de cette attitude, de ces regards et de ces murmures. Cela ne l'ennuyait plus autant que lorsqu'elle avait débuté. Elle se souvenait des sourires de sa mère, qui lui racontait que c'était la manière de se comporter des gens, qu'on ne pouvait rien y changer, qu'elle ne devait pas en concevoir de l'amertume ; et qu'elle parviendrait un jour à les ignorer. Elle avait fini par accepter son destin, de vivre en marge. C'était avant qu'elle rencontre Richard ; avant qu'il devienne son ami, qu'il l'accepte, qu'il lui parle, qu'il la traite comme une personne normale. Qu'il s'inquiète pour elle.

Mais Richard ne savait pas qui elle était.

Savidlin leur avait offert l'hospitalité dans sa petite maison. Il leur avait présenté sa femme, Weselan, et leur jeune fils, Siddin. Quand il faisait trop sombre pour travailler, Siddin s'asseyait sur le sol avec Kahlan pendant qu'elle lui narrait des histoires de rois et de châteaux, de contrées lointaines et de bêtes féroces. Quand Siddin allait se coucher, elle et Richard racontaient à Savidlin et à Weselan quelques-unes des aventures de leur périple depuis le Westland. Savidlin ne se lassait pas de ces récits et ils veillaient tard dans la nuit.

L'Homme Oiseau paraissait satisfait du travail de Richard. Mais les six anciens se montrèrent moins impressionnés. Pour eux, un peu de pluie gouttant de temps en temps semblait sans importance. Au fond, ils supportaient mal qu'un étranger se mêle de la vie du village et leur révèle à quel point ils avaient été stupides.

Kahlan s'inquiéta de ce qui arriverait lorsque le toit serait terminé. Que se passerait-il si les anciens refusaient que Richard devienne membre du Peuple de Boue ? Richard ne lui avait pas donné sa promesse de ne leur faire aucun mal. Il était le Chercheur. Les enjeux étaient trop importants. Parviendrait-il à maîtriser sa colère ?

Kahlan ne savait pas si le fait de tuer le dernier homme du quad l'avait changé, endurci. On s'habitue rapidement à tuer. C'était quelque chose qu'elle ne connaissait que trop bien.

Kahlan regrettait tellement de ne pas être intervenue ! Elle aurait pu s'en occuper elle-même. Après tout, un homme seul ne représentait pas vraiment un danger mortel pour elle. C'était la raison pour laquelle Rahl envoyait toujours quatre hommes à la poursuite des Confesseurs. Pour épuiser leur pouvoir. Un homme seul était condamné. Il n'avait aucune chance de s'en tirer. Quand il aurait brandi son épée, elle se serait contentée de bondir de côté puis elle l'aurait touché, et il lui aurait appartenu.

Kahlan savait qu'elle ne pourrait jamais avouer à Richard que son geste avait été inutile. Il continuait à penser qu'il avait tué un être humain pour lui sauver la vie.

Kahlan savait qu'un autre quad était probablement déjà sur leurs traces. Ils étaient impitoyables. L'homme que Richard avait tué savait qu'il allait mourir, savait qu'il n'avait pas une chance, seul contre un Confesseur, mais il l'avait quand même attaquée. Ils ne rebrousseraient jamais chemin, ne savaient pas ce que cela signifiait, ne songeaient à rien d'autre que leur objectif.

De plus, ils adoraient s'acharner sur leurs proies.

Elle n'oublierait jamais ce qu'ils avaient fait à Dennee.

Avant que Kahlan ne devienne femme, sa mère avait été frappée par une terrible maladie, qu'aucun guérisseur n'avait été capable de soigner. Elle était morte dans d'affreuses souffrances. Les Confesseurs formaient une communauté très soudée. La mère de Dennee avait adopté Kahlan. Les deux enfants étaient bientôt devenues les meilleures amies du monde. Elles étaient comme des sœurs.

Dennee était une fille fragile, aussi frêle que sa mère. Elle ne possédait pas la même force que Kahlan, et le temps passant, Kahlan devint sa protectrice, sa gardienne, la préservant des situations les plus dangereuses.

Un jour, Kahlan était partie recueillir la confession d'un meurtrier qui devait être pendu. Une mission qui aurait dû revenir à Dennee, mais Kahlan avait préféré s'en charger. Dennee détestait écouter les confessions, détestait contempler les yeux des assassins. Elle en pleurait parfois pendant des journées entières. Kahlan était plus forte, plus sage. Elle acceptait ses devoirs de Confesseur ; c'était son identité, aussi ne souffrait-elle pas autant que Dennee. Kahlan avait toujours su faire passer sa tête avant son cœur. Et elle aurait pu accomplir n'importe quelle sale besogne à la place de sa sœur.

Sur le chemin de la maison, Kahlan avait entendu de faibles gémissements provenant des broussailles en bordure de la route. Elle avait découvert Dennee, jetée là, abandonnée.

— Je venais... à ta rencontre... je voulais rentrer avec toi, avait-elle dit tandis que Kahlan caressait les cheveux de sa sœur. Un quad m'a attrapée. Je suis désolée.

J'en ai eu un, Kahlan. Je l'ai touché. J'en ai eu un. Tu aurais été fière de moi.

Kahlan était sous le choc. Elle avait essayé de réconforter Dennee.

— S'il te plaît, Kahlan... rabaisse ma robe.

Sa voix n'était plus qu'un murmure.

— Je ne sens plus mes bras.

La pauvre enfant avait été battue à mort. Un filet de sang coulait de son oreille. Kahlan avait détourné la tête. L'angoisse lui étreignait la gorge. Elle était incapable de parler.

Dennee l'avait appelée doucement. Elle s'était penchée sur ses lèvres.

— C'est Darken Rahl qui m'a fait ça... C'est lui qui a envoyé le quad.

— Je sais, avait bredouillé Kahlan. Ne bouge pas, tout va s'arranger. Je vais te ramener à la maison.

Elle mentait, Dennee était perdue.

— S'il te plaît, Kahlan, avait-elle murmuré, tue-le. Mets un terme à sa folie. J'aimerais être assez forte. Tue-le pour moi.

La colère était montée en elle. C'était la première fois qu'elle voulait tuer. Une rage épouvantable, une force surgie de son for intérieur, l'avait remuée au plus profond de son être. Les mains tremblantes, elle avait caressé la joue de Dennee.

— Je te le promets, avait-elle dit.

Kahlan avait enlevé son collier d'os et l'avait placé délicatement autour du cou de sa sœur.

— Je te le donne. Il te protégera.

— Merci, Kahlan.

Elle avait souri, des larmes roulaient le long de ses tempes.

— Mais rien ne peut me protéger maintenant. Sauve-toi. Ne les laisse pas t'attraper. Ils m'ont fait tellement mal... et ils se sont amusés. Ils ont ri de moi.

Kahlan l'avait embrassée sur le front.

— Souviens-toi de moi, Kahlan. Souviens-toi de nos bons moments.

— *De mauvais souvenirs ?*

Kahlan releva brusquement la tête. L'Homme Oiseau se tenait devant elle. Elle acquiesça, détournant le regard.

— *Veuillez me pardonner de montrer de la faiblesse*, dit-elle, s'éclaircissant la gorge.

Il la considéra un instant avec tendresse puis s'assit près d'elle sur le petit banc.

— *Ce n'est pas une faiblesse, mon enfant, de souffrir.*

Elle baissa la tête. Elle se sentait si seule. Dennee lui manquait. L'Homme Oiseau passa tendrement son bras autour de son épaule et la serra contre lui.

— *Je pensais à ma sœur, Dennee*, reprit-elle. *Elle a été assassinée sur ordre de Darken Rahl. Je l'ai trouvée... Elle est morte dans mes bras... Ils l'ont affreusement mutilée. Rahl est un monstre...*

— *La douleur est notre lot commun*, dit-il en plongeant sa main dans sa poche. *Tendez votre main*, ajouta-t-il.

Il déposa dans sa paume tendue un petit tas de graines. Il porta son sifflet muet à ses lèvres. Un petit oiseau jaune clair vint se poser sur son index. Kahlan sentit les pattes minuscules agrippées à son doigt pendant qu'il picorait.

— *J'ai pensé qu'un peu de beauté au milieu de tant de laideur vous réconforterait le cœur.*

— *Merci*, sourit-elle.

— *Voulez-vous le garder ?*

Kahlan regarda l'oiseau qui finissait de manger, puis le lança dans les airs.

— *Il doit rester libre*, répondit-elle.

Un petit sourire éclaira la face de l'Homme Oiseau, puis il se tourna vers la maison aux esprits. Le travail était pratiquement achevé, Richard se démenait comme un beau diable sur le toit. Kahlan mourait d'envie qu'il la prenne dans ses bras. Mais c'était impossible. Elle savait qu'elle ne pouvait pas se le permettre.

— *Vous souhaitez le tuer, cet homme, Darken Rahl ?* demanda l'Homme Oiseau.

— *De toute mon âme.*

— *Et votre magie est-elle suffisante ?*

— *Non,* concéda-t-elle.

— *Et l'épée du Chercheur possède-t-elle assez de puissance pour le tuer ?*

— *Non. Pourquoi posez-vous cette question ?*

Le jour touchait à sa fin. Il recommença à pleuvoir.

— *C'est dangereux de fréquenter un Confesseur qui a une vengeance à assouvir. C'est également vrai pour le Chercheur. Peut-être même plus.*

Elle hésita un instant, puis parla doucement.

— *Je préfère ne pas vous raconter ce que Darken Rahl a fait au père de Richard. Cela vous conforterait dans les craintes que vous éprouvez. Mais sachez que Richard aurait, lui aussi, relâché l'oiseau.*

L'Homme Oiseau leva les yeux vers le ciel.

— *Vous et moi sommes trop intelligents pour parler à demi-mot. Essayons de nous entendre.*

Il se radossa et croisa les bras sur sa poitrine.

— *J'ai tenté de convaincre les anciens du service que Richard rendait à notre peuple. Ils se montrent hésitants. J'ai peur de la réaction du Chercheur si la réponse était négative.*

— *Richard vous a juré qu'il ne vous ferait aucun mal.*

— *Les paroles ne sont pas aussi fortes que le sang d'un père, ou d'une sœur.*

Kahlan se carra contre le mur, ramenant sa capuche sur sa tête pour se protéger de la pluie.

— *Je suis née Confesseur parce que ma mère l'était. Je n'ai pas eu le choix. J'aurais aimé être comme tout le monde. Mais je dois accepter ma vie telle qu'elle est et essayer d'en tirer le meilleur. Malgré ce que vous pouvez penser des Confesseurs, malgré ce que pensent la plupart des gens, nous sommes là pour servir le peuple et défendre la vérité. Je me bats pour tous les peuples du Midlands. Je suis prête à donner ma vie pour garantir leur liberté. Mais parfois, je me sens terriblement seule.*

— *Richard est avec vous, il veille sur vous, s'inquiète pour vous.*

— *Richard vient du Westland. Il ne sait pas qui je suis. S'il le savait...*

L'Homme Oiseau fronça les sourcils.

— *Pour quelqu'un qui sert la vérité...*

— *Ça ne fait que démontrer la gravité des enjeux. Le Peuple de Boue est toujours resté à l'écart des autres peuples. Vous ne pouvez plus détourner les yeux. Les anciens peuvent discutailler tant qu'ils le souhaitent, mais ils ne pourront aller contre la vérité. Votre peuple en paiera le prix fort si cette poignée d'hommes placent la fierté avant la sagesse.*

L'Homme Oiseau écoutait attentivement, respectueusement. Kahlan se tourna vers lui.

— *Je ne peux honnêtement affirmer en ce moment précis comment je réagirai si les anciens répondent négativement. Je n'ai aucun désir de faire du mal à votre peuple, au contraire. Je connais Darken Rahl. Je sais ce qu'il fera. Si je devais tuer le petit garçon de Savidlin pour arrêter ce monstre, je le ferais sans hésitation, à mains nues si nécessaire. C'est un terrifiant fardeau que je porte, le fardeau du guerrier. Vous avez tué des hommes pour en sauver d'autres, et je sais que vous n'y avez pris aucun plaisir. Darken Rahl, lui, s'en délecte, croyez-moi. Je vous en prie, aidez-moi.*

Des larmes coulaient le long de ses joues.

— *Je ne veux que la paix.*

Il l'attira tendrement contre lui. Elle posa sa tête contre son épaule.

— *Les habitants du Midlands ont de la chance de vous avoir.*

— *Si nous parvenons à trouver l'objet que nous cherchons, et à le soustraire à Darken Rahl avant le premier jour de l'hiver, il mourra. Personne d'autre n'aura à souffrir. Il faut nous aider.*

— *Il nous reste peu de temps, mon enfant.*

— *Si vous connaissez, vénéré ancien, un moyen d'arrêter le cours du temps, je vous supplie de me le révéler.*

Il demeura immobile un instant, puis reprit :

— *Vous nous avez toujours respectés et n'avez jamais agi contre nos intérêts. C'est la même chose avec le Chercheur. Je suis de votre côté. Je ferai de mon mieux pour gagner les autres à votre cause. J'espère seulement que mes paroles suffiront. J'espère que mon peuple ne souffrira pas.*

— *Vous n'avez rien à craindre de nous s'ils disent non,* dit-elle, la tête posée contre son épaule, les yeux dans le vague. *C'est l'homme du D'Hara. Il viendra telle une tempête pour vous détruire. Vous n'avez aucune chance contre lui. Il vous massacrera.*

Cette nuit-là, dans la maison de Savidlin, assise par terre, Kahlan raconta à Siddin l'histoire du pêcheur qui se transforma en poisson et vécut dans le lac, dérobant les appâts sur les hameçons sans jamais se faire attraper. C'était une vieille histoire que sa mère lui avait apprise quand elle était petite.

Plus tard, pendant que Weselan préparait des racines sucrées, leur arôme agréable se mêlant à la fumée, Savidlin montra à Richard comment sculpter de bonnes pointes de flèches pour chaque type de gibier, en les durcissant au feu avant d'y appliquer le poison. Siddin s'endormit dans le giron de Kahlan. Elle repensa, avec angoisse à ce qu'elle avait dit à l'Homme Oiseau. Elle serait capable de tuer ce petit garçon...

Elle regretta d'avoir prononcé ces paroles. Les mots avaient dépassé sa pensée. Richard ne l'avait pas vue discuter avec l'Homme Oiseau, et elle ne lui parla pas de leur conversation. Inutile de l'inquiéter. Elle espérait seulement que les anciens se rendraient à la raison.

Le jour suivant était venteux et exceptionnellement torride, avec de rares averses. Au début de l'après-midi, une foule s'était amassée devant la maison aux esprits. Le toit était terminé et un feu était allumé dans la nouvelle cheminée. Des cris d'excitation et d'émerveillement fusaient de l'assemblée. Il se mit à pleuvoir et tout le monde regarda l'eau ruisseler sur les tuiles. Richard était de bonne humeur. Le toit était fini, il ne fuyait pas, la cheminée tirait bien, et tout le monde jubilait. Les hommes qui l'avaient assisté étaient fiers de ce qu'ils avaient réalisé. Ils expliquèrent à leurs compagnons ce qu'ils avaient appris.

Ignorant les spectateurs, Richard se dirigea, l'épée

au côté, vers le centre du village, où les anciens attendaient sous la grande halle. Kahlan le suivait sur sa gauche, Savidlin à sa droite, dans l'intention de défendre sa cause. La foule le regarda s'éloigner, puis lui emboîta le pas, dans la liesse. Richard était crispé.

— Croyez-vous avoir besoin de votre épée ? demanda Kahlan.

Il la regarda tout en continuant à marcher à longues enjambées.

— Je suis le Chercheur, dit-il.

Elle lui jeta un regard désapprobateur.

— Richard, ne jouez pas à ce jeu avec moi. Vous savez ce que je veux dire.

Il sourit.

— J'espère qu'elle les aidera à faire le bon choix.

Kahlan avait l'impression que les événements commençaient à lui échapper. Richard allait-il commettre l'irréparable si les anciens le déboutaient ? Il avait travaillé dur, convaincu la plupart des gens. Mais cela ne comptait pas. Elle avait peur de ce qui pourrait arriver en cas de refus.

Toffalar était campé droit et fier au centre de la pièce. Surin, Caldus, Arbrin, Breginderin et Hajanlet se tenaient à ses côtés. Ils portaient tous leurs étoles de coyote, jetées en travers des épaules. Il s'agissait d'une cérémonie officielle... Tout le village était massé sur la place. Ils attendaient d'entendre la décision des anciens. Leur avenir en dépendait.

Kahlan aperçut l'Homme Oiseau. Il était debout au milieu d'une petite troupe d'hommes en armes, à la droite des anciens. Quand leurs yeux se rencontrèrent, son cœur se serra. Kahlan agrippa la manche de la chemise de Richard et se pencha vers lui.

— N'oubliez pas. Peu importe le verdict des anciens. Nous devons rester en vie pour arrêter Rahl. Nous sommes deux, ils sont nombreux, épée ou pas.

Il l'ignora.

— Vénérés anciens, entama-t-il d'une voix forte et claire.

Elle traduisit tandis qu'il parlait.

— La maison aux esprits possède un nouveau toit qui ne fuit pas. J'ai également enseigné à votre peuple comment fabriquer d'autres toits pour améliorer les maisons du village. J'ai accompli cela par respect pour votre peuple, et je n'attends rien en retour. J'espère seulement que vous êtes satisfaits.

Les six continuèrent d'arborer des visages sévères. Le silence qui suivit ses paroles parut interminable.

Enfin Toffalar parla d'une voix déterminée.

— *Nous ne sommes pas satisfaits.*

L'expression de Richard s'assombrit lorsque Kahlan lui rapporta ses paroles.

— Pourquoi ?

— *Un peu de pluie ne fait pas fondre la force du Peuple de Boue. Vos coutumes ne sont pas les nôtres. Vous avez agi par la ruse pour nous obliger à vous aider. Nous savons ce que vous cherchez. Vous voulez être intronisé l'un des nôtres afin que nous convoquions une assemblée pour vous. Vous désirez nous mêler à votre combat. Nous disons non !*

Il pivota vers Savidlin.

— *Le toit de la maison aux esprits sera remis dans son état primitif, suivant la volonté de nos ancêtres.*

Savidlin était livide, mais il ne bougea pas. L'ancien, un léger sourire aux lèvres, se retourna vers Richard.

— *Maintenant que vos ruses ont échoué,* dit-il dédaigneusement, *songeriez-vous à faire du mal à notre peuple, Richard le Colérique ?*

Les yeux de Richard jetaient des flammes. Jamais il n'avait paru si dangereux. Il regarda l'Homme Oiseau, puis se tourna vers les six sages. Kahlan retint sa respiration. La foule était complètement silencieuse. Il parla.

— Je ne ferai pas de mal à votre peuple, annonça-t-il d'un ton égal.

Il y eut un soupir de soulagement général lorsque Kahlan rapporta ses paroles. Quand le calme régna de nouveau, il enchaîna :

— Mais je suis triste. Pas pour vous six, ajouta-t-il

en les désignant du doigt. Je ne pleure pas la mort des imbéciles.

La figure de Toffalar se tordit de rage sous l'injure. Un frisson d'effroi parcourut la foule des spectateurs. Kahlan jeta un coup d'œil à l'Homme Oiseau. Il semblait avoir vieilli de plusieurs années. Elle lisait une immense déception dans ses yeux devenus ternes.

Richard dégaina brusquement l'Epée de Vérité. Les anciens reculèrent d'un pas. Les villageois resserrèrent les rangs. L'Homme Oiseau n'avait pas bronché. Kahlan poussa un profond soupir. Elle décida de ne pas intervenir, mais de faire ce qui était nécessaire afin de protéger le Chercheur, quoi qu'il arrive. Les dents serrées, Richard braqua l'épée sur les anciens, sa pointe à quelques centimètres de leurs visages.

— Ayez le courage de faire une dernière chose pour votre peuple.

Le ton de Richard la fit frissonner. Kahlan continuait à traduire, le visage ravagé par l'angoisse. Puis, si incroyable que cela puisse paraître, Richard retourna l'épée et la tendit vers les anciens.

— Prenez-la, ordonna-t-il. Servez-vous-en pour tuer les femmes et les enfants. Ce sera une mort plus douce que celle que Darken Rahl leur réserve. Courage !

Son attitude méprisait leurs expressions.

Les femmes commençaient à pleurer doucement en rassemblant leurs enfants autour d'elles. Les anciens, terrifiés, n'avaient pas bougé. Aucun d'eux ne s'avança pour saisir l'épée. Richard la rengaina en les dévisageant avec mépris. Ils s'étaient à jamais aliéné le secours du Chercheur.

Puis il se tourna vers Kahlan. Ses yeux exprimaient une insondable douleur. Il s'était attaché à ce peuple qu'il avait appris à aimer. Tous les regards se braquèrent sur lui quand il la prit délicatement par le bras.

— Partons, dit-il doucement. Nous avons déjà perdu beaucoup de temps. J'espère seulement qu'il n'est pas trop tard.

Ses yeux gris s'embuèrent.

à l'écart pour les faire asseoir avec les anciens, sous leur abri. L'Homme Oiseau était vêtu de son habituel pantalon et de sa tunique en daim. Il était suffisamment important pour ne pas avoir à porter davantage d'accessoires. Weselan se trouvait là, ainsi que les femmes des autres anciens, et elle vint s'asseoir près de Kahlan, lui prenant la main et lui demandant des nouvelles de son bras. Kahlan n'était pas habituée à tant de prévenances. Même si ce n'était que de la comédie, cela lui faisait du bien d'appartenir au Peuple de Boue. Néanmoins, elle ne perdait pas de vue la tâche qui les attendait. Elle pensa à Darken Rahl et au peu de temps dont ils disposaient. Et elle pensa à Dennee.

Richard, résigné à l'attente qu'on lui imposait, tentait de s'en accommoder de son mieux, souriant et approuvant les conseils bavards qu'il ne comprenait pas. Les villageois passaient devant l'abri des anciens en une procession régulière, afin de saluer les nouveaux membres du Peuple de Boue. En toute honnêteté, Kahlan dut admettre qu'ils lui témoignaient autant d'estime qu'à Richard.

Des plateaux tressés et des bols d'argile remplis de nourritures variées étaient disposés sur le sol devant l'endroit où ils étaient assis en tailleur. Richard goûta à la plupart des aliments, se souvenant qu'il fallait utiliser sa main droite. Kahlan grignota pour sa part un morceau de pain de tava pour ne pas paraître impolie.

— C'est bon, dit Richard en prenant une côtelette. Ce doit être du porc.

— C'est du sanglier sauvage, corrigea Kahlan en observant les danseurs.

— La venaison est bonne, elle aussi. Tenez, prenez-en un morceau.

— Non. Merci.

— Vous vous sentez bien ?

— Oui. Mais je n'ai pas faim.

— Vous n'avez pas avalé de viande depuis que nous sommes chez le Peuple de Boue.

— Je n'ai pas faim, c'est tout.

Richard haussa les épaules et mangea sa venaison.

Après un temps, quand les villageois eurent fini de défiler et se dispersèrent, Kahlan vit l'Homme Oiseau lever la main afin d'alerter quelqu'un, au loin. Kahlan mit un frein à ses sentiments et se débrouilla pour que son visage ne trahisse rien. Comme sa mère le lui avait enseigné : un visage de Confesseur.

Quatre jeunes femmes, arborant de timides sourires et des cheveux courts lissés avec de la boue, approchèrent craintivement. Richard les salua comme il convenait. Elles gloussaient, échangeaient coups de coude et clins d'œil. Kahlan jeta un regard à l'Homme Oiseau, qui lui adressa un signe de tête.

— Pourquoi ne partent-elles pas ? s'inquiéta bientôt Richard. Que veulent-elles ?

— Elles sont pour vous, répondit Kahlan d'une voix égale.

La lueur tremblante du feu illumina le visage de Richard tandis qu'il regardait, ébahi, les quatre femmes.

— Pour moi... Et que suis-je censé faire d'elles ?

Kahlan inspira profondément.

— Je ne suis que votre guide, Richard. Si vous avez besoin d'aide sur cette question, il faudra vous tourner ailleurs.

Il y eut un instant de silence.

— Toutes les quatre ? reprit Richard. Pour moi ?

Elle se tourna vers lui et vit un sourire coquin éclairer son visage. Elle trouva ce rictus irritant.

— Non, vous devez en choisir une.

— En choisir une ? répéta-t-il, sans quitter ce sourire stupide.

Kahlan se consola en songeant qu'au moins il ne causerait pas d'ennuis avec cette partie des obligations. Il considéra chaque fille, l'une après l'autre.

— En choisir une... Voilà qui va être difficile. Combien de temps ai-je pour me décider ?

Elle détourna de nouveau les yeux vers le feu et les ferma un instant, puis les braqua vers l'Homme Oiseau.

— *Le Chercheur souhaite savoir quand il doit avoir fait son choix.*

L'Homme Oiseau sembla un peu étonné par cette question.

— *Avant qu'il n'aille au lit. Il doit en choisir une, et offrir son enfant à notre peuple. De cette manière, il nous rejoindra par le sang.*

Kahlan traduisit ce que l'Homme Oiseau avait dit.

— Très sage, commenta Richard.

Il regarda l'Homme Oiseau et hocha la tête en souriant.

— L'Homme Oiseau est très sage.

— *Le Chercheur dit que vous êtes très sage,* traduisit aussitôt Kahlan.

L'Homme Oiseau, ainsi que les autres anciens parurent satisfaits. Les événements se déroulaient conformément à leurs désirs.

— La décision ne sera pas facile à prendre, ajouta encore Richard. Je vais devoir y réfléchir.

Kahlan repoussa ses cheveux en arrière et se tourna vers les filles.

— *Le Chercheur a des difficultés à choisir.*

Il adressa au quatuor un large sourire et leur fit signe de grimper sur la plate-forme. Deux des jeunes filles s'assirent sur le côté tandis que les deux autres se glissaient entre Richard et Kahlan, obligeant celle-ci à s'écarter. Elles se penchèrent vers lui, posèrent les mains sur ses bras et tâtèrent ses muscles sans cesser de pouffer. Elles firent des commentaires à Kahlan sur sa haute stature, ainsi que sur sa capacité à faire de grands enfants. Puis elles lui demandèrent s'il les trouvait jolies. Kahlan leur répliqua qu'elle l'ignorait, et elles la supplièrent de lui poser la question.

Elle inspira de nouveau profondément.

— Elles veulent savoir si vous les trouvez jolies.

— Bien sûr ! Elles sont superbes ! Toutes. Voilà pourquoi je ne peux pas me décider. Vous ne les trouvez pas superbes ?

Elle ne répondit pas, mais assura les quatre jeunes filles que le Chercheur les trouvait attirantes, suscitant de nouveaux gloussements. Tout sourires, l'Homme Oiseau et les anciens semblaient satisfaits.

Tandis que les quatre filles le nourrissaient avec les doigts, Richard confia que c'était le meilleur banquet auquel il avait assisté. Comme il lui demandait son avis, la gorge serrée, Kahlan parvint à hocher la tête et convint qu'il était magnifique. Son regard était perdu dans le vague, en direction des étincelles rougeoyantes qui s'envolaient en tourbillonnant dans les ténèbres.

Après ce qui lui parut des heures, une femme âgée s'approcha, la tête baissée, apportant un grand plateau rond tressé, garni de lamelles de viande séchée.

Kahlan émergea de ses pensées.

Sans lever les yeux, la femme s'approcha respectueusement des anciens, présentant silencieusement le plateau à chacun. L'Homme Oiseau se servit en premier, les autres anciens le suivirent. Quelques-unes des femmes en prirent également. Weselan, assise près de son mari, déclina l'offre.

La femme présenta le plateau à Kahlan, qui refusa poliment, puis à Richard, qui se saisit d'une lamelle de viande. Les quatre jeunes femmes secouèrent la tête pour décliner l'offre à leur tour, puis considérèrent Richard. Quand il eut mordu dans la viande, Kahlan croisa brièvement le regard de l'Homme Oiseau, avant de reporter son attention vers les feux.

— Vous savez, j'ai vraiment des difficultés à décider laquelle de ces jolies jeunes femmes je vais choisir, dit Richard après avoir avalé sa première bouchée. Croyez-vous pouvoir m'aider, Kahlan ?

Luttant pour maîtriser son souffle, elle affronta son visage souriant.

— Comme vous le dites, c'est un choix difficile. Je crois que je préfère vous l'abandonner.

Alors que Richard mangeait encore un peu de viande, elle serra les dents.

— C'est étrange. Je n'avais jamais rien goûté de tel auparavant.

Il s'arrêta, et sa voix se modifia.

— Qu'est-ce que c'est ?

La question était chargée d'une hargne qui effraya Kahlan et la fit presque sursauter. Les yeux de Richard étaient durs et menaçants. Un regard qui lui fit oublier sa promesse de ne pas lui révéler la vérité.

Elle interrogea l'Homme Oiseau, puis se retourna vers lui.

— Il dit qu'il s'agit d'un soldat du feu.

— Un soldat du feu, répéta Richard. Quelle sorte d'animal est-ce là ?

Kahlan rencontra ses yeux gris perçants, et d'une voix douce elle répondit :

— C'est un homme de Darken Rahl.

— Je vois.

Il se redressa.

Il savait, comprit Kahlan. Il connaissait la vérité avant de lui poser la question, mais il avait voulu vérifier si elle lui mentirait.

— Qui sont ces soldats du feu ?

Elle demanda aux anciens comment ils avaient eu connaissance des soldats du feu. Savidlin s'empressa de lui raconter cette histoire, et lorsqu'il eut terminé, elle se tourna vers Richard.

— Les soldats du feu sont des juristes qui parcourent le pays afin de faire appliquer le décret de Rahl selon lequel les gens ne sont pas autorisés à utiliser le feu. Ils peuvent se montrer brutaux dans leur besogne. Savidlin dit que deux d'entre eux sont venus ici voilà quelques semaines, leur faisant savoir que le feu était proscrit, puis les menaçant quand le Peuple de Boue refusa de se plier à la nouvelle loi. Craignant que ces deux-là ne reviennent accompagnés, ils les ont tués. Ils sont persuadés qu'il est possible de s'approprier la sagesse de ses ennemis en les mangeant. Pour appartenir au Peuple de Boue, pour devenir l'un d'eux, vous devez également en passer par là, de façon à acquérir la sagesse de leurs ennemis. C'est le but principal des banquets. Cela, et l'appel aux esprits des ancêtres.

— Et en ai-je mangé suffisamment pour satisfaire les anciens ? demanda Richard.

L'expression de ses yeux, qu'il braquait sur elle, était telle qu'elle souhaita pouvoir s'enfuir en courant.

— Oui, répondit-elle dans un souffle.

Richard posa le morceau de chair. De nouveau souriant, il regarda les quatre jeunes femmes et commença à leur parler, passant les bras sur les épaules des deux plus proches de lui.

— Kahlan, accordez-moi une faveur, demanda-t-il soudain. Allez me chercher une pomme dans mon sac. Une saveur familière me permettra peut-être d'effacer ce goût de ma bouche.

— Vous avez des jambes ! répliqua-t-elle avec brusquerie.

— Oui, mais j'ai besoin de temps afin de décider avec laquelle de ces magnifiques jeunes femmes je vais passer la nuit.

Se levant, Kahlan fusilla l'Homme Oiseau du regard, puis partit comme une furie en direction de la maison de Savidlin. Elle était contente de s'éloigner de Richard, et du spectacle de ces filles vautrées sur lui.

Elle passa sans les voir devant des danseurs, des musiciens, des enfants qui chantaient et riaient. Elle eût volontiers reporté sur eux le poids de sa rage et de sa frustration, mais tous ces gens ne lui voulaient que du bien.

Lorsqu'elle eut rejoint la maison de Savidlin, elle entra et s'effondra sur la peau qui couvrait le sol, essayant en vain de contenir ses pleurs. Juste quelques minutes, se dit-elle. C'était tout ce dont elle avait besoin pour recouvrer la maîtrise d'elle-même. Richard faisait ce que le Peuple de Boue attendait de lui, respectant la promesse qu'elle avait faite à l'Homme Oiseau en son nom. Elle n'avait pas le droit de se mettre en colère, aucun droit ; Richard ne lui appartenait pas. Elle pleura, aux prises avec une douleur intense. Même si elle n'avait aucune raison d'être furieuse contre Richard, elle l'était.

Richard se contentait de faire le nécessaire afin de réunir une assemblée, puis de trouver le coffret et d'arrêter Rahl. Néanmoins, songea Kahlan en essuyant ses larmes, il n'avait pas à se réjouir autant, il n'était pas obligé d'agir comme...

Elle attrapa une pomme dans son sac. Quelle importance ? Elle ne pouvait de toute façon rien y changer. Tandis qu'elle franchissait la porte d'un pas lourd, elle se composa tant bien que mal un visage neutre.

Quand elle eut traversé la foule, elle découvrit Richard torse nu. Les filles étaient en train de le peindre des symboles du Peuple de Boue. Leurs doigts appliquaient la boue noire et blanche en lignes dentelées sur sa poitrine, et en anneaux sur ses bras. Elles s'arrêtèrent lorsque Kahlan vint se tenir au-dessus d'elles, le regard mauvais.

— Voilà ! lança-t-elle en flanquant la pomme dans la main de Richard et en s'asseyant, exaspérée.

— Je ne suis toujours pas parvenu à me décider, annonça-t-il tout en frottant la pomme sur la jambe de son pantalon. Kahlan, êtes-vous certaine de ne pas avoir de préférence ? Pour tout dire, je suis étonné que vous ne m'en ayez pas choisi une dès le départ.

Elle le considéra avec stupéfaction. Il savait ! Il savait également que c'était un arrangement qu'elle avait contracté en son nom.

— Non, lui répondit-elle. Je suis sûre que vous ferez le bon choix tout seul.

Et de nouveau, elle détourna le regard.

— L'une de ces filles est-elle parente avec un ancien ? interrogea soudain Richard.

Elle dévisagea les quatre prétendantes.

— Celle qui est sur votre droite est la nièce de l'Homme Oiseau.

— Sa nièce ! répéta-t-il en continuant de frotter la pomme sur sa jambe. Dans ce cas, je suppose que c'est elle que je choisirai. Ce sera un signe de respect envers les anciens.

Il prit la tête de la fille à deux mains et l'embrassa sur le front. La même expression rayonnante illumina le visage de l'heureuse élue, de son oncle et des anciens. Les autres filles partirent.

Kahlan jeta un coup d'œil à l'Homme Oiseau et lui

adressa un regard de sympathie, lui signifiant combien elle était navrée. Elle pivota, laissant ses yeux se perdre dans l'épaisseur de la nuit. Ainsi Richard avait-il maintenant choisi. Une cérémonie allait avoir lieu, à la suite de laquelle le couple élu irait s'isoler quelque part pour faire ce qu'on attendait de lui. Elle observa les autres couples marcher, main dans la main, tout au bonheur d'être ensemble. Kahlan ravala ses larmes. Confusément, elle entendit Richard croquer dans sa pomme.

Ce fut alors que les anciens et leurs femmes poussèrent des cris horrifiés.

La pomme ! comprit-elle. Dans le Midlands, les fruits rouges étaient du poison ! N'ayant jamais vu une pomme, ils croyaient que Richard avalait du poison !

Alors qu'elle faisait volte-face, Richard leva le bras en direction des anciens, leur imposant silence.

— Dites-leur de se rasseoir, déclara-t-il d'une voix posée.

Après que Kahlan leur eut traduit l'ordre de Richard, les anciens hésitèrent, puis reprirent leurs places. Il se redressa et se tourna vers eux, l'air désinvolte.

— Là d'où je viens, nous mangeons ces fruits tout le temps.

Il croqua de nouveau dans la pomme, sous le regard incrédule de son public.

— Depuis toujours, reprit-il, hommes et femmes en mangent, et nos enfants sont en bonne santé.

Il mastiquait lentement, comme pour accentuer la tension, pendant que Kahlan traduisait. Soudain, il jeta un coup d'œil à l'Homme Oiseau et déclara :

— Bien sûr, il se pourrait que cette habitude rende la semence de l'homme nocive pour une femme qui ne soit pas des nôtres. Ça n'a jamais été vérifié, pour autant que je le sache.

Il posa de nouveau les yeux sur Kahlan en croquant encore dans la pomme, laissant ses paroles faire leur effet à mesure qu'elle traduisait. La fille qu'il avait élue semblait nerveuse, de même que les anciens. L'Homme Oiseau, lui, n'affichait aucune émotion. Alors qu'il allait mordre dans le fruit, Richard s'interrompit et le proposa à la nièce de l'Homme Oiseau. Elle détourna la tête. Il considéra de nouveau les anciens.

— Je les trouve plutôt savoureuses, leur dit-il en haussant les épaules. Reste ce problème à propos de ma semence. N'allez pas croire que je cherche à me soustraire à mes devoirs. J'estimais que vous deviez être au courant, voilà tout.

Il fit courir un doigt sur la joue de la nièce de l'Homme Oiseau.

— Cette jolie jeune femme ferait une mère idéale pour mon enfant, j'en suis certain.

Richard soupira et ajouta :

— Si elle survit, bien sûr.

Sur ces mots, Richard termina sa pomme.

Les anciens se dévisagèrent avec appréhension. Nul ne parlait. L'atmosphère sur la plate-forme avait changé du tout au tout. Ce n'était plus eux qui dominaient, mais Richard.

— Bien sûr, c'est à vous de décider, reprit-il.

Il les fixa, le regard lourd de menaces.

— Si les anciens, dans leur sagesse, souhaitent me voir accomplir mon devoir, je comprendrai, et, avec regret, je me conformerai à leurs désirs.

Savidlin sourit. Les cinq autres, qui ne songeaient pas à défier Richard, se tournèrent vers l'Homme Oiseau. Il était immobile, une perle de transpiration roulant sur la peau parcheminée de son cou, et soutenait le regard de Richard. Il esquissa un léger sourire et opina.

— *Richard le Colérique !* commença-t-il.

Il parlait d'une voix forte, non seulement pour les anciens, mais aussi pour la foule qui s'était rassemblée autour de la plate-forme.

— *Puisque vous êtes issu d'une terre étrangère, et que votre semence pourrait se révéler dangereuse pour cette jeune femme...*

Il désigna sa nièce.

— *... nous vous prions de ne pas tenir compte de cette tradition et de ne pas la prendre pour épouse. Je suis* *désolé de vous demander cela. Je sais que vous aviez hâte de nous donner un enfant.*

Richard approuva avec le plus grand sérieux.

— En effet, je m'en réjouissais. Mais je vais devoir vivre avec mon échec, et essayer de gagner la fierté du Peuple de Boue, mon peuple, par d'autres moyens.

Un soupir de délivrance général s'éleva du groupe des anciens. Ils acquiescèrent en bloc, trop heureux que la question soit réglée. La jeune fille sourit avec soulagement à son oncle et s'en alla. Richard pivota vers Kahlan, le visage impénétrable.

— Existe-t-il d'autres conditions que je ne connaîtrais pas ? demanda-t-il.

— Non.

Kahlan était confuse. Elle ne savait pas si elle était contente que Richard ne soit plus obligé de prendre femme, ou si elle avait le cœur brisé parce qu'elle avait le sentiment de l'avoir trahi.

Il s'adressa aux anciens.

— Ma présence est-elle encore requise ce soir ?

Si les cinq étaient visiblement enchantés de lui accorder son congé, Savidlin semblait un peu déçu. L'Homme Oiseau déclara que le Chercheur avait sauvé son peuple et avait rempli ses obligations avec honneur, et que s'il était fatigué après cette rude journée, il pouvait être excusé.

Richard se leva lentement, se dressant au-dessus de Kahlan. Elle savait qu'il la regardait, mais elle garda les yeux rivés au sol.

— Un conseil, dit-il d'une voix qui la surprit par sa délicatesse, à vous qui n'avez jamais eu d'ami avant. Les amis ne bradent pas leurs droits entre eux. Ni leur cœur.

Elle ne parvint pas à lever les yeux vers lui.

Il laissa tomber le trognon de pomme dans son giron et s'éloigna, se mêlant à la foule.

Kahlan était assise sur la plate-forme des anciens, dans un brouillard de solitude, les yeux fixés sur ses mains tremblantes. Les autres observaient les danseurs. Au prix d'un violent effort, elle se concentra sur les battements de tambour et parvint ainsi à maîtriser sa respiration et à contenir ses pleurs. L'Homme Oiseau vint s'installer à côté d'elle. Etonnamment, cette présence la réconforta.

— *Un jour, j'aimerais rencontrer le magicien qui l'a nommé. Je serais curieux de savoir où il trouve de pareils Chercheurs.*

Kahlan fut surprise de pouvoir encore rire.

— *Un jour,* dit-elle, *si je survis, et que nous gagnons notre combat, je promets de l'amener ici pour vous le présenter. Par de nombreux aspects, il est aussi remarquable que Richard.*

— *Je me préparerai pour être à la hauteur...*

Elle appuya la tête contre lui, et les sanglots l'emportèrent sur le rire. Il lui passa un bras sur les épaules.

— *J'aurais dû vous écouter !* gémit Kahlan. *J'aurais dû m'enquérir de ses volontés. Je n'avais pas le droit d'agir ainsi.*

— *C'est votre envie d'arrêter Rahl qui vous a poussée à faire ce que vous jugiez nécessaire. Parfois, il vaut mieux faire un mauvais choix que n'en pas faire du tout. Vous avez le courage d'aller de l'avant, ce qui est exceptionnel. Une personne qui se tient à la croisée des chemins, incapable du moindre choix, n'ira jamais nulle part.*

— *Mais je souffre tant qu'il soit furieux contre moi !*

— *Je vais vous révéler un secret que vous n'auriez peut-être découvert qu'une fois vieille, quand il ne vous aurait plus été d'aucune utilité. Il souffre autant d'être furieux contre vous, que vous souffrez qu'il soit si furieux.*

— *Vraiment ?*

L'Homme Oiseau rit en silence et opina.

— *Croyez-moi sur parole, mon enfant.*

— *Je n'avais pas le droit d'agir de la sorte ! Et à présent, je suis désolée. Tellement désolée !*

— *Ce n'est pas à moi qu'il faut le dire, mais à lui.*

Kahlan se dégagea.

— *Je pense que je le ferai. Merci, vénéré ancien.*

— *Et pendant que vous lui offrez vos excuses, offrez-lui également les miennes.*

Kahlan fronça les sourcils.

— *Pourquoi ?*

— *Le fait d'être vieux, d'être un ancien, ne vous empêche pas de soutenir des idées stupides,* déclara l'Homme Oiseau avec un soupir. *Aujourd'hui, j'ai moi aussi commis une erreur, envers Richard, et envers ma nièce. Moi non plus je n'avais pas le droit. Remerciez-le pour moi, pour m'avoir évité d'imposer des obligations que j'aurais dû remettre en cause.*

Il retira le sifflet de son cou.

— *Donnez-lui ce présent, pour le remercier de m'avoir ouvert les yeux. Puisse-t-il le servir efficacement. Demain, je lui apprendrai à l'utiliser.*

— *Mais vous en avez besoin pour appeler les oiseaux.*

— *J'en possède d'autres. Allez, maintenant.*

Kahlan prit l'instrument, le serrant avec ferveur dans sa main, puis essuya les larmes de son visage.

— *De toute ma vie, je n'ai pratiquement jamais pleuré. Depuis que la frontière avec le D'Hara est tombée, on dirait que je ne fais que ça.*

— *Nous pleurons tous, mon enfant. Allez, maintenant.*

Elle l'embrassa prestement sur la joue et partit. Scrutant la place, elle ne vit Richard nulle part. Les gens qu'elle interrogea ne l'avaient pas aperçu. Où était-il ? Les enfants essayèrent de l'entraîner dans leurs danses, des villageois lui offrirent de la nourriture, d'autres voulurent bavarder avec elle, mais elle repoussa poliment toutes les propositions.

A la fin, elle se dirigea vers la maison de Savidlin, persuadée qu'elle l'y trouverait. Mais l'habitation était vide. Elle s'assit sur le sol couvert de peaux et réfléchit. S'en irait-il sans elle ? A cette perspective, son cœur s'emballa, et elle promena son regard dans la pièce. Non. Son sac était toujours là, à l'endroit où elle l'avait abandonné lorsqu'elle était venue lui chercher la pomme. De plus, il ne partirait pas avant l'assemblée.

Soudain, elle comprit où il était. Elle sortit une

pomme du sac et se glissa dans les passages obscurs, entre les bâtiments du village du Peuple de Boue, cheminant en direction de la maison aux esprits.

De la lumière embrasa soudain les ténèbres, illuminant les murs autour d'elle. D'abord, elle ne comprit pas de quoi il s'agissait ; puis, regardant entre les constructions, elle vit des éclairs. Il y en avait partout à l'horizon, qui s'entrelaçaient dans le ciel plombé de nuages, l'éclairant de l'intérieur. Puis ils disparurent, laissant de nouveau la place aux ténèbres.

N'en serait-ce donc jamais fini de ce temps ? se demanda-t-elle. Reverrait-elle jamais les étoiles, ou le soleil ? Au moins ces nuages protégeaient-ils Richard de Darken Rahl.

La maison aux esprits se dressait dans le noir, loin du bruit et de l'activité du banquet. Précautionneusement, Kahlan poussa la porte. Richard était assis par terre, devant le feu, son épée posée à côté de lui, dans son fourreau. S'il l'entendit, il ne se retourna pas.

— Votre guide souhaite parler avec vous, annonça-t-elle humblement.

La porte se referma en grinçant, et Kahlan s'agenouilla près de Richard, le cœur battant.

— Et que souhaite me dire mon guide ?

— Qu'elle a commis une erreur. Et qu'elle est désolée. Vraiment désolée. Pas seulement pour ce qu'elle a fait, mais surtout parce qu'elle ne vous a pas fait confiance.

Les bras passés autour de ses genoux, il pivota pour lui faire face. Le rougeoiement du feu se reflétait dans ses yeux chaleureux.

— J'avais préparé tout un discours, déclara-t-il, mais je ne parviens pas à m'en rappeler un seul mot. C'est l'effet que vous produisez sur moi.

Il sourit de nouveau.

— Excuses acceptées.

Le soulagement la submergea, et elle osa affronter son regard pour demander :

— Etait-ce un bon discours ?

Le sourire de Richard s'élargit.

— C'est ce qu'il m'a semblé sur le moment, mais maintenant je n'en suis plus certain.

— Vous êtes un orateur plutôt doué. Vous avez presque réussi à affoler les anciens, l'Homme Oiseau inclus.

Tendant la main, elle passa le sifflet par-dessus sa tête, autour de son cou.

Richard se pencha pour l'effleurer.

— En quel honneur ? interrogea-t-il.

— C'est un présent de l'Homme Oiseau, avec ses excuses pour ce qu'il a tenté de vous faire faire. Il estime que lui non plus n'en avait pas le droit, et il souhaite vous remercier, avec ce cadeau, de lui avoir ouvert les yeux. Demain, il vous apprendra à l'utiliser.

Kahlan tourna le dos à l'âtre pour faire face à Richard et se rapprocha de lui. C'était une nuit chaude, et avec la chaleur du feu, il luisait de sueur. Les symboles peints sur son torse et sur ses bras lui donnaient une apparence sauvage et farouche.

— Vous possédez un talent pour ouvrir les yeux des gens, dit-elle d'une voix timide. A croire que vous vous êtes servi de magie.

— Peut-être. Zedd dit que parfois la ruse est la meilleure des magies.

Sa voix profonde résonna en elle et l'emplit d'une soudaine faiblesse.

— Et Adie affirmait que vous possédiez la magie de la langue, chuchota-t-elle.

L'expression des yeux gris de Richard la pénétra, son souffle s'accéléra. Au-dehors, la rumeur obsédante flottait jusqu'à eux, se mêlant au crépitement du feu, à la respiration de Kahlan. Elle ne s'était jamais sentie autant en sécurité, aussi apaisée et aussi tendue en même temps. La sensation était troublante.

Elle s'arracha au regard de Richard pour s'arrêter à d'autres détails de son visage : l'arête de son nez, l'angle de ses pommettes, la ligne de son menton. Ses yeux s'arrêtèrent sur sa bouche. Elle se rendit brusquement compte de la touffeur qui régnait dans la maison aux esprits et fut prise de vertige.

Accrochant de nouveau le regard de Richard, elle sortit la pomme de sa poche et mordit dedans, avec une lenteur délibérée. Il garda une expression impassible. Alors, d'un geste impulsif, elle porta la pomme à la bouche de Richard et la tint pendant qu'il croquait à son tour dans le fruit juteux. Si seulement il lui était possible de poser les lèvres sur les siennes de cette manière ! pensa-t-elle.

Et pourquoi pas ? Devait-elle périr dans cette quête sans qu'il lui soit donné d'assumer sa féminité ? Devait-elle se contenter du rôle de guerrier ? Combattre pour le bonheur de tous, excepté le sien ? Les Chercheurs, en des temps meilleurs, mouraient beaucoup trop rapidement. Or, les temps qu'ils connaissaient n'étaient pas les meilleurs.

C'était la fin des temps.

La perspective de sa mort la tourmentait.

Même si elle prenait Richard, raisonna-t-elle, il pourrait encore continuer de lutter à ses côtés, peut-être même avec davantage de résolution que jusqu'alors. Ce serait pour des motifs différents, mais il serait tout aussi mortel, probablement plus. Et il serait différent. L'homme qui se tenait contre elle aurait à jamais disparu.

Mais au moins lui appartiendrait-il. Elle le désirait éperdument, jusqu'à la douleur. Etaient-ils destinés à mourir sans être autorisés à vivre leur passion ?

Par jeu, elle retira la pomme de sa bouche, et du jus lui coula le long du menton. Lentement, elle se pencha et recueillit le liquide du bout de la langue. Il ne bougea pas. Leurs visages se touchaient presque ; elle sentait la caresse de son souffle, rapide et chaud.

Soudain, le peu de raison qui lui restait parut la quitter, faisant place à un désir ardent, plein de promesses insupportables.

Elle lâcha la pomme, leva ses doigts mouillés jusqu'aux lèvres de Richard. Elle ne les quitta pas des yeux tandis qu'il les prenait dans sa bouche, à mesure qu'elle les lui offrait. La chaleur et l'humidité de sa bouche la firent frissonner.

Elle laissa échapper un gémissement. Le cœur battant à se rompre, elle fit courir ses doigts le long de Richard, puis elle suivit la ligne de son cou, de son torse, effleurant les symboles peints qui ornaient ses formes dures et ciselées.

S'agenouillant devant lui, elle caressa un de ses mamelons durcis, caressa son torse, les yeux fermés. D'une douce pression, elle l'obligea à s'allonger sur le dos. Il se laissa faire sans protester. Elle se pencha sur lui, la main toujours posée sur son torse. Elle fut surprise par la sensation que lui procuraient la fermeté de ses muscles, le velouté de sa peau, l'humidité de sa transpiration, la rugosité de ses cheveux, sa chaleur. Le torse de Richard se soulevait au rythme de sa lourde respiration. Au rythme de sa vie.

Laissant un genou contre sa hanche, elle inséra l'autre entre ses jambes sans le quitter des yeux, tandis que sa chevelure épaisse cascadait sur son visage.

Les muscles de la cuisse de Richard se raidirent, augmentant encore le trouble de Kahlan. Elle dut ouvrir la bouche pour reprendre haleine, puis plongea dans ses yeux, des yeux qui paraissaient sonder son âme, la mettre à nu. Ils la transpercèrent d'un feu rageur.

De sa main libre, elle déboutonna elle-même sa chemise et en sortit les pans.

Puis elle passa la main derrière le cou de Richard, toujours penchée au-dessus de lui, arc-boutée contre son torse. Ses doigts glissèrent vers ses cheveux mouillés, se resserrèrent, maintinrent sa tête au sol.

Une main puissante se glissa alors sous sa chemise, vers le creux des reins, traçant de petits cercles, puis remonta lentement la ligne de sa colonne vertébrale, lui arrachant de délicieux frissons, avant de s'arrêter entre ses omoplates. Les yeux mi-clos, Kahlan cambra le dos, attendant que Richard l'attire tout contre lui. Elle haletait.

Elle fit remonter son genou le long de sa jambe jusqu'à ce qu'il ne puisse aller plus haut.

— Je te veux, avoua-t-elle dans un souffle.

Elle abaissa son visage vers celui de Richard et effleura ses lèvres des siennes.

Une expression douloureuse parut traverser les yeux de Richard.

— Uniquement si tu me dis d'abord ce que tu es.

Ces mots la pénétrèrent comme une lame. Elle rejeta sa tête en arrière. Mais elle le touchait, songea-t-elle. Il ne pouvait pas l'arrêter. Elle ne voulait pas qu'il l'arrête ! Elle ne retenait plus qu'à peine son pouvoir, il se dérobait à son emprise. Elle le sentait. Elle ramena pourtant ses lèvres contre les siennes.

La main posée dans son dos remonta sous sa chemise, attrapa une poignée de cheveux, et Richard lui tira doucement la tête en arrière.

— Kahlan, je suis sérieux. Uniquement si tu me le dis d'abord.

La raison submergea de nouveau son esprit, en une vague glacée qui noya sa passion. Jamais elle n'avait aimé de la sorte ! Jamais elle n'avait autant tenu à qui que ce soit ! Comment pouvait-elle le toucher avec son pouvoir ? Elle se dégagea. Qu'était-elle en train de faire ? A quoi pensait-elle ?

Elle se redressa sur ses talons, retirant la main posée sur le torse de Richard et la portant à sa bouche. L'univers parut s'effondrer autour d'elle. Comment pourrait-elle lui avouer ? Il la détesterait ; elle le perdrait.

Richard se redressa et posa délicatement la main sur son épaule.

— Kahlan, dit-il d'une voix douce, cherchant à croiser son regard. Tu n'as pas à me le dire si tu ne le souhaites pas.

Tant bien que mal, Kahlan parvint à contenir ses larmes.

— S'il te plaît... Serre-moi fort.

Il l'attira tendrement contre lui, la laissa poser sa tête contre son épaule. De son autre bras, il l'enveloppa d'un geste protecteur, l'étreignant et la berçant.

— C'est à cela que servent les amis, lui glissa-t-il à l'oreille.

— Je te le promets, Richard. Je te le dirai. Mais pas

ce soir. Ce soir, contente-toi de me serrer dans tes bras. S'il te plaît !

Il se rallongea lentement, la gardant dans ses bras. Kahlan se mordit une main pour ne pas crier tandis que de l'autre elle se cramponnait fermement à lui.

— Quand tu le voudras. Pas avant, promit-il.

L'horreur de sa condition empêchait presque Kahlan de respirer, la glaçait. Ses yeux refusèrent longtemps de se fermer, jusqu'à ce que le sommeil la prenne de force. Sa dernière pensée fut pour Richard.

4894

Composition Nord Compo
Achevé d'imprimer en Europe (France)
par Brodard et Taupin à La Flèche (Sarthe)
le 15 mai 1998. 1302U-5
Dépôt légal mai 1998. ISBN 2-290-04894-1
Éditions J'ai lu
84, rue de Grenelle, 75007 Paris
Diffusion France et étranger : Flammarion